JÖRG REIBERT

Ein böser Kamerad

ERBARMUNGSLOS Nach dem Ersten Weltkrieg herrschen in der Reichshauptstadt Berlin Armut, Kriminalität und Prostitution. Straßenkämpfe toben zwischen den politischen Extremen. Der Soldat Emil Bachmann kehrt perspektivlos und entwurzelt aus dem Krieg zurück. Langsam gelingt es ihm, in der Zivilgesellschaft wieder Fuß zu fassen. Nachdem ihn sein Schwager für die SA geworben hat, erlebt er Saalschlachten, Aufmärsche und Bierabende. Prägende Kameradschaften im Schatten des Hakenkreuzes. Gewalt ist für ihn das Mittel der Wahl und Töten wird zur Gewohnheit, um Probleme zu lösen. Zeitgleich wird bei der Berliner Polizei Kriminalkommissar Franz Reinicke auf einige Mordfälle angesetzt, die ein ähnliches Muster aufweisen. Überzeugt, dass es sich um denselben Täter handeln muss, beginnt er im Umfeld der SA zu ermitteln. Bis ihn ein ungewöhnlicher Einfall auf die Spur Bachmanns bringt …

Jörg Reibert wurde 1972 in Braunschweig geboren und lebt mit seiner Familie in Bamberg. Er ist Maschinenbauingenieur und promovierte im Bereich Geschichte der Naturwissenschaften über Technik im Ersten Weltkrieg. Im Jahr 2014 erschien sein Debütkrimi »Verhängnisvoller Abgrund«.

JÖRG REIBERT

Ein böser Kamerad

Kriminalroman

GMEINER SPANNUNG

Dieses Buch wurde vermittelt von der
Literaturagentur Schoneburg, Berlin

Besuchen Sie uns im Internet:
www.gmeiner-verlag.de

Im Ehnried 5, 88605 Meßkirch
Telefon 07575/2095-0
info@gmeiner-verlag.de

1. Auflage 2017

Lektorat: Katja Ernst
Herstellung: Julia Franze
Umschlaggestaltung: U.O.R.G. Lutz Eberle, Stuttgart
unter Verwendung eines Fotos von: © ullstein bild
Druck: CPI books GmbH, Leck
Printed in Germany
ISBN 978-3-8392-2073-3

Personen und Handlung sind frei erfunden.
Ähnlichkeiten mit lebenden oder toten Personen
sind rein zufällig und nicht beabsichtigt.

Für Eva,
Henning und Jana

»Es gibt keine Handlung,
für die niemand verantwortlich wäre.«

Otto von Bismarck

TEIL 1

SCHWARZ

Schwarz ist die Farbe des Todes. Sie steht für das Böse, für Bedrohung und für die Trauer.

Schwarz bedeutet aber auch Individualität und Eigenständigkeit, Dunkelheit, Leere, Pessimismus und Unglück.

KAPITEL 1

Champagne, Sonntag, 26. Mai 1918

Königs Wusterhausen, den 12. Mai 1918

Mein lieber Emil!

Ich hoffe es geht Dir gut. Es fällt mir sehr schwer, Dir diese Zeilen zu schreiben. Ich habe lange überlegt, wie ich es sagen soll. Aber meine Mutter meinte, ich soll es Dir am besten ganz direkt mitteilen, sonst weißt Du nicht, wie es um uns steht. Ich denke doch immer wieder an Dich da draußen und fühle mit Dir. Aber in den letzten Monaten hat sich etwas verändert.

Emil nimmt sich eine Zigarette aus der Schachtel, die in seiner ledernen Patronentasche steckt. Ganz vorne links, wo er beim Nachladen ohnehin nicht so gut herankommt, hat sie ihren festen Platz. Erst vorhin hat er sie erneuert, als sie ihre Abendfourage empfangen haben. Die fiel üppiger als sonst aus, denn morgen früh wird die Offensive beginnen. Nach Blücher ist sie benannt, dem »Marschall Vorwärts«, und wie 1914 geht es wieder Richtung Paris. Alle denken, es wird die letzte große deutsche Anstrengung, bevor die Franzosen zusammenbrechen. Bereits die »Kaiserschlacht« im März hatte die Front weit aufgerissen. So etwas hatte es seit Kriegsbeginn nicht mehr gegeben. Damals war alles in Dreck und Schlamm erstarrt und keine Seite mehr vorangekommen. Seit diesem Jahr läuft es aber wieder gut, auch wenn das deutsche Heer müde und erschöpft ist. Der Sieg ist zum Greifen nah.

Vorhin mit dem Essen gab es auch die Feldpost. Emil hat bis zum Abend gewartet, den Brief aufzureißen, und hat sich in eine Ecke des bretterverschalten Unterstandes mit einem Kerzenstumpen zurückgezogen, um ihn zu lesen. Die Luft ist verbraucht, sie riecht nach Schweiß, Leder, Waffenöl und Angst. Die Männer quetschen sich eng zusammen: doppelte Belegung durch die zusätzlichen Sturmtruppen. Jeder versucht, irgendwie die Zeit bis zum Morgen totzuschlagen. Die meisten dösen, aneinander gelehnt oder mit ihrer Ausrüstung als Kopfkissen. Einige Funzeln an der Decke spenden trübes Licht. Nur ab und zu kommt jemand herein oder verlässt den Bau. Handgranaten und Gewehrmunition sind bereits ausgegeben, jetzt gibt es nichts mehr zu tun, außer abzuwarten.

Du kennst Dr. Löwenthal sicherlich vom Sehen. Er ist unser Kinderarzt, und dadurch habe ich als Amme häufig mit ihm zu tun gehabt, wenn ich eines der Kleinen zu ihm bringen musste. Es ist unglaublich, mit welcher Liebe und Hingabe er seiner Arbeit nachgeht. Nie ist er ungeduldig oder wird gar laut. Er ist ein vorbildlicher Mensch, das konnte ich die vielen Male beobachten, die ich bei ihm war.

Ich schäme mich, es Dir zu schreiben, aber bei ihm habe ich mich viel geborgener gefühlt als bei Dir. Wenn ich an Dich denke, kann ich mir oft gar nicht mehr Dein Gesicht vorstellen. Wir haben ja auch lediglich einige Male vor über einem Jahr miteinander poussiert, bevor Du einrücken musstest. Seither schreiben wir uns nur mehr Briefe. Ich habe sie alle aufbewahrt und noch einmal durchgelesen.

Wie fremd Du mir vorkamst, als Du im Winter auf Urlaub nach Hause kamst. Ich habe Dich kaum noch wiedererkannt. Du hast fast nichts erzählt von dem, was Du in Frankreich erlebt hast. Immer sollte nur ich reden. Du hast auch kein einziges Mal mehr gesagt, dass Du mich lieb hast. Das hat mich verletzt. Es war so völlig anders mit Dir als in der Zeit zuvor.

Vor ein paar Wochen hat Dr. Löwenthal um meine Hand angehalten. Ich habe mir die Entscheidung nicht leicht gemacht, das kannst Du mir glauben. Er hat mich nicht gedrängt, aber seine stillen Blicke haben heiß in mir gebrannt. Nächtelang habe ich wach gelegen und alles ganz genau abgewogen.

Ich weiß nicht, ob Du mich das auch gefragt hättest, wenn Du aus dem Krieg zurückkommst, aber wann das je sein wird, kann mir niemand sagen. Es sind harte Zeiten, und ich hasse das Schicksal dafür, dass ich eine Entscheidung treffen musste. Es ist das Bitterste, was mir je passiert ist. Keiner konnte mir helfen.

So habe ich mich dann für Dr. Löwenthal entschieden, und wir haben uns Anfang April verlobt. Seitdem habe ich den Tag immer wieder hinausgeschoben, an dem ich Dir schreibe. Dies wird mein letzter Brief an Dich sein, das verstehst Du sicher. Ich danke Dir für alles, was Du mir Gutes getan hast. Behalte auch Du mich in guter Erinnerung,

Gott schütze und behüte Dich,
in ewiger Freundschaft,

Clara

*

Champagne, Montag, 27. Mai 1918

Die Artilleriegeschütze hauen alles zusammen. Vor ein paar Stunden hat der Zauber angefangen. Wie ein Orkan hat das Toben in der Ferne begonnen und sich näher herangearbeitet. Dann ist das Feuer zurück ins feindliche Hinterland gesprungen. Die Einschläge von schweren und leichten Kalibern mischen sich zu einem ohrenbetäubenden Lärm. Systematisch werden die Gräben und Stellungen des Gegners zerschlagen. Dabei kommt viel Gas zum Einsatz. Die Blaukreuzgranaten setzen einen Stoff frei, der die Atemwege reizt, aber nicht tödlich wirkt. Er dringt durch die Gasmasken, bis die Soldaten sie hustend und spuckend herunterreißen, um wieder frei atmen zu können. Sofort wirkt das gleichzeitig verschossene Grünkreuz und verätzt ihre Lungen.

Seit einer halben Stunde trommelt das gesamte Feuer konzentriert auf dem vordersten französischen Graben, um die Stacheldrahthindernisse zu zerstören und den letzten Widerstand zu brechen. Auch die schweren Minenwerfer aus den frontnahen Stellungen schleudern ihre Doppelzentnergeschosse in das Chaos hinein. Es ist unvorstellbar, dass irgendein Mensch diese Hölle überleben kann.

Um 4.40 Uhr schrillen die Pfeifen der Unteroffiziere, und die Männer klettern aus ihren Gräben heraus. Das Niemandsland um sie herum ist eine frisch umgepflügte Kraterlandschaft. Kaum ein Grashalm hat den Beschuss überstanden. Alles ist mit dem feinen, weißen Kreidestaub der Champagne überzogen. Sie stürmen in kleinen Gruppen nach vorn. Emil Bachmann springt neben seinen Kameraden über Trichter und Erdbrocken.

Heute wird er sterben. Das hat er gestern Nacht beschlossen, nachdem er den Brief ein zweites und ein drittes Mal gelesen hatte. Warum sollte er diesen Krieg auch überleben wollen? Das Einzige, was ihm in den letzten Monaten Halt gab, existiert nicht mehr. In Emil lodert eine grenzenlose Wut. Feige haben sie hinter seinem Rücken ein Verhältnis begonnen, seine liebe Clara und Samuel Löwenthal, der nette Arzt. Ob er ihn kennen würde, welche Frage! Wer weiß denn nicht, wer er ist, in diesem kleinen Städtchen, wo fast jeder jeden beim Namen nennen kann? Die ganze Nacht lang hat er wach gelegen und konnte nicht schlafen vor lauter Zorn. Zum Glück ging's heute Morgen schon zeitig los mit der Knallerei, da waren die Gedanken an zu Hause wie fortgeblasen.

Bamm.

Bamm.

Bamm.

Emil hat das Gefühl, dass jeder Schlag der Geschütze seine Liebe ein Stück mehr in Stücke schlägt. Inmitten dieses Scherbenhaufens stürmt er gegen den Feind, keucht sich unter der schweren Last des Sturmgepäcks die Lunge aus dem Leib und rennt in die auseinanderspritzenden Einschlagfontänen hinein.

Die Feuerwalze der Artillerie beginnt, planmäßig nach vorn zu verlegen. Alle paar Minuten springen die Einschläge um hundert Meter weiter. Dahinter rücken die Männer dichtauf nach. Besser zu nah den Explosionen zu folgen, auch wenn immer wieder mal einer von eigenen Leuten getroffen wird, als zurückzufallen. Denn sobald die Einschläge weiter entfernt sind, kriecht der Feind aus seinen Deckungslöchern hervor und kann das Feuer auf die schutzlos Vorwärtsstürmenden eröffnen.

Der erste gegnerische Graben wird schnell eingenommen. Die wenigen überlebenden Franzosen heben sofort die Hände, als sie die deutsche Übermacht auf sich zukommen sehen. Benommen von dem Beschuss taumeln die verschmutzten Gestalten den Angreifern entgegen und werden nach hinten abgeführt. Doch die Sturmtruppen machen keine Rast. Sie folgen der Feuerwalze zum zweiten Graben. Drei Grabenreihen hat die Front, im Abstand von jeweils ein paar hundert Metern. Haben sie diese eingenommen, ist der Durchbruch geschafft und die Offensive hat das Hinterland erreicht. Das ist das Ziel des heutigen Tages.

Der Angriff stockt eine Weile im Niemandsland. Vor ihnen befindet sich eine MG-Stellung, die unaufhörlich Feuer spuckt.

Das zwingt die angreifenden Truppen in die Trichter, um nicht sinnlos dahingemäht zu werden. Von zwei Seiten nähern sich die Deutschen dem MG, werden aber immer wieder von seinem hin und her pendelnden Rohr in Deckung gezwungen. Eine Geschossgarbe nach der anderen jagt über sie hinweg. Emil liegt neben einem gefallenen Kameraden, hält den Kopf unten und schnauft durch. Den Mann hat es an der Seite erwischt. Der Ausschuss am Rücken bildet einen einzigen blutigen Krater. Der Soldat war sofort tot. Emil hebt langsam seinen erdverkrusteten Stahlhelm über den Trichterrand, um sich einen Überblick zu verschaffen. Vor ihm liegt das MG-Nest, aus dem unaufhörlich die Funken über das Schlachtfeld stieben. Eigene Männer sind in der Nähe nicht zu sehen, weiter entfernt geht der Angriff voran. Die Feuerwalze wandert langsam aus. Emil ist alles egal. Er springt aus seinem Erdloch hoch und läuft direkt nach vorn.

Noch ist er nicht entdeckt worden, da das MG gerade zur anderen Seite hin schießt. Dann schwenkt es jedoch herum und hämmert in seine Richtung. Ein paar Meter schafft er, ehe ihn ein harter Schlag am Bein trifft und ihn kopfüber in den nächsten Trichter stürzen lässt. Mit dem Stahlhelm schlägt er heftig auf dem Boden auf, und der Rand des Helms drückt sich schmerzhaft in seinen Nacken. Emil rollt sich benommen zur Seite und bleibt liegen. Als er sich gesammelt hat, schaut er an sich herab, tastet sich ab, sucht nach Verletzungen, nach Blut. Außer im Gesicht, wo er sich eine Schramme durch den Sturz zugezogen hat, kann er nichts entdecken. Nur der Absatz seines Schnürschuhs hängt in Fetzen herunter, dort, wo ihn das Geschoss getroffen hat.

Emil Bachmann rappelt sich hoch und stürmt weiter. Beim schnellen Laufen merkt er den fehlenden Absatz fast gar nicht. Der MG-Schütze hat inzwischen die Waffe wieder von ihm weg gerichtet, dorthin, von wo aus sich die deutschen Truppen näher an den Posten heranarbeiten. Die ersten Handgranaten fliegen durch die Luft.

Bachmann nimmt humpelnd die letzten Meter. Im Laufen reißt er seine kleine Mauser-Taschenpistole heraus und fängt an zu feuern. Hinter den drei Mann unmittelbar am MG sind noch weitere Soldaten zu erkennen. Der Kampflärm ist so laut, dass niemand ihn bemerkt.

Durch eine Lücke im Stacheldraht rutscht Emil direkt in den Graben hinein. Der Ladeschütze an der Munitionskiste hat sich erst halb zu ihm umgedreht, als ihn ein Schuss aus der Pistole im Bauch erwischt. Er macht noch eine winkende Bewegung mit dem rechten Arm, dann sinkt er in sich zusammen. Der Laderahmen mit den messingblinkenden Patronen fällt ihm aus der Hand. Emil richtet die Pistole auf den nächsten der MG-Bedienung und drückt ab.

Nichts. Leergeschossen, keine Patrone mehr im Magazin. Er schleudert die nutzlose Waffe auf den Mann. Der duckt sich vor dem heranfliegenden Gegenstand. Schnell zieht Emil aus den Gamaschen seinen Grabendolch heraus und wirft sich mit einem irren Schrei nach vorn. Der Franzose kauert vor seinem MG und kann sich nicht schnell genug hochstemmen. Emil rammt ihm den Dolch direkt in den Hals. Wutentbrannt zieht er ihn heraus und stößt ihn wieder und wieder hinein, bis der schlaffe Körper unter ihm wegsackt.

Die Klinge, die Hand, die sie hält, der ganze Arm ist rot, voll Blut. Der Waffenrock über und über besudelt. Emils Gesicht ist nicht mehr unter dem Dreck, dem Schweiß und dem Blut zu erkennen. Seine Augen – weiß aufgerissen – fixieren die verbliebenen Franzosen, als er sich mit dem Dolch in der Hand ihnen zuwendet.

Sie haben den Krieg kennengelernt, das Grauen der Schützengräben, das Trommelfeuer, das Gas. Aber als sich die rote Bestie langsam auf sie zubewegt, denken sie nicht mehr an

Gegenwehr. Sie könnten ihn leicht über den Haufen schießen, er steht nur ein paar Meter entfernt, aber sie haben keine Kraft mehr dazu. Zögernd hebt erst der Erste die Hände, sofort folgen die anderen nach.

Für ein paar Sekunden stehen sie sich stumm gegenüber. Dann tauchen deutsche Stahlhelme über der Grabenwand auf. Der Moment ist vorbei. Rasch schieben sich zwei, drei Deutsche zwischen Emil und die Franzosen und entwaffnen sie. Ein Sanitäter zieht Emil beiseite, öffnet ihm den Rock und jagt ihm eine Spritze in die Brust. Anschließend fängt er an ihn abzutasten. Emil Bachmann wird es schwarz vor Augen.

KAPITEL 2

Königs Wusterhausen, Mittwoch, 15. Januar 1919

Die Uniform schlackert ihm ohne den Koppelriemen lose am Körper. Emil Bachmann ist kein Soldat mehr. Vor wenigen Wochen wurde er in Brandenburg abgemustert und mit einem Handgeld, Rasierseife und einer Zugfahrkarte nach Wahl Richtung Heimatort geschickt. Doch wohin soll er? Die Mutter ist letztes Jahr gestorben, an Schwindsucht, der Vater schon lang vor dem Krieg. Er hatte in Berlin beim Bau des Wintergartens mitgearbeitet und sich einen Lungenriss zugezogen, als er beim Heben eines Stahlträgers angepackt hat. Danach konnte er nur noch liegen und siechte ein Dreivierteljahr dahin. Die Mutter pflegte ihn und ernährte die Familie. Sie war sehr streng, aber auch sehr geschickt, und konnte dadurch mit allerlei Kleinkram Geld verdienen. Als der Vater starb, gab sie Emil als 15-Jährigen in eine Tischlerlehre.

Seine ältere Schwester Ilse ist nach Berlin verlobt, seine jüngere Schwester Grete in Anstellung im Rheinland. Von ihr hat er seit zwei Jahren nichts mehr gehört. Das Einzige, was ihm noch in Königs Wusterhausen bleibt, sind ein paar Dinge, die er vor seiner Einberufung gepackt hat und die jetzt bei einer alten Freundin seiner Mutter untergestellt sind. Es ist ein Koffer mit Kleidung, Papieren, Sachen aus einem alten, zivilen Leben, die er jetzt wieder braucht, wenn er eine Anstellung finden will.

Emils Zug ruckelt durch die winterliche Landschaft, die sich um halb fünf nachmittags schon grau zu färben beginnt. Nur raus aus dem Hexenkessel Berlin. Hundertausende Menschen stehen in den Straßen, machen mit roten Fahnen in den

Händen Revolution. Der Kaiser hat in' Sack gehauen und seitdem regiert das Chaos. Es ist kein Durchkommen mehr, nirgendwo. Kaum noch Brot zu ergattern, stattdessen Geschrei und Parolen:

»Auf zum Kampfe für den Sozialismus!«
»Auf zum Kampfe für die Macht des revolutionären Proletariats!«
»Nieder mit der Regierung Ebert-Scheidemann!«

Emil ist die ganze Revolution egal. Er wird in seiner Uniform ohnehin schief angesehen: von den Arbeitern und von den Soldatenräten mit ihren roten Armbinden, die nicht wissen können, ob er einer von ihnen ist. Viele tragen Gewehre mit sich herum. Die Mündung nach unten, stehen sie in Grüppchen an den Straßenecken und wissen nichts mit sich anzufangen. Niemand hat einen Überblick, das Zeitungsviertel ist besetzt und keinerlei offizielle Nachrichten erscheinen. Ein Gerücht kommt wilder als das andere daher. Zum Glück kann Emil die Tage bei Ilse unterkommen. Die Massen in der Stadt sind unheimlich, unberechenbar. Es gibt keine Führung, die sie lenkt. Sie wollen die Revolution, aber sie wollen gleichzeitig Ruhe und Ordnung bewahren. Die Wilhelmstraße ist ein einziger Menschenhaufen, die Linden bis zum Alex voll wie ein Rummelplatz. Die Stadt vibriert, gleicht einem Bienenstock, und alle erwarten stündlich, dass die Übermacht der Arbeiter die Regierung davonjagt.

An den Berliner Bahnhöfen gibt es kein Fortkommen mehr, Generalstreik, alle Züge stehen still. Auch hier sind die Gebäude besetzt. Emil überlegt, zu Fuß nach Königs Wusterhausen zu marschieren, die Entfernung hat er schon öfter beim Kommiss zurückgelegt, etwa 40 Kilometer, aber bei dem Wetter biwakieren mag er nicht. In den Straßen vor dem Bahnhof drückt man ihm ein Flugblatt in die Hand.

Arbeiter, Bürger,
Das Vaterland ist dem Untergang nahe.
Rettet es!
Es wird nicht bedroht von außen, sondern von innen:
Von der Spartakusgruppe.
Schlagt ihre Führer tot!
Tötet Liebknecht!
Dann werdet ihr Frieden, Arbeit und Brot haben!
Die Frontsoldaten

Emil wirft es weg. Sollen sie sich doch alle selber totschlagen. Er als heimgekehrter Frontsoldat will einfach raus aus dem Chaos, arbeiten, Schluss mit dem Krieg machen. Tote hat er schon mehr als genug gesehen.

Doch ein paar Tage muss er sich noch gedulden. Solange dauert der Spuk, dann stürmen Freikorps die Stadt. Endlich kommen wieder richtige Truppen zum Einsatz, die dem Unfug ein Ende bereiten. In schweren Kämpfen erobern sie Haus um Haus. Geschütze stehen in den Straßen, MGs sind in den Toreinfahrten aufgebaut, sogar einige Panzer rollen. Die Arbeiter und Kommunisten werden Stück für Stück ausgehoben und abgeführt. Unbestattete Leichen liegen offen herum. Und Emil kommt endlich raus aus Berlin.

*

Königs Wusterhausen, Montag, 20. Januar 1919

Welche Ruhe herrscht hier am Bahnhof, als er in der Dämmerung eintrifft. Emil steigt aus dem Zug und sieht sich in der Gegend um. Fast keine Menschenseele ist um diese Zeit unterwegs. Die wenigen Gesichter, die ihm in der Bahnhofstraße entgegenkommen, kennt er nicht. Ihm ist, als wenn er ewig fortgewesen wäre. Der Krieg hat ihn entfremdet. Mit seinen 22 Jahren hat er hier kein Zuhause mehr.

Das Schloss des Fritzewilhelm hebt sich dunkel gegen den Himmel ab. Emil geht an ihm vorbei zum Kirchplatz. Ein langer Weg voller Erinnerungen, die sich ihm jetzt aufdrängen. Unter den alten Bäumen liegt nasses Laub auf dem Pflaster, das seine Schritte dämpft. Weiter vorn geht Arm in Arm ein Paar. Sie ist klein, trägt ein kurzes warmes Jäckchen über dem Rock, er – mit Mantel und steifem Hut – überragt sie um eine Kopflänge. In der Kälte drückt sie sich eng an ihn. Emil geht über den halben Platz hinter ihnen, bis bei ihm der Groschen fällt.

Das ist doch Clara, seine Clara! Die Jacke kennt er zwar nicht, und auch ihr Rock muss neu sein. Aber der Gang ist unverwechselbar. Dieses fast unmerkliche Hinken, das von einem Beinbruch stammt, den sie sich als Kind zugezogen hatte. Und der Mann neben ihr muss Dr. Samuel Löwenthal sein, der ach so liebe Kinderarzt. Emil lässt sich zurückfallen, damit sie ihn nicht bemerken, und folgt den beiden weiter. Aufgrund der Dämmerung verschwimmen Gesichter in wenigen Metern Entfernung zu Schemen.

Er hat sie lange nicht mehr in ihrer ganzen Schönheit gesehen, doch ihr Bild trug er die ganze Zeit im Herzen mit sich herum. Es stärkte ihn in den Kämpfen an der Front, es gab ihm Halt. Er dachte an sie, wenn er durchnässt und frierend im Stollen saß, wenn er vor Müdigkeit kaum noch die Augen offen halten konnte und zu fantasieren anfing. Und jetzt hat ein Mann seine Pfoten auf ihr, der nie gekämpft hat, der nicht an der Front war, der sich ein schönes Leben machte, während die anderen den Kopf fürs Vaterland hinhielten. Der darf das Land nicht seine Heimat nennen, tobt Emil innerlich. Was sucht er noch hier, dieser Schmarotzer! Es stimmt alles, was in Berlin erzählt wird. Die Kriegsgewinnler haben das Land kaputt gemacht, sind schuld an der Niederlage. Und während arme Kerle wie er selbst im Dreck lagen, hat ihnen dieses feige Gesindel noch das letzte Hemd weggenommen.

Seine gute Clara. Wenn er zu Hause geblieben wäre, wäre das nie passiert, denkt Emil wehmütig. Er hätte sie beschützen und für sie sorgen können. Stattdessen kam dieser gierige Kinderarzt daher mit seinem Geld und seinem Lächeln und machte ihm Clara abspenstig. Was wird er ihr wohl alles für nette Worte ins Ohr geflüstert haben, der belesene Herr Doktor. Clara hatte schon immer eine Schwäche für ältere, wohlhabende Herren und schöne Kleider.

Das alles schießt ihm durch den Kopf, während er hinter ihnen her trottet. Im Feld haben sie Probleme auf einfache Art und Weise gelöst. Da wusste er stets, was richtig und was falsch, wer Freund und wer Feind war. Gewiss gab es auch unter den eigenen Leuten Schweinehunde, Menschenschinder, Verbrecher und Lumpen. Aber an der Front war klar, wo es langging. Dem Feind entgegen.

Da haben sie nicht lange gefackelt, wenn ihnen einer dumm gekommen ist. Wie damals der Pfaffe in Belgien. Den haben sie aus dem Busch gezogen und die Soutane heruntergerissen. An der rechten Schulter der verräterische Fleck, der Abdruck des Kolbens. Der Dreckskerl hatte sich im Hinterhalt auf die Lauer gelegt und geschossen. Gleich an der nächsten Laterne haben sie ihn aufgehängt, da hat ihm sein ganzes Gezeter nichts genützt. So gehört es sich!

Er folgt ihnen weiterhin. Die beiden schlendern durch den Ort bis zu Claras Elternhaus. Vor der Tür lösen sie sich voneinander. Clara holt aus ihrer Tasche ihren Haustürschlüssel. Dann umarmen und küssen sie sich. Emil steht im Schatten eines Eingangs zwei Häuser weiter und beobachtet alles. Heiß pocht sein Blut in den Schläfen, und er fühlt eine dumpfe Wut in sich aufsteigen. Nach einigen innigen Momenten tritt Clara ins Haus und entzieht sich damit seinem Blick. Dr. Löwenthal wendet sich ab und geht die Straße hinunter, entfernt sich von Emil. Er schreitet jetzt weit aus. Emil zögert einen Moment, mag sich von dem Haus nur schwer lösen, aber schließlich läuft er dem Arzt hinterher.

Warum er und nicht ich?, fragt sich Emil. Was ist das für ein Mensch, was hat der für einen Anspruch auf Clara? Liegt es daran, dass er älter ist? Dass er reicher ist? Nein, das Recht ist auf meiner Seite, ist er sich sicher. Zu oft haben sie mich schon im Leben beschissen, das lasse ich mir nicht noch mal bieten!

Wie mit einer unsichtbaren Schnur verbunden, tappen beide durch die Straßen. Rechts, links, hoch – bis sie an Dr. Löwenthals Praxis ankommen, die in einem stattlichen Haus am Hang eingerichtet ist. Der Arzt öffnet die Tür und tritt ins hell erleuchtete Foyer. Durch das Mosaik der Facettenglasscheiben beobachtet Emil, wie Dr. Löwenthal Hut und Mantel ablegt. Ein Dienstmädchen kommt hinzu. Wenig später verlassen beide den Eingangsbereich.

Jetzt weiß Emil, was er noch zu erledigen hat, außer seinen Koffer zu holen. Die Stimmen aus Berlin überschlagen sich in seinem Kopf:

Die Stunde der Abrechnung naht!
Zeigt eure Macht!
Schlagt ihn tot!
Tot!
Tot!
Erst dann wirst du Frieden haben.

Noch ist es zu früh. Noch ist keine Ruhe in dem Städtchen eingekehrt. Noch ist er zu erregt. Noch hat Emil anderes vor.

Er huscht im Dunkel davon. Die Stadt ist klein. Einige Straßen weiter liegt der Hof der Freundin seiner Mutter. Niemand darf wissen, dass er heute hier ist. Er wird nicht anklopfen und sich nicht zeigen. Zum Glück hat sie ihm geschrieben, wo sie seinen Koffer aufbewahrt. Emil lehnt sich an den Zaun und schaut auf das Anwesen. Wenigstens haben sie keinen Hund mehr, und die Gänse sind auch schon geschlachtet. Gänse sind noch schärfer als Hunde und machen einen Höllenlärm. Das Einzige, was er vernimmt, ist ein undeutliches Schnaufen, das aus dem Stall zu ihm herüberweht. Gut so, denkt er sich. Aus dem Küchenfenster fällt ein Lichtschein in den gepflasterten Hof. Emil drückt sich an der Stallwand entlang, das helle Rechteck umgehend, bis zur Remise. Dort führt eine Stiege auf den Dachboden. Langsam, um kein verräterisches Knarren zu verursachen, nimmt Emil Stufe für Stufe. Oben auf dem Sims drückt er langsam die Tür auf. Zum Glück ist sie unverschlossen, hier stiehlt niemand was und wenn, dann kein altes Gerümpel. Freilich, Nahrungsmittel werden besser verwahrt, die stellen zurzeit die wahren Schätze des Hauses dar. Emil hört seinen Magen knurren. Die letzte Stulle hat er im Zug verdrückt. Es ist der immer gleiche Hunger, der seit Jahren in seinem Magen rumort und ihn reizbar macht.

Emil Bachmann steht im Finstern. Undeutlich nimmt er einige Schemen wahr. Er kramt in seiner Rocktasche und holt Zündhölzer hervor. Das erste Streichholz bricht ab, seine Finger sind zu klamm. Er haucht eine Weile in seine Hände. Nun geht es besser. Das zweite Holz reißt er mit einem lauten Ratschen an. Erst leuchtet das Köpfchen grell auf, dann verkümmert die kleine Flamme zu einem dünnen blauen Licht. Nur langsam wird sie größer und erhellt den Raum. Zehn Sekunden Licht. Vor ihm stehen alte, ausrangierte Möbel. Stühle auf einem Tisch. Körbe voller Irgendwas. Wo ist sein Koffer?

Er geht ein paar Schritte weiter in den dunklen Raum hinein. Spürt an seinem linken Arm einen Widerstand. Langsam lässt er sich auf die Knie nieder. Das zweite Streichholz, wieder nur ein paar Sekunden Licht. Nun sieht er Stuhlbeine, Möbelfüße, staubigen Fußboden. Hier vorn, wo er kauert, ist der Koffer anscheinend nicht abgestellt. Er muss tiefer in das Durcheinander kriechen.

Er hat gerade noch drei Streichhölzer übrig, als er ihn endlich findet. Das Gepäckstück aus Korbgeflecht ist kleiner, als er es in Erinnerung hatte. Aber es ist seins, ganz eindeutig. Er hat den Fleck auf dem rechten Schnallriemen gleich erkannt. Langsam zieht er seinen Koffer zwischen den Möbeln hervor. Er öffnet ihn. Der Inhalt liegt noch genau so darin, wie er ihn damals gepackt hat. Unten die Kleidung, obenauf die Papiere. Im Dunkeln schließt er die Lederriemen wieder, dann schnappt er sich einen der Stricke, die er vorhin ganz in der Nähe entdeckt hat, und befestigt ihn als Schultergurt an den Riemen. So wird er den Koffer leichter nach Berlin transportieren können, ohne dass ihm unterwegs der Arm lang wird.

Auf dem Weg zu Dr. Löwenthals Praxis findet Emil Bachmann im Park genau das, wonach er gesucht hat. Ein dunkles Gebüsch aus Lebensbaum, das sich bis in Brusthöhe vor ihm auftürmt. Er kriecht auf dem Boden herum, bis er eine Lücke zwischen den Ästen findet. Er möchte kein weiteres Streichholz verbrauchen und tastet daher alles mit den Händen ab. Genau wie er es sich gedacht hat. Der Bereich um den Stamm liegt voller Nadeln und ist knochentrocken. Der Geruch nach Friedhof steigt in seine Nase. Hier kann er seine Habseligkeiten erst einmal sicher verstauen. Zwei herumliegende helle Birkenäste legt er überkreuz auf den Boden, um die Stelle zu markieren. Sie wird er später auch in der Dunkelheit wiedererkennen können, wenn er den Ort wiederfinden muss.

Im Haus des Arztes sind nur zwei Fenster im Erdgeschoss erleuchtet. Emil schleicht sich durch den Garten und wirft vorsichtig über das Fensterbrett einen Blick ins Innere des Hauses. Er sieht die Küche, in der das Mädchen gerade den Abwasch erledigt. Sie hat beide Ärmel hochgekrempelt. Vor ihr türmen sich Teller, Schüsseln und Kochgeschirr. Ihr Gesicht ist gerötet, sie arbeitet konzentriert, ohne aufzublicken.

Auf der Vorderseite des Gebäudes liegt das andere helle Fenster. Er schaut hinein und entdeckt einen gemütlichen Salon. An den Wänden stehen Bücherregale. Im Ohrensessel sitzt Dr. Löwenthal und liest Zeitung. Eine Zigarre qualmt im Aschenbecher neben ihm. Der übrige Raum liegt im Dunkeln. Der Rest des Hauses ist unbeleuchtet. Also sind wohl nur zwei Personen anwesend, schließt Emil. Er kann nicht einfach in das Haus eindringen, das würde ein Riesengeschrei geben. Also muss er abwarten, bis das Mädchen gegangen ist.

Er drückt sich im Garten herum und lauert. Die Füße werden ihm kalt, aber das ist er vom Postenstehen gewohnt. Er hat den Mantelkragen hochgeschlagen und hält die Arme eng an den Körper gepresst. Wenigstens liegt kein Schnee. Das gäbe Fußspuren. Es hat knapp über null Grad. Die ganzen letzten Tage hängt schon graue Suppe am Himmel, und es nieselt ab und zu ein wenig. Er würde jetzt gern eine Zigarette rauchen, um sich die Zeit zu vertreiben, aber das muss er sich verkneifen, damit kein Lichtschein entsteht.

Etwa eine Dreiviertelstunde später klappt die Eingangstür, und das Dienstmädchen huscht aus dem Haus. Die junge Frau hat einen dunklen Schal eng um den Kopf gewickelt. In der Hand hält sie einen kleinen Henkelkorb, wahrscheinlich Reste vom Abendessen. Emil spürt seinen Magen knurren und verflucht den Arzt. Was gäbe er dafür, in solch einem Haus im Warmen sitzen zu dürfen, ohne Hunger, ohne Not und mit einer festen Arbeit.

Emil überlegt, wie er ihn am besten erwischen kann. Er hat noch seine Pistole einstecken, aber das Ding macht einen Heidenlärm. Zudem kann er nicht sicher sein, dass der erste Schuss gleich vernünftig trifft, dann müsste er noch einmal nachsetzen. Hier in dieser ruhigen Gegend geht das alles gar nicht. Viel geeigneter ist sein Grabendolch. Wenn man ihn richtig einsetzt, kommt der Gegner gar nicht dazu, irgendeinen Laut von sich zu geben. Der Nachteil ist nur die Schweinerei, wenn man nicht aufpasst. Aber das ist egal, da es ohnehin bereits dunkel ist. Emil ist sich sicher, dass in der Nacht keinem Menschen irgendwelche Blutspritzer an seiner Kleidung auffallen werden.

Im Krieg hat er oft einen Dolch oder ein Messer eingesetzt. Eines Tages teilte ihr Zugführer große Schlachtermesser aus, die er irgendwo organisiert hatte. Dann sprangen sie in den französischen Graben und stürzten sich wild auf die Gegner. Auf derart kurze Entfernung hatten diese keine Chance, ihre Gewehre hochzureißen. Es war ein wildes Geschrei und Gemetzel. Die Männer waren, als sie zurückkamen, völlig berauscht. Später setzte die Ernüchterung ein, und das Entsetzen. An diesem Abend bekam jeder eine Flasche Schnaps und besoff sich hemmungslos. Die nächsten Streifzüge in die feindlichen Stellungen fielen ihnen schon wesentlich leichter. Nach einiger Zeit benutzte Emil gerne ein Messer oder den Grabendolch. Das war ihm lieber als das Gewehr mit dem starken Rückstoß, mit dem er sich unbeholfen fühlte. Oder gar die Handgranaten, die mit lautem, trockenem Knall zerbarsten, und bei denen man höllisch aufpassen musste, sie schnell nach dem Abziehen fortzuwerfen. Bei denen man sich selber noch Splitter einfangen konnte, wenn man nicht rechtzeitig den Kopf runternahm. Nein, Emils Waffe war scharf geschliffen und lautlos schön. Das ist das Einzige, was Emil am Krieg wirklich geliebt hat, denn er weiß, im bürgerlichen Leben wird er nie wieder dic Gelegenheit haben, mit solcher Lust zu töten.

Es ist Zeit, zum Haus hinüberzugehen. Emil greift sich an den Hals und drückt die Schlagader ab, bis sein Kopf rot angelaufen ist. Mit der anderen Hand reibt er sich die Augen, dass Tränen kommen. Fix und fertig sieht er aus, in seiner abgetragenen, schmuddeligen Uniform. Dann läutet er an der Praxisglocke Sturm. Im Haus hört er Schritte, es flammt das Licht in der Eingangshalle auf. Dr. Löwenthal öffnet die Tür. »Was ist denn los, Mann, um diese Uhrzeit?«, herrscht ihn der Arzt an.

»Ein Kind! Vergiftung, es hat Schaum vor dem Mund!«, ruft Emil. »Kommen Sie schnell!«

Der Zorn ist aus Dr. Löwenthals Gesicht gewichen, als er das hört. Er dreht sich um und greift eine fertig gepackte Arzttasche, die neben der Tür steht. Mit der anderen Hand nimmt er den Mantel vom Haken und wirft ihn sich über den Arm, dann langt er nach seinem Hut und setzt ihn auf.

»Halten Sie mal«, sagt er, dreht sich nach Emil um, reicht ihm den Arztkoffer und zieht die Tür hinter sich zu. Ungelenk versucht er in den Mantel zu schlüpfen, der sich gegen die Eile wehrt. Emil tritt einen Schritt zurück, setzt die Tasche auf dem Boden ab und greift nach seinem Dolch, der mit seiner Scheide in der rechten Gamasche verborgen steckt. Er richtet sich langsam auf. Jetzt hat er Dr. Löwenthal in der richtigen Position vor sich. Der kämpft gerade mit einem Ärmel, als Emil an ihn herantritt. Die linke Hand legt er von hinten auf den Mund des Arztes und zieht dessen Kopf mit einer flüssigen Bewegung zurück. Die Faust mit dem Dolch schwingt in einem Bogen heran.

Emil schärft seinen Dolch immer selbst, den gibt er nicht aus der Hand. Er hat Erfahrung darin. Er weiß, dass die Spitze wie eine Nadel und die Schneide rasiermesserscharf ist. Mit einer glatten Bewegung zieht er die Klinge, fast ohne Widerstand zu spüren, durch die Kehle von Dr. Löwenthal. In seinem Handteller spürt er warm den letzten Atemzug, dann bäumt sich der große, fremde Körper in seinen Armen auf. Emil stößt ihn von sich, mag sich nicht mit Blut bespritzen lassen. Dr. Löwenthal sackt zusammen und schlägt seitlich auf die Freitreppe vor dem Gebäude. Er gibt gurgelnde Geräusche von sich, nicht lauter als ein heiseres Räuspern. Währenddessen rutscht er zwei, drei Stufen nach unten und zuckt. Nach einer Weile gibt der Körper endlich Ruhe.

Emil betrachtet den Todeskampf ohne Regung. Sieht den Arzt tot vor sich liegen. Der Leichnam ist seltsam verdreht, halb in den Mantel gewickelt. Der Eingangsbereich und die Stufen sind mit Blut besprenkelt. Ein dicker Spritzer reicht bis zur weißgestrichenen Hauswand. Emil wirft einen prüfenden Blick in Löwenthals Gesicht und stößt den Toten mit dem Fuß an. Der zeigt keine Reaktion mehr. Nur noch ein wenig Blut sickert aus der klaffenden Halswunde.

Langsam beugt sich Emil zur Leiche hinab und wischt seine klebrigen Hände sowie die blutige Klinge am losen Ärmel des Mantels ab. Anschließend schiebt er den Dolch zurück an seinen Platz.

Erst dann wirst du Frieden haben.

Er steht auf und läuft los, um seinen Koffer zu holen. Jetzt kann er nach Berlin zurückzukehren.

KAPITEL 3

Berlin, Dienstag, 10. Oktober 1922

Sie sitzen zu dritt nach der Arbeit zusammen und trinken Bier. Emil hockt auf der Werkbank und reicht seinem Schwager Kurt zwei Flaschen aus dem Kasten. Der gibt eine davon weiter an den Heizer Hermann Schulz, der sie mit einem zufriedenen Grunzen entgegennimmt. Mit einem Plopp öffnen sie die Bügelverschlüsse und stoßen an. Hier, in der Schlosserei des Görlitzer Bahnhofs, direkt am Ringlokschuppen, treffen sie sich gern kurz vor Feierabend noch auf einen Schluck. Es riecht nach Männerschweiß, Maschinenöl und Metall.

Emil arbeitet seit drei Jahren hier und hatte damals riesiges Glück, dass ihn Kurt bei der Eisenbahn unterbringen konnte. Die Umstellung auf Friedenswirtschaft und die gewaltigen Reparationen setzten der Industrie schwer zu. Arbeitsplätze waren Mangelware, da die Massen an ehemaligen Soldaten untergebracht werden mussten. Durch Vermittlung seines Schwagers konnte Emil, der das Tischlerhandwerk erlernte, vorstellig werden und erhielt eine Stelle im Betriebswerk. Auch bei der Bahn gibt es schließlich genug aus Holz, was mit der Zeit morsch wird und erneuert werden muss. Emil ersetzt Lattenroste, hölzerne Sitze, Bretterwände und Ähnliches. Obwohl die Arbeitszeit seit dem Krieg offiziell auf acht Stunden am Tag gesenkt wurde, schuften sie hier in Zehn-Stunden-Schichten an fünf Tagen die Woche. Nur Samstag ist früher Schluss. An einem normalen Wochentag wie diesem läuten sie den Feierabend gerne mit einem Bier ein, bevor es nach Hause geht.

»Was liegt heute Abend noch an?«, fragt Kurt nach einer Weile in die Runde und beginnt, einen Feilkloben, Säge und Hammer in die Werkzeugschublade zu räumen.

»Soll abends noch zu Esch, dem haben sie die Bude gekündigt. Der hat sich mit der Hausverwaltung nicht vertragen, weil immer zu viel Remmidemmi bei ihm war. Jetzt zieht er in irgendein anders Loch, und ich darf den Krempel schleppen helfen«, antwortet Emil und lässt die leere Flasche in den Kasten gleiten.

»Kommst du vorher noch bei uns vorbei und holst dein Essen ab? Aber nicht zu spät, sonst ist der Kleine schon im Bett«, meint Kurt.

»Ist gut, bis nachher.« Emil packt seinen Henkelmann und setzt die Mütze auf. Er schließt die Knöpfe seiner groben Arbeitsjacke.

»Warte, ick komm mit dir.« Hermann Schulz erhebt sich ebenfalls.

Sie verlassen die Werkstatt und gehen über die Gleise dem Ausgang des Bahnhofsgeländes entgegen. Der Görlitzer ist einer der Berliner Kopfbahnhöfe, die rings um die Innenstadt verteilt liegen. Auf dem Gelände stehen neben der eigentlichen Bahnhofshalle noch weitere Wirtschaftsgebäude sowie der runde Lokschuppen mit Drehscheibe, wo die Lokomotiven gewartet und versorgt werden. Alles in allem hat das Areal eine Ausdehnung von fast einem Kilometer Länge und 200 Metern Breite.

Schwarz und Braun sind die vorherrschenden Farben in dieser eigenen kleinen Welt. Braun sind der Rost, die Schienen, die Schwellen und die Ziegelgebäude. Schwarz sind die Lokomotiven, die Kohlen, das Schmieröl und auch der Dreck unter den Fingernägeln der Männer. Die Arbeit ist hart, körperlich anstrengend und manchmal nicht ungefährlich. Sie sind froh, dass sie ihre Schicht für heute geschafft haben. Zusammen gehen sie zur Stechuhr und stempeln aus. Dann verlassen sie das Gelände an der Wiener Straße.

»Mach et jut«, meint Hermann Schulz und wendet sich Richtung Landwehrkanal.

»Mach's besser«, antwortet Emil und läuft die Wiener Straße hoch, Richtung Bahnhofsgebäude. Auf Höhe der Liegnitzer Straße biegt er ab in den schmalen Fußgängertunnel, der das gesamte Bahngelände unterquert – die sogenannte Harnröhre, die so heißt, wie sie riecht. Er geht hindurch, dann geradeaus weiter in die Oppelner Straße hinein, in das Schlesische Viertel, wo er eine Bleibe gefunden hat. Schnell schaut er noch im Kiosk am Eckhaus bei Jahrschke rein, um sich eine Sechserpackung Eckstein-Zigaretten für zwei Groschen zu holen.

Die Gegend wurde um die Jahrhundertwende mit Mietskasernen bebaut, schnell hochgezogene Häuser mit vielen kleinen Wohneinheiten. Emil wohnt im dritten Hinterhof eines solchen Blocks im fünften Stock. Ein winziges Zimmer unterm Dach hat er ganz für sich allein, immerhin mehr als in der Lehre oder beim Kommiss. Ein Bett, ein Stuhl, ein Tisch, ein wackeliger Schrank – das langt. Neben seinem Bett steht der Kanonenofen, der in der Früh wohlige Wärme abgibt und auf dem sich Emil auch eine Kleinigkeit kochen kann. Ein schmales blindes Fenster ohne Vorhang mit Blick zum Innenhof sorgt tagsüber für Helligkeit. Immerhin kommt Sonnenlicht in die Wohnung, da sie hoch genug liegt. Das Klo mit dem Wasserkran ist eine halbe Treppe tiefer und versorgt sechs Parteien.

Emil schließt die Tür hinter sich, stellt sein Essgeschirr auf den Ofen und wirft Jacke und Mütze auf den Boden. Dann macht er seinen Oberkörper frei, beugt sich über das Waschgeschirr und beginnt sich zu säubern. Anschließend trocknet er sich den Oberkörper ab, schlüpft wieder in sein Hemd und macht sich auf den Weg zu seiner Schwester Ilse.

Ilse und Kurt Jablonsky wohnen mit ihrem zweijährigen Sohn im Vorderhaus. Sie kocht gegen ein kleines Entgelt für Emil mit, und auch sonst verstehen sie sich gut. Emil klopft an der Wohnungstür, hinter der entsetzliches Geplärr zu hören ist.

»Komm rein«, hört er Kurt von drinnen rufen.

Jablonskys Wohnung besitzt immerhin zwei Zimmer, das Schlafzimmer und die Küche, in der sich das Familienleben abspielt. Ilse steht in ihrer Schürze am Herd und rührt in einem Topf. Der Raum riecht nach Kohl, wie auch das ganze Treppenhaus. Der Kleine sitzt in einem Stühlchen am Tisch. Unter der Sitzfläche hat ein Töpfchen Platz. Was oben reinkommt, kann also praktischerweise gleich durchmarschieren. Emil hat das Möbelstück gebaut, aus Holzresten vom Bahnhof, und hat es den beiden zur Taufe geschenkt. Seitdem steht der kleine Thron an der Stirnseite des Küchentisches und bereichert das Familienglück. Kurt sitzt im Unterhemd daneben und lässt die Hosenträger herunterhängen. Mit der einen Hand hält er eine Zeitung, mit der anderen Hand versucht er, den Kleinen mit einem Löffel zu füttern. Das Meiste geht daneben. Tisch und Kind sind mit Brei verschmiert.

»Lass mich mal«, meint Emil und nimmt ihm den Löffel aus der Hand.

Kurt rutscht mit seiner Zeitung näher unter die Glühlampe, die von der Decke hängt und ein funzeliges Licht verbreitet.

»Was gibt es Neues?«, fragt Emil.

»Sie haben wieder Mitglieder vom Bund Oberland verhaftet. Steht hier auf Seite zwei im Berliner Tageblatt. Die Aufmerksamkeit der Anwaltschaft gilt den ›staatsgefährlichen Umtrieben‹ – Desperados, das schreiben sie hier, sollen eine bedenkliche Rolle spielen. Hört, hört. Der Hauptschriftleiter und vier weitere führende Persönlichkeiten wurden wegen Raubüberfällen auf Reiseomnibusse verhaftet. Na so was«, Kurt reibt sich das Kinn. »Dass die auch nie mit ihrer Politisiererei aufhören können, jetzt machen die Freikorps gar einen auf ganz gewöhnliche Verbrecher. Nur was daran staatsgefährdend sein soll, wenn einer Touristen überfällt, kapier ich nicht. Jetzt guck dir mal an, was mir Kollegen auf der Arbeit zugesteckt haben.« Er holt ein zerknittertes Blatt aus der Jackentasche. »Das ist der ›Alarm‹. Organ für freien Sozialismus. Im Jahre 1919 war er vier Monate verboten gewesen, schreiben sie sogar ganz stolz vorn drauf. Das muss man erst mal hinkriegen, wo doch heutzutage jeder Quatsch gedruckt werden darf. Dann sind die ja wirklich ein ganz gefährliches Revoluzzerblatt. Ich hätt ja noch 'nen Witz gerissen, aber meinem Kollegen war die ganze Sache hochheilig.«

»Schmeiß das in den Ofen, es lohnt sich nicht, den Unfug zu lesen«, meint Emil dazu und schiebt dem Kleinen den nächsten Löffel Brei in den sperrangelweit geöffneten Mund. »Wird Zeit, dass endlich wieder Ruhe im Reich einkehrt. Die Reparationen sind auch ohne den Blödsinn schon schlimm genug.«

»Hast recht«, meint Kurt. »Ilse, jetzt mach dem Emil mal seinen Fraß fertig und dann schmeißen wir ihn raus. Der muss noch was arbeiten gehen.«

Ilse wirft den nassen Lappen nach ihrem Mann und verfehlt ihn nur um Haaresbreite. »Du musst ja nicht den ganzen Tag Windeln waschen und Essen kochen. Seid froh, dass ich euch immer noch was organisiere, was ihr fressen könnt.«

»Der Hunger treibt's rein und der Ekel runter«, grinst Kurt zurück, während Ilse einen Schöpfer voll Kraut und Graupen in das Essgeschirr haut.

»Bis morgen, Emil!«

»Bis morgen, und dank dir Ilse.« Emil greift sich das Alugeschirr am Drahthenkel und drückt seine Schwester kurz von hinten.

*

Emil Bachmann kommt spät zurück. Der Umzug bei Esch war eine einzige Katastrophe. Sie mussten erst dessen Habseligkeiten zusammenräumen, bevor sie den Krempel auf einen geliehenen Bollerwagen verladen konnten. Zwischendurch schneite noch zweimal die Zimmerwirtin schreiend herein, warum alles so lange dauere. Die Krönung kam zum Schluss, als Esch den Zimmerschlüssel ablieferte. Die Wirtin riss ihn ihm aus der Hand und raste wie eine Furie in das Zimmer, um zu kontrollieren, ob auch alles sauber hinterlassen wurde. Sofort entdeckte sie die Macke in der Blümchentapete und kriegte sich fast nicht mehr ein. Das wurde Esch zu blöd, und er hat ihr in ordentlicher Lautstärke die Meinung gegeigt, was die Frau aber nicht sonderlich beeindruckt hat. Sie ist einfach noch lauter geworden, bis sich ihre Stimme hysterisch überschlagen hat. Als dann die Nachbarn anfingen »Ruhe!« zu brüllen und an die Wände hämmerten, drückte Emil der Guten fünf Mark in die Hand, damit sie endlich abziehen konnten.

Zum Glück war es nicht weit bis zu Eschs neuer Bleibe. Das neue Zimmer lag direkt unterm Dach. Also wieder Treppe rauf, Treppe runter, bis alles oben war. Bis sie fertig waren, war es schon 23 Uhr. Emil hat die Schnauze gestrichen voll, als er endlich nach Hause gehen kann, und hat sogar die angebotene Molle, ein Glas Bier, abgelehnt.

Er stapft durch die dunklen Straßen heim. Als er früh am Abend losmarschiert ist, hatten die Mädels angefangen, sich an den Hausecken aufzustellen. Jetzt ist mittlerweile die beste Zeit vorbei, und wer von denen heute noch nicht das Geschäft gemacht hat, wird es auch in dieser Nacht nicht mehr hinbekommen.

Aus einer Eckkneipe dringt Geklimper. Jemand hämmert auf einem verstimmten Klavier herum. Dazu grölen ein paar Gestalten den Schlager:

»Ernst, ach Ernst, was du mir alles lernst …«
»Verkauf mir Mund und Beine – für eine Nacht du Kleine …«

Vor dem Lokal, im schummrigen Licht, das aus der halbgeöffneten Tür dringt, stehen zwei ältere, aufgekämmte Damen und taxieren die vorübergehenden Passanten. Bei männlichem Publikum werfen sie sich in Position: Bauch rein, Brust raus. Emil beeilt sich, um schnellstmöglich vorbeizugehen.

»Hallooo«, dröhnt ihm eine verstellte, verlebte Stimme entgegen.

Emil schaudert's tief im Inneren.

»Und, wie wär et mit uns beeden?«, fragt die andere der beiden Frauen.

»Nu renn doch nich so schnelle.«

»Muss weiter«, entgegnet Emil, und hastet vorbei. Was widert ihn diese Gegend nachts an.

Ein paar Ecken weiter dasselbe. Ein Mädchen stellt sich ihm in den Weg. Sie ist aber ein anderes Kaliber: groß, gut gebaut, schöne, klare Augen. Blonde Haarsträhnen fallen ihr ins Gesicht.

»Na, hast du nicht Lust?«

»Lust immer, aber kein Geld«, erwidert Emil und will sich an ihr vorbeidrücken. Sein Körper berührt ihren, und er riecht ihren Duft nach Haut und Seife.

»Dann gibt es heute ein Sonderangebot. Diesmal darfst du umsonst mit. Wenn's dir gefällt, kommst du wieder, musst aber zahlen. Abgemacht?«

Emil bleibt abrupt stehen. Was hat er gerade gehört? Das kann nicht wahr sein. »Und was is der Trick dabei?«, fragt er.

»Es gibt keinen. Ist ein ehrliches Angebot. Kann mir kaum vorstellen, dass du nein sagst. Wärst ja schön blöde.«

In Emil arbeitet es. Die Kleine ist süß und nicht auf den Mund gefallen. Warum zum Teufel zögert er? Weil er noch nie erlebt hat, dass ein Mädchen von der Straße irgendwas ohne Hintergedanken gemacht hat. Was will sie von ihm? Soll er ausgeraubt werden? Er hat ohnehin nur ein paar Groschen einstecken. Und an das Märchen von der Liebe auf den ersten Blick glaubt er sowieso nicht. Er fühlt ein komisches Ziehen im Bauch.

»Und? Brauchst du 'ne Extraeinladung?«

Emil schnauft. Er wird aus der Situation nicht schlau, aber was hat er zu verlieren? »Ist gut, ich komm ja schon mit.«

Sie hakt sich bei ihm unter und schaut ihn schräg von der Seite an. Emil blickt stur geradeaus und hält sich stocksteif. Ein leichtes Lächeln umspielt ihre Lippen, als sie gemeinsam losgehen.

*

Emil liegt in ihrem Bett und wartet darauf, dass sie ihn rauswirft, um wieder an die Arbeit zu gehen. Als sie keine Anstalten dazu macht, angelt er sich seine Zigaretten aus der Hosentasche. Sie sieht es und holt sich ebenfalls eine aus einem hölzernen Kistchen, das auf dem Nachttisch steht. Sie reißt ein Streichholz an, zündet erst ihre Zigarette an, dann gibt sie Emil Feuer.

»Sag mal, wie heißt du eigentlich?«, versucht Emil, ein Gespräch in Gang zu bringen.

»Aurora. Gefällt dir das? Ich bin die Göttin der Morgenröte.«

»Schon.«

»Wir Frauen heißen alle ganz toll, mit bürgerlichem Namen bin ich bloß Ruth Stern. Hast du ein Problem damit?«

»Nein, warum?«, wundert sich Emil, der nicht weiß, weshalb sie das fragt.

»Nur so, dann ist ja gut.«

»Und wieso hast du mich nun mitgenommen?«

Ruth Stern nimmt einen tiefen Zug und stößt den Rauch langsam aus. Anschließend lässt sie den Kopf aufs Kissen zurückfallen. »Unser Leben ist kein Zuckerschlecken. Du stehst draußen, bei Wind und Wetter. Suchst nach Männern, um etwas Geld zu verdienen. Manchmal klappt es gut, dann könntest du ein paar Tage Pause machen. Manchmal musst du aber die Männer richtig anbetteln, damit sie mit dir gehen. Die Straße hat mich fürs Leben versaut. Ich wollte hier weg, eine normale Arbeit haben, und habe in einer Fabrik am Fließband angefangen. Ich musste stundenlang stehen und dabei stumpf Schrauben in irgendwelche Teile drehen. Ständig kam der Vorarbeiter, der nichts zu tun hat, außer den ganzen Tag lang den Frauen auf die Finger zu sehen. Der kam immer ganz dicht hinter mich ran, angeblich um zu gucken, ob ich meine Arbeit auch richtig mache. Dabei hat er seine Pfoten auf meine Schultern gelegt und mir ins Ohr geschnauft. Widerlich. Natürlich hat er nach dem dritten Tag gefragt, ob ich mich nach der Schicht mit ihm treffen will. Und ich konnte noch nicht mal ›nee‹ sagen, sonst hätte er mich als Neue noch mehr schikaniert oder ganz rausgeschmissen.«

Emil sieht sie von der Seite an. »Jeden Abend, wenn ich heimgekommen bin, war ich völlig fertig. Ich hab gerade mal was essen können, schon bin ich ins Bett gefallen. Das ging ein paar Tage lang so. Die andern Mädels haben mich immer gefragt, warum ich in die Fabrik gehe und was ich dort am Tag verdiene. Was ich nach einer Acht-Stunden-Schicht heimbringe, mache ich auf der Straße an einem guten Tag im Handumdrehen. Eine Woche habe ich durchgehalten, dann stand ich wieder draußen. Auch dort kommen immer wieder Männer an, die sich ›um uns kümmern wollen‹, wie sie sagen. Du kannst nie für dich allein arbeiten, ich meine auf eigene Rechnung. Immer versucht irgendein Zuhälter, dir Geld abzupressen. Wenn du ihn fortschickst, fängt er an Ärger zu machen.

Mit meiner Freundin Grete und ihrem Typen hatte ich ein Arrangement, das ganz gut lief. Im Prinzip haben wir ihm seinen Suff bezahlt und er hat uns die meiste Zeit in Ruhe gelassen. Aber ihr Kerl taugt nichts. Ich will ihn nicht mehr finanzieren, und er kann mich nicht richtig beschützen, so versoffen, wie er ist. Ich muss dafür sorgen, dass ich ohne Belästigung meiner Arbeit nachgehen kann, dass ich das Recht an meinem Platz auf der Straße verteidige und Ruhe vor anderen Frauen und deren Kerlen habe.«

Emil nickt.

»Ich will ehrlich zu dir sein. Ich kenne dich vom Sehen schon eine ganze Weile. Du kommst immer durch die Straßen gelaufen, meist etwas eilig, immer allein, ohne eine Frau. Du bist jung, kräftig, hast Arbeiterkleidung an. Ich wollte dich kennenlernen, weil ich jemanden brauche, der mich vor dem ganzen Mist hier beschützt. Ich glaube, du könntest das gut, du hast so einen gewissen Ausdruck im Gesicht, wenn du weißt, was ich meine.«

»Ich?«, fragt Emil ungläubig.

»Überleg es dir. Wenn du es machst, kommst du morgen Abend einfach wieder vorbei. Ich kann dir leider kein Geld geben, da ich alles für mich brauche. Außerdem denke ich, dass du dir selbst deinen Unterhalt mit Arbeit verdienst. Aber ich kann dir immer ein warmes Bett bieten, wenn du Lust dazu hast. Und jetzt ab mit dir, ich muss wieder raus. Genug gefaulenzt und Schmonzes geredet. Und denk ja nicht, dass du mit mir handeln kannst.«

*

Als Emil wieder in seiner Dachwohnung ankommt, kann er kaum glauben, was er eben erlebt hat. Wäre nicht das wohlige Ziehen in seinen Lenden, er würde alles für einen schönen Traum halten. Er muss nur ja sagen, dann kann er so oft zu ihr gehen, wie er will. Und sie zu beschützen würde ihm nicht schwerfallen. Einer Keilerei ist er noch nie aus dem Weg gegangen.

Aber Zuhälter werden? Nein danke. Es langt schon, dass alle nur einen Proleten und einfachen Arbeiter in ihm sehen. Tiefer muss er nicht sinken. Was würde Kurt dazu sagen? Oder Ilse.

»Das mache ich nicht«, sagt Emil laut zu sich selbst. Er legt sich ins kalte Bett. »Ich werde kein Lude, der ein Mädchen für sich laufen lässt.«

Er knautscht sich das Kopfkissen zurecht, und zieht die Decke über die Ohren. »Ich gehe morgen nicht zu ihr!«

Natürlich geht er zu ihr.

KAPITEL 4

Berlin, Mittwoch, 11. Oktober 1922

Er beobachtet sie eine Weile aus der Ferne. Es ist dunkel, nur die Laternen werfen ihren gelblichen Schein auf die Straße. Sie steht an der Stelle, an der sie ihn gestern angesprochen hat. Sie geht ein paar Schritte, raucht. Sie unterhält sich mit einer anderen Frau und beide lachen. Dann schlendert sie wieder zurück. Ein Mann kommt vorbei, den Kragen hochgeschlagen, den Hut tief ins Gesicht gezogen, beide Hände in den Jackentaschen vergraben. Sie spricht ihn an, lächelt, beugt ihm ihren Körper entgegen. Er schüttelt den Kopf und geht eilig weiter. Die Kollegin hat auch kein Glück bei ihm. Sie kommt herüber und reicht Ruth eine Flasche. Die zieht den Stöpsel heraus und nimmt einen Schluck. Gleich noch einen. Anschließend pfropft sie den Korken wieder auf die Flasche und reicht sie zurück.

Ruth steht allein da, als Emil heranschlendert. Als sie ihn bemerkt, verzieht sich ihr Gesicht zu einem breiten Grinsen. »Wusst ich's doch.«

»Ja, also …«, hebt Emil an.

»Brauchst nichts zu sagen, jetzt wird erst mal gefeiert.« Sie ergreift den Verdutzten am Ärmel und zieht ihn mit sich. Nach ein paar Metern kommen sie an eine Kneipe. Die Tür öffnet sich zur Straßenecke hin. Reklame von Schultheiss-Bier hängt an der Mauer neben dem Eingang. Eine Tafel zeigt die Tagesangebote: Buletten, gebratene Leber, Pferdeknackwurst mit Kartoffelsalat. »Zur Tonne« heißt der Laden.

Nach der klaren, kalten Luft draußen hat Emil das Gefühl, bei dem Betreten der Kneipe und dem stickigen, verräucherten Mief darin gegen eine Wand zu laufen. Der Raum ist nur ein enger Schlauch. Links dominiert eine lange Theke, hinter der der Wirt in weißem Hemd mit aufgerollten Ärmeln Biere und Schnäpse über den Schanktisch schiebt. Davor drängeln sich die verschiedensten Gestalten. Die meisten stehen an den Tresen gelehnt, andere drücken sich hinter ihnen vorbei. Der Laden ist bis zum Platzen gefüllt. Fast jeder hält ein Glas in der Hand und raucht. Das Ganze ist ein einziges Geschubse und Gegröle. Verstaubte Papiergirlanden an der Decke sollen für Stimmung sorgen. Der hintere Teil des Raumes verliert sich im Dunkeln. Ruth drängelt sich zum Tresen durch, wobei sie Emil an der Hand hinter sich herzerrt.

»Bier und Kognak«, brüllt sie dem Wirt entgegen.

Ihr Eintreten hat Aufmerksamkeit verursacht. Zwei, drei weibliche Gäste bahnen sich den Weg zu ihnen.

»Wer 's 'n das?«, kräht eine stark geschminkte Frau und fängt an, Emil ungefragt nach Zigaretten abzutasten.

»Lass den, is' mein Neuer«, kommt es von Ruth.

»Huch, ist der aber süß«, schmiegt sich eine andere an Emils Brust und legt ihm die Hand in den Hemdausschnitt. »Darf ick den ooch ma probiern?«

»Finger weg, kannst du dir gar nicht leisten«, entgegnet Ruth und fängt an, an die Herumstehenden Bierkrüge und Schnapsgläser zu verteilen.

»Na, ick meen ja bloß, wo seine Visage doch so hübsch is, da sollten wir alle mal wat von haben, bevor ihm Paule die Fresse poliert«, zwinkert sie Emil zu.

Emil nimmt hastig einen Schluck aus seinem Glas.

»Keine Angst«, meint Ruth in die Runde und lacht: »Mein Emil hat 'nen Titel im Boxen. Und jetzt Prost, wir sind nicht zum Quatschen, sondern zum Feiern hier. Das ist Emil, und hier sind Helga, Frieda, Rieke und der Wirt ist unser Klaus, der kann einem auch mal gut aushelfen.«

Sie hebt das Cognacglas und stößt mit den anderen an, auch der Wirt hat sich einen eingeschenkt und trinkt mit. Danach ist die Stimmung gelöster. Ein Grammofon auf der Theke spielt Schlager von verkratzten Platten gegen den Lärm an. Die Unterhaltung besteht nur aus Brüllen. Nachdem Emil beschnuppert und begossen wurde, legt sich der Reiz des Neuen etwas.

Plötzlich ertönt hinten im Lokal ein Riesenradau, der selbst die Geräuschkulisse noch übertönt. Man hört Weiber kreischen und Scherben klirren. Klaus schiebt seine Ärmel etwas weiter nach oben und kommt erstaunlich schnell hinter der Theke hervor, um nach dem Rechten zu sehen. Nach wenigen Augenblicken kommt er mit einer Frau wieder nach vorn, die er an den Haaren hinter sich herschleift. Sie quiekt wie ein abgestochenes Schwein und hält mit einer Hand sein Handgelenk fest, damit es nicht zu sehr zieht. Mit der anderen versucht sie, ihm in die Seite zu boxen. Die Gespräche verstummen, die Gäste lachen. Plötzlich setzen anfeuernde Rufe ein: »Olga! Olga! Olga! Olga!«

Ohne zu zögern wirft Klaus sie aus dem Laden. »So, is Schluss für heute, kannst morjen wiederkommen.«

»Du Aas, du janz jemeinet Aas«, schreit Olga, als sie aus der Kneipe stolpert.

Alle grölen vor Schadenfreude.

»Die fünf Mark fuffzich setz ick dir uffe Rechnung«, brüllt Klaus hinterher und knallt ihr die Tür vor der Nase zu.

»Trink aus«, raunt Ruth Emil ins Ohr. »Wir können noch oft hierherkommen, jetzt feiern wir privat weiter.«

*

Emil hat das Gefühl, schon oft bei Ruth gewesen zu sein, obwohl es erst einmal war. Ihre Bleibe ist ein kleiner Kellerraum. Das einzige Fenster zur Straße hin befindet sich direkt unter der Decke, ist keine drei Handbreit hoch und vergittert. Hinter einem Paravent verbergen sich ein Waschbecken und ein kleiner Herd. Obwohl das Zimmer ähnlich karg eingerichtet ist wie Emils, zeigt sich doch die weibliche Handschrift in etlichen Kleinigkeiten. Eine Vase steht auf einem Wandbrettchen, daneben sind gerahmte Bilder aufgestellt. Es handelt sich um eine Fotografie, der Rest sind bunte Postkarten. Über den Wandteiler ist Wäsche zum Trocknen aufgehängt. Das Zimmer riecht nach Essen, Rauch und einem Hauch von Parfum.

Er setzt sich aufs Bett, während Ruth gebückt im Kleiderschrank kramt.

»Hier«, dreht sie sich um. »Ich hab uns für den heutigen Tag was Besonderes besorgt.«

»Woher wusstest du, dass ich komme?«, fragt Emil.

»Nu sei doch nicht so 'n Dummerchen«, grinst Ruth. »Mein Angebot war gut, und du warst gerne mit mir im Bett, das habe ich gemerkt. Ich war mir ziemlich sicher, dass du heute aufkreuzt.«

Emil macht ein etwas einfältiges Gesicht.

Sie boxt ihm in die Rippen. »Sieh mal hier«, hält sie ihm einen Taschenspiegel mit einem Häufchen weißem Pulver darauf entgegen.

»Was ist das?«, fragt Emil.

»Kokain.«

»Kokain?«

»Hast du schon mal welches probiert?«

»Nein.« Emil schaut etwas skeptisch auf den Stoff von dem er schon so viel gehört hat. Seine Wirkung soll toll sein, man soll fliegen können. Kokain ist teuer, keine Arbeiterdroge, eher was für die Halbwelt. Er schaut ihr zu, wie sie aus dem Häufchen mit einer Spielkarte geschickt zwei dünne Linien formt. Dann leckt sie die Karte ab und legt sie zur Seite. Anschließend rollt sie ein kleines Blatt Papier wie einen Strohhalm zusammen und zieht sich damit das Kokain in die Nase. Emil hat so etwas noch nie gesehen. Anschließend hält sie ihm das Röhrchen hin. Etwas unbeholfen nimmt es Emil und schaut Ruth fragend an.

»Steck es in die Nase und zieh das Pulver damit rein. Eine halbe Linie für jedes Loch. Genau wie ich.«

Emil tut, wie ihm befohlen.

Nach der ersten Hälfte spürt er ein leichtes Brennen, sonst nichts. Er zieht den Rest ins andere Nasenloch. Eine Minute später hat er das Gefühl, eine Käseglocke senkt sich über ihn. Er bekommt alles mit, überdeutlich und gleichzeitig irgendwie gedämpft. Rotz läuft ihm aus der Nase. Ruth sieht ihn an, einen Augenblick lang, dann rutscht sie näher und beginnt ihn zu küssen.

*

Berlin, Donnerstag, 16. November 1922

Er sitzt in Ruths Zimmer. Allmählich wird es zur Gewohnheit, dass er zwei, drei Abende die Woche bei ihr verbringt. In der Regel schlafen sie miteinander. Nachdem sie den letzten Kunden abgefertigt hat, übernachtet er bei ihr und geht direkt von ihrer Bude aus zum Betriebswerk. Mehrfach hat Kurt an einem dieser Abende bei ihm angeklopft und am nächsten Tag versucht herauszufinden, wo er sich herumtrieb. Noch ahnt er aber von der ganzen Sache nichts, glaubt Emil.

An diesem Abend ist Ruth gereizt. Sie küsst ihn zur Begrüßung nur flüchtig und fängt an, ihre schlechte Laune an ihm auszulassen. »Ich brauch endlich mal deine Fäuste. Immer nur mit mir rumkuscheln ist nicht das, wofür ich dich ranlasse.«

»Was ist los?«

»Ach, ich hab Ärger.«

»Ist was passiert?«

»Da, schau halt genau hin!« Sie zeigt auf ihr blutunterlaufenes Auge, das er bei den schlechten Lichtverhältnissen zunächst nicht bemerkt hat.

»Wer war das?« Emil ist entsetzt.

»Ach, ist eigentlich nicht so schlimm, ich bin außerdem selbst dran schuld.«

»Wieso?«

»Paule, der drüben in der Taborstraße ein paar Mädels laufen hat, hatte schon immer ein Auge auf mich geworfen. In der Tonne hat er sich dann an mich herangemacht, und gemeint, ich würde noch in seinem Hühnerstall fehlen, als gute fette Legehenne. Ich hab ihm daraufhin eine runtergehauen, und er hat zurückgeschlagen, weiter nichts.«

Emil bekommt eine Stinkwut. »Die anderen standen nur herum und haben nichts getan?«, will er wissen.

Ruth winkt ab. »Ist nur ärgerlich«, meint sie, »weil man das Veilchen sieht, und ich es jetzt ein paar Tage überschminken muss. Aber ganz kriegt man so was nie weg.«

Emil steht auf und packt stumm seine Jacke und Mütze.

»Wo willst du hin?«

»Zur Tonne. Zieh dich an und komm mit.«

Ruth ist überrascht, aber tut, was er sagt.

*

50 Meter vor der Tonne bleibt Emil stehen. Er sieht sich um. Ruth hat hinter ihm angehalten.

»Was …?«

»Schhht!«, macht Emil. »Ich muss überlegen.« Er sieht einen Gassenjungen auf der Straßenseite gegenüber vorbeilaufen und pfeift schrill auf zwei Fingern. Der Junge dreht sich um.

Emil winkt ihn herbei. »Komm ran. Du gehst mal kurz für mich in die Tonne rein und schaust dich um, ob Paule drin ist. Kennst du doch, oder?«

Der Junge nickt.

»Wenn er da ist, schickst du ihn raus. Sagst, jemand muss ihn dringend sprechen. Ist das klar?«

Der Junge nickt erneut.

»Also, worauf wartest du noch?«

Der Junge reibt Daumen und Zeigefinger deutlich vor Emils Gesicht aneinander.

»Hier, ein Zehner, und jetzt aber ab!« Emil drückt dem Jungen das Geld in die Hand. Dann stellt er sich deutlich sichtbar in den Schein einer Straßenlaterne und wartet ab. Ruth schickt er zur nächsten Ecke, Schmiere stehen. Was für eine Verschwendung, denkt sich Emil. Für einen Zehner konnte man vor dem Krieg eine Woche lang gut leben. Die Inflation frisst alles auf.

Nach einigen Minuten tritt eine Gestalt leicht schwankend aus der Tonne. Paule blickt sich suchend um, bis er schließlich Emil im Lichtschein entdeckt. Er richtet sich auf, streckt sich genüsslich und holt seine Zigaretten aus der Jackentasche. Mit Bedacht zündet er sich eine an, inhaliert und bläst den Rauch deutlich sichtbar als Ringe aus dem Mund. Erst danach schlendert er langsam herüber.

»Und, wer bist du jetzt?«, taxiert er Emil mit einem fiesen Grinsen.

Paule schiebt beide Hände in die Hosentaschen und drückt sein Kreuz durch, während ihm die Zigarette schief im Mundwinkel hängt. Das ist sein Fehler. Eigentlich wollte Emil mit ihm reden, aber so eine günstige Gelegenheit kann er nicht verstreichen lassen.

Er macht einen Satz nach vorn, holt aus und haut dem andern dermaßen eine runter, dass es ihm bis hoch in seine Schulter zieht.

Die Zigarette fliegt in hohem Bogen aus Paules Mund, und er gerät ins Straucheln. Bevor er seine Fäuste aus den Taschen herausziehen und sich decken kann, fängt Emil auch schon an, wild auf ihn einzuprügeln. Jeder Hieb sitzt. Ein paar Treffer steckt sein Gegner stehend ein, dann geht er in die Knie. Emil drischt Paule zu Boden und beugt sich über den Wehrlosen. Blut rinnt aus dessen Nase. Die Augen sind zugeschwollen und die Lippe aufgeplatzt. Schützend hält er beide Arme nach oben. Emil hat keinen einzigen Schlag abbekommen, so schnell ging alles.

Paule versucht vor Emil wegzukriechen, der aber packt ihn am Kragen und setzt seinen genagelten Arbeitsschuh auf dessen rechte Hand, an der ein messingfarbener Schlagring steckt. Langsam verlagert er das Gewicht, bis ein Gelenk knackt und Paule aufschreit.

»Wenn du Ruth noch einmal anfasst, landest du in der Charité, verstanden?«

Paule guckt ihn nur blöde an. Als ihn Emil am Kragen schüttelt, beginnt er jedoch hektisch mit dem Kopf zu nicken.

»Chhrrr, ja«, bringt er hervor und spuckt Blut dabei aus.

»Wenn ich dich noch einmal in der Nähe von Ruth sehe, bist du tot, verstanden!«

»Ja, ja, ja.« Paule nickt mechanisch.

»Und wenn du denkst, du schmiedest einen schönen Racheplan und wischst mir eins aus, landest du im Landwehrkanal wie die Luxemburg. Die haben sie auch erst nach ein paar Monaten gefunden, aber die haben sie wenigstens vermisst. Nach dir kräht kein Hahn. Dich fressen erst die Ratten, bevor deine Knochen in eine Plane gewickelt in die Grube geschmissen werden. Hab ich mich klar genug ausgedrückt?«

Der andere will irgendwas erwidern, aber Emil schneidet ihm das Wort ab. »Zieh Leine!«

Das lässt sich Paule nicht zweimal sagen. Er sieht zu, dass er Land gewinnt. Schwer angeschlagen verlässt er den Kampfplatz. Er dreht sich noch einmal um, aber keine Schmähworte, wie es sonst üblich wäre, dringen an Emils Ohr. Pauls Niederlage ist vernichtend.

KAPITEL 5

Berlin, Donnerstag, 23. November 1922

Kurt und Emil sitzen zusammen in der Bierstube Johann in der Cuvrystraße. Sie haben die dritte Molle vor sich stehen, etliche Schnäpse dazu, als Kurt endlich auf das Thema zu sprechen kommt, das ihm auf dem Herzen liegt.

»Jetzt erklär mir doch mal, wie du dir dein Leben so in Zukunft vorstellst«, beginnt er umständlich.

»Was meinst du damit?«, fragt Emil.

»Ich mein damit, dass du jetzt 25 bist, Arbeit hast, aber keine Frau. Es wird doch langsam Zeit, sich um Haushalt und Kinder Gedanken zu machen. Stattdessen kriege ich mit, dass du nachts mit Nutten rumhängst und sogar eine für dich laufen lässt. Ist mir ja auch egal, ein junger, hübscher Kerl wie du braucht eben auch seinen Spaß. Aber wenn du dir dann nach dem dritten Tripper noch die Syphilis eingefangen hast, ist's halt mit dem Kindermachen Essig. Du kennst ja den Spruch: ›Ist der Ruf erst ruiniert, lebt es sich ganz ungeniert‹. Bloß ich als dein Schwager darf mir ja noch ein paar Gedanken machen, und auch Ilse ist auch nicht gerade begeistert von dem, was sie von dir mitbekommt. Wenn die Kollegen auf Arbeit das spitzkriegen, gibt das Gerede ohne Ende. Dann kannst du sicher sein, dass sie dich bei der Bahn kurzerhand rausschmeißen, deutsche Eisenbahnerehre und so.«

Emil wird puterrot im Gesicht.

»Die wollen halt nicht«, macht Kurt weiter, »dass du mit deinen Dreckspfoten die teuren Züge anfasst, mit denen du vorher noch weiß Gott wo rumgefingert hast. Wenn die vornehmen Dämchen und Misjöhs in die Abteile steigen, die kurz vorher noch der Zuhälter und Prolet Emil Bachmann angetatscht hat, könnten die sich ja sonste was einfangen, oder?«

»Welches Schwein hat …?« Weiter kommt Emil nicht, denn Kurt legt ihm beruhigend die Hand auf den Arm.

»Brauchst dich nicht aufzuregen. Noch pfeifen's die Spatzen nicht von den Dächern. Aber irgendwann wird der Tratsch anfangen. Wer soll denn sonst mit dir reden, wenn nicht ich? Du bist doch ein anständiger Kerl. Nur wenn ich mir die allgemeine Lage im Moment anschaue und die Inflation, die immer schlimmer wird, denk ich mir, es wär doch besser, in solchen Zeiten Arbeit und was zu beißen zu haben.« Er schubst ihn seitlich an. »Außerdem liegst du mir dann nicht auf der Tasche! Ich muss schon die hungrigen Mäuler meiner Frau und vom Kleinen stopfen. Das Zweite ist übrigens unterwegs. Zum Wohl!«

Emil reißt die Augen auf. »Ilse ist schwanger?«

»Nu ja, irgendwann muss ich's mal erzählen. Da dachte ich mir, du wärst der Richtige, um es als Erster zu erfahren. Und wenn ich dir schon eine Gardinenpredigt vom Heiraten und Kinderkriegen halte, muss ich doch mit gutem Beispiel vorangehen.« Kurt grinst über beide Ohren.

Sie heben die Gläser und stoßen an.

»Wann ist es so weit?«, fragt Emil.

»Der Storch wird wohl nächstes Jahr im Mai oder Juni sein Paket abliefern.«

»Na, da gratulier ich euch herzlich.« Emil winkt nach dem Kellner. »Noch zwei Bier und Kognak dazu. Aber bring zwei gute und nicht den Fusel, den ihr sonst immer ausschenkt.«

Als die Bestellung auf dem Tisch steht, kommt Emil noch mal auf die erste Angelegenheit zurück. »Was rätst du mir, was ich mit meinem Mädel machen soll?«

»Mensch, gib ihr den Laufpass. Wärst nicht der Erste auf der Welt. So was passiert ständig. 'ne Neue lernst du schnell kennen, und dann ist der Trennungsschmerz bald vergessen. Ilse hat ein paar Freundinnen, die gar nicht mal unflott sind. Da werden wir was arrangieren. Ganz entspannt zu viert ins Kino oder etwas in der Richtung.«

»Aber ich kenne die Ruth doch erst seit ein paar Wochen«, entgegnet Emil.

»Ah, Ruth heißt sie also. Schon klar, heiße Liebe, das kenn ich. Aber denk an das, was ich dir gesagt habe. Besser heute als morgen, dann kommst du aus der Sache sauber raus. Ich will nicht der Schwager von 'nem Zuhälter sein, und ich hab auch keine Lust dazu, dich irgendwann nachts ins Hospital zu chauffieren, weil einem deiner neuen Freunde deine Visage nicht gepasst hat. Emil! Das ist nicht deine und meine Welt. Hör' auf mich.«

Sie trinken und rauchen weiter, aber der Abend ist für Emil gelaufen. Frühzeitig verabschiedet er sich und geht nach Haus. Gedankenschwer fällt er ins Bett. Es arbeitet in ihm, er sucht nach einem Ausweg. Er weiß insgeheim, dass Kurt recht hat. Ihm war immer schon klar, dass es auf diese Weise nicht gut gehen kann; tagsüber im Betriebswerk Dienst schieben und abends auf dem Strich nach dem Rechten sehen. Die ganze Nacht wälzt er sich unruhig im Bett hin und her, bis er gegen Morgen in einen leichten Schlaf fällt. Als der Wecker um 6:30 Uhr rappelt, ist Emil sofort hellwach. Er setzt sich in dem kalten Zimmer auf und hat die Lösung. Sie ist ganz einfach. Er muss sie noch einmal genau durchdenken, aber das könnte klappen.

*

Abends dann, in ihrem Zimmer, platzt es aus Emil gleich heraus: »Du, Ruth, was hältst du davon, nicht mehr auf der Straße zu arbeiten? Wenn ich für dich sorgen würde, kämen wir doch auch so zurecht.«

Sie sieht ihn frostig an. »Eifersüchtig?«

»Nein, aber wegen dem Gerede. Mein Schwager Kurt hat es mir erklärt. Wenn es mit uns so weitergeht, schmeißen die mich auf Arbeit raus.«

»Das fällt dir aber früh ein. Dich hier erst fett einnisten, und wenn's brenzlig wird, ziehst du den Schwanz ein.«

»Ganz und gar nicht. Ich würde ganz und gar zu dir stehen. Du kannst doch bei mir wohnen, als meine Frau.«

»Wird das jetzt ein Heiratsantrag?«

Emil ist verstört. Das Gespräch läuft ganz anders, als er es sich vorgestellt hat. Er setzt noch einmal von vorn an. »Ruth, hör mir zu. Ich möchte mit dir zusammen sein. So wie es heute ist, kann es nicht auf Dauer weitergehen. Wir können doch genauso gut von meinem Geld leben. Und irgendwann haben wir vielleicht ein paar Kinder …«

Nun ist es raus. Emil ist erleichtert. Die Worte gingen ihm viel leichter über die Lippen, als er gedacht hatte. Er hatte sich jedes Wort zurechtgelegt. Doch in der Aufregung war alles wieder vergessen.

Ruth wird käsebleich und setzt sich auf die Bettkante. Dann atmet sie eine Weile flach und angespannt. Emil blickt besorgt zu ihr rüber. Endlich fängt sie an zu reden: »Mein lieber Emil. So geht das leider nicht. Wir haben etwas anderes vereinbart. Die Regel heißt: Du beschützt mich, und ich nehme dich ab und zu mit nach Haus. Ich mag dich, aber es ist nicht geplant, dass wir uns ineinander verlieben. Ich passe mit meiner Vergangenheit nicht in deine Welt. Früher oder später würde herauskommen, womit ich meinen Lebensunterhalt verdient habe. Die Freier sehen mich auf der Straße, die sind auch nicht blöd. Gestern steht sie noch an der Straßenecke und heute ist sie schon die Frau von Emil Bachmann. Die Gerüchte hast du so oder so. Vergiss einfach den Gedanken, dass du mir ein anderes Leben bieten kannst. Ich habe einen Traum. Ich möchte ganz offen mit dir sein. Ich bin jung und sehe einigermaßen gut aus. In ein paar Jahren wird das anders sein. Daher spare ich mir jeden Groschen ab, den ich mit meinem Hintern erarbeite, um eines Tages hier abzuhauen, weg aus Berlin. Ich kenne genug Kolleginnen, die den Absprung nicht geschafft haben und die sich heute in Kneipen für ein paar Schnäpse anbieten. So will ich nicht enden. Ich möchte in Posen, wo ich herkomme, neu anfangen. Da kennt mich keiner, und in einigen Jahren, wenn ich älter geworden bin, wird auch niemand aus Berlin, dem ich zufällig begegne, mehr die ehrbare Frau, die sie dann sehen, mit dem Fräulein Aurora in Zusammenhang bringen. Und der einzige Grund, warum ich das tue, ist, dass ich einmal mit einem guten jüdischen Mann gute jüdische Kinder haben will. Denn das ist mein Traum, solange ich denken kann.«

Emil ist völlig erstaunt. »Du bist Jüdin?«

»Na, der Name Ruth Stern sagt doch wohl alles. Ich hatte dich gefragt, ob's dir was ausmacht, und anscheinend war das nicht der Fall. Aber wenn ich auch nur das Sternchen bin, bist du offenbar der große Vollmond, der nichts kapiert.«

Emil ist sprachlos und hockt mit offenem Mund da.

»So, Emil, du warst gut zu mir, aber ich glaube, mit uns wird das nichts mehr. Als Beschützer wirst du mir zu anhänglich, und mehr als jetzt kann ich dir leider nicht bieten. Was du suchst, bin ich nicht und werde ich auch nie sein können. Es ist besser, du gehst deiner Wege und ich meiner. Ich werde mir jemand anderen suchen, der mich beschützt, denn mit dir wird's mir zu kompliziert. Das ist es immer, wenn zu viel Gefühl im Spiel ist. Das kenne ich schon. Und jetzt ab nach draußen. Wenn du mich zukünftig besuchen kommst, musst du zahlen wie alle anderen auch.«

*

Emil kann sich nicht daran erinnern, wie er nach Hause gekommen ist. Er will keinen Menschen mehr sehen. Er setzt sich auf seinen Stuhl. Keine fünf Sekunden kann er stillsitzen, setzt einen Topf mit Kaffeewasser auf. Bis es kocht, tippelt er ungeduldig durch den Raum. Drei Meter vor, drei zurück. Er fühlt sich wie ein Tiger im Käfig. Er zieht sein Hemd aus, weil er schwitzt. Kurz darauf fröstelt es ihn, der kalte Schweiß bedeckt seine Haut. Das Wasser will nicht kochen, verdammter Mist. Auf einmal überkommt ihn unbändiger Durst. Er geht die Treppe runter zum Gemeinschaftsklosett und trinkt direkt aus dem Hahn. Das eiskalte Wasser brennt in seinem Magen. Plötzlich muss er würgen und ihm kommt alles hoch. Er kotzt sich die Seele aus dem Leib, den Frust, die Ablehnung, die Enttäuschung. Tränen schießen in seine Augen, ob vom Brechen oder vor Wut kann er nicht sagen. Er steht vornübergebeugt am Waschbecken und lässt alles aus sich herausfließen. Dann spült er sich den Mund aus und wäscht sich Gesicht und Nacken. Zurück im Zimmer nimmt er ein steinhartes Handtuch und rubbelt sich über den Kopf. Gut tut ihm das, wie es dabei brennt. Er reibt stärker, bis der ganze Kopf rot ist. Jetzt kocht auch das dumme Wasser. Er hat keine Lust mehr auf Kaffee und stellt den Topf beiseite, raus hier. Er erträgt die Enge nicht mehr. Raus, in die eisige Novembernacht, den Kopf auslüften.

Laufen, laufen, weglaufen.

Er schnappt sich seine Jacke und wirft sie sich über. Die Schiebermütze drückt er aufs feuchte Haar. Er sieht sich im Zimmer um. Fühlt, wie sein Blick zum Schrank hingezogen wird. Er weiß, da liegt noch ein Paket im obersten Fach. Gut eingewickelt. Ein Paket für sie. Er beschließt, es ihr noch vorbeizubringen, damit er mit ihr abschließen kann.

*

Er kennt das Revier: Wrangelstraße, Taborstraße, Schlesische Straße. Er hält die Augen offen. Das schnelle Laufen tut ihm gut. Er spürt die Kälte im Gesicht und auf seiner Brust. Er fühlt sich leicht, als ob er fliegen könnte. Seine Schritte auf dem feuchtkalten Pflaster sind laut, aber das Geräusch dringt nicht bis in sein Bewusstsein vor.

Sie ist leicht zu finden. Da vorne steht sie schon. Allein in einer Einfahrt, als gehöre sie zum Gebäude. Wie schön sie ist, denkt Emil. Sie wartet in ihrer warmen Kleidung auf Kunden. Die Temperatur ist kurz über dem Gefrierpunkt. Ihre Atemwölkchen kondensieren in der Luft.

Sie sieht ihn auf sich zukommen und macht ein betrübtes Gesicht. »Ach, Emil …«

Emil bleibt nicht stehen. Schon als er sie entdeckt hat, hat er angefangen, das Paket auszuwickeln. Er geht ohne zu zögern direkt auf sie zu; ohne den Schritt zu verlangsamen. Erst schaut sie mitleidig, dann überrascht. Als sie den Grabendolch erblickt, den er aus dem öligen Lappen gewickelt hat, schlägt ihr Blick in Entsetzen um. Einen Augenblick später legt er ihr die Hand auf den Mund und presst ihren Kopf gegen die Ziegelmauer der Einfahrt. Mit der anderen Hand sticht er mit dem Dolch immer wieder zu, bis ihr Körper unter seinem Griff schlaff wird.

Er lässt sie zu Boden gleiten. Das Ganze hat nur wenige Sekunden gedauert. Sofort geht er weiter, als wäre nichts geschehen. Im Laufen wischt er den Dolch mit dem Tuch sauber. Emil macht das ganz mechanisch. Ein kleiner Umweg führt ihn am Landwehrkanal vorbei. Rasch fliegt das blutbesudelte Stück Stoff ins schwarze Wasser. Ein leises Platschen, dann treibt der Lumpen an der Oberfläche davon.

Weiter, schnell weiter. Emil eilt nach Hause. Dort ist er geschützt, dort kann ihm keiner was anhaben. Er läuft schnell, aber rennt nicht, um nicht aufzufallen. Zum Glück begegnet er keiner Menschenseele. Er durchquert die Höfe der Mietskaserne und eilt die Treppe hoch. Vor seiner Zimmertür hantiert er mit dem Schlüssel, der sich von der zitternden Hand nicht in Schloss führen lassen will. Kaum ist Emil drin, schließt er hinter sich ab. Am liebsten würde er den Stuhl unter die Klinke klemmen, aber wenn jemand mit Gewalt hereinkommen wollte, schaffte er das sowieso.

Emil holt den Dolch unter seiner Jacke hervor. Seine Hand ist fast sauber geblieben, Ruths Kleider haben das meiste Blut aufgesogen. Er schaut auf die Klinge. Nur wenige Spuren zeugen von der eben begangenen Tat. Der Topf mit Kaffeewasser fällt ihm ins Auge, es ist sogar noch warm. Er taucht den Dolch hinein und fängt an, ihn abzuschrubben. Hastig rubbelt er auf dem Stahl herum. In der Enge des Topfes rutscht er ab und schneidet sich an der Klinge. Automatisch steckt er den Finger in den Mund. Schmeckt das Blut.

Sein Blut – ihr Blut.

Ihm wird schlecht.

Er legt sich aufs Bett, dann wird er ohnmächtig.

TEIL 2

WEISS

Weiß wird in der Regel mit Begriffen wie »Freude« und »Reinheit« assoziiert. Dementsprechend steht es für Unschuld, Jungfräulichkeit, Unsterblichkeit, Unendlichkeit.

KAPITEL 6

Gut Heinrichshof, Bezirk Allenstein, Ostpreußen, Samstag, 7. August 1926

Glucksend sinkt der weißschimmernde Körper immer tiefer ins Wasser hinein. Auf der glatten dunklen Oberfläche des Sees spiegelt sich das Mondlicht, tanzt auf den konzentrischen Ringen, die das Eintauchen verursacht hat. Erschreckt hebt eine Ricke am anderen Ufer das Haupt und sichert. Auch ihre zwei Kitze verharren angespannt neben ihr. Dann, nach einer kurzen Weile, senkt sie den Hals und äst weiter. In der Luft sirren die Mücken, sonst ist es fast unheimlich ruhig im Wald. Die drückende Hitze des Hochsommerabends liegt über der Landschaft, lähmt alles Leben, alles Denken.

Emil schöpft mit seiner hohlen Hand Wasser und lässt es sich über den Nacken rinnen. Seine Arme sind voller dunkler Flecken – Harz der Kiefern, die sie seit Monaten einschlagen. Er wischt sich Schweiß und Dreck vom nackten Leib, der hell in der Nacht leuchtet. Emil watet ein Stück weiter hinaus, bis ihm das Wasser zum Hals reicht. Er stößt sich vom Grund ab und macht einige Schwimmzüge. Dann dreht er sich auf den Rücken und strampelt geräuschvoll mit den Beinen. Nur langsam kühlt er ab. Nach einer Viertelstunde steigt er aus dem Wasser und legt sich auf sein Handtuch, das er im Gras ausgebreitet hat. Die Tropfen perlen von seiner Haut und fließen in kleinen Rinnsalen an ihm herab.

Die vier Jahre in Ostpreußen haben ihm gutgetan. Emils Körper ist kräftig, gestählt von der schweren täglichen Arbeit im Forst. Er legt die Hände in den Nacken und blickt zum

Himmel empor. Im Mundwinkel hängt ein Grashalm, auf dem er langsam, bedächtig herumkaut. Eine steile Falte erscheint auf seiner Stirn und lässt ihn zornig aussehen. Er muss über einiges nachdenken und sich darüber klar werden, wie es mit ihm weitergehen soll.

Seine Schwester Ilse möchte, dass er nach Berlin zurückkommt. Sie hat damals nicht verstanden, warum er 1922 Hals über Kopf abgehauen ist. Sie hielt es für einen verrückten Einfall von ihm, schließlich kannte sie auch nicht die dunklen Geister, die ihn seit dem Krieg verfolgen, die Toten, die er immer wieder vor sich sieht. Die Sache mit Ruth Stern hatte ihm damals mehr zugesetzt, als er wahrhaben wollte. Sie war die erste Frau, die er tötete. Zuvor waren es fast nur Soldaten gewesen, auch ein paar Zivilisten. Darüber kam er mit der Zeit hinweg, auch wenn es nicht immer einfach war. Dieser letzte feige Hund, der Löwenthal, bereitete ihm von Anfang an kein Kopfzerbrechen. Der bekam, was er verdiente. Einem anständigen Soldaten, der an der Front kämpft, die Braut auszuspannen, pfui. So was bringt nur ein Jude fertig, ist Emil sich sicher, ein Drückeberger, ein Schmarotzer, dem gar nichts heilig ist. Der verdient es nicht anders. Nur schade, dass nicht mehr Kriegsheimkehrer nach 1918 aufgeräumt haben. Statt dass Deutsche auf Deutsche schießen, wäre es besser für das Land gewesen, sie hätten gemeinsam das Pack ausgeräuchert, überlegt Emil. Vereinzelt mussten ja auch ein paar der schlimmsten Politiker daran glauben: der Eisner, der Rathenau und andere. Der Fehler war damals, dass sie nicht alle drangekriegt hatten, die ihren Profit aus dem Krieg geschlagen haben. Die Kriegsgewinnler, Wucherer, die sich zu Hause einen schönen Lenz machten, während so viele der Besten ihr Leben gaben, die hätten sie hopsnehmen sollen, als sie die Möglichkeit dazu hatten. Jetzt sitzen dieselben Herren wie früher wieder hoch zu Ross und gehen unbeschadet aus der Niederlage hervor. Sie als Arbeiter dürfen dagegen hier im Osten Bäume als Reparationsleistung für die Franzosen schlagen. Der Vertrag von Versailles knebelt das Reich zu Boden, es kommt nicht mehr hoch. Die Inflation 1923 hat Emil zum Glück nicht in Berlin erleben müssen, hier auf dem Land gab es immer etwas zu essen. Er wollte sich gar nicht ausmalen, was Ilse und ihr Mann gelitten haben in der Großstadt. Hätte er damals gewusst, wie das alles endet, er wäre schon neunzehn mit den Freikorps ins Baltikum gegangen, aber wie heißt es doch: »auf hättste gibt der Jude nischt …«.

Nachdem er den Aufruf der Polizei in der »Vossischen« gelesen hatte, die Zeugen für den Mord an der Ruth suchte, wurde es ihm zu heiß in Berlin. Er musste schleunigst abhauen – vielleicht gab es doch irgendjemanden, der in dieser Nacht etwas gesehen hatte. In drei Tagen war alles geregelt. Ilse und Kurt verstanden natürlich nicht, wieso er seine gute Stelle im Betriebswerk aufgab, um für irgendeinen Gutsbesitzer in Ostpreußen zu arbeiten. Ein Kamerad von Kurt übernahm das Meiste von Emil: nicht nur die Stelle am Görlitzer, sondern auch seine Bude und sogar ein paar persönliche Sachen. Jetzt ist der Kollege aber in den Bau gewandert, für einige Jahre sogar. Schlägerei mit Todesfolge hat Ilse geschrieben. Anscheinend hat er in einer Kneipe zu fest zugeschlagen, wobei er dummerweise seinen Krug noch in der Hand hielt. Ob wirklich der eine Treffer ausschlaggebend war, sei dahingestellt, zumindest reichte es dem Gericht aus, da er schon im Zusammenhang mit etlichen ähnlichen Vorfällen in der Vergangenheit aktenkundig geworden war.

Ilse möchte, dass Emil nach Berlin zurückkommt. Er kann nahtlos seine alte Stelle antreten, mit dem Lohnbüro hat Kurt bereits gesprochen, die machen keine Probleme. Berlin. Emil sehnt sich nach der Stadt, gleichzeitig hat er Angst vor ihr. Die Hektik und der Lärm. Die Stadt, in der alle immer auf den Beinen sind, sich keine Ruhe gönnen, das quirlige Leben, das Emil manchmal vermisst, die Kneipen und die Mädels. Es gibt auch auf dem Land ständig etwas zu tun, aber die künstliche Hast der vielen Menschen in Berlin fehlt hier völlig.

In Ostpreußen, wo sich Fuchs und Hase gute Nacht sagen, hat er in den letzten Jahren seinen inneren Frieden gefunden. Die Träume aus dem Krieg plagen ihn nicht mehr so häufig, die Toten lassen ihn endlich in Ruhe. Die Landschaft ist schwermütig, endlose Föhrenwälder, ab und zu eine Lichtung, viele kleine Seen. Das Leben geht gleichförmig dahin, die Jahreszeiten bestimmen den Tagesablauf. Monatelang Winter mit viel Schnee und dann plötzlich ein heißer, kräftiger Sommer, der in einen goldenen Herbst übergeht. Emil kommt es vor, als leiste er hier in der Einöde all den Menschen Abbitte, deren Begegnung mit ihm verhängnisvoll war. Den vielen Toten auf dem Schlachtfeld, vor allem aber Ruth. Vier Jahre lang ist er keiner Frau nähergekommen. Die Erinnerung an sie war ihm zu wertvoll. Schade, dass er kein Andenken von ihr besitzt, kein Bild, keinen Brief, keinen Erinnerungsgegenstand. In seiner Anfangszeit hier hat er immer wieder geglaubt, ihr zu begegnen. Mal stand sie an einer Straßenecke, dann nahm sie die Gestalt der Marktfrau am Kartoffelstand an. Erst mit der Zeit ließen diese Einbildungen nach.

In diesem Sommer kam eine junge Frau, Lene, auf das Gut, zur Unterstützung der Haushälterin. Sie ist ein junges, blondes, aufgewecktes Mädel von Anfang 20. Emil hatte zunächst wenig mit ihr zu tun, nur ab und zu trafen sie aufeinander. Eines Tages aber fasste er sich ein Herz und fragte, ob sie mit ihm ausgehen wolle. Sie sagte nicht nein. Danach sind sie mehrmals stundenlang über die Wiesen und durch die Wälder spaziert und haben sich dabei unterhalten. Beim letzten Mal auch geküsst.

Vielleicht hat er deshalb den längst fälligen Antwortbrief an seine Schwester immer wieder aufgeschoben. Er ist sich nicht sicher, wie es weitergehen soll, mit Lene und ihm. Eigentlich hätte er gern eine feste Beziehung, aber will sie das auch? Er wird sie morgen fragen, beim Dorffest. Er möchte mit ihr tanzen, lachen, und dann später ergibt sich hoffentlich der richtige Moment.

*

Eberau, Bezirk Allenstein, Ostpreußen
Sonntag, 8. August 1926

Sie marschieren zu acht die Allee entlang, die vom Gut Heinrichshof ins Dorf führt. Natürlich müssen sie auf Hans warten, der wie immer noch etwas auf die Schnelle zu erledigen hat. Lachend holt er die Gruppe ein und streicht sich seine blonde Lockenpracht aus dem Gesicht. Man kann ihm gar nicht böse sein, mit seinem spitzbübischen Lächeln und den lustigen Grübchen neben den Mundwinkeln. Das zeigt natürlich auch Wirkung auf Frauen. »Den schönen Johann« nennen sie ihn auf dem Gut, und seit er vor zwei Jahren dort aufgetaucht ist, hat er mehr als einem Dienstmädel falsche Hoffnungen gemacht.

Die Gruppe fällt von selbst in den Gleichschritt, wie immer, wenn mehrere ehemalige Soldaten nebeneinandergehen. Ihre Schuhe wirbeln den hellen Staub des Feldwegs auf. Trab, trab, trab, werden ihre Schritte in Erwartung des feuchtfröhlichen Abends unmerklich immer schneller. Die Hosenbeine schlagen um die Schäfte ihrer Schnürstiefel und die Stimmung ist ausgelassen.

Hoch wogend steht der Roggen auf den Feldern. In den nächsten Wochen werden sie ihre Sägen gegen lange Sensen vertauschen und bei der Ernte aushelfen müssen. Da wird auf dem Gut jede Hand gebraucht, um das Korn einzufahren. Am Schluss wird Erntefest gefeiert, das vom Gutsherrn für die

Knechte, Mägde und Helfer spendiert wird. Bis dahin ist allerdings noch ein wenig Zeit. An diesem Abend richten die Dorfbewohner ihr traditionelles Fest aus, das zur Erinnerung an die Ortsgründung im Mittelalter stattfindet. Neben den etwa 60 Bewohnern Eberaus werden einige Gäste aus den umliegenden Gemeinden erwartet sowie die Leute und das Gesinde vom Gut Heinrichshof. Freibier gibt es heute leider nicht, dafür werden Essen und Tanz mit Musik unter der Kastanie vor dem »Dorfkrug« geboten. Für die Kapelle wurde in den letzten Tagen ein kleines Podest unter dem Baum errichtet, die glatten Dielen des Tanzbodens schließen sich daran an. Noch hat sie nicht angefangen aufzuspielen, das kommt erst nach den Reden von Bürgermeister und Pfarrer. An zahlreichen Tischen, die mit grünen Birkenreisern geschmückt sind, sitzt das Volk verteilt.

Als die Gruppe am Gasthof ankommt, herrscht schon mächtig Betrieb. Sie suchen sich einen freien Tisch und holen die erste Runde Bier. Zu essen gibt es Eintopf, den der gutgelaunte Wirt eigenhändig in Schüsseln schöpft. Tief gebeugt sitzen sie auf den Holzbänken und schaufeln das Essen in sich hinein. Das Schlingen haben sie sich beim Kommiss angewöhnt, und auch bei der Waldarbeit sind die Ruhepausen nur kurz. Heute wurde nicht gegeizt: Viele Stücke fetter Schweinebauch lachen ihnen aus den Erbsen entgegen. Zufrieden wischen sie sich den Mund mit dem Ärmel ab, spülen mit Bier hinterher und lassen den Blick schweifen. Der schöne Johann macht schon wieder Stielaugen und diskutiert mit seinen Tischnachbarn die Vorzüge dieser oder jener Dame. Nach und nach trudeln immer mehr Gäste auf dem Festgelände ein.

»Wenigstens gibt es hier keine polnischen Erntehelfer«, bemerkt der kleine Martin, mit dem sich Emil in den letzten Jahren angefreundet hat.

»Schade«, gibt Emil zurück. »Mit dem Polackenpack gab es bisher bei jeder Feier eine gepflegte Keilerei.«

Die Fremden werden in jedem Dorf der Gegend geschnitten. Bei den Festen müssen sie abseits und unter sich sitzen. Die Angestellten des Gutshofs gehören zwar auch nicht zur Dorfgemeinschaft, haben jedoch als Deutsche eine andere Stellung, zumal sie alle freiwillig in den Osten gekommen sind und nicht nur aus wirtschaftlicher Not.

»Ruhe, bitte!«, schreit da der Wirt und läutet zur Verstärkung eine Handglocke. Der Lärm der Unterhaltung verebbt, wird zu leisem Getuschel, und die Leute blicken erwartungsvoll auf. Der Bürgermeister im Sonntagsrock tritt mit einem kleinen Zettel in der Hand auf den Tanzboden und räuspert sich. Stille breitet sich nach ein paar Sekunden aus, sodass man seine Worte deutlich vernehmen kann. »Sehr geehrte Anwesende, sehr geehrter Herr Baron, sehr geehrter Herr Pfarrer, hochgeschätzte Mitglieder des Gemeinderats, meine Damen und Herren!«, beginnt der Bürgermeister seine Rede. »Wir haben uns hier versammelt, um gemeinsam den Geburtstag unseres schönen Örtchens zu feiern, das vor bald 500 Jahren, nämlich im Jahr 1448, an dieser Stelle gegründet wurde. Es waren einfache Bauern und Landarbeiter die damals, wie heute auch, die Erde bestellten und so für ein gutes Wachsen und Gedeihen sorgten. Trotz allen Unheils, das bisher über diesen Ort kam, haben es die Menschen immer wieder verstanden, neue Hoffnung zu schöpfen und tatkräftig alle Schwierigkeiten zu meistern: seien es Feuersbrünste, Krankheiten oder Hungersnöte. Doch in der Vergangenheit waren es stets kleine, begrenzte Katastrophen, die aus eigener Kraft überwunden werden konnten. Viel schlimmer steht es heutzutage, wo das Reich am Boden liegt und schutzlos seinen Feinden ausgeliefert ist, die nur darauf warten, sich erneut auf unser heiliges Deutschland zu stürzen. Ostpreußen wird durch einen Korridor vom Reich abgeschnitten, widernatürlich werden Deutsche in Ost und West blutig voneinander getrennt, durch eine polnische Minderheit, die nicht das Recht dazu hat und auch nie besaß.«

Stürmischer Applaus begleitet die Rede, und der Bürgermeister muss eine kleine Pause einlegen, bis er weitersprechen kann.

»Wir dürfen nicht eher ruhen und rasten, bis die uns auferlegten Lasten und Bestimmungen des Versailler Schandfriedens, unter denen wir alle täglich zu leiden haben, aufgehoben sind. Jede politische Kraft, die dies vorantreibt, muss unterstützt werden. Das ist nämlich auch das Vermächtnis der Gründerväter dieses Ortes, unseren Beitrag zu leisten, im täglichen Überlebenskampf Deutschlands, der ausgefochten werden muss, bis es in alter Blüte wiederauferstanden ist. Ich danke allen, die heute zu unserem Fest erschienen sind. Ich freue mich, wie auch in den vergangenen Jahren bereits, zahlreiche helfende Hände aus dem restlichen Teil Deutschlands zu begrüßen, mit denen wir gemeinsam die vor uns liegenden Anstrengungen der Ernte meistern werden. Ich bin stolz, ein Teil dieser Dorfgesellschaft zu sein, der die besten Menschen angehören, die mir je begegnet sind. Ich darf, ehe ich das Wort an den Herrn Pfarrer weiterreiche, ein dreifaches ›Hoch‹ auf Eberau ausrufen.«

»Hoch! Hoch! Hoch!«, rufen die Anwesenden. Dann braust tosender Beifall auf. Auch am Tisch von Emil klatschen alle eifrig mit.

»Gut gesprochen!«, meint Martin zu Emil.

»Wie wahr«, gibt der zurück. »Ich gehe mal kurz austreten. Die Rede des Pfaffen schenke ich mir, davon wird mir immer übel.«

»Kann ich verstehen«, nickt der andere.

Emil steht auf und verzieht sich in Richtung Büsche. Unauffällig mustert er die Leute. Lene hat er bisher noch nicht entdeckt. Kommen wird sie, da ist er sich sicher, niemand in dieser Abgeschiedenheit lässt sich eine Feier entgehen. Emil umrundet den Veranstaltungsort. Jetzt hat der Pfarrer den Tanzboden erklommen und redet. Mit großen Gesten unterstreicht er seine Worte, von denen Emil nichts versteht. Nur Wortfetzen dringen an sein Ohr. Die letzte Predigt musste er sich an einem Massengrab anhören, in das sie die Leiber ihrer Kameraden warfen. Der Rückzug 1918 musste derart eilig ablaufen, dass sie die Toten noch nicht einmal in eine Zeltbahn wickeln konnten. Er packte sie an den Armen, ein anderer an den Beinen, und dann haben sie die Leichen wie Mehlsäcke durch die Luft geschwungen. Mit einem dumpfen Laut kamen sie auf, die offenstehenden Münder bissen in die Erde, es war einer der trostlosesten Momente in Emils Leben.

Hinterher standen sie im Halbkreis um den Pfaffen, der vom schönen Heldentod sprach. Nur ein freier Deutscher könne freudig sein Leben geben, und in Emils Bauch rumorte die Wut auf den feinen Herrn Pfarrer in seiner blitzsauberen Uniform mit dem großen silbernen Kreuz vor der Brust. Was wusste so einer schon vom Sterben. Kein freier Mensch wollte Emil je sein Leben freudig geben, genommen hat er es sich jedes Mal, herausgeprügelt, gestochen, geschossen – er oder ich.

Jetzt ist der Schwarze endlich fertig mit seinem Geschwafel, Emil atmet erleichtert auf. Der Pfarrer schlägt das Kreuz über der Menge und verschwindet. Die Kapelle spielt einen Tusch, der Wirt brüllt ein paar Worte. Dann hebt die Tanzmusik an, und die ersten Paare fangen an, sich zu drehen.

Emil kommt zurück und setzt sich zu den anderen. Sie müssen laut reden, um gegen die Musik der Kapelle anzukommen. Gerade diskutieren sie, wer im Winter noch hierbleibt und wer ins Reich zurückmöchte, als Martin mit einer neuen Runde Bier auftaucht. Sie lachen, prosten sich zu und genießen den freien Abend.

Endlich entdeckt Emil Lene, die inmitten einer Gruppe Mädels vom Gut sitzt. Erst einmal austrinken, dann will er hinübergehen und sie um einen Tanz bitten. Der schöne Johann ist natürlich längst unterwegs auf Eroberungszug. Soll er doch.

Das Lied ist zu Ende und die Kapelle legt eine kurze Pause ein. Mist, denkt Emil, das ist wieder nicht der richtige Zeitpunkt, um Lene aufzufordern. Diesmal ist er an der Reihe, eine Runde Bier zu holen. Zurück am Tisch nippt er an seinem Bierkrug und lauert, um einen günstigen Moment abzupassen. Mit dem Fuß wippt er im Takt des Liedes und summt leise die Melodie. Noch eine Strophe. Emil steht auf, jetzt oder nie! Er setzt sich langsam, zögerlich in Bewegung, um seine Begegnung mit Lene wie zufällig aussehen zu lassen. Noch einige Schritte ist er von ihr entfernt. Sie hat ihn entdeckt und lächelt ihm zu. Doch halt, was ist das? Plötzlich drängelt sich der schöne Hans von der Seite heran und bittet sie zum Tanz. Lachend willigt sie ein, er ergreift ihre Hand und zieht sie hoch. Zusammen tauchen sie in die Menge ein. Na gut, sagt Emil sich, dann muss er eben das eine Lied warten, auch das geht vorbei. Missgelaunt drückt er sich am Rand der Tanzfläche entlang. Als die Musik endlich aufhört, kommen Lene und Hans zufällig direkt vor Emil zum Stehen.

»'n Abend, Lene!«, spricht Emil die junge Frau etwas förmlich an.

»Grüß dich, Emil!«, gibt sie zurück.

»Darf ich dich um den nächsten Tanz bitten?«, fragt er sie erwartungsvoll.

»Ja, darfst du«, quakt ungefragt Hans dazwischen. »Aber jetzt habe ich sie erst einmal im Arm, da wirst du wohl noch ein bisschen warten müssen.«

Die Kapelle stimmt das nächste Lied an und Hans zieht Lene mit einem Ruck an sich heran. Sie wehrt sich nur kurz, dann sind sie von anderen Paaren umgeben. Bebend vor Wut über die Kränkung steht Emil am Rand. Zitternd kehrt er schließlich an seinen Tisch zurück. Die meisten Kameraden achten nicht weiter auf ihn, lachen und trinken, so greift auch Emil nach seinem Krug und nimmt verdrossen einen ordentlichen Schluck.

»Lass dich nicht ärgern«, legt Martin, der alles beobachtet hat, seine Hand auf Emils Schulter. »Der schöne Johann muss sich halt an dir rächen, weil Lene den Schürzenjäger bereits ein paarmal hat abblitzen lassen und mit dir poussieren war. Erlaube den beiden ein paar Tänzchen, dann bist du an der Reihe. Der Abend ist noch lang.«

Angespannt nickt Emil, was bleibt ihm auch anderes übrig.

Kurz darauf kehrt Lene an ihren Platz zurück. Emil sieht zu ihr hinüber, sie fängt seinen Blick auf und lächelt ihn an. Fragend hebt er eine Augenbraue, sie nickt ihm leicht zu. Also steht er auf und schlendert zu ihrem Tisch.

»Wie wäre es nun mit einem Tanz?«, fragt er.

»Gerne«, erhebt sie sich, und gemeinsam gehen sie aufs Parkett.

Die Kapelle spielt eine Polka. Durch die schnellen Schritte und Hüpfer kommen die beiden nicht dazu, sich zu unterhalten, da sie sich auf das Lied und die anderen Paare konzentrieren müssen. Emil fühlt sich in seinen Bewegungen etwas steif, zu lange hat er nicht mehr getanzt.

Als das Lied zu Ende geht, spürt Emil ein Zerren an seiner Schulter. Er dreht den Kopf und blickt nach hinten. Dort steht grinsend der schöne Johann.

»Einmal du, einmal ich!«, fordert er lachend einen Wechsel.

»Nichts da, du hast auch zweimal hintereinander mit Lene getanzt«, gibt Emil patzig zurück und kommt sich dumm dabei vor.

»Sollen wir das nicht vielleicht die Dame entscheiden lassen?«, fragt Hans und streckt ihr auffordernd seine Rechte entgegen.

»Na ja«, lacht Lene, »da muss ich Emil schon recht geben. Jetzt darf er noch einmal. Bis später, Hans.«

Befriedigt sieht Emil dem Schönling hinterher, wie er sich trollt. Froh, dass Lene sich für ihn entschieden hat, zieht er sie an sich. Sie lässt es geschehen. Das nächste Lied ist deutlich langsamer. Aneinandergeschmiegt drehen sie ihre Runden.

»Magst du ihn?«, fragt Emil nach einer Weile.

»Nein, er ist mir zu oberflächlich«, kommt die prompte Antwort. »Außerdem tanzt er mir zu eng. Das mache ich nur mit, wenn ich will.«

Emil grinst sie an.

»Aber besser tanzen als du kann er, das musst du ihm lassen.«

»Er lässt halt auch keine Gelegenheit aus«, bemerkt Emil.

Schweigend bewegen sie sich eine Weile weiter.

»Hast du Lust, ein wenig mit mir spazieren zu gehen?«, fragt Emil nach einer Weile.

»Wo, hier auf dem Fest?«, fragt sie zurück.

»Ja«, meint Emil.

»Dann können wir aber nicht weit gehen«, grinst sie.

»Wir können auch ein wenig über die Felder«, schlägt er vor.

»Gut«, stimmt sie zu. »Aber wir gehen getrennt los. Hinter der Kirche treffen wir uns. Es braucht uns niemand zusammen zu sehen.«

Eine Viertelstunde später sind sie allein. Emil wartet bereits am 1813er-Gedenkstein, als sie um einen Außenpfeiler biegt. Wie schön sie in ihrem luftigen Leinenrock und der hellen Bluse aussieht. Ihr flachsblondes Haar hat sie sich nach Art der Landfrauen zu einem Zopf geflochten und hochgesteckt. Er ergreift ihre Hand und will sie küssen, doch sie zuckt zurück und legt ihm ihre Hand auf die Brust.

»Gleich! Warte noch, bis wir das Dorf hinter uns gelassen haben.«

Gemeinsam zwängen sie sich durch die lichte Hecke, die den Kirchhof umgibt, und schlagen den Weg Richtung Wald ein.

Das Korn wiegt sich hüfthoch, leise im sanft dahinstreichenden Wind. Die Geräusche des Fests werden leiser. Emil bückt sich und reißt ein paar Getreidehalme aus. Geschickt flicht er, während sie nebeneinanderher laufen, ein kleines Armband daraus und befestigt es an ihrem rechten Handgelenk. Golden leuchten die Halme und Ähren auf ihrer zartbraunen Haut.

Lene besieht sich das Geschenk und strahlt Emil an. »Danke!«

»Du weißt, was es bedeutet?«, hakt er nach.

»Ja, ich bekomme tausend Taler für jedes Körnlein.«

»Das stimmt. Und was noch?«

»Ich muss es den Rest des Tages tragen und darf es erst vor dem Zubettgehen lösen. Außerdem hast du mich dadurch gebunden, ich muss dir etwas dafür geben.«

»Magst du das tun?«, fragt er sie.

»Gern«, erwidert sie, fällt ihm um den Hals und küsst ihn.

Eine Weile bleiben sie eng umschlungen auf dem Feldweg stehen, bevor sie ihren Spaziergang fortsetzen.

»Was machst du im Herbst?«, erkundigt sich Emil vorsichtig nach ihren Plänen. »Bleibst du auf dem Gut?«

»Nein. Ich muss sogar schon nächste Woche Abschied nehmen. Meine Mutter in Danzig ist schwer erkrankt und ich muss nach Hause zurück, um mich um sie zu kümmern.«

»Dann ist das unser letzter freier Abend?«, fragt Emil enttäuscht.

»Ich werde noch einige Tage hier bleiben, aber spätestens Ende nächster Woche bin ich endgültig weg. Ich muss packen, alles ordnen und meine Stelle übergeben. Wir werden wenig Zeit füreinander haben. Somit ist dies tatsächlich unser letzter ungestörter Abend.«

Stumm gehen sie nebeneinanderher. Lediglich ihre Fingerspitzen berühren sich leicht. Der Abend hat seine Unbeschwertheit verloren, beide hängen schwermütig ihren

Gedanken nach. Emil versucht seine Niedergeschlagenheit zu verbergen. Die Gedanken und Pläne überschlagen sich in seinem Kopf.

»Und wenn ich mit dir nach Danzig gehe?«, schlägt er ihr vor. »Ich finde überall eine neue Stelle.«

Sie bleibt stehen und sieht ihm ins Gesicht. »Da ist lieb von dir. Aber ich kenne dich viel zu wenig, und außerdem werde ich zu Hause alle Hände voll zu tun haben. Es sollte halt nicht sein«, zuckt sie bedauernd mit den Schultern.

»Gibt es gar keine Möglichkeit?«, hakt Emil nach.

»Bedräng mich nicht. Im Moment ist alles sehr schwer für mich. Bleiben wir heute Abend zusammen und feiern Lebewohl. Aber aus uns beiden kann leider nichts werden, es ist der falsche Zeitpunkt.«

Emil sieht, wie ihr die Tränen über die Wangen rinnen. Weinend drückt sie sich an ihn, nimmt seinen Kopf in ihre Hände und bedeckt sein Gesicht mit salzigen Küssen.

*

**Gut Heinrichshof, Bezirk Allenstein, Ostpreußen
Montag, 9. August 1926**

Stumm und schweigend marschieren sie mit ihren Werkzeugen in den Wald. Das Dorffest ging bis nach Mitternacht, dann ließ es der Herr Baron mit dem Hinweis auf den frühen Beginn der Arbeitswoche beenden. Dem Wirt schmeckte das zwar gar nicht, denn er verdiente gerade gut, aber den Anordnungen des Gutsbesitzers widersprach er natürlich nicht. Die Feier dauerte dennoch lang genug, dass die meisten im Fälltrupp an diesem Morgen einen furchtbaren Kater haben. Immer wieder greift einer von ihnen nach seiner Wasserflasche und nimmt einen ordentlichen Schluck. Emil trottet stumpfsinnig vor sich hin.

Der Abend mit Lene war schön. Kurz vor Mitternacht lagen sie in der Dunkelheit gemeinsam im Gras und flüsterten sich gegenseitig zum Abschied liebe Dinge ins Ohr. Jetzt fühlt er eine Leere in sich, die größer ist, als er es sich hätte vorstellen können. Er hätte sofort seine Stellung auf dem Gut aufgegeben und wäre mit ihr nach Danzig gegangen, schließlich hat er keinerlei Verpflichtungen hier. Sie hätte nur zustimmen müssen. Irgendwie hätte es schon funktioniert, auch mit ihrer Mutter. Vor Arbeit hat sich Emil noch nie gedrückt, er hätte schnell etwas Neues gefunden. So wäre wenigstens Geld ins Haus gekommen. Wovon wollen die zwei Frauen überhaupt leben? Er kann sich nicht vorstellen, wie Lene sich das alles gedacht hat. Mit einem Mann an ihrer Seite wäre sie abgesichert gewesen. Was erwartet sie denn vom Leben?

Emil schüttelt den Kopf. Wie geht es mit ihm selbst weiter? Soll er allein hier bleiben oder nach Berlin zurück? Plötzlich kommt ihm das vorher so geliebte Land öd und leer vor, wo er fern von jeder Freude versauert.

Sie sind an der Stelle im Wald angekommen, wo sie letzte Woche aufgehört haben. Der Trupp verteilt sich und beginnt mit dem Holzeinschlag. Emil arbeitet mechanisch vor sich hin, ohne viele Worte zu wechseln. Gemeinsam mit Martin zieht er die Schrotsäge durch die Stämme, entastet sie mit der Axt und macht das Holz bereit zum Abtransport für das Rückepferd. Die Arbeit will ihm heute nicht richtig von der Hand gehen. Die anderen Männer arbeiten ebenfalls in Zweiergruppen zwischen den Bäumen verstreut. Erst zur Frühstückspause kommen sie wieder alle zusammen.

Emil setzt sich auf einen Stamm und packt seine mitgebrachten Stullen aus. Die Luft riecht harzig, die Mücken sirren tausendfach, und die schwüle Hitze lastet schon jetzt am frühen Vormittag drückend auf ihm. Das grobe Leinenhemd klebt an seiner Haut. Stumm und mechanisch kaut er auf dem

Brot herum, ohne wirklich etwas zu schmecken. Derweil hat der schöne Johann seine große Klappe wiedergefunden und prahlt vor den anderen mit den Abenteuern der letzten Nacht. Die übrigen steigen nach und nach in das Gespräch ein. Normalerweise findet Emil das ganz amüsant, aber heute ist es ihm einfach zu viel.

»Was ist eigentlich mit Lene?«, will Richard von Hans wissen. »Die ist doch auch ein prachtvolles Mädel? Warum hast du es bei der nicht noch mal versucht?«

»Ach, weißt du«, erwidert der mit einem schrägen Seitenblick auf Emil. »Von der hatte ich schon genug. Die können andere haben. Wenn ein alter Gaul nicht mehr richtig galoppiert, gibt man ihn schließlich auch weg und holt sich ein jüngeres Tier.« Dabei schnalzt er anzüglich mit der Zunge.

Emil springt wie von der Tarantel gestochen auf. »Was hast du gesagt?«

»He, he«, macht Hans. »Was ist denn los, Emil? Warst du etwa auch nicht zufrieden? Dafür wart ihr aber gestern Nacht ziemlich lange zusammen in den Büschen.«

Die Umsitzenden lachen.

»Du Schwein!« Emil hechtet nach vorn, will sich auf den schönen Johann stürzen und ihn packen. Windelweich will er ihn prügeln. Emil ist stärker, das weiß er von der gemeinsamen Arbeit, und er kann besser kämpfen. Dazu kommt noch die Wut, die ihn rasend macht. Der schöne Johann macht einen Satz nach hinten, um sich vor dem Angreifer in Sicherheit zu bringen. Dabei bleibt er jedoch mit dem Fuß an einer hervorstehenden Wurzel hängen und schlägt auf den Waldboden. Wehrlos wie ein Käfer auf dem Rücken liegt er da und starrt zu Emil hinauf.

Emil spürt etwas an seiner rechten Hand und blickt hinab. Am Stamm, auf dem er eben noch saß, lehnt seine Axt, der Stiel ihm zugewandt, griffbereit. Er packt sie und spürt wohltuend ihr Gewicht. Er schwingt das Blatt nach oben und umfasst den Stiel mit der zweiten Hand. Er macht einen Schritt auf den schönen Hans zu, der ihn regungslos vor Schreck aus weit aufgerissenen Augen anstarrt. Emil hebt die Axt hoch über seinen Kopf und holt weit aus. Ein einziger Schlag nur, dann ist für immer Ruhe. Das lästerliche Maul wird er ihm stopfen, diesem Weiberhelden.

Zu spät bemerken die anderen, was Emil vorhat. Sie haben die Gefahr nicht kommen sehen, zu plötzlich war Emils Aufwallung. Nur dessen Freund Martin befindet sich in unmittelbarer Nähe. In dem Moment, als Emil die Axt hebt, springt er auf ihn zu und versucht, ihm in den Arm zu fallen, ihn aufzuhalten. Doch auch er kommt zu spät. Seine Finger streifen lediglich den Stoff des Hemdärmels.

Mit hoher Geschwindigkeit lässt Emil die Axt niedersausen, zielt genau auf den Kopf des wehrlosen Gegners. Er wird ihm den Schädel spalten, diesem Mistkerl, schäumt Emil vor Wut. Er ist geübt im Umgang mit der Axt, vier Jahre Holzeinschlag sind eine lange Zeit. Doch der kleine Schubs von Martin hat Emils Hieb geringfügig aus der Bahn gebracht. Mit einem Zischen fährt der Axtkopf nur wenige Zentimeter neben Hans' Schädel in den weichen Waldboden und bohrt sich eine Handbreit tief in die Erde.

»Sofort auseinander!«, gellt von hinten ein scharfer Befehl.

Unbemerkt von den umstehenden Männern, die atemlos den Kampf verfolgten, ist der Verwalter des Guts auf seinem Pferd herangeritten. Hoch sitzt er auf dem dunkelbraunen Wallach, der nervös hin und her tänzelt.

»Emil Bachmann!«, schreit er. »Werkzeug fallen lassen!«

Emil lässt die Axt los und dreht sich um. Benommen steht er da.

»Seid ihr denn alle wahnsinnig geworden?«, herrscht der Verwalter den Trupp an. »Seit wann gehen wir aufeinander los? Bachmann, du läufst sofort zurück nach Heinrichshof und lässt dir deine Papiere fertig machen. Bei uns hast du nichts mehr zu suchen. Lass dir den restlichen Lohn auszahlen und verschwinde.« Dann wendet er sich an die übrigen Arbeiter: »Und ihr anderen? Was starrt ihr mich so an? Packt euch und arbeitet weiter. Wenn ich so etwas noch einmal erlebe, seid ihr alle draußen, verstanden?«

KAPITEL 7

Berlin, Donnerstag, 12. April 1928

Berlin ist ein Moloch, in dem über vier Millionen Menschen leben. Wie ein unbarmherziger Motor pumpt es jeden Tag Essen, Kohlen, Waren und Arbeitskräfte in sich hinein, die am Abend verbraucht und kaputt wieder ausgespien werden. Die Leitungen für diesen Treibstoff, die Pulsadern, sind die Bahnlinien, die sich sternförmig durch das Reich ziehen. Jeder der großen Berliner Kopfbahnhöfe ist ein riesiger Umschlagplatz für Menschen und Güter.

Als am Nachmittag dieses Tages die ersten Pendlerzüge die Werktätigen ins Umland zurückschaffen, schaut Kurt in der Tischlerei des Bahnbetriebswerks vorbei. Emil Bachmann sägt gerade Bretter für ein Regal, als er seinen Schwager bemerkt und die Maschine abstellt.

»Feines Wetter«, beginnt Kurt das Gespräch. »Es hat schon über 15 Grad. Kommst du heute Abend mit in die Laube?«

Kurt besitzt ein kleines Gartengrundstück am Bahndamm in Treptow, wo er mit seiner Familie Gemüse anbaut. Es ist sein ganzer Stolz und er verbringt seine Wochenenden oft dort. Emil besucht ihn gerne und spielt dann mit den Kindern im Grünen.

»Es kommen ein paar Leute mit und wir wollen ein Fass anstechen«, erzählt Kurt.

»Feierst du wieder mit deiner Trachtengruppe?«, fragt Emil.

»Das ist ja zum Glück nicht mehr verboten. Aber diesmal läuft alles zivil ab. Wir wollen einfach ein paar Bier trinken. Hast du dir schon überlegt, ob es nicht auch was für dich wäre, bei uns mitzumachen? Die Jungs kennst du doch fast alle, es sind dufte Kerle. Das Angebot steht.«

»Prinzipiell könnt ich mir das vorstellen, ich hab nur wenig Lust drauf, wieder Uniform anzuziehen und Militär zu spielen.«

»Ach, das ist halb so schlimm. Und du hast 1919 in Berlin erlebt, wie die Kommunisten und Spartakisten das ganze Land ins Chaos gestürzt haben. Das werde ich nie vergessen. Und auch nicht, wie die SPD alles zusammenschießen ließ. Und jetzt hocken dieselben Typen – KPD, USPD, SPD – in den Betrieben und schreiben uns vor, was man als Arbeiter zu denken hat. Ich möchte einfach, dass es wieder wird wie vor dem Krieg. Meinetwegen auch mit Kaiser, aber bitte ohne die ganze Fürsten- und Bonzentruppe. Darüber haben wir ja schon oft genug gesprochen.«

»Und du glaubst, dass eure Bewegung das hinkriegt? Ihr seid doch in Berlin nur ein paar Piepels«, antwortet Emil.

»Gerade deshalb ist es wichtig. Hier im Werk kann ich keinem Kommunisten in die Fresse hauen, wenn er seinen Quatsch aus Moskau und von dem internationalen Proletariat verbreitet. Aber auf der Straße geht das schon, wenn der Rotfrontkämpferbund grölend durch die Gegend zieht. Irgendjemand muss die doch stoppen. Außerdem werden wir laufend mehr.«

Kurt ist letztes Jahr Mitglied der SA, der Sturmabteilung der NSDAP, geworden. Seitdem versucht er Emil ebenfalls dafür zu gewinnen. Seine bisherigen Versuche waren nicht von Erfolg gekrönt. Der heutige Abend wird daher kein einfaches Treffen der beiden Schwager, sondern eine wohlüberlegte Inszenierung, die Kurt sorgfältig vorbereitet hat. Sein Köder ist das Fass Bier, denn Emil ist einem guten Schluck nie abgeneigt.

»Ich hab mir das Fahrrad von Kozcinsky ausgeliehen«, nickt Emil, »und komm direkt nach der Arbeit rüber.«

»Na dann bis später«, freut sich Kurt und verlässt mit einem verhaltenen Grinsen die Tischlerei.

Als Emil auf dem Rad an der Laube ankommt, ist seine Schwester Ilse schon dabei, alles vorzubereiten. Die Parzelle ist schmal wie ein Handtuch, dafür aber an die 30 Meter lang. Im hinteren Teil gibt es einen kleinen Schuppen für die Geräte, in den man bei schlechtem Wetter Schutz findet. Kurt hat ein Feldbett organisiert und fühlt sich seitdem wie ein Herbergsbesitzer. Gemeinsam haben sie letztes Jahr aus Abfallholz des Bahnbetriebswerks die Hütte gebaut und mit Teerpappe gedeckt. Dadurch hat das Grundstück deutlich gewonnen. Vor der Tür steht eine Tonne, mit der das Regenwasser vom Dach aufgefangen wird, daneben eine Sitzgelegenheit aus selbst gezimmerten Tischen und Bänken. Dort ist Ilse zugange und stapelt Schmalzstullen auf einem Teller. Die Kinder, Paul und Annemarie, rennen mit wildem Geheul Emil entgegen, als der sein Fahrrad durch das Gartentor schiebt. Sie springen an ihm hoch und klammern sich an seine Arme. Emil packt die beiden, einen mit jedem Arm, und läuft mit ihnen Ilse entgegen. Neben dem schmalen Plattenweg durch den Wiesenstreifen sind Beete angelegt, die Zwiebeln, Möhren, Salat und anderes Gemüse für die Familie liefern. In der Mitte des Grundstücks steht ein kleiner Apfelbaum, der letztes Jahr ordentlich Früchte getragen hat.

»Lang zu, bevor die andern kommen!«, begrüßt Ilse ihren Bruder. »Es kann nicht mehr ewig dauern, bis der Rest da ist.«

Emil schnappt sich ein Schmalzbrot und beißt hinein. »Hmm, lecker!«, lobt er seine Schwester.

Auch die Kinder bekommen vorab schon jeder eine Stulle. Gemeinsam sitzen sie in der Abendsonne an dem groben Holztisch.

»Die sind richtig gut«, antwortet Emil mit vollem Mund und deutet mit dem angebissenen Kanten auf den Teller.

»Kurt wirft sich ja ordentlich ins Zeug für dich«, bemerkt Ilse.

»Wieso? Wir treffen uns hier doch nur fürs Abendbrot und einen kleinen Umtrunk«, entgegnet Emil.

»Na, wenn du meinst. Ich pack später die Kinder und geh heim. Die Kleinen müssen ins Bett, und ihr Männer seid unter euch. Mach es Kurt nicht so schwer. Spiel halt in der SA mit. Das würde dir auch guttun, dann bist du unter Leuten. Seit ein paar Jahren habe ich das Gefühl, du verkriechst dich nur noch. Nach dem Krieg war es nicht so schlimm. Ich dachte, du hättest alles ganz gut weggesteckt, aber seit der Inflation bist du nicht mehr ganz der Alte.«

Emil sitzt eine Weile da und sagt nichts dazu. Gerade als er antworten möchte, hört er auf dem Weg vor der Laube Stimmen. Kurt kommt mit sechs oder sieben Leuten herein. Einer trägt ein kleines Holzfass vor sich her, ein anderer eine Kiste mit Bierkrügen. Die Sachen werden auf dem Tisch abgestellt, und die Männer nicken Emil zu. Bis auf einen kennt er alle von der Arbeit. Kurt stellt den Unbekannten vor: Rudi Baumann heißt der junge Mann und ist bei einer Spedition im Schlesischen Viertel angestellt. Er hat ein freundliches, offenes Gesicht und ist Emil sofort sympathisch. Sie begrüßen sich mit Handschlag.

Kurt schiebt das Fass auf dem Tisch in Position und greift nach einem hölzernen Zapfhahn. Ilse bringt ihm einen Fäustel aus dem Schuppen. Kurt nimmt den Hahn in den Mund, bläst hinein und probiert, in welcher Stellung er schließt. Dann steckt er ihn in das Spundloch und holt aus. Alle haben sich einen Steinkrug genommen und stehen erwartungsvoll um ihn herum.

»Los, gib's ihm!«

»Mach schneller!«

»Bier her!«

Scherzhaft feuern ihn die Männer an. Es entsteht eine kleine Drängelei, die Stimmung ist locker. Emil befindet sich mitten in der Gruppe, als Kurt mit dem ersten Schlag den Hahn trifft. Er hat schief angesetzt, und das Bier spritzt auf die Umstehenden. Hemden und Hosen bekommen nasse Flecken. Lautes Gegröle ist die Antwort. Schnell klopft Kurt den Hahn mit ein paar Schlägen fest und fängt an, die ihm gereichten Krüge zu füllen. Schaum und Bier sprudeln in die Gefäße. Die Männer stoßen an.

»Prost!«

»Zum Wohl!«

Jeder greift beherzt nach den Schmalzstullen. Kauend, trinkend und rülpsend stehen die Männer beieinander. Ilse macht sich derweil fertig zum Aufbrechen. Die Kinder werden in Strickjacken gesteckt und ein paar Dinge für zu Hause in einem Henkelkorb verstaut.

Da öffnet sich das Gartentor und zwei weitere Männer betreten das Grundstück. Sie tragen Arbeitskleidung wie die übrigen und sind wahrscheinlich ebenfalls direkt aus ihrem Betrieb hierhergekommen. Die Gruppe dreht sich zu den Neuankömmlingen um. Den einen hat Emil schon mal mit Kurt zusammen gesehen, und der andere – der andere, ist das nicht – doch er ist es! Seit 1918 hat Emil seinen Schulfreund Wilhelm Albrecht aus Königs Wusterhausen nicht mehr gesehen. Kurt, der Mistkerl, was hat er da Schönes eingefädelt!, freut sich Emil. Die Überraschung ist ihm wirklich gelungen.

Emil und Willi rennen aufeinander zu und fallen sich in die Arme.

»Mensch, du …«, fängt Emil an.

»Na, alte Eule«, erwidert Willi und boxt Emil scherzhaft gegen die Brust.

Schnell sind zwei Biere herangeschafft und den beiden in die Hand gedrückt. Sie haben sich eine Menge zu erzählen. Wilhelm, der Metzgergeselle, Schweine-Willi, wie sie ihn immer genannt haben, ist erst vor Kurzem nach Berlin gekommen und hat eine Anstellung im Zentralen Schlachthof gefunden. Willi arbeitet dort in der Darmschleimerei, das heißt er reinigt die beim Schlachten anfallenden Gedärme, damit sie zur Wurstherstellung genutzt werden können. Jeden Tag spült er mehrere hundert Meter.

»Bäh!«, entfährt es den Umstehenden.

»Ihr kennt doch den Witz«, lächelt Willi verschmitzt, »von dem Metzger in der Hochzeitsnacht?«

»Nee, erzähl«, fordert ihn Kurt auf.

»Der fragt seine Frau: ›Wie willst du die Wurst haben? In den Darm oder in die Dose?‹«

Die eine Hälfte der Anwesenden lacht dreckig, die andere schüttelt den Kopf.

Emil fasst kurz sein Leben nach dem Kriegsende zusammen, wie er, dank Kurts Hilfe, an den Görlitzer Bahnhof gekommen ist. Die Übrigen stehen herum und nicken ab und zu. Solche Geschichten kennen sie, die Schicksale sind oft ähnlich. Dann erzählt Willi von Königs Wusterhausen, von gemeinsamen Bekannten und was sich in den letzten Jahren ereignet hat.

»Mensch, das war eine Aufregung, Anfang 1919, direkt nach Kriegsende. Als sie in Berlin dicke Revolution gemacht haben, wurde bei uns der Kinderarzt ermordet. Direkt vor seiner Haustür abgestochen wie ein Schwein. Keine Ahnung, was der angestellt hat, aber ein Zufallsopfer war's wohl nicht.«

Die Anwesenden stehen gebannt herum und lauschen. Geschichten wie diese lieben sie.

»Die Polizei hat fieberhaft nach dem Täter gesucht«, fährt Willi fort. »Sie haben aber niemanden gefunden. Auch bei mir haben sie reingeschaut. Ich hatte zum Glück ein wasserdichtes Alibi. Die hätten gerne gesehen, dass ich was mit dem Mord zu tun habe, von wegen Schlachter und mit die vielen Messer. Musste den Herrn Kommissar aber leider enttäuschen, da ich zur Tatzeit nicht im Ort war. Die Braut des Doktors hat einen

Nervenzusammenbruch erlitten. Die wurde in die Irrenanstalt gebracht, wo sie wohl bis heute drin sitzt. Mit der soll nichts mehr los sein. Das muss man sich ja auch mal vorstellen, da verlobt sich das Mädel erst mit dem Arzt. Er, Jude, will sich sogar evangelisch taufen lassen, alles ihretwegen – und natürlich wegen der guten Gesellschaft. Sie hört schon die Hochzeitsglocken läuten, schönes Leben in Aussicht, keine Maloche und keine Geldsorgen mehr. Dann kommt ein Irrer daher und sticht ihr die Lebensversicherung auf der Zielgeraden weg wie eine Seifenblase. Das muss schlimm sein.«

Die Zuhörer warten gebannt, wie es weitergeht.

»Und das Beste ist«, meint Willi und haut Emil auf die Schulter, »unser Emil kennt sie sogar. Clara Koch, du hattest doch auch mal was mit der am Laufen!«

Emil fühlt, wie ihm die Knie weich werden, und nickt stumm.

Mit »Hey«, »Sauber«, »Prachtkerl« und Ähnlichem kommentieren die Männer diese Eröffnung.

Durch eine Lücke zwischen ihnen fällt sein Blick auf seine Schwester Ilse. Auch sie hat der Geschichte zugehört. Ihr Gesicht ist, im Gegensatz zu denen der Übrigen, ernst geblieben. Über ihrer Nase hat sich eine Denkfalte gebildet. Ihre Blicke begegnen sich zwei, drei Sekunden lang, und in diesem kurzen Moment hat Emil das Gefühl, als würde sie seine Gedanken lesen können.

Dann schiebt sich ein fremder Kopf dazwischen und der Augenblick ist vorüber. Emil nimmt einen tiefen Schluck aus seinem Krug und wendet sich ab, um austreten zu gehen. So kann er für eine Weile der Gesellschaft entkommen. Er steht hinter der Laube und lässt seinen Urin in die Brennnesseln laufen, als Kurt neben ihm auftaucht. Auch er nestelt an seiner Hose herum, bis ein zweiter Strahl das Unkraut trifft.

»Aahh«, macht Kurt vor Erleichterung. »Du hast schon ein Händchen für Frauen, mein Lieber, das muss ich dir lassen.«

Emil schweigt betreten.

»Nachher kommt noch Friedrich-Carl, unser Sturmführer, vorbei«, erzählt Kurt weiter, »den sollst du mal erleben, ein feiner Mensch. Der hat gar keinen Standesdünkel. Dabei kommt er aus uraltem baltischem Adel, war Offizier im Weltkrieg und hinterher in diversen Freikorps. Jetzt hat er hier in Berlin unseren SA-Sturm aufgebaut. Der hat sein ganzes Leben der nationalen Sache verschrieben. Auf den kann man sich immer verlassen. Was der macht, macht er hundertprozentig. Und der bringt auch genug Pinke mit, um sich ganz seiner SA widmen zu können. Der muss nicht täglich Geld ranschaffen wie wir.«

Als Kurt und Emil fertig sind, gesellen sie sich wieder zu den anderen. Emil blickt in die Runde, aber er kann Ilse nicht entdecken. Auch die Kinder sieht er nirgendwo. Anscheinend sind sie gegangen. Es werden frisch gefüllte Krüge herumgereicht, und Emil steckt sich eine Zigarette an.

Nach ein paar großen Schlucken Bier und einigen Zügen Nikotin wird Emil ruhiger. Die Schatten von damals kann er heute einfacher verscheuchen als noch vor ein paar Jahren. Nur kurz hat er die würgende Angst in seiner Kehle gespürt, nur einen winzigen Augenblick lang. Aber der hat genügt, ihm vor Augen zu führen, wie allein und verletzlich er ist. Eigentlich würde er jetzt gern nach Hause gehen und sich ins Bett legen. Er braucht das immer nach solchen Situationen. Doch das wäre unhöflich Kurt und den anderen Männern gegenüber. Außerdem ist es besser, in Gesellschaft Bier zu trinken, als zu warten, bis aus der dunklen Zimmerecke die Albträume und Gespenster von damals wieder hervorkriechen.

Vor dem Garten wird das Knattern eines Motorrads laut. Die Männer laufen zum Tor und gucken.

»Sturmführer Friedrich-Carl von Wedow«, bemerkt Kurt in Richtung Emil.

Der Ankömmling klettert behände vom Sitz und hängt seine dick gepolsterte Kraftfahrerbrille an den Lenker. Anschließend öffnet er seine Lederjacke und legt sie auf dem Sozius ab. Er fasst die schwere, schwarz lackierte Zündapp, schiebt sie durch die kleine Pforte des Gartens und stellt sie auf ihren Ständer. Er trägt braune Knickerbocker und ein grobes Flanellhemd. Die dunkelblonden Haare stehen wild durcheinander. Die Männer umringen ihn und begrüßen den Neuankömmling mit Handschlag. Auch Emil ist mit dabei. Von Wedow nimmt Emils Hand und hält sie deutlich länger als die der anderen. Dabei blickt er mit seinen strahlenden blauen Augen direkt in sein Gesicht.

»Schneidig«, das ist das erste Wort, das Emil zu diesem Mann einfällt. Aber nicht auf die affektierte Art der preußischen Junker, sondern auf eine natürliche, frische, jugendliche Weise. Mit seinen markanten Zügen und seinem zerzausten Haar sieht von Wedow aus wie direkt einem Ufa-Film entstiegen. Dabei ist er nicht einmal groß, eher kleingewachsen. Er wirkt aber sportlich und durchtrainiert.

»Sie sind Emil Bachmann? Ich habe schon von Ihnen gehört. Schön, dass wir uns heute kennenlernen. Ich bin Friedrich-Carl von Wedow, aber meine Jungs nennen mich hinter meinem Rücken auch mal Sturmfritz, wenn sie denken, dass ich es nicht mitbekomme.«

Ein offenes Lächeln begleitet den Satz und nimmt ihm dadurch jegliche Schärfe. Die Männer lachen. Seit von Wedow anwesend ist, hat sich die Stimmung verändert. Das Grölende, Proletenhafte ist verschwunden, dafür liegt ein gewisser Ernst über der Gesellschaft. Auch Emil ist das nicht entgangen. Es ist, als wäre ein Ruck durch die ganze Gruppe gegangen.

»Ich bin Emil Bachmann, der Bruder von Kurt Jablonskys Frau Ilse«, stellt er sich vor.

»Fein, von Ihnen habe ich schon gehört. Trinken wir doch einen Schluck auf unser Kennenlernen.«

Von Wedow bekommt einen vollen Krug, und alle stoßen miteinander an. Anschließend zerstreuen sich die Männer wieder und führen Einzelgespräche, so bleiben nur Kurt, Willi, von Wedow und Emil zusammenstehen.

»Ich habe gehört, Sie sind alter Frontkämpfer und stehen unserer Sache nicht abgeneigt gegenüber?«, beginnt von Wedow das Gespräch.

»Ja, Kurt hat mir schon von der SA erzählt«, entgegnet Emil, der sich ein bisschen wundert. So positiv hatte er sich Kurt gegenüber doch gar nicht ausgedrückt, oder täuscht er sich da?

»Wo haben Sie gedient?«

»Im Füsilier-Regiment Nr. 35 ›Prinz Heinrich von Preußen‹ in Brandenburg. Eingesetzt an der Westfront. Ich wurde 1916 eingezogen.«

»Kurt hat gemeint, dass Sie sich bewährt haben?«

»Jawohl, EK zwo und eingereicht fürs EK eins.«

»Warum wurde es nicht verliehen?«

»Das Kriegsende kam dazwischen. Danach war es zu spät für die Verleihung.«

»Das ist bitter. Erzählen Sie, wofür Sie vorgeschlagen worden sind.«

Emil berichtet von den Schlachten vor Verdun, an der Somme und in der Champagne, die er miterlebte. Von Wedow nickt häufiger. Er hat Ähnliches als Sturmtruppführer mitgemacht und erzählt auch von seinen Erlebnissen. Die beiden verstehen sich. Emil fühlt sich gut aufgehoben.

Das Thema SA wird an diesem Abend nicht mehr angeschnitten, was Emil wundert, aber er macht sich keine weiteren Gedanken darüber. Kurt, Willi und Friedrich-Carl werfen sich jedoch von Zeit zu Zeit verschwörerische Blicke zu. Ihr Plan scheint aufzugehen.

*

Gegen zehn Uhr abends wird die Versammlung beendet. Kurt bleibt, bis alle das Grundstück verlassen haben, Emil wartet so lange auf ihn. Mit einem schweren Vorhängeschloss verriegeln sie die Bude, dann verlassen sie den Garten. Emil schiebt das geliehene Rad neben Kurt her. Gemeinsam schlagen sie die Straße nach Kreuzberg ein.

»Der Wedow scheint ja ein ganz netter Mensch zu sein«, lenkt Emil das Gespräch auf den Abend. »Ich habe mich prächtig mit ihm verstanden.«

»Ja, er ist ein Vorbildcharakter«, erwidert Kurt.

»Der hat dasselbe im Westen erlebt wie ich.«

»Wedow ist groß rumgekommen. Der hat hinterher freiwillig sogar noch Oberschlesien und das Baltikum mitgenommen«, bemerkt Kurt.

»Warum hat er mich eigentlich nicht auf die SA angesprochen?«, fragt Emil. »Ich dachte, ihr sucht Leute?«

»Schon, aber ich fürchte fast, die Männer vermissen etwas bei dir. Die sehen, dass du gerne Bier trinkst und auch ein guter Kamerad bist. Aber ob man sich auf dich politisch verlassen kann, wissen sie halt nicht. Ob du auf der Straße deinen Mann stehst und auch mal die Fäuste hochnimmst und mit der nationalsozialistischen Idee etwas anfangen kannst.«

»Das heißt, die brauchen mich gar nicht?«

»Na, Wedow hat dich begutachtet. Ich glaube, wenn er dich passend gefunden hätte, hätte er den anderen einen Wink gegeben.«

Emil ist sprachlos. Er hatte sich schon selbst überlegt, ob die SA etwas für ihn wäre. Aber nun scheinen die ihn gar nicht zu wollen. Emil ärgert sich. Schweigend gehen sie ein paar hundert Meter nebeneinanderher. In Emil wächst die Wut. Er beißt die Lippen fest aufeinander, bis sie nur noch ein weißer Strich sind. Kurts Mund dagegen umspielt ein Lächeln. Er kennt seinen Schwager nun schon seit ein paar Jährchen …

»Vielleicht solltest du dir das mit der SA aus dem Kopf schlagen«, schiebt Kurt nach.

»Nein!!!«, kommt es von Emil.

»Wieso nein? Ich hatte dich doch schon ein paarmal gefragt, und du hast immer abgelehnt. Irgendwann reicht es dann mal.«

»Nein! Was muss ich denn tun, damit ich mitmachen kann?«, fragt Emil.

»Nun, bist du dir überhaupt sicher, dass du das willst?«, hält Kurt ihn weiter hin.

»Ich will Mitglied in der SA werden.«

»Na, das sind ja ganz andere Töne als die letzten Tage«, meint Kurt. »Und wenn ich dir jetzt einen Aufnahmeantrag zum Unterschreiben hinlegen würde, würdest du deinen Namen darunter setzen? Oder sind das jetzt nur Sprüche?«

»Nein, ich will bei euch mitmachen.«

Jetzt ist Kurt am Ziel. Unter einer Straßenlaterne bleibt er stehen und zieht grinsend einen zerknitterten Aufnahmeantrag aus der Tasche.

»Geht doch!«, meint er. »Bist halt ein sturer Hund.« Aus der Jackentasche angelt er einen Tintenstift. Er leckt ihn an und reicht ihn Emil. »Hier, setz deinen Friedrich Wilhelm an diese Stelle«, sagt er und deutet auf das Papier. »Den Rest habe ich schon für dich ausgefüllt.«

Emil starrt sprachlos auf das Blatt, dann auf Kurt. Im nächsten Augenblick fällt er Kurt in die Arme und drückt ihn so fest er kann.

»Hoffentlich hast du nicht zu viele Rechtschreibfehler gemacht, sonst denken die noch, ich sei blöde«, brummelt Emil.

»Keine Angst, das denken die eh schon«, kommt es zurück.

Feierlich im fahlen Schein der Straßenbeleuchtung setzt Emil seine Unterschrift unter den Antrag zur Aufnahme in die Sturmabteilung der Nationalsozialistischen Deutschen Arbeiterpartei.

*

15 Mark braucht Kurt von ihm, der alte Halsabschneider. »Handgeld« hat er es genannt. Was das wieder für ein Blödsinn ist. Ohne das Geld könne er nicht in der SA mitmachen. Das versteht Emil nicht. Erst das Trara mit dem Aufnahmeantrag, und dann muss er noch Geld mitbringen. Er hat Kurt natürlich gesagt, dass er es ihm morgen gibt. Emil möchte nicht zugeben, dass er die Kohle momentan nicht hat, und geniert sich daher etwas. Er hat sich auf der Arbeit erkundigt, wo man sich schnell Geld leihen kann. Von einem Kollegen hat er den Tipp bekommen: »Geh zum alten Abraham. Der gibt immer was. Der nimmt sogar Hehlerware.« Also ab in die Reichenberger Straße. Vor einem heruntergekommenen Kellereingang bleibt Emil stehen. Ein handgemaltes Schild mit der Aufschrift »Abraham Eppstein, Pfandleihe« zeigt ihm, dass er hier richtig ist.

Emil läutet. Im Dunkel des Geschäfts hört er es klingeln, rumpeln. Schritte ertönen, dann wird ihm die Tür geöffnet. Der alte Abraham ist eine Erscheinung für sich: ein typischer Ostjude im Kaftan, findet Emil, mit Bart und Schläfenlocken. Abraham sieht alt aus, er geht gebeugt und wirkt dadurch einen Kopf kleiner als Emil. Sein Bart ist lang und ungepflegt, einst war er sicher pechschwarz, nun ist er von weißem Haar durchzogen. Die Pajes hängen zottelig an beiden Seiten des Kopfes herab, den eine schmierige Kappe bedeckt. Sie sitzt schief auf dem Hinterhaupt, sodass sie die große Halbglatze nur unvollständig bedeckt. Der dunkle Kaftan ist fleckig, schimmert stellenweise grünlich und ist an den Ärmeln fast durchgescheuert.

»Grieß eich, mein Herr. Einen schenen Tog. Kummen Se rein«, begrüßt Abraham Eppstein den unbekannten Kunden in jiddisch gefärbtem, gebrochenem Deutsch.

Emil tritt ein. Den kleinen Laden teilt eine Theke in einen vorderen und einen hinteren Teil. Davor sind allerlei Kisten, Pappkartons und Koffer aufeinandergestapelt. Teilweise schaut der darin verstaute Plunder heraus. In einer alten Granathülse neben der Tür stehen Stöcke und Regenschirme, dazwischen steckt ein Säbel. Eine Glasvitrine mit Taschenuhren und allerhand Nippes befindet sich auf dem Ladentisch. Hinter dem Tresen hält Eppstein anscheinend die besseren Sachen bereit. Emils Blick fällt auf Regale und Schränke mit Schubladen. An manchen von ihnen haften abgerissene Beschriftungszettel, einige stehen halboffen und lassen sich vor lauter Krempel gar nicht mehr schließen. Auf dem hintersten Schrank türmen sich Hüte aller Art, dazwischen sitzt ein ausgestopfter Affe und starrt Emil mit seinen Glasaugen an.

»Womit ich konn dienen? Wus host für a Gescheft?«

»Ich brauch Geld«, stößt Emil hervor.

»Nu, Geld brauchen wir alle. Darum ich bin da. Gebe gutes Geld für guten Krom. Wus hat denn der Herr zu verkaufen oder zu verpfänden? Sag mir, wus konnst bieten dem alten Abraham?«

Das hat sich Emil noch nicht genau überlegt. »Was nehmen Sie denn?«

»Schmuck sein ganz vorzüglich, Uhren sein auch gut, Grammofon sein gut, Koffern sein nicht gut. Sein groß und schwer. Haben gehabt ville Koffern. Keine Frejd, nur Problem. Schau!« Er zeigt auf sein Durcheinander.

Emil hat nichts dabei, was er anbieten kann, keinen Schmuck, keine Uhr. Er grübelt. »Ich habe noch eine Mauser-Pistole aus dem Krieg.«

»Oho, Pistole gefährlich. Aber gut zu verschachern. Gibt immer Leit, wus brauchen Pistol. Gibt KPD, die schießen gern jemand kaputt. Gibt Ringverein, die brauchen Pistol. Bring er mir Pistol, dann wir sehen weiter. Aber komm er, wenn schon dunkel, braucht niemand zu sehen, dass kommen starker dajtsch Mann mit Pistol zu altem Abraham Eppstein. Nicht gut sein für Ruf.«

Emil verspricht, in zwei Stunden wiederzukommen.

*

Nachdem die vereinbarten zwei Stunden verstrichen sind, steht Emil wieder im Kellereingang. Abraham öffnet und geht in den Laden voraus. Vor der Theke dreht er sich zu ihm um. »Nun, zeig, wus host dabei.«

Emil zieht die Pistole aus seiner Jackentasche und legt sie auf die Holzplatte des Tresens. Dunkel schimmert das Metall im trüben Licht. Abraham holt noch eine zusätzliche Petroleumlampe und entzündet den Docht mit einem Streichholz, dann dreht er ihn wieder etwas zurück. In dem kleinen dunklen Raum stehen sich die beiden in dem hellen Lichtfleck gegenüber, die Waffe liegt zwischen ihnen. Abraham greift nach der Pistole. Emil versetzt es einen Stich, wie seine treue Begleiterin von den knochigen Fingern betatscht und begutachtet wird. Sie hat ihm oft das Leben gerettet, nein, er wird sich niemals von ihr trennen. Nur kurz wird sie verpfändet. Sobald am Anfang der nächsten Woche wieder Geld im Haus ist, wird er sie sofort auslösen.

Abraham schaut ihr wie einem Stück Vieh auf dem Markt in alle Öffnungen hinein. Er bewegt die Hebelchen, zieht das Magazin heraus und brummt zufrieden. »Sag an, wus magst hobn?«

Emil ist sich unsicher. »15 Mark.«

»Ja, liebe Treu«, ruft der Jude aus. »Gwald geschrign! Bin ich Kaiser von Russland und China zusammen? Wovon ich soll leben? Bist a bissel meschugge? Schau hier ein Hacks«, sagt er und hält die Pistole mit zittrigen Fingern ins Licht. »Und do«, mäkelt er an einer anderen Stelle herum, die ein bisschen blank gescheuert ist.

Emil denkt, er hört nicht recht. Wenn der Alte ihn schon fragt, kann er doch auch seinen Preis nennen. »Dann sagen Sie mir halt, was Sie geben würden«, erwidert er pampig.

»Finf, nit a bissel mehr!«, sagt Abraham.

»Das geht nicht. Machen wir zwölf«, handelt Emil.

»Oh, oh!« Abraham rauft sich den Bart und rollt mit den Augen. »Sibn, mein letzte Gebot.« Er streckt die Hand langsam nach der Pistole aus.

»Halt«, ruft Emil. »Ich hatte zwölf gesagt«, widerspricht er und legt seine Hand auf die des Alten, der schon drauf und dran war, die gute Waffe einzustecken. Die Berührung ekelt ihn an. Der ganze Mensch ist ihm zutiefst zuwider.

Nach zähem Feilschen einigen sie sich endlich auf zehn Reichsmark und 50 Pfennige. Die fehlenden restlichen viereinhalb Mark kann Emil sich noch selbst von den Kollegen zusammenleihen, daher stimmt er zu. Er ist nicht gewohnt zu handeln und möchte das Ganze hinter sich bringen.

Abraham schnalzt zufrieden mit der Zunge und holt den Betrag aus seiner Geldkatze. Er zählt die Münzen bar auf den Tresen und nickt Emil mit blitzenden Augen zu. Dann nimmt er die Pistole an sich und lässt sie in einer Schublade verschwinden. Emil steckt das Geld ein und sieht zu, dass er wieder an die frische Luft kommt. Schnell raus aus dem Laden. Die Art des Alten ist unerträglich für ihn.

KAPITEL 8

Berlin, Samstag, 14. April 1928

Einen ganzen Nachmittag lang hat er Plakate geklebt. Emil ist stolz auf sich. Die Jungs haben ihn gleich voll rangenommen. Vor der Reichstagswahl am 20. Mai ist noch eine Menge zu tun. Die Mitglieder der SA sind bis an die Belastungsgrenze für verschiedene Dienste eingeteilt. Daher greifen sie sofort auf Emils Arbeitskraft zurück, obwohl er noch nicht einmal offiziell zu ihnen gehört. Heute wird jedoch die Aufnahme in die SA in Form eines speziellen Sturmabends stattfinden, extra für ihn, zu dem ihn Kurt und Willi abholen.

Gegen halb sieben am Abend klopft es an seiner Zimmertür. Kurt und Willi treten ein. Sie haben ein in Papier eingeschlagenes Paket und Flaschen dabei. Beide tragen ihre Braunhemden und machen eine gute Figur darin. Die Uniformen sind ausgebürstet und frisch aufgebügelt. Zur Begrüßung öffnen sie erst mal drei Biere. Die Bügelflaschen ploppen.

»Auf den Abend!«, ruft Kurt.

Ein richtiges Gespräch kommt nicht in Gang, die Männer stehen sich mehr oder weniger schweigend gegenüber. Die Spannung im Raum ist zu groß. Emil ahnt, was die beiden dabeihaben, aber die rücken bisher nicht mit der Sprache heraus. Erst mal wird in Ruhe die Pulle geleert, während Emil innerlich zappelt. Dann muss er sich in die Ecke stellen und darf nicht gucken. Aufgeregt bläst er Tabakwolken gegen die Wand, bis der Rauch zurückschlägt und er husten muss. Er hört Geraschel, Papier reißen und glucksendes Lachen. Obwohl es nur ein paar Augenblicke dauert, kommt es ihm wie eine Ewigkeit vor. Dann darf er sich wieder umdrehen.

Auf dem Bett vor ihm liegt eine nagelneue Uniform der SA ausgebreitet. Die Knöpfe an der Vorderseite des Braunhemds und an den Manschetten glänzen goldfarben. Auf dem Kragen sind die schwarzen Spiegel aufgenäht; der linke zeigt mit kleinen silbernen Zahlen ihre Sturmnummer: 27. Der braune Binder liegt lose vorgebunden unter dem Kragen. Eine braune Schafthose komplettiert die Uniform.

Emil ist gerührt und findet keine Worte, um sich angemessen zu bedanken. Das Hemd passt wie angegossen. Dafür also hat seine Schwester in den letzten Tagen immer wieder mit dem Maßband an ihm herumhantiert. Er muss innerlich grinsen. Und ihm wird auch klar, wofür sein Schwager die 15 Mark »Handgeld« benötigt hat. Augenblicke später hat er auch die Hose angezogen. Stiefel hat er noch keine, aber seine Arbeitsschuhe genügen für den Anfang. Kurt holt einen nagelneuen Koppelriemen mit Schultergurt hervor und legt ihn Emil um. Dann steht SA-Mann Emil Bachmann fertig da. Er versucht sich im Rasierspiegel zu betrachten, aber der ist zu klein und das Licht im Zimmer ist zu schwach, sodass er kaum etwas erkennen kann – egal. Sie trinken aus, ziehen sich ihre Windjacken über und schlagen die Kragen hoch, als Schutz vor der Kommune, die nicht gleich die Braunhemden erkennen soll. Gemeinsam verlassen sie das Haus in Richtung Sturmlokal.

*

In der Kneipe Kock, in der Wiener Straße 25, ist das Sturmlokal des Sturms 27 beheimatet. Emil war bisher noch nie dort. Das Haus liegt dem Haupteingang des Görlitzer Bahnhofs fast genau gegenüber. Auch abends ist die Gegend noch belebt. Nacheinander betreten Kurt, Willi und Emil den Gastraum der

Wirtschaft. Bruno Kock, der Wirt, steht mit einem Geschirrtuch hinter der Theke und poliert Gläser. Im Raum verteilt sitzen ein paar Gestalten, die in ihre Biere starren. Für den heutigen Abend ist das Hinterzimmer reserviert. Kock hält die Augen offen, damit keine ungebetenen Gäste oder Polizeispitzel die Versammlung stören. Er ist stark wie ein Ochse und gewohnt, Ärger schnell und unbürokratisch zu beenden. Die SA vertraut auf seine Verschwiegenheit, und er schätzt die durstige Truppe. Zudem hat die Wiener Straße 25 eine lange Nazitradition, denn hier wurde im Jahr 1925 die Ortsgruppe der NSDAP, die nach dem Hitlerputsch verboten war, neu gegründet.

Emil muss mit Willi warten, bis die letzten Vorbereitungen getroffen sind. Kurt verschwindet derweil im Hinterraum. Zum Überbrücken der Wartezeit kippen die beiden erst mal einen Magenbitter, den Kock ihnen aus einer großen Steinhäger-Kruke eingießt. Dann erschallt ein Ruf. »Es ist so weit.«

Neben der Theke führt ein braunrot gefliester Gang nach hinten. Rechts zweigen die Türen zu den Pissoirs und Klosetts ab. Geradeaus geht es in den Hof. Links führt eine Tür in den Nebenraum. Kurt erwartet die beiden im Flur.

»Ach – tung!«, erschallt sein Kommandoruf.

Emil wird von Willi in das Sturmzimmer geführt. Es liegt fast im Dunkeln, nur spärliche Kerzenbeleuchtung erhellt den Raum. Die dunkle Holzvertäfelung schluckt einen guten Teil des Lichts. Die Tische und Stühle wurden an der Wand zusammengeschoben, sodass der Bereich in der Mitte frei bleibt. An den Seitenwänden stehen rechts und links je eine Reihe SA-Männer Spalier. Im Hintergrund ist ein Tisch erkennbar, auf dem zwei Kerzenleuchter flackern. Dahinter ein Mann, dessen Kopf im Schatten liegt. Die Luft ist abgestanden und heiß, es riecht nach verbranntem Stearin. Emil merkt, wie ihm ein Schweißtropfen von der Stirn rollt, wagt aber nicht hinzufassen.

Neben der Tür hat sich Kurt Jablonsky aufgestellt. Er gibt die Kommandos. »Sturm 27 – Stillgestanden.«

Durch die Reihen der Männer geht ein Ruck.

»Melde Sturm 27 in Stärke 1 / 2 / 14 angetreten.«

»Emil Bachmann vortreten«, kommt die Antwort aus dem Hintergrund des Raums.

Flankiert von Willi und Kurt durchschreitet Emil Bachmann die Stube und tritt vor den Tisch, hinter dem von Wedow steht.

Über die Tischplatte ist eine große Parteifahne gebreitet. Der weiße Kreis liegt genau in der Tischmitte, das Hakenkreuz ist exakt ausgerichtet. Auf dem blutroten Tuch steht rechts und links je ein silberner Leuchter. Die weißen Kerzen darin stellen die einzige Lichtquelle dar. Direkt auf dem schwarzen Hakenkreuz liegen zwei Pistolen, deren Läufe gekreuzt übereinanderliegen. Es ist eine lange Pistole 08, deren geschwungene, markante Form Emil aus dem Krieg nur allzu vertraut ist. Das andere Modell ist auch eine Waffe aus dem Krieg, eine Mauser C 96 mit bulligem Griff und kantigem Magazinkasten. Über den Waffen liegt eine Hakenkreuz-Armbinde sorgfältig ausgebreitet.

Friedrich-Carl von Wedow, der Sturmführer, hält ein Buch in der Hand. »Emil Bachmann!«

»Jawohl!«

»Du bist hier angetreten, um als vollwertiges Mitglied in die Sturmabteilung der NSDAP aufgenommen zu werden. Ist dies dein freier, ungezwungener Wille?«

»Jawohl!«

»Du hast mit Einreichung deines Antrages diesen Willen schriftlich geäußert. Wir haben ihn geprüft und für gut befunden. So nehmen wir dich mit dem heutigen Tage in die SA auf.« Friedrich-Carl von Wedow greift nach der Armbinde. »Hiermit verleihe ich dir die Kampfbinde der SA. Sie trägt das Zeichen unserer Gesinnung. Mögest du sie immer in Ehren halten, sowohl nach außen durch würdiges Tragen als auch nach innen im Herzen. Du bist aufgenommen in den Sturm 27, dessen Mitglieder nun deine Kameraden sind. – Sturm 27 – Rührt euch.«

Ein Scharren von Füßen hallt durch den Raum. Friedrich-Carl von Wedow übergibt die Armbinde an Kurt, der sie zusammen mit Willi über Emils linken Arm streift. Ein wenig Rucken und Zupfen ist notwendig, dann sitzt sie an der richtigen Stelle.

»SA-Mann Emil Bachmann, darf ich dir als Erster gratulieren«, von Wedow reicht die Hand über den Tisch und drückt die Dargebotene von Emil.

Kurt hält sich nicht lange mit Formalitäten auf und zieht Emil fest an seine Brust. Willi umarmt die beiden von hinten. Im Raum wird es lauter und vergnügter. Im Sturm gibt es kein Halten mehr. Alle strömen nach vorn und gratulieren. Hände werden geschüttelt und Emil wird auf die Schulter geklopft. Er weiß gar nicht, von woher überall die Kameraden auf ihn zukommen.

Eine kurze Pause zum Verschnaufen hat er, als der Raum umgebaut wird. Die Tische werden rasch zu einer langen Tafel zusammengeschoben. Nur der Zeremonientisch bleibt in T-Form quer dazu stehen. Die beiden Leuchter werden auf die lange Tafel gestellt und die Hakenkreuzfahne hinter dem Sturmführer an die Wand gehängt. Die beiden Pistolen verschwinden. Dann nehmen alle Platz.

Auf einen Wink hin schleppt Vater Kock armweise Bierkrüge heran. Emil hat wahnsinnigen Durst, doch traut er sich nicht, nach einem Krug zu greifen, da es auch kein anderer tut.

Am Quertisch präsidiert in der Mitte von Wedow. Rechts und links neben ihm sitzen seine zwei Stellvertreter Kurt und Georg Holt. Der Rest der Mannschaft ist an den Längstischen verteilt. Emil sitzt in der Mitte neben Willi.

»Ein Lied!«, ruft von Wedow.

Die Männer fangen an zu singen:

»Hakenkreuz am Stahlhelm,
Schwarz-weiß-rotes Band,
Sturmabteilung Hitler
Werden wir genannt.«

Emil kennt das Lied noch nicht so gut und brummt eher mit, als dass er singt, aber das scheint niemanden zu stören.

»Lied aus. Sauft!«, kommandiert von Wedow.

Jeder greift sich nun einen Krug, und sie stoßen miteinander an. »Prost!« Dann trinken sie das Bier in einem Zug aus. Jeder bemüht sich, der Erste zu sein. Emil setzt zwischendurch kurz ab. Als er jedoch bemerkt, dass alle auf ex trinken, trinkt auch er schnell weiter.

Wessen Krug leer ist, der legt ihn flach vor sich auf den Tisch, um zu zeigen, dass wirklich kein Restchen Flüssigkeit mehr darin ist, und schlägt mit der flachen Hand auf die Tischplatte. »Bier her! Bier her! Bier her!«, erschallt es im Takt, sodass die Krüge auf der Tischplatte zu tanzen anfangen.

Vater Kock stemmt mit den Ellenbogen die Tür auf, die Hände voller frisch gezapfter Biere. »Jetz mal langsam, Jungs, ick komm ja schon! 'N alter Mann is keen D-Zuch.«

Die ersten Zigaretten werden angezündet. Blauer Rauch mischt sich mit dem Mief des Raumes. Ein paar Minuten lang unterhalten sich alle, qualmen und trinken, bis das nächste Kommando ertönt.

»Achtung, Zigaretten zu Ende rauchen, Rede!«

Jeder nimmt noch ein paar hastige Züge und drückt dann den Stummel aus.

Sturmführer von Wedow erhebt sich. »Männer, Kameraden! Wir sind heute hier versammelt, um einen ganz besonderen Sturmabend zu begehen. Denn unser Sturm 27 hat einen SA-Mann aufgenommen. Die Bewegung des Nationalsozialismus hat ein neues, überzeugtes Mitglied gewonnen. Noch sind wir wenige, aber jeden Tag werden wir mehr, unaufhaltsam. Denn die Menschen begreifen allmählich, dass jede Hand gebraucht wird, um das Dritte Reich zu bauen. Und wir, Kameraden, sind die Speerspitze dieser Bewegung, die politischen Soldaten.

Das Wesentliche, Entscheidende ist, wie es schon in diesem Wort ausgedrückt wird, die vollzogene Verschmelzung des Soldatentums mit dem Politischen. Politisch sein heißt, den Blick vom eigenen Ich fort auf die Gemeinschaft zu richten, auf Volk und Staat. Das heißt, ein waches Interesse für alle öffentlichen, deutschen Dinge, eine umfassende Kenntnis und ein klares Wissen vom Leben des Volkes, von der Struktur der Gesellschaft, vom Sinn der Gesetze zu haben; das heißt, eine feste, von Überzeugung getragene Einstellung zu Staat, Wirtschaft und Kultur zu besitzen. Und die gibt uns der Nationalsozialismus. Gibt seine politische Idee von der Einheit des nationalistischen und sozialistischen Wollens. Wir kennen nur ein Vaterland – und das heißt Deutschland. In das wir hineingeboren, durch das wir entstanden sind, das uns das Leben gab und das zu schützen und zu erhalten deshalb unsere erste Pflicht ist. Und wir kennen nur eine Lebens- und Gemeinschaftsform: die der Gerechtigkeit. Die jedem das Seine gibt. Die vor allem dem Ärmsten und Kleinsten die Arbeitsehre bewahrt und den Arbeitsertrag sichert. Und wir kennen den Träger unseres Volks-, Staats- und Kulturlebens: die arische Rasse. In deren Erhaltung und Steigerung liegt unsere höchste und letzte Aufgabe. – Das Symbol dieser Dreiheit ist unsere Fahne. Das rote Tuch: der Sozialismus. Die weiße Scheibe: der Nationalismus. Das schwarze Hakenkreuz: das uralte arische Heilszeichen. Darum tragen wir dieses Symbol an unserem Braunhemd, und darum ist jeder von uns stolz, es zu tragen, und wir sind stolz auf jeden, der sich zu uns bekennt. – Wir sind Soldaten. Soldatisch zu sein, heißt deutsch sein. Heißt die 2.000-jährige deutsche Geschichte zu leben: der Mut im

Kampf, die aufopfernde Kameradschaft, die harte Disziplin. Von den germanischen Heerhaufen, die das römische Weltreich besiegten, von den stolzen Landsknechtsheeren des Mittelalters führt der Weg des Deutschen über die ruhmreiche preußische Armee, die das Reich erkämpfte, bis zum grauen Weltkriegsheer, das den Armeen der ganzen Welt standhielt, bis zur letzten Front der Freikorps, die den Bolschewismus niederschlug. – Und der neue deutsche Soldat, der politische Soldat, der SA-Mann ist der erste Verkörperer dieses Prinzips: der unerbittliche, fanatische Träger, Verkünder und Verbreiter der revolutionären Idee des Nationalsozialismus. Der kämpferische Mann, der sein Ziel kennt und es unter dem vollen und bewussten Einsatz seines Lebens zu erreichen sucht: Das ist die SA. – Und mit dir, Kamerad Bachmann, werden wir den Zielen unserer Revolution wieder ein Stück näher kommen: Einigkeit der nationalsozialistischen Bewegung, Recht auf die Straße, Freiheit von den Fesseln von Versailles! – Kameraden, steht auf und lasst uns mit dem, was der Zufall uns im Glase gelassen hat, auf das Wohl unseres geliebten Führers anstoßen. Sieg Heil! Sieg Heil! Sieg Heil!«

Die Männer stehen ergriffen auf und fallen in die Heilrufe ein. Anschließend leeren sie ihre Gläser. Einer reckt den Arm empor und fängt an zu singen:

»Deutschland, Deutschland, über alles, über alles in der Welt …«

Der Rest des Sturms fällt ein. Alle haben den rechten Arm erhoben. Mancher fasst mit der linken Hand an das Koppelschloss, andere legen die Finger an die Hosennaht. Emil spürt einen ehrfürchtigen Schauer über seinen Rücken laufen. So hat er sich die SA nicht vorgestellt. Ihm ist heiliger zumute als im Gottesdienst. Und hier kann auch er dienen – hier, spürt er, wird er gebraucht.

Nach der Rede und dem Deutschlandlied wirkt der Haufen in sich gekehrt. Vater Kock kommt herein und räumt leere Krüge ab. Danach werden die Männer wieder lockerer und unterhalten sich. Ab und zu wird gesungen. Die alten Lieder vom »Argonnerwald um Mitternacht«, wo der Pionier auf der Wacht steht, bis hin zu »Märkische Heide, märkischer Sand … heil dir, mein Brandenburger Land« sind alle dabei.

Emil fühlt sich durch den Schauer der nationalen Erhebung, das Bier und die Wärme der Kameradschaft angenehm benommen. Doch der Sturm hat für ihn noch eine besondere Aktion vorbereitet.

Kurt Jablonsky ergreift das Wort. »Sturmmann Bachmann«, hebt er an. »Wo ist denn deine Mütze?«

Richtig, alle haben ja solch einen Deckel, denkt Emil, auch wenn ihn gerade niemand auf dem Kopf trägt. Emil hat daran bislang keinen Gedanken verschwendet, vor lauter Stolz auf sein Braunhemd und die Armbinde. Überrascht blickt er in die Runde.

»So, so, dann müssen wir dir also noch eine Kopfbedeckung verleihen. Aber du willst mit deiner Mütze doch nicht aussehen wie ein Pennälerbubi, oder?«

Emil ahnt Böses. »Nein, natürlich nicht«, antwortet er.

»Um eine nagelneue, frisch genähte Mütze in einen ordnungsgemäßen Zustand zu bringen, gibt es nur eine Möglichkeit«, doziert Kurt salbungsvoll.

»Reinpissen?«, fragt Emil.

Alles lacht schallend. Die Männer schütteln sich vor Lachen und stoßen sich vor Vergnügen gegenseitig in die Rippen.

»Nein, du altes Ferkel, wir sind doch nicht beim Reichsbanner. Wir machen das auf elegantere Art.«

Emil muss aufstehen, dann hält ein Mann die neue Mütze umgedreht mit dem Futter nach oben vor ihn hin. Ein anderer nimmt sich einen Krug nach dem anderen und schüttet so viel Bier in die Mütze, bis sie randvoll ist. Der Mützendeckel wölbt sich nach unten. Emil bekommt die Order, den Inhalt auszutrinken. Er setzt die Mütze mit dem Rand an den Mund an und beginnt zu trinken. Die Männer stehen um ihn herum und feuern ihn an.

Eine Weile hält die Stoffmütze dem Inhalt stand, doch schließlich tropft das Bier unten heraus. Kurt hält achtsam einen leeren Bierkrug darunter und sammelt die Tropfen darin. Als das Glas halbvoll ist, gießt er es wieder oben in den Biersee hinein, von dem Emil immer noch trinkt. Das Spiel wiederholt sich mehrere Male. Als die Mütze so gut wie leer ist und immer mehr Bier durch den Stoff tropft, wird Emil der Rest erlassen und ihm die noch feuchte Mütze auf den Kopf gestülpt. Stolz steht er da und sieht wie ein begossener Pudel aus, während der nagelneue metallene Hakenkreuzadler vom Mützendeckel leuchtet.

Den Rest des Abends bekommt Emil nicht mehr ganz mit. Der Alkohol entfaltet seine Wirkung. Gegen Mitternacht wird er von Kurt und Willi gestützt nach Hause gebracht. Er ist schwer wie ein Sack Zement und auch genauso schwierig zu handhaben. Die beiden schleppen ihn die Wiener Straße entlang, durch die Harnröhre hindurch, die das Bahnhofsareal unterquert.

Er hängt mit den Armen über ihren Schultern und stolpert den Weg entlang. Nachdem er die Treppe zu seiner Wohnung mehr hinaufgetragen wurde, als dass er sie gegangen wäre, fällt Emil wie ein Stein in sein Bett. Spucke läuft ihm aus dem halb geöffneten Mund und tropft aufs Kopfkissen. Emil Bachmann hat seine erste Schlacht für die SA erfolgreich geschlagen.

KAPITEL 9

Berlin, Sonntag, 15. April 1928

Emil hockt mit nagenden Kopfschmerzen in Kurts Küche. Ilse ist mit beiden Kindern in die Kirche gegangen. Sein Schwager setzt ihm schwarzen Kaffee, saure Gurken und Rollmöpse vor. Emil verzieht angeekelt das Gesicht.

»Trink auch das Gurkenwasser, das hilft!«

»Bäähh«, macht Emil und steckt sich eine Zigarette an.

»Oder magst du ein Konterbierchen?«, frotzelt Kurt.

»Bleib mir vom Leibe!«

»Na, das war doch ein schöner Abend, nicht wahr?«

»Große Klasse«, meint Emil. »Da war ordentlich was geboten, hab mich wie ’n junger Gott gefühlt, nur leider waren keine Weiber dabei.«

»Na, ich hab’s ja nur als Gerücht gehört, aber in anderen Stürmen nimmt sich manch Sturmführer noch einen kleinen strammen SA-Arsch mit in die Heia – das bleibt aber unter uns. So was behauptet jedenfalls die Kommune ab und zu.«

»Im Krieg hab ich das auch erlebt. Da hatte ein Offizier seinen Burschen sehr lieb. So einen Kleinen, der hieß Otto. Bei uns hieß er nur Othilie. Der war ganz bleich mit roten Bäckchen, ein Gesicht wie ein Mädchen. Der hat sich bestimmt noch nicht mal jeden Tag rasieren müssen. Wie’s der Zufall will, befehligte sein Leutnant einen Sturmangriff, wobei ihm ein Splitter die Hoden abriss.«

»Autsch!«, kommentiert Kurt.

»Der ist schnell daran verblutet. Als Othilie sah, dass sein Schatz in einer riesigen Blutlache lag, hat er einen Schreikrampf gekriegt. Da hat wirklich auch der Letzte in der Kompanie mitbekommen, was für einen Achtgroschenjungen wir an Bord haben. Den konnten sie nicht bei uns lassen. Sie haben ihn irgendwohin versetzt.«

Kurt rührt gedankenverloren in seiner Kaffeetasse.

»Bei uns, bei der Artillerie, haben sie mal einen drangekriegt, wie er sich an einer Stute vergangen hat. Den haben sie mit runtergelassener Hose direkt hinterm Pferdehintern auf einem Hocker erwischt. Weißt du, was der Kompaniechef gebrüllt hat, als sie ihm Meldung gemacht haben?«

»Nein, was?«, ist Emil gespannt.

»Das Schwein, man versetze ihn zur Infanterie!«

Beide lachen rau.

»Wenigstens ist unser Friedrich-Carl nicht so einer. Ich weiß zwar nicht, ob der neben der SA noch eine andere Leidenschaft hat, aber ein 175er ist er garantiert nicht. Dafür ist der viel zu steif und korrekt. Der verzieht zwar immer das Gesicht, wenn jemand eine zotige Bemerkung macht, aber sagen tut er nie was. Dafür ist er gegenüber Kommunisten das genaue Gegenteil. Die hasst er wie die Pest. Für das Gesindel ist ihm kein Schimpfwort zu derb.«

»Wahrscheinlich trauert er noch seiner heilen Welt von vor dem Krieg nach«, meint Emil.

»In dieser Woche will er einen Propaganda-Marsch organisieren. Er ist mächtig stolz, dass sein Sturm 27 um einen Kopf angewachsen ist. Das muss er der Kommune gleich mal vorführen.«

»Was muss ich dabei tun?«, fragt Emil.

»Nichts, was du nicht schon gelernt hast«, antwortet Kurt. »Aber nimm besser zusätzlich etwas von zu Hause mit. Einen kleinen Knüppel, den du in die Tasche stecken kannst, oder ein Messer sind immer gut dafür.«

*

Berlin, Mittwoch, 18. April 1928

Die SA ist in Dreierreihe auf dem Bürgersteig vor dem Sturmlokal angetreten. Von Wedow schreitet die Front ab und schaut sich die Männer an. Hier und dort wird noch auf eine kleine Nachlässigkeit hingewiesen, dann ist der Sturmführer zufrieden. Wie stolz er auf seinen Sturm ist. Alles kernige Kerle, die meisten knapp über 20, denkt er zufrieden. Dazu kommen ein paar altgediente Hasen. Das ist die richtige Mischung. Die Jungen haben den Schneid und die Alten das Rückgrat. Damit lässt sich was ausrichten.

Rechts neben der Front steht der Träger der Sturmfahne. Er hält den Fahnenstock in den Händen, das blutrote Tuch hängt schlaff herunter und bedeckt seine Faust.

»Augen – rechts! Richt euch!«

Stiefelscharren auf dem Kopfsteinpflaster.

Vier Mann sind abgestellt, um als Zivilordner mitzumarschieren. Kurt gehört dazu. Er hat sich dafür Rollkluft angezogen: grobe Schuhe mit Gamaschen und eine bis oben zugeknöpfte, feste Windjacke. Nichts kennzeichnet ihn als Angehörigen der SA. Auf dem Kopf trägt er einen großen Knautschhut aus Filz. Die anderen Zivilordner sind ähnlich gekleidet. Sie werden den Zug auf dem Gehsteig in ein paar Metern Abstand begleiten. Als sogenannte »Watte« können sie bei Übergriffen von außen einschreiten. Sie können auch Gegenstände aus der Gruppe herausschmuggeln und sie verstecken, falls die Schupo aufkreuzt. Der SA-Trupp macht kehrt um und steht auf der Straße bereit.

»Im Gleichschritt – marsch!«

Die Männer setzen sich in Bewegung. Geplant ist ein Zug durch den Bezirk Kreuzberg, um Aufmerksamkeit zu erregen und den politischen Gegner zu provozieren. Die Route führt die Wiener Straße entlang, die Ratiborstraße hinunter, das Kottbusser Ufer wieder hinauf. Dann quer durch den Bezirk

SO 36 und am Schluss durch die Wrangelstraße, bis es wieder zurückgeht zum Sturmlokal. Angesetzt sind zwei Stunden, die Strecke ist in dieser Zeit gut zu schaffen.

Die ersten anderthalb Stunden lang ereignet sich nichts Besonderes. Die Truppe schreitet durch die Straßen und skandiert laut ihre Parolen. Die vier Mann Watte laufen nebenher, ohne dass es zu Zwischenfällen kommt.

Am Hochbahnhof Schlesisches Tor stehen mehrere Grüppchen Fußgänger herum und gaffen das Häuflein an. Von Wedow gibt den Takt vor. Der Trupp brüllt immer wieder:

»Deutschland erwache!

Juda verrecke!

Deutschland erwache!

Juda verrecke!

Deutschland erwache!

Juda verrecke!«

Die Passanten zeigen kaum Reaktionen. Ein paar runzeln die Stirn, aber weder Zustimmung noch Ablehnung sind bei den meisten zu erkennen. Von Wedow ändert in der Wrangelstraße den Ton.

»Juda verrecke!
Schlagt die Juden tot!

Juda verrecke!
Schlagt die Juden tot!

Schneidet ihnen den Sack ab!«

Endlich! Im Publikum tut sich was. Ein junger Mann grinst offen, andere schütteln den Kopf. Ein Grüppchen Arbeiter, deutlich an der Kleidung erkennbar, steht an einer Ecke beieinander. Die Schiebermützen tragen sie keck auf dem Kopf, und die Hände haben sie tief in den Taschen vergraben. Einer macht eine höhnische Bemerkung, die anderen lachen. Dann spuckt er aus, Richtung SA. Der ist richtig, denkt sich Kurt. Auf so eine Gelegenheit hat er schon die ganze Zeit gewartet. Als Kurt extra hinter ihnen vorbeiläuft und der SA-Trupp auf seiner Höhe auf der Straße marschiert, ist es so weit. Kurt hat sich heimlich mit von Wedow durch Zeichen verständigt und schlägt zu.

Er tritt an den Aufrührer heran und schubst ihn gegen einen der Herumstehenden. Beide taumeln überrascht einige Meter. Das genügt.

»SA ran!«, kommandiert von Wedow und bläst in seine Trillerpfeife.

Der Sturm löst blitzartig die Marschordnung auf. 20 Mann stürzen sich auf die Arbeiter, Fäuste fliegen. Die Angegriffenen wissen nicht, wie ihnen geschieht. Innerhalb von ein paar Sekunden müssen sie zahlreiche Treffer einstecken. Dann ertönt erneut ein Pfiff aus der Trillerpfeife.

»SA zurück!«, gellt ein neuer Befehl.

Im Nu ist die Ordnung wiederhergestellt, und der Trupp marschiert weiter, als wäre nichts passiert, während die Arbeiter zusehen, dass sie so schnell wie möglich Reißaus nehmen. Der Sprüchemacher hat am meisten abbekommen und muss von einem Kollegen gestützt werden. Er stöhnt, während aus seinem Mund Blut tropft.

Die anderen Passanten haben mit großen Augen das Geschehen beobachtet. So etwas haben sie nicht erwartet. Niemand wagt es mehr, eine abfällige Bemerkung zu machen. Die Straße ist erobert. Die SA hat für heute ihren Auftrag erfüllt.

»Ein Lied!«, befiehlt von Wedow.

Und die Gruppe hebt an:

»Im Arbeitsschweiß die Stirne,
den Magen hungerleer.
Die Hand voll Ruß und Schwielen
umspannt das Gewehr.

So stehn die Sturmkolonnen
zum Rassenkampf bereit.
Erst wenn die Juden bluten,
erst dann sind wir befreit.«

*

Am Sturmlokal trennt sich die Gruppe. Sturmführer von Wedow hat noch in einer kurzen Ansprache das vorbildliche Verhalten jedes Einzelnen gelobt und dabei ein wenig gegen Juden, Arbeiter und Kommune gehetzt. Anschließend wurde die Sturmfahne im Lokal deponiert und alle wurden entlassen. Da die Männer nicht in der großen Gruppe nach Hause gehen, haben sie das Braunhemd unter der Jacke verborgen. Der Gegner lauert überall, und nach der letzten Prügelei mit den Arbeitern dürfte denen der Sinn nach Rache stehen. Emil ist es recht. Er möchte beim Pfandleiher Abraham Eppstein seine Pistole auslösen. Wie sähe es aus, wenn ein SA-Mann in Uniform mit Eppstein Geschäfte machen würde? In Zivil hingegen kann er unbesorgt einen Abstecher dorthin machen. Die Mütze steckt er in die Jackentasche, dann geht es los.

»Kommst du nicht mit uns?«, fragt Kurt erstaunt, als Emil eine andere Richtung einschlägt.

»Nein, ich hab noch was zu erledigen«, ruft er und biegt in eine Seitenstraße ab.

Minuten später steht er vor der Pfandleihe und läutet die Glocke. Abraham öffnet ihm die Tür. Schnell nimmt Emil die Stufen hinab in die Höhle des Alten.

»Einen schenen Obend, der Herr. Haben uns ja lang nicht gesehen«, sagt Eppstein ironisch. »Worum hab ich die Ehre?«

»Ich will meine Pistole auslösen. Ich hab das Geld dabei.«

»Welche Pistole? Habe nie eine Pistol von dem Herrn gesehen«, lächelt Abraham Emil an und zwinkert mit den Augen. »Wenn mich wer fragt, Abraham immer nichts wissen, ist gutt für Gescheft.«

Emil öffnet seine Jacke und holt aus der Innentasche Geld hervor. Beim Anblick des Braunhemds zuckt Abraham zurück. »Ich habe das Geld in bar dabei. Ich möchte die Pistole wiederhaben.«

»Ja, dos sein schlecht meglich. Pistol hob ich verkauft. So ein Schtik, wos Abraham nicht weiß woher und wos für Geschichten, schon sofort an neuen Mann verschachert. Ist nur zwej Tog her.«

»Aber wir hatten doch ausgemacht, dass ich meine Pistole nur verpfände!«, entgegnet Emil.

»Nein, nein, hast verkauft Pistol. Und jetzt stehst da in schene Uniform und hast keijne Woffen. Na, do werden die Kameraden Spasselteln mochen über die Soldat mit leere Händ. Kannst jetzt nimmer mittun mit die andren, oder?« Abraham lacht in sich hinein. »Host gehabt Schlamassel mit Abraham, aber kejn Problem, hob neue Pistol für dich. Dann bist wieder fescher Soldat und is ojsgekackt.«

Er bückt sich hinter seine Theke und holt aus einer Schublade eine flache, offene Pappschachtel hervor, in der zwei gebrauchte Waffen nebeneinanderliegen. Er stellt den Karton auf den Tresen und schiebt ihn zu Emil rüber. »Da, such dir aus, wos't magst. Mach einen guten Preis für dich.«

Emil hört die Worte des Alten, aber sie dringen nicht bis in sein Bewusstsein vor. Er hört ihn lachen, er bemerkt, dass sich Abraham über ihn lustig macht, aber der Sinn des Ganzen entgeht ihm. Dann zeigt der Händler auf die anderen Pistolen und da begreift Emil. Sein Schmuckstück ist weg. Er wird die Waffe niemals wiedersehen. Wut, Trauer und Schmerz mischen sich in seinen Gedanken. Er sieht nur noch diesen schmierigen Wicht vor sich, der Schuld an dem Ganzen hat. Ein übermächtiger Zorn bemächtigt sich Emils. Er packt den Alten am Kaftan und zieht ihn zu sich heran. »Wo – ist – meine – Pistole?«, brüllt er, sein Gesicht nur Zentimeter von dem des anderen entfernt.

»Furt …«, kommt die Antwort.

Das ist genug, den Rest braucht er nicht zu hören. Er fasst hinten an seinen Hosenbund, in den er vor ein paar Stunden den Grabendolch gesteckt hat, sodass ihn niemand auf den ersten Blick entdecken kann, und zieht ihn heraus.

»Malech-Chabole«, schreit Abraham ihm panisch ins Gesicht und erstarrt, als Emil den Dolch hebt.

Emil stößt ihn mit aller Kraft in das Bündel, das er mit seiner Linken festhält. Ein paar Stiche genügen, und es ist Ruhe. Abraham Eppstein ist nicht mehr.

Emil nimmt nach der Tat mit zittrigen Händen die zwei Pistolen aus dem Karton und steckt sie sich in die Jackentasche. Er schließt die Knopfleiste wieder bis obenhin, schlägt den Kragen hoch und geht langsam zur Eingangstür. Durch das dreckige Glas sieht er auf die Straße, blickt nach links und rechts, da ist niemand unterwegs. Emil drückt die Klinke mit dem Ärmel herunter, um keine Blutspuren zu hinterlassen, und schleicht vorsichtig aus dem Laden. Hinter sich lässt er die Tür halb offen stehen.

KAPITEL 10

Berlin, Freitag, 20. April 1928

Gedämpft dringt der Großstadtlärm bis zu dem Büro hinauf. Wenn man auf dem Stadtplan nach dem Zentrum Berlins sucht, tippen manche aufs Schloss, andere auf die Linden. Aber hier am Alex, hier schlägt wirklich das Herz der Stadt.

Einige meinen, der Rummel in den Warenhäusern, bei Wertheim, oder bei Tietz sei der Puls der neuen Zeit. Aber das ist falsch – die wahre Mitte Berlins ist in Wirklichkeit der dunkelrote Backsteinbau des Polizeipräsidiums. Die »Rote Burg« nennen ihn manche. Düster und bedrohlich liegt er da, über 100 Meter lang, an der Alexanderstraße. Es ist das zweitgrößte Gebäude der Stadt, mit endlosen Fluren und Stuben, die voll sind mit den Akten der Beamten eines Staatsapparats, der für Recht und Ordnung in diesen Umbruchzeiten sorgen soll.

Kriminalkommissar Franz Reinicke sorgt sich heute Abend im Besonderen, wie er die Nacht verbringen soll. Er hat seit einiger Zeit Rufbereitschaft in der Mordkommission, ein vierwöchig rotierender Dienst, der alle Dezernate der Kriminalpolizei trifft, um den Kollegen die besonderen Erfahrungen zu vermitteln, die die verwerflichste Form menschlichen Verbrechens mit sich bringt. Welcher Ort ist dazu geeigneter als Berlin, der Millionenstadt, die immer auf den Beinen ist und die in ihrer Scheußlichkeit, ihrer Armut und ihrer Not anderen Weltmetropolen wie New York oder Chicago in nichts nachsteht?

Doch daran denkt Franz Reinicke aus dem Dezernat B I 3 (Diebstahlsdelikte) gerade nicht. Er fragt sich, wo er sich schnell etwas zum Abendessen besorgen kann. Und er fragt sich, ob er die Nacht im Präsidium auf dem Feldbett verbringen oder besser doch nach Moabit gehen soll, wo er wohnt. Auf dem Schreibtisch türmen sich Unterlagen zu seinen ungelösten Diebstahlsfällen, und die Belastung durch die »Mordbereitschaft« kommt zu seinem regulären Dienst noch dazu. Je schlechter die Zeiten sind, desto eher neigen die Menschen dazu, ungleich verteiltes Hab und Gut zu ihren Gunsten umzuverteilen, und seit dem Weltkrieg gab es in dieser Hinsicht nur noch schlechte Zeiten.

Franz Reinicke ist nicht bei der Polizei gelandet, weil er sich in seinem Leben nichts Schöneres hätte vorstellen können, als windige Gestalten dingfest zu machen, die sich mit üblen Tricks oder durch rohe Gewalt die Sachen anderer aneignen. Nein, nach Krieg und Inflation konnte er froh sein, überhaupt im Staatsdienst unterzukommen. Mit seinem zwangsweise während der Inflation abgebrochenen Jurastudium war die Kriminalpolizei der letzte Ausweg. Jetzt ermöglicht ihm der höhere Dienst ein relativ sorgenfreies Leben, die Aussicht auf eine gute Pension und den täglichen Umgang mit Subjekten, die er sonst niemals auch nur mit der Kneifzange angefasst hätte. Die Verhöre – wenn er einen der vielen Kriminellen schnappte, einen der so blöd war, der Polizei in die Fänge zu geraten – sind endlos, zäh, enervierend, und Franz Reinicke werden regelmäßig so viele Lügen aufgetischt, dass er kotzen könnte. Kaum sitzen die Verbrecher an seinem Tisch, jammern und heulen sie entweder oder sie markieren den starken Mann, indem sie kein Sterbenswörtchen von sich geben. Früher hat er die Verhafteten meist grob angefasst, geschlagen oder angeschrien, aber das hat so gut wie keine Wirkung gezeigt. Ja im Gegenteil, ihm wurden nur noch mehr Lügen erzählt. Der einzige Verbrecher, der ihm lieb ist, ist derjenige, der frei heraus seine Taten gesteht, egal ob aus Reue oder aus Kalkül. Dieser erhält von ihm einen lobenden Vermerk in den Akten, der sich oft mildernd auf das Urteil des Richters auswirkt. Alle anderen, die ihm nur Scherereien machen, verfolgt er mit einer ihm eigenen Starrsinnigkeit, vielleicht würde es ein Psychologe Fixierung nennen, bis er sie hinter Gitter gebracht hat.

Franz Reinicke macht sich nicht viel aus Gesellschaft. Er arbeitet am liebsten allein und bleibt in der Regel für sich. Dies und eine ausgeprägte Spürnase haben ihm den Spitznamen »Der Fuchs« eingebracht. Nur böse Zungen behaupten, dass auch sein Name, der doch sehr an »Meister Reineke« erinnert, dazu beigetragen hat. Und noch bösere Zeitgenossen beziehen seinen Spitznamen auf sein leicht rötliches Haupthaar, seinen häufig zornesroten Kopf und seinen Oberlippenbart, der Schnurrhaaren gleich sein Gesicht schmückt. Franz Reinicke ist das egal. Seine Aufklärungsquote ist gut, höher als die der Kollegen.

Franz Reinicke hat sich entschieden. Er wird noch schnell rüber zu Aschinger am Alexanderplatz laufen, um einen Happen zu essen, und sich danach in aller Ruhe dem Aktenstudium widmen. Gerade als er nach Hut und Mantel greifen will, die neben der Tür auf einem Garderobenständer hängen, läutet das Telefon.

»Kriminalkommissar Reinicke am Apparat.«

Er hält den Atem an und lauscht der Stimme am anderen Ende der Leitung. In einer Pfandleihe hat man einen Toten gefunden. Er liegt auf einem Haufen Gerümpel und es sieht nach Fremdverschulden aus. Auf Mord will man sich noch nicht festlegen. Ein Nachbar hat die Leiche entdeckt und die Polizei alarmiert. Jetzt hält ein Schutzmann Wache und hat seinen Kollegen losgeschickt, um Hilfe zu holen. So ist man bei der Mordbereitschaft am Alex gelandet.

Was soll Franz Reinicke nun tun? Er möchte nicht gleich den großen Apparat in Bewegung setzen. Also wird er erst einmal persönlich nach dem Rechten sehen. Er nimmt sich nun Hut und

Mantel, schließt das Büro ab und geht hinunter in den Lichthof des Gebäudes zur Fahrbereitschaft.

»'n Abend die Herren«, betritt er die Wachstube. »Ist ein Fahrzeug für einen dringenden Einsatz der Mordkommission frei?«

Selbstverständlich bekommt er sofort ein Automobil nebst Fahrer gestellt. Normalerweise gibt es für solche Einsätze ein speziell ausgestattetes »Mordauto«: ein Daimler mit sämtlicher Ausrüstung, die für die Ermittlungen vor Ort notwendig sind. Das Fahrzeug wurde auf Anregung des bekannten Leiters der Mordkommission, Ernst Gennat, umgebaut und lässt sich mit den mitgeführten Tischen und Stühlen in ein mobiles Büro verwandeln. Materialien zur Spurensicherung befinden sich ebenfalls an Bord, Werkzeuge, eine Fotoausrüstung, Lampen. Das Fahrzeug wurde vor zwei Jahren angeschafft und hat sich seitdem bestens bewährt. Auch für Journalisten, denen es wie ein Leuchtturm den Weg weist: Wo das Mordauto steht, lohnt es sich dranzuhängen. Da kommt garantiert eine gute Story dabei heraus. Auch aus diesem Grund wählt Reinicke ein unauffälliges Fahrzeug.

»Einmal Reichenberger Straße, bitte«, weist er den Fahrer an.

Das Automobil, ein Adler Standard 6, rauscht durch das Tor und wendet den Kühler Richtung Süden der Stadt.

*

»Langsamer!«, kommandiert Reinicke. »Da steht doch einer.«

Die Ortsangabe am Telefon war mehr als etwas vage. Im gelblichen Licht der Straßenlaternen sind nur wenige Einzelheiten erkennbar. Der am Tatort postierte Schutzmann hebt sich in seinem dunkelblauen Mantel kaum von der grauen Hausfassade ab. Erst als er das Fahrzeug der Polizei erkennt, das da im Schritttempo heranrollt, tritt er hervor und winkt mit beiden Armen. Die Erleichterung ist dem Mann deutlich anzusehen.

Reinicke steigt aus.

Der Polizist steht vor ihm stramm, salutiert und macht Meldung: »Wir sind in die Souterrainwohnung vorgedrungen. Dort haben wir eine männliche Leiche aufgefunden. Da wir Befehl haben, nichts anzufassen, haben wir den Raum wieder verlassen, provisorisch verschlossen und das Polizeipräsidium verständigt. Sonst gab es keine Vorkommnisse.«

»Sehr gut gemacht«, lobt Reinicke. »Wo befindet sich Ihr Kollege?«

»Direkt an der Tür. Er bewacht den Eingang.«

»Wer hat Sie alarmiert?«

»Ein Nachbar. Wir haben die Personalien aufgenommen und den Mann heimgeschickt. Er wohnt direkt nebenan und ist jederzeit greifbar.«

Gut, das kann warten, denkt sich Franz Reinicke. Erst mal die Leiche in Augenschein nehmen. Der Polizist begleitet ihn zu der Tür, die in den Laden von Abraham Eppstein führt. Franz Reinicke liest das Eingangsschild. »Pfandleihe«, das bedeutet nichts Gutes. Zwielichtige Gestalten, halbe Hehler, und dann noch ein Jude. In der Kriminalinspektion B ist die Abteilung 4 auf diesen Personenkreis spezialisiert, er wird gleich morgen Kollege Müller aufsuchen müssen.

Im Laden brennt nur eine funzelige Deckenlampe. Die Glühbirne ist verdreckt und erhellt das Geschäft kaum. Das typische Warenlager eines Pfandleihers liegt vor Reinicke, dasselbe Zeug wie in einem Trödelladen. Ein ausgestopfter Affe auf einem Regal scheint Reinicke höhnisch mit seinen Glasaugen auszulachen. Der Kommissar sieht weg. Da liegt die Leiche, halb auf dem Rücken. Einstiche sind im Brust- und Bauchbereich zu erkennen. Man sieht sofort, dass der Mann mausetot ist. Bei der Art der Wunden etwas anderes als Mord zu vermuten, wäre mehr als naiv. Jetzt wird es doch noch das ganz große Kino.

Franz Reinicke strafft seinen Rücken und dreht sich zu den Schutzmännern um, die hinter ihm stehen. »Holen Sie mir den Fahrer herein.«

Augenblicke später erscheint der Gerufene.

»Fahren Sie zurück zum Alexanderplatz und schicken Sie das Mordauto hierher. Organisieren Sie mir einen Kriminalbeamten als Verstärkung, der gerade Bereitschaftsdienst hat. Außerdem verständigen Sie bitte einen Arzt und alarmieren Sie einen Krankenwagen. Alles klar?«

Der Angesprochene nickt.

»Dann los. Wir haben es mit Mord zu tun. Es werden keine Informationen an fremde Personen, die Presse oder andere Abteilungen herausgegeben, verstanden?«

»Jawohl!«, der Fahrer verlässt eilig den Tatort.

An die beiden Polizisten gewandt gibt Reinicke weitere Anweisungen. »Sie«, sagt er und deutet auf den ersten, »wenden sich an Ihr Revier. Wir brauchen mehr Leute, etwa vier Mann. Und Sie«, er zeigt auf den anderen, »beziehen Posten auf der Straße. Wenn jemand gaffen möchte, schicken Sie ihn weiter. Ich übernehme hier.«

Die beiden Polizisten verlassen den Raum und Franz Reinicke ist mit der Leiche allein. Er steckt sich erst mal eine Zigarette an und beginnt, den Laden aus unterschiedlichen Blickwinkeln zu betrachten. Anscheinend war es kein Raubüberfall. Ob Bargeld in der Kasse fehlt, wird sich erst später zeigen, aber normalerweise sieht der Tatort nach einem Raub anders aus. Was hier wohl passiert ist? Er betrachtet die leere Pappschachtel auf dem Tresen. Ölflecke sind auf dem Karton zu sehen. Reinicke nimmt verschiedene Positionen im Raum ein, schaut immer wieder zur Schachtel. Sie steht in exponierter Lage. Vielleicht spielt sie in dem Drama eine besondere Rolle. Den Toten betrachtet Reinicke vorerst nicht weiter. Um den wird er sich später gemeinsam mit dem Arzt kümmern.

Nach einer Weile kommt das Mordauto angerauscht und bremst quietschend vor dem Haus. Kriminalassistent Wolf hetzt in den Raum. Stutzt, dann sieht er den Ranghöheren. Der deutet stumm auf die Leiche. Theo Wolf tritt näher heran, wirft einen Blick auf den Körper und verzieht das Gesicht.

»Holen Sie bitte Lampen, den Fotoapparat und die Markierungstafeln«, weist Reinicke ihn an. »Außerdem brauchen wir Tütchen für Beweismaterial und die dünnen Baumwollhandschuhe. Ich weiß noch nicht, ob es Sinn gibt, aber wir werden vorsorglich den Raum ausmessen und eine Grundriss-Skizze anfertigen.«

Wolf wendet sich um und geht aus dem Laden, um das Gewünschte zu holen. Reinicke legt Mantel und Hut in einer entfernten Ecke ab, um ungehindert arbeiten zu können. Als Kriminalassistent Wolf mit den Utensilien erscheint, gehen sie planmäßig vor. Reinicke verteilt Nummerntafeln an jedem Objekt, das er für wichtig erachtet. Dann fangen sie an, Fotografien zu erstellen. Das dauert eine Weile, da sie immer wieder das Blitzgerät mit neuen Lämpchen bestücken müssen. Kriminalassistent Wolf sammelt die verknipsten Birnchen auf einem Teller, da sie so heiß sind, dass man sie nicht mit bloßen Fingern berühren kann. Ab und zu zerplatzt eine Birne, und die Glassplitter regnen auf den Fußboden. Die Polizei hat erst seit kurzem diese neue Technik zur Verfügung gestellt bekommen.

Während sie noch bei der Arbeit sind, erscheint der Arzt. Reinicke kennt ihn vom Sehen aus dem Präsidium, sie haben jedoch noch nie miteinander zu tun gehabt.

»Dr. Daniel Herz«, stellt der sich vor. Jung ist er, noch keine 30, markantes Gesicht, er trägt einen tadellos sitzenden Anzug.

»Angenehm, Reinicke.«

Sie geben sich die Hand. Auch dem Kriminalassistenten stellt sich der Arzt vor.

»Da liegt der Tote«, weist Reinicke mit dem Arm auf den leblosen Körper.

Dr. Herz kniet neben der Leiche nieder und beginnt sie zu untersuchen. Obwohl der Mann sichtbar tot ist, macht er systematisch die üblichen Proben auf vorhandene Lebenszeichen: Atem und Puls. Dann schließt er Abraham Eppstein die Augen. Als Nächstes untersucht er den Lageort der Leiche, besieht sich von außen die Wunden, den eingetrockneten Blutfluss. Als alles von ihm in einem Berichtsheft dokumentiert ist, dreht er die Leiche auf den Bauch. Der Kriminalassistent muss ihm dabei helfen. Er schiebt den Kaftan hoch und wirft einen Blick auf die Leichenflecken. Der ganze Rücken des Toten ist violett verfärbt, bis auf die Stellen, an denen er auflag. Dort zeigt sich die natürliche Hautfarbe. Der Arzt macht sich Notizen. Da in dieser Position jedoch nichts Weiteres zu entdecken ist, dreht er mithilfe von Reinicke den Körper in die Ausgangslage zurück.

»Er kann in die Rechtsmedizin abtransportiert werden«, kommentiert Dr. Herz.

»Wie sieht es mit der Todesursache aus, und wie lange liegt die Leiche schon hier?«, fragt Franz Reinicke.

»Die Leiche liegt bereits über einen Tag, soviel kann ich auf den ersten Blick sagen. Wie viel länger lässt sich derzeit nicht genau bestimmen. Die Todesursache dürfte in den äußerlich sichtbaren Verletzungen liegen, falls bei der Leichenschau nicht noch etwas Überraschendes zutage kommt. Die Autopsie müsste ich morgen Mittag abgeschlossen haben. Wenn Sie einen Blick auf den Körper werfen möchten und nicht auf den schriftlichen Bericht warten wollen, kommen Sie doch am Vormittag vorbei. Ansonsten empfehle ich mich. Die Sanitäter können sich um den Toten kümmern.« Dr. Herz nimmt seine Tasche auf und verlässt den Tatort.

Draußen auf der Straße stehen ein paar Polizisten und zwei Sanitäter herum und warten auf weitere Anweisungen. Reinicke teilt das Personal ein. Der Kriminalassistent soll den Nachbarn herbeiholen, der die Leiche gefunden hat, um sie zu identifizieren. Reinicke möchte das so schnell wie möglich erledigt haben. Die Sanitäter sollen alles vorbereiten: den Toten auf eine Bahre legen und mit einem Tuch bedecken. Nach der Identifizierung können sie die Leiche mitnehmen. Die Schutzleute bekommen die Aufgabe, dafür zu sorgen, dass kein Unbefugter den Tatort betritt.

*

Anderthalb Stunden später ist alles vorbei. Die Ladentür ist versperrt und mit einem Polizeisiegel gesichert. Die Leiche wurde in die Rechtsmedizin abtransportiert. Die Polizisten werden nicht mehr gebraucht und wurden auf ihr Revier zurückgeschickt. Reinicke und Wolf fahren im Mordauto zum Präsidium. Es ist 23 Uhr.

»Wer das wohl getan hat?«, beginnt Kriminalassistent Wolf das Gespräch. »Ein Überfall war's jedenfalls nicht.«

»Nein, denke ich auch nicht«, entgegnet Reinicke. »Täter und Opfer haben sich wahrscheinlich gekannt. Ich habe keinerlei Kampfspuren gefunden. Gerade bei dem vielen Gerümpel im Laden hätte man sofort sehen müssen, wenn es eine Auseinandersetzung gegeben hätte. Alle Gegenstände waren jedoch mehr oder weniger ordentlich gestapelt und aneinander gelehnt. Die Ware scheint unangetastet, nur auf dem Tresen stand eine leere Pappschachtel mit undefinierbaren Flecken. Ich habe sie mitgenommen.«

»Vielleicht Drogengeschäfte?«, mutmaßt Wolf.

»Ich denke eher an Hehlerware, irgendetwas Heißes. Ich werde mich morgen beim Kollegen vom Dezernat B I 4 erkundigen, der überwacht unter anderem auch die Pfandleiher. Vielleicht ist ihm der Eppstein bekannt.«

»Vermutlich kam der Täter aus demselben Umfeld, wenn sich die beiden gekannt haben …«

»Ja, das ist möglich. Jetzt warten wir erst mal die Autopsie ab und schauen uns im Büro in Ruhe und bei besserem Licht die Schachtel an. Vielleicht entdecken wir ja auch auf den Tatortfotos etwas Interessantes.«

Den Rest der kurzen Fahrt zum Polizeipräsidium schweigen sie. Mit den gesicherten Beweisstücken schlagen die beiden Kriminaler den Weg Richtung Büro ein.

Kein Mensch ist mehr in den Fluren der Mordinspektion unterwegs. Es sind lange, dunkle, hallende Gänge, in denen ihre Schritte ein lautes Echo hervorrufen. Das Büro ist spartanisch eingerichtet. Abgenutzte Möbel, noch aus Kaisers Zeiten, stehen herum, nicht mehr als das Nötigste ist vorhanden. Franz Reinicke ist beklommen zumute. Grausam war dieser Mord. Und überall herrscht diese elende Armseligkeit im Lande, im Laden des Pfandleihers, hier im Präsidium. Ganz Deutschland ist seit dem Krieg grau, und er hat das Gefühl, dass es in den ganzen Jahren seither nicht besser geworden ist. Er wäre jetzt gern bei sich zu Hause, in seinen eigenen vier Wänden, die er sich nach seinem Geschmack eingerichtet hat. Beim Betreten des Büros schlägt ihm der schale Mief einer Unteroffiziersstube entgegen. In den nächsten Tagen wird er hier ein Bild aufhängen, beschließt Reinicke. Irgendeins, seinetwegen einen röhrenden Hirsch vor einem Alpenpanorama, nur damit er nicht mehr auf die mit Ölfarbe grüngestrichenen Wände starren muss.

Theo Wolf macht sich als Erstes in der Kaffee-Ecke zu schaffen, bis köstlicher Geruch sich im Raum ausbreitet. Franz Reinicke sortiert derweil die Asservate auf dem Schreibtisch: den Pappkarton, Eppsteins Geldkatze und andere Gegenstände, die auf dem Ladentresen herumlagen.

»Na, dann wollen wir mal loslegen«, meint er und steckt sich eine Zigarette an.

Zu zweit machen sie sich an die Arbeit. Zum Glück hat er einen Kriminalassistenten, denkt Reinicke. Der muss das Tippen auf der Schreibmaschine übernehmen, eine Arbeit die er mehr als alles andere hasst. Davor drückt er sich, wo er nur kann. Am schlimmsten ist es für ihn, wenn seine Sekretärin ein paar Tage ausfällt. Bis zu ihrer Rückkehr lässt er dann meist alle Schreibsachen liegen.

Sie kommen gut voran. Zusammen verfassen sie den Bericht, über das Auffinden des Toten, die Fundsituation bis zur Identifizierung durch den Entdecker der Leiche. Reinicke zeichnet sorgfältig mit Bleistift und Lineal eine Tatortskizze und fügt sie dem Bericht bei. Nach zwei Stunden sind sie fertig.

»Dann bis morgen früh«, verabschiedet sich Theo Wolf.

»Gut, um 8 Uhr geht es weiter«, entlässt ihn Reinicke und unterdrückt mühsam ein Gähnen.

*

Berlin, Samstag, 21. April 1928

»Herein!«

Kaum hat Kriminalkommissar Reinicke am nächsten Morgen an der Tür seines Kollegen geklopft, antwortet dieser auch schon. Reinicke betritt den Raum. Ein durchschnittliches Büro, hinter dessen Schreibtisch Erich Müller thront. Frisch, jovial und für diese Tageszeit widerlich gut gelaunt.

»Mein lieber Franz, was verschlägt dich in mein Reich?«, begrüßt Müller den Neuankömmling.

»Reine Neugierde, wie immer. Das kennst du doch schon.«

»Ja, ich freue mich jedes Mal, wenn ich einem Kollegen unter die Arme greifen kann. Kaffee?«

Reinicke lässt sich gerne eine Tasse einschenken. Nach dieser Nacht braucht er einen Muntermacher. Er fühlt sich zerknautscht und hat nach den Eindrücken der Mordtat nicht richtig schlafen können.

»Ich habe seit gestern einen Mordfall, den Pfandleiher Eppstein aus der Reichenberger Straße. Sagt dir der Name was?«, kommt Reinicke auf den Grund seines Besuchs zu sprechen.

»Ha, hat es den endlich erwischt? Ich warte täglich darauf, dass eine Meldung über ihn reinkommt. Erzähl, was ist passiert?«

»Den hat jemand direkt in seinem Geschäft abgestochen. Sieht nicht nach Raubüberfall aus, der Laden ist zwar ein einziges Durcheinander, aber nichts durchwühlt, wenn du weißt, was ich meine. Mittendrin hat gestern der Nachbar den Eppstein gefunden – genauer gesagt seine Leiche. Wir haben den Tatort untersucht, aber noch keine Ahnung, was sich zugetragen haben könnte und vor allem wer der Verursacher war. Daher komme ich zu dir.«

»Der Eppstein ...« Müller lehnt sich in seinem Bürostuhl zurück und verschränkt die Hände hinter dem Kopf. »... ist ein typischer Ostjude: Kaftan, Schmierlocken. Der kam vor dem Krieg aus seinem jiddischen Schtetl irgendwo in der Ukraine in sein neues Schtetl Berlin. Hat sich schnell eingelebt. Nach außen war es zwar nur ein kleiner Laden, den er betrieben hat, aber der hat die Finger überall drin gehabt, wo es etwas zu erben gab. Neben der Hehlerei hat er auch Geldgeschäfte gemacht, das heißt gegen Wucherzins Geld verliehen. Wir haben zigmal versucht, ihm was nachzuweisen, es ist uns aber nie gelungen. Doch es gibt anscheinend noch eine höhere Gerechtigkeit.« Müller grinst zufrieden. »Ist nur schade, dass jetzt ein paar Nachfolger kommen werden, um sich sein Geschäft aufzuteilen. Die kennen wir noch nicht. Also geht die Arbeit wieder von vorn los für mich. Und wenn ich dann versuche, dem Ersten etwas nachzuweisen, wird er sich ebenso herauswinden wie der Eppstein. Das geht so lange weiter, bis wieder einer in der Gosse liegt. Und schon kommen die Nächsten nach. So geht das Spiel endlos. Aber zumindest werde ich dabei nicht arbeitslos. Und die Mordkommission, wie wir gerade sehen, bekommt auch noch was ab.«

Reinicke ist entsetzt, als er seinen Kollegen derart sprechen hört. »Es geht hier immerhin um ein Menschenleben, Erich!«

»Pack schlägt sich, Pack verträgt sich. Wenn sich die Aufregung erst mal gelegt hat, bekommst du aus denen sowieso nichts mehr heraus. Eigentlich sollte man dem Täter einen Orden umhängen. Für eine saubere Stadt oder so was Ähnliches.«

»Erich!«

»Na, lass mich doch reden. Ich erzähl dir eine Geschichte, dann verstehst du mich besser. Ein kleiner Ladenbesitzer hatte sich offenbar vom Eppstein Geld geliehen und konnte es nicht pünktlich zurückzahlen. Als er eines schönen Tages aus seinem Geschäft tritt, verdrischt ihn jemand auf offener Straße mit einem eisernen Schraubenschlüssel. Der arme Mann wurde so bearbeitet, dass er ins Krankenhaus gebracht werden musste. Dort habe ich ihn vernommen. Er hat Stein und Bein geschworen, dass er keine Ahnung hat, wer ihn derartig zugerichtet hat und warum.«

Franz Reinicke schaut Müller ins Gesicht, aber diesmal bleibt jener sehr ernst.

»Das Beste an der Geschichte kommt noch. Am nächsten Tag steht der Ladenbesitzer wieder im Geschäft. Er konnte sich vor Schmerzen kaum auf den Beinen halten. Aber er musste ja Geld verdienen, Geld! Sonst wäre wieder jemand vorbeigekommen, um den offenen Forderungen Nachdruck zu verleihen. Der Mann hätte mindestens eine Woche ins Bett gehört, stattdessen macht er sich krumm für den Eppstein. Und wir hier wissen alles, können aber nichts dagegen tun, weil wir die Verdächtigen mit Samthandschuhen anfassen müssen. Ich wünsch mir eine Regierung, die es gestattet, dass wir die ganze Judenbande in den Sack stecken und draufhauen. Doch stattdessen hindern uns die humanen Gesetze, die wir eigentlich vertreten sollen, an der effektiven Ausübung unseres Dienstes. Was meinst du, was du hier siehst?«, fragt er und deutet auf seinen Aktenschrank. »Mindestens drei Ordner davon sind voll mit dem Ärger, den ich mit dem Eppstein hatte. Nimm sie mit und lies dich ein. Vielleicht stolperst du über einen Namen, der dich weiterbringt. Für mich«, Müller kratzt sich genüsslich an der Brust, »ist zumindest ein Fall abgeschlossen. Ich gebe ihn in deine treuen Hände ab.«

Er lacht und bückt sich nach den Akten, die er für Franz Reinicke aus dem Schrank holt. »Ich wünsch dir viel Glück, und fang mir den Mörder. Es ist immer gut, wenn so jemand weggesperrt wird. Gibt in Berlin sowieso zu viele Spitzbuben.«

Sie schauen sich in die Augen, dann geben sie sich, aus einem spontanen Impuls heraus, die Hände.

*

Der Fahrer des Bereitschaftsdienstes hält vor der Ziegelmauer: Hannoversche Straße Nr. 6. Dahinter liegen das Leichenschauhaus und die Gerichtsmedizin an der Charité. »Wenn du nicht anständig bleibst, landest du in der Hannoverschen Straße!«, so heißt es in Berlins nicht allzu guten Kreisen häufiger. Franz Reinicke denkt sich, dass ihm das immerhin schon zu Lebzeiten gelungen ist.

Ihm graut vor diesem Gebäude. Er hat in seinem Leben schon genug tote Körper gesehen: zerfetzt, zerrissen von Granaten, erschossen, erschlagen, verhungert. Da braucht er nicht noch in der Charité Leichen anzuschauen. Mit welcher Liebe und Hingabe die dort untersucht werden. Vor zehn Jahren haben er und die anderen die Toten einfach in ein Loch geworfen, gefallen für Kaiser, Volk und Vaterland – Amen und Chlorkalk drauf. Heute wird jede Leiche stundenlang untersucht und zerschnippelt. Reinicke kann sich nicht an den Gedanken gewöhnen.

Er tut einen tiefen Atemzug in der feuchtkalten Luft, ehe er das dreistöckige aus gelben Ziegeln gemauerte Gebäude betritt, das trotz seiner hohen, hellen Rundbogenfenster irgendwie unheimlich wirkt. Dr. Herz erwartet ihn schon. Die Autopsie ist beendet. Gemeinsam gehen sie in den Keller des Gebäudes, wo auf einem gefliesten Tisch der Leichnam aufgebahrt liegt. Ausgemergelt liegt die Gestalt vor ihnen. Die Haut spannt sich über die Knochen wie Pergament. Die Kopfhaare liegen wirr durcheinander. Der ganze Körper ist sehr behaart, findet Franz Reinicke. Bläuliche und violette Leichenflecken überziehen den nackten Leib. Als sie näher herantreten, fällt Reinickes Blick auf den großen Y-Schnitt, der über Bauch und Brust geht und nur grob, wie bei einem Sack, vernäht ist. Er unterdrückt seinen Ekel und schaut sich den Körper genau an. Die Einstiche im Oberkörper springen einem sofort ins Auge.

Dr. Herz deutet darauf. »Ja, das ist die Todesursache, wie bereits vermutet. Der Mann war für einen etwa 70-Jährigen in einem normalen Allgemeinzustand. Da habe ich nichts Besonderes finden können. Die Leiche dürfte etwa ein bis zwei Tage alt sein, das Todesdatum kann ich leider nicht genauer eingrenzen. Die Totenstarre war zum Fundzeitpunkt noch nicht vollständig eingetreten. Ich habe die Lufttemperatur im Ladengeschäft gemessen, da kühle Umgebung den Vorgang verzögert. Kiefergelenk, Nacken und die oberen Extremitäten waren bereits erstarrt, die Beine noch nicht. Die fünf Stiche sind allerdings interessant, denn sie verraten uns eine ganze Menge.«

»Welcher der fünf Stiche war tödlich?«, fragt Franz Reinicke.

»Ein oder zwei der fünf waren absolut tödlich, die anderen sind aber auch nicht zu verachten, die hätten vielleicht auch schon gereicht. Ich habe massive Verletzungen der inneren Organe vorgefunden – Lunge, Magen und Herz – sowie literweise Blut im Brustraum. Insgesamt dürfte der Tatvorgang nur ein paar Sekunden gedauert haben.«

»Können Sie etwas über das Messer sagen?«

»Das ist gerade der interessante Punkt. Es war gar kein Messer.«

Franz Reinicke schaut den Arzt erstaunt an. »Was war es dann?«

»Ein Dolch«, erwidert Dr. Herz. »Ein Messer besitzt nur eine Schneide und einen Klingenrücken. Meist ist der Querschnitt der Klinge keilförmig. Hier haben wir es jedoch mit einer Klinge zu tun, die an der Ober- und Unterseite scharf geschliffen ist, einem Dolch also. Der Klingenquerschnitt ist rhombisch. Ich habe die Einstichkanäle vermessen, die Klingenbreite beträgt etwa zwei Zentimeter, die Länge um die 15 Zentimeter. Der Angreifer hat die Waffe vollständig bis zum Heft in den Körper eingeführt, entsprechende Abdrücke finden sich um die Einstichstellen herum.«

Dolch, Dolch, Dolch. Franz Reinicke sucht in seinem Gedächtnis nach Dolchen. Auf der Theaterbühne hat er neulich einen Dolch gesehen, aber der wäre viel zu groß gewesen. Die Waffe, die ihm der Arzt beschrieben hat, ist deutlich kleiner. Im Krieg hatten sie Dolche, die würden von der Größe her passen.

»Der Täter war Rechtshänder. Er hat die Person, als sie noch lebte, wahrscheinlich mit der linken Hand fixiert. Das Opfer hat ihn, aus welchem Grund auch immer, sehr nah herankommen lassen und sich nicht bewegt. Das schließe ich unter anderem daraus, dass die Form der Einstiche elliptisch ist. Hätte das Opfer eine Ausweichbewegung gemacht, wären die Einstichstellen an den Rändern schwalbenschwanzförmig eingerissen. Ich konnte weder Schnittwunden an den Fingern des Ermordeten feststellen, die entstehen, wenn jemand einen Angreifer abwehren will, noch habe ich Wunden an den Unterarmen gefunden. Anscheinend ist das Opfer von dem Angriff überrascht worden. Der Täter hat mit der rechten Hand fünfmal in sehr schneller Folge zugestochen. Er wusste übrigens ziemlich genau, was er tat. Man hat, wenn man eine Stichwaffe benutzt, zwei Möglichkeiten. Entweder lässt man die Klinge nach oben aus der Faust herausstehen oder nach unten. Wenn man von oben herab zusticht, ist es relativ schwierig, gezielt lebensgefährliche Verletzungen beizubringen. Man kann auf den Kopf oder den Hals zielen, irgendwas erwischt man schon. Allerdings ist unter Umständen der Todeskampf länger, und es kann von heftigen Gegenreaktionen des Opfers ausgegangen werden, da der Tod selten sofort eintritt. Die meisten Menschen ergreifen intuitiv ein Messer oder einen Dolch derart, dass die Klinge nach oben ragt. Wenn man die Klinge aufwärts führt, sollte man genau wissen, in welchem Winkel und an welcher Stelle man die Treffer landen muss. Messerstiche in den Bauch sind übel, aber man kann sie überleben, das lässt sich wieder zusammenflicken. Das Herz liegt in der Brusthöhle relativ gut durch die Rippenbögen geschützt. Um es zu erreichen, muss man waagrecht durch eine Lücke stoßen. Dabei ist die Wahrscheinlichkeit hoch, dass die Klinge auf eine Rippe trifft oder sogar stecken bleibt.«

Das sind keine Neuigkeiten. Franz Reinicke hat den Einsatz von Stichwaffen auf dem Exerzierplatz bis zum Umfallen geübt. Mit dem Bajonett sollte man aus genau diesem Grund auf den Bauch zielen. Reinstoßen – umdrehen – gegentreten – rausziehen.

»Das ist für jemanden, der im Krieg war, nichts Unbekanntes«, meint er nur trocken dazu.

»Das stimmt«, erwidert der Arzt. »Nur in unserem Fall hat der Täter nicht in den Bauch oder die Rippen, sondern gezielt in das Herz gestochen. Schräg von unten, unterhalb der Rippenbögen entlang. Und das gleich mehrfach hintereinander. Das macht man nicht im Affekt.«

Franz Reinicke schmeckt nicht, was er zu hören bekommt. Ein Mörder, der eine Stichwaffe einsetzt, und noch dazu genau weiß, wie er damit umzugehen hat. Keine Unordnung im Laden und ein Opfer, das wahrscheinlich ziemlich viel Dreck am Stecken hatte.

»Ich habe alles ausführlich in meinen Bericht geschrieben, Sie sollten ihn heute Nachmittag erhalten«, beendet der Arzt seine Erläuterungen.

Franz Reinicke bedankt sich und verabschiedet sich von Dr. Herz.

*

Also zurück in die Reichenberger Straße. Nur dort ist der Mord aufzuklären. Wer wird's gewesen sein? Ein Bekannter des Opfers, ein Hehler, ein Schuldner, irgendjemand, der in den letzten drei Tagen ein Problem mit dem Eppstein endgültig gelöst hat. Und der sich dabei sehen lassen hat, hoffentlich. Nicht direkt bei der Mordtat, aber vielleicht vorher schon. Möglicherweise haben sie zusammen getrunken, gestritten, gelacht – gemeinsam etwas ausgeheckt?

Franz Reinicke ist voller Tatendrang. Mit Kriminalassistent Wolf im Schlepptau klappert er die Umgebung des Pfandleihers ab. Das heißt Klinkenputzen, Klingeln, Klopfen: »Guten Tag, Kriminalpolizei«. Wenig erreichen die beiden an diesem Nachmittag. Dass der Eppstein ein Sauhund war, wird ihnen schon bei den ersten Befragungen klar. Niemand redet schlecht über einen Toten, aber es braucht ja auch nicht immer alles gesagt zu werden. Die zwei Polizisten fragen sich die Treppen rauf und runter, in den Hinterhöfen, in den Vorderhäusern. Keiner hat gern etwas mit dem Eppstein zu tun gehabt, aber nein, gesehen und gehört haben will auch niemand irgendetwas.

Was macht so ein Pfandleiher den ganzen Tag? Es kommen Leute zu ihm, es gehen Leute. Aber niemand achtet auf sie. Sie sind austauschbar, jeden Tag im Jahr, bis auf den einen, den letzten Tag.

Um 17 Uhr kehren sie ins Präsidium zurück, zum Rapport beim Leiter der Mordinspektion Kriminalrat Ernst Gennat. Wenig haben die beiden vorzuweisen, keine heiße Spur, noch nicht einmal eine Idee, wer der Täter sein könnte.

Gennat empfängt sie freundlich im Vorzimmer seiner Sekretärin und geleitet sie in sein Büro. Es ist das erste Mal, dass die beiden hier Audienz haben. Eine verschlissene grüne Couch dient als Sitzgelegenheit. Ansonsten ist das Büro wie ein Kuriositätenkabinett eingerichtet. Welch ein Unterschied zu den kahlen Diensträumen, in denen sie sonst arbeiten müssen. Der wohlbeleibte Gennat, mit Spitznamen »der volle Ernst« genannt, fühlt sich in seinem Reich sichtlich wie zu Hause. Reinicke kommt der Vergleich mit der Rumpelkammer des Pfandleihers in den Sinn, aber er versucht ihn schnell zu verscheuchen und sich auf das folgende Gespräch zu konzentrieren. Er nimmt auf dem durchgesessenen Sofa Platz, das unter seiner Last nachgibt und seine Sitzfläche zur Mitte neigt, sodass er sanft gegen Kriminalassistent Wolf gelehnt wird, der sich ebenfalls gesetzt hat. Er verlagert sein Gewicht und klammert sich an der Armlehne fest, wobei seine Finger gegen einen harten Gegenstand stoßen. Reinicke sieht nach und entdeckt den Stiel einer Axt, die gegen das Sitzmöbel gelehnt ist. Reinicke schüttelt unmerklich den Kopf.

»Nun, meine Herren«, eröffnet Gennat das Gespräch, »berichten Sie bitte, was Sie bisher im Mordfall des Pfandleihers Abraham Eppstein unternommen und in Erfahrung gebracht haben.«

Franz Reinicke erstattet umfassenden Bericht. Er schildert den Tatort und ihre ersten Maßnahmen dort. Anschließend berichtet er von der Autopsie und schildert ausführlich, was sie alles am Nachmittag unternommen haben. Zum Schluss gibt er unsicher eine Einschätzung des Täters ab. Die Sätze aus seinem Mund triefen vor »hätte, könnte, sollte …«.

»Das ist gut! Sie sind sich nicht sicher, aber Sie geben es auch zu«, lobt Gennat. »Das Schlimmste wäre, wenn Sie sich aufgrund von Indizien ein Täterbild zusammenbasteln und dann wie mit Scheuklappen durch die Gegend laufen. Es ist sehr wichtig, dass Sie sich Gedanken über den Täter machen. Ich teile Ihre Einschätzung übrigens vollkommen. Machen Sie weiter so, bleiben Sie an dem Fall dran, und sehen Sie sich weiter in der Reichenberger Straße um. Auch ich denke, dass der Täter aus dem Umfeld des Pfandleihers stammen könnte.«

»Vielen Dank!«, antwortet Franz Reinicke.

»Einen Aspekt sollten Sie allerdings noch prüfen. Schauen Sie in der Zentralkartei für Mordsachen nach, ob es bereits einen vergleichbaren Todesfall gab. Die Umstände der Tatausführung könnten zwar durchaus einmalig sein. Vielleicht haben wir aber bereits ein ähnliches Tötungsdelikt registriert.«

Damit sind die beiden ins Wochenende entlassen.

KAPITEL 11

Berlin, Montag, 23. April 1928

Gleich morgens um 8 Uhr sucht Franz Reinicke die Zentralkartei für Mordsachen auf, die in eigenen Räumen des Polizeipräsidiums untergebracht ist. Ihr langjähriger Leiter, Otto Knauf, ist ein Vertrauter Gennats. Letzterer hat diese Todesermittlungskartei eingerichtet, um Mordermittlungen zu erleichtern. Mittlerweile, durch lange Aufbauarbeit, entstand so ein weltweit einzigartiges Archiv.

»Guten Morgen!«, betritt Reinicke das Büro.

»Guten Morgen! Sind Sie Kriminalkommissar Reinicke?«, begrüßt ihn Otto Knauf.

Etwas verdutzt antwortet Reinicke: »Ja, woher wissen Sie das?«

»Kriminalrat Gennat hat bereits angerufen und Sie angekündigt. Er hat jedoch nichts über die laufenden Ermittlungen erzählt. Ich soll Ihnen jede erdenkliche Hilfe zukommen lassen. Gennat hat so ein Bauchgefühl, dass Ihr Mordfall nicht ganz einfach werden könnte.«

Innerlich erleichtert schildert Franz Reinicke alle Details des Mords, insbesondere den Tathergang.

»Aha, ich bin im Bilde«, antwortet Otto Knauf. »Bitte geben Sie mir ein bis zwei Stunden, dann kann ich die Kartei nach entsprechenden parallelen Fällen durchsuchen. Nach dieser Zeit dürfte ich die ersten Ergebnisse vorweisen können, wenn es welche gibt. Sollte ich Ihnen Akten geben können, begutachten Sie diese in Ruhe, während ich derweil weitersuche.«

Zufrieden und zugleich hochgradig ungeduldig verlässt Franz Reinicke die Räume der Mordkartei einstweilen.

*

»Was dagegen, wenn ich den Emil Bachmann aus der Schreinerei mitnehme?«, fragt Kurt seinen Vorarbeiter.

»Nee, mach nur. Ihr braucht euch nicht zu beeilen. Der LKW ist heute den ganzen Vormittag frei.«

Kurt soll bei der Maschinenfabrik Fröhlich in Oberschöneweide Pleuellager abholen. Die Teile wurden extra angefertigt, und nun müssen sie mit dem Eintonner zum Görlitzer Bahnhof transportiert werden. Kurt fährt mit dem Wagen vor die Schreinerei, und Emil steigt ein. Sie verlassen das Bahngelände Richtung Südosten und fahren quer durch Treptow bis sie die Köpenicker Landstraße erreicht haben. Wie schön, findet Emil, ist so ein Ausflug durch die Stadt und das auch noch während der Arbeitszeit. Die Unterhaltung dreht sich erst um alle möglichen Themen, bis sie auf die SA zu sprechen kommen.

»Nächste Woche ist wieder Sturmabend«, fängt Kurt an. »Wir müssen überlegen, wie wir mit dem Ersten Mai umgehen wollen. Da passiert sicher was ganz Großes von Seiten der Roten. Und drei Wochen später sind die Wahlen! Preußischer Landtag und Reichstag zusammen. Jetzt kommt die heiße Phase. Du kannst dir schon mal die nächsten Abende komplett freihalten.«

»Kein Problem, muss ja nicht auf meine Familie Rücksicht nehmen. Was sagt eigentlich Ilse dazu?«

»Die stört sich auch seit dem Krieg an den Kommunisten und dem ganzen SPD-Pack. Sie ist froh, wenn jemand denen Paroli bietet. Und wenn's der eigene Mann ist, darf sie sich logischerweise nicht beschweren. Sie ist übrigens sehr stolz, dass du auch in der SA bist.«

Emil ist auch stolz, aber sagt nichts dazu.

»Hast du eigentlich eine Waffe?«, fragt Kurt. »Wir sollten uns jetzt alle eine einstecken. Man weiß nie, was passiert, wenn man nachts allein durch die Straßen geht. Auch zu mehreren kann's brenzlig werden, wenn die Kommunisten in der Überzahl sind.«

»Ich hab noch eine Pistole aus dem Krieg«, antwortet Emil.

»Dann ist gut. Für Wilhelm Albrecht und Heinrich Lorenz müssen wir noch was organisieren.«

»Ich hab noch eine andere Pistole zu Hause«, antwortet Emil.

Kurt zieht eine Augenbraue hoch. »Woher hast du die?«

»Die hat ein Kamerad 1919 bei mir gelassen. Ich habe sie für ihn aufgehoben, aber er hat sie nie abgeholt. Wahrscheinlich gibt's den schon gar nicht mehr.«

»Zumindest brauchen wir die jetzt dringender als er. Was willst du für die haben?«

Emil überlegt kurz. Eine gebrauchte Pistole wird mit um die 30 Reichsmark gehandelt.

»15«, antwortet er. »Wenn's für den Schweine-Willi ist. Ansonsten 20.«

»Ist gut, ich frag nach und geb dir Bescheid.«

»Vielleicht ist es gar nicht mehr nötig. Ich habe heute im Tageblatt gelesen, dass der Rote Frontkämpferbund verboten werden soll. Dann ist es Essig mit den Maidemonstrationen«, gibt Emil zu bedenken.

»Na und? Die NSDAP und die SA waren auch schon mal längere Zeit verboten. Macht doch nichts. Dann gründen die eben einen Sportverein oder Wanderverein oder irgendeinen anderen Club als Tarnorganisation und machen weiter wie bisher. War doch bei uns genauso. Bis die Polente dahinterkommt, was gespielt wird, gibt es schon wieder eine neue Organisation. Das Spiel geht so lange, bis von offizieller Stelle keiner mehr durchblickt.«

Sie fahren eine Weile und blicken sinnierend aus den Fenstern.

»Die Fahrt is' übrigens was ganz Besonderes heute«, beginnt Kurt das Gespräch erneut.

»Wieso?«, fragt Emil zurück.

»Na, ab dieser Woche gibt es reichsweit einheitliche Kennzeichen für Kraftfahrzeuge. Alles ist ordentlich durchnummeriert von Nord bis Süd. Und die Ziffern schön einheitlich schwarz auf weiß.«

»Ist schon komisch«, entgegnet Emil. »Da müssen wir erst den Krieg verlieren, damit der ganze Mist mit den einzelnen Ländern aufhört. Früher konnte jedes Fürstchen machen, was es wollte. Hier eine kleine Eisenbahn, dort eine eigene Armee. Mit den Länderbahnen ging es doch genauso, erst heute haben wir eine einheitliche Reichsbahn.«

»Und darum sind wir ja auch in der SA. Denn im Reich muss vieles gleich werden, was heute unterschiedlich ist. Wenn die NSDAP erst was zu sagen hat, wird Ordnung herrschen«, erklärt Kurt.

»Dann lass uns mal bis zum Wahltag ordentlich reinhauen, damit das auch was wird«, stimmt Emil zu.

*

Zwei Stunden haben sie sich in der Gegend um die Reichenberger Straße herumgetrieben. Die Ausbeute ist mager. Die Leute erzählen nicht mehr und nichts anderes als gestern. Franz Reinicke schaut auf Kriminalassistent Wolf. Der blättert in seinem Notizbuch die letzten Einträge durch.

»Eppstein war ein mieser Kerl, keiner sagt etwas gegen ihn, und anscheinend gibt es auch nichts Konkretes, was man ihm vorwerfen kann. Grund ihn umzubringen hatten entweder ganz viele Leute oder niemand. Je nachdem, wie unangenehm er wirklich war. Der Täter könnte aus seinem geschäftlichen Umfeld stammen.«

»Stimmt!«, gibt Reinicke seinen Kommentar dazu. »Was glauben Sie, wie viele Wohnungen wir noch abklappern müssen. Ob es irgendwann einen Hinweis geben wird?«

»Vielleicht«, antwortet der Befragte achselzuckend.

»Gut, dann brechen wir hier ab und gehen in die Mordkartei, vielleicht hat der Knauf ja was für uns. Das erscheint mir momentan vielversprechender.«

Sie winken ein Taxi herbei und lassen sich zum Alexanderplatz bringen. Im Präsidium durchqueren sie zügig die Flure und nehmen schwungvoll die Treppen ins Obergeschoss. An der Bürotür der Zentralkartei für Mordsachen halten sie kurz inne und sehen sich in die Augen. Beide merken, wie angespannt sie sind. Schließlich klopft Franz Reinicke.

»Herein!«, lässt sich Otto Knauf von innen vernehmen.

Reinicke öffnet die Tür, und sie treten in das Büro.

»Mein Assistent Herr Wolf«, stellt Reinicke seinen Partner vor.

»Angenehm«, erwidert Knauf und die beiden geben sich die Hand. Sie setzen sich um einen altersschwachen Schreibtisch.

»Eine einzige Akte konnte ich ausfindig machen«, beginnt Kriminalkommissar Knauf bedeutungsvoll, »die für Sie von Interesse sein könnte. Ich habe nach ähnlichen Mordfällen Ausschau gehalten, die bislang ungelöst sind: Fehlanzeige. Einen Mord gab es zwar, aber da wurde der Täter eindeutig überführt. Der sitzt gerade im Zuchthaus. Den können wir also ausschließen. Als Nächstes habe ich nach Opfern mit ähnlicher Todesursache gesucht. Es geschieht nicht allzu oft, dass Personen niedergestochen und anschließend der Mord nicht aufgeklärt wird. Meistens sind das Taten im Affekt oder mit familiärem Hintergrund. Da stechen die Täter erst zu und denken dann nach. Oft stellen sich die Leute sogar selbst. Aber eine

Akte habe ich gefunden, in der es einige Parallelen zu geben scheint«, sagt er und schiebt einen mit laugenbraunen Aktendeckeln eingefassten Papierstapel zu ihnen. Die Blätter sind mit Schnur wie ein Paket zusammengebunden. Franz Reinicke löst die Schleife und hebt den Deckel ab. »Ruth Stern« steht darauf.

Unter den ersten Seiten findet sich der Leichenschauschein. Reinicke und Wolf gehen ihn gemeinsam durch.

Familienname:	*Stern*
Vorname:	*Ruth Esther*
Stand oder Beruf:	*Köchin*
Alter:	*24 Jahre, 8 Monate*
Familienstand:	*ledig*
Kinder:	*keine*
geboren in:	*Posen*
Religion:	*mosaisch*
Tag und Stunde des Todes:	*23. November 1922, ca. Mitternacht*
Dauer der Krankheit:	---
Name der Krankheit:	---
Todesursache:	*Erstochen*
Unterschrift des behandelnden Arztes	

Erstochen – die beiden Ermittler sehen sich erregt an. Zunächst nehmen sie sich den Obduktionsbericht vor. Otto Knauf schaut erwartungsvoll von der Seite zu. Reinicke und Wolf überfliegen den Bericht, bis sie zu der Stelle kommen, die die Stichwunden beschreibt. Wenige Stiche, insgesamt vier. Von unten geführt, durchs Zwerchfell in die Brusthöhle. Unter dem Rippenbogen entlang. Tödliche Stiche ins Herz. Der Todeskampf kann nur wenige Sekunden gedauert haben. Ist das Zufall?

Die Art der Waffe, mit der die Verletzungen verursacht wurden, hat der Obduzent nicht genauer betrachtet. Er schreibt nur von »Messer« oder »Klinge«. Die beiden Kriminaler lesen die Stellen wieder und wieder durch, aber sie finden keinen Hinweis, ob die Klinge ein- oder zweischneidig war. Die Einstiche weisen ebenfalls eine elliptische Form auf, die Messerklinge wird als relativ kurz beschrieben. Breite etwa zwei bis drei Zentimeter. Alles Zufall?

Dann sehen sie die restliche Akte durch. Sie teilen die Blätter unter sich auf, jeder arbeitet seinen Stapel durch. Die Ermittlungen verliefen frustrierend. Ruth Stern arbeitete auf der Straße. Anscheinend gab es kurz vor ihrem Tod Ärger mit einem Zuhälter, doch niemand gab Genaueres zu Protokoll. Sicherlich wussten einige Zeugen mehr, aber Zuhältergeschichten werden nicht vor der Polizei ausgetragen. Die Ermittlungen wurden eingestellt, kein Mörder gefasst. Franz Reinicke geht die Unterlagen noch einmal durch. Plötzlich stutzt er.

»Haben Sie einen Stadtplan?«, wendet er sich an Otto Knauf.

Der holt aus seiner Schublade einen kleinen Pharus-Plan hervor und reicht ihn über den Tisch. Franz Reinicke faltet ihn auf und betrachtet den Ausschnitt Kreuzberg genauer. Die Tatorte liegen 500 Meter auseinander. Reinicke schüttelt den Kopf und blickt nochmals auf den Plan. Die Straßennamen stimmen. Es ist dieselbe Gegend. Er glaubt nicht an Zufälle.

*

»Was soll denn das für ein Mensch sein, der erst eine Hure umbringt und später einen Pfandleiher?«, fragt Theo Wolf, als sie wieder in ihrem Büro sitzen. »Jeder, der mehr als einmal mordet, hat doch ein Muster. Entweder sind es nur Frauen oder nur Knaben oder nur Mädchen. Wenn unser Mörder beide auf dem Gewissen hat, ist er nicht wählerisch. Außerdem liegen Jahre dazwischen!«

»Aber es ist schon seltsam, dass zwei Morde mit Stichwaffen auf genau dieselbe Art ausgeführt werden, und das keine

500 Meter voneinander entfernt. Bei Eppstein war der Täter übrigens eindeutig Rechtshänder, beim ersten Mal anscheinend auch«, gibt Franz Reinicke zu bedenken.

»Beide waren Juden«, bemerkt Theo Wolf, »aber das ist keine richtige Übereinstimmung. Das würde ich jetzt nicht als Besonderheit werten.«

»Nein, da haben Sie wahrscheinlich recht«, bemerkt Reinicke. »Also, was ist Ihre Meinung?«

»Zufall. Und Ihre?«

»Hmm«, brummt Kriminalkommissar Reinicke, »es sind mir zu viele Überschneidungen. Ich kann noch nicht genau sagen, warum, aber für mich ist es kein Zufall, sondern der Täter scheint mir ein und dieselbe Person zu sein.«

»Also, wie geht's weiter?«, will Kriminalassistent Wolf wissen.

»Wir fragen uns durch. Und wenn es nichts bringt, fragen wir wieder und wieder. Bis wir irgendein Fetzchen Information finden, das uns weiterhilft«, gibt Reinicke grimmig zurück.

»Gut, dann los«, stimmt Kriminalassistent Wolf zu.

*

Berlin, Donnerstag, 3. Mai 1928

Das Hinterzimmer der Kneipe Kock ist brechend voll. Der ganze Sturm 27 ist versammelt, 28 Mann. Die Luft ist zum Schneiden, die Männer sind gereizt. Vorgestern war der Erste Mai, und die Roten haben auf der Hasenheide einen Massenauflauf organisiert. Man spricht von 500.000 Personen. Was sind dagegen die paar kläglichen Mann in den Stürmen der SA?, fragen sich die Männer. Die Berliner Polizei war anwesend und hat aufgepasst, dass alles friedlich abläuft. Tatsächlich gab es keine Ausschreitungen. Die Presse ist voll von Berichten über die Veranstaltung. Was für ein tiefrotes Nest ist doch ihr Berlin!

Sturmführer von Wedow lässt den Abend mit einem Lied beginnen.

»Brüder in Zechen und Gruben,
Brüder ihr hinter dem Pflug,
Aus den Fabriken und Stuben,
Folgt unseres Banners Zug!«

Aber die Männer spüren, ihre Lieder taugen nichts. Gewiss, das Deutschlandlied verbreitet einen heiligen Ernst, sobald es angestimmt wird. Aber selbst das »Hakenkreuz am Stahlhelm« ist eigentlich von der Brigade Ehrhardt geklaut. Wie anders haben sie es erlebt, wenn der Rotfrontkämpferbund die verhasste »Internationale« anstimmt. Wie verhext ist die ganze Bande dabei. Und wenn noch die Schalmeien mit ihren ordinären Trötentönen einfallen, gibt es für den RFB kein Halten mehr. Wie wild gewordene muselmanische Derwische ziehen die dermaßen Aufgepeitschten in die Schlacht.

»Völker, hört die Signale!
Auf zum letzten Gefecht!
Die Internationale
erkämpft das Menschenrecht«, singen sie dann.

Ja, Unfug, das Menschenrecht. Revolution anzetteln, das Reich kaputt machen und als Moskaus fünfte Kolonne agieren, das können die Roten, da sind sich die Männer einig. Doch nur die SA kämpft für den wahren Sozialismus, den Nationalen Sozialismus. Sie allein sind die echte Stimme des Arbeiters. Aber von wegen. Sie haben es am Ersten Mai bitter erfahren müssen, dem Tag, an dem die Berliner SA nichts, aber auch gar nichts gegen die roten Massen in der Hauptstadt ausrichten konnte. Die ganze Hasenheide war ein einziger Rummelplatz, und sie mussten den Schwanz einziehen. Das schmerzt bitter. Von Wedow spürt, dass seine Männer jetzt Zuspruch benötigen.

»SA-Männer, hergehört. Ich habe euch für die bevorstehenden Wahlen geistiges Rüstzeug mitgebracht. Ich weiß, das wollt ihr nicht hören, ihr wollt wieder einmal eure Fäuste einsetzen. Aber Geduld, wir müssen erst die Wahlen überstehen, dann können wir uns wieder nach Herzenslust mit dem RFB kloppen. – Worum geht's bei der Wahl? Na, bevor wir uns jetzt die Köpfe zermartern, lesen wir doch einfach mal nach, was unser Gauleiter Dr. Goebbels in seinem ›Angriff‹ geschrieben hat.«

Die Männer lachen rau. Hier herrscht der Ton, den sie verstehen. Der Sturmführer holt das Kampfblatt »Der Angriff« der NSDAP in Berlin hervor. Auf der Titelseite steht es in einem großen Leitartikel:

Wir gehen in den Reichstag hinein, um uns im Waffenarsenal der Demokratie mit deren eigenen Waffen zu versorgen. Wir werden Reichstagsabgeordnete, um die Weimarer Gesinnung mit ihrer eigenen Unterstützung lahmzulegen. Wenn die Demokratie so dumm ist, uns für diesen Bärendienst Freifahrkarten und Diäten zu geben, so ist das ihre Sache … Uns ist jedes gesetzliche Mittel recht, den Zustand von heute zu revolutionieren. Wenn es uns gelingt, bei diesen Wahlen 60 bis 70 Agitatoren und Organisatoren unserer Partei in die verschiedenen Parlamente hineinzustecken, so wird der Staat selbst in Zukunft unseren Kampfapparat ausstatten und besolden … Wir kommen als Feinde! Wie der Wolf in die Schafherde einbricht, so kommen wir.

Genau, Männer, wir sind nicht die Schafe, die sich zur Schlachtbank treiben lassen. Wir werden bis zum 20. Mai und darüber hinaus brav unseren Dienst tun, Plakate kleben,

Handzettel verteilen. Aber es wird auch rundgehen. Es sind einige Wahlveranstaltungen angesetzt, bei denen wir Saalschutz stellen müssen. Da will ich Kommunistenblut spritzen sehen. Und danach prügeln wir uns wieder die Straße frei. Wir erkämpfen uns unser Recht auf die Straße. Die roten Arbeiterbezirke sollen uns kennenlernen, gerade hier in Kreuzberg und Treptow.«

Der Sturm grölt vor Freude. Von Wedow nimmt einen großen Schluck aus seinem Bierkrug. Um die Stimmung zu heben, darf jeder Mann auch im offiziellen Teil des Sturmabends ausnahmsweise einen Seidel Bier trinken, nicht mehr. Rauchverbot herrscht bis zum Ende der Veranstaltung, danach ist noch freiwilliges Beisammensein, solange jeder Zeit und Lust hat. Nach der Ansprache gibt es Organisatorisches zu klären. Die Arbeiten für die kommenden Tage werden verteilt. Dann schwört der Sturmführer seine Mannen auf die politische Arbeit ein: »Hört zu. Wenn ihr Dienst auf der Straße macht, seid ihr Repräsentanten der SA. Das gilt im Wahlkampf stärker als sonst. Lasst euch nicht provozieren, und lasst euch vor allem nicht in politische Diskussionen verstricken. Der SA-Mann diskutiert nicht. Das überlasst ihr den Parteigenossen der NSDAP. Also Parole: ›Fresse halten!‹ Das sollt ihr euch merken. Seid stolz auf die SA, das könnt ihr zeigen. Seid Stolz auf Deutschland, euer Vaterland. Und denkt daran, auch der ärmste Volksgenosse ist ein Teil Deutschlands, liebt ihn wie euch selbst. Wenn euch aber einer blöd kommt, hat Gott euch mit dem Faustrecht ausgestattet. Und ich weiß, wie gut ihr zuschlagen könnt. Das war's für heute. Geht in kleinen Gruppen nach Hause, der Sturm braucht die nächsten Wochen keine Ausfälle. Heil Hitler! Deutschland erwache!«

»Heil Hitler!«, grüßen die Männer mit erhobenem Arm zurück. Der offizielle Teil des Sturmabends ist beendet.

*

Berlin, Samstag, 12. Mai 1928

Emil Bachmann schlingt hastig ein paar Bissen herunter und schlüpft in die SA-Kluft. Heute Nachmittag ist Wahlveranstaltung in »Kliems Festsälen« auf der Hasenheide, Bezirk Kreuzberg. Der Redner ist Emil nicht näher bekannt, ein Dr. Vogel aus dem Norden. Ist ihm auch egal, Emil darf das erste Mal den Saalschutz mitübernehmen. Neben dem »Sturm 27 Görlitzer Bahnhof« machen noch von der Standarte III der »Sturm 25 Neukölln« und der »Sturm 26 Kreuzberg« mit. Zusammen kommen sie etwa auf gut 60 Uniformierte, dazu noch die bewährten Zivilordner. Heute tragen diese einen weißen Bindfaden im linken Knopfloch der Brusttasche. Damit sind sie für die SA-Männer in der sicher zu erwartenden Saalschlacht zu erkennen. Sammelpunkt für den Sturm 27 ist ihr Lokal in der Wiener Straße, von dort marschieren sie geschlossen zur Veranstaltung. Aus einem alten Bettlaken haben sie ein Transparent gefertigt:

Wer Deutschland will in Freiheit seh'n,
Wählt Dr. Goebbels, Liste 10!

Das tragen sie ihrem Sturm voran und brüllen den Text immer wieder laut den Passanten entgegen. Die Stimmung heizt sich auf. Der Sturm marschiert zackig, die Sturmfahne weht im Wind.

Auf der Hasenheide angekommen rücken sie in den Saal ein. Es ist ein größerer Tanzsaal, mit einem Fassungsvermögen von 300 bis 400 Personen. Hinten auf der Empore, die normalerweise für die Kapelle vorgesehen ist, ist eine Tischreihe aufgebaut, an der die Parteiprominenz Platz nehmen wird. Dicke Fische werden nicht erwartet, da heute etliche Parallelveranstaltungen in Berlin angesetzt sind.

Der Saal ist mit Tischen und Stühlen ausstaffiert, die in langen Reihen zur Bühne hin ausgerichtet sind. Weiße Tischtücher sollen etwas Glanz in den ansonsten recht nüchternen Raum bringen. Von denen werden sie nach der Veranstaltung etliche wegwerfen müssen, denkt sich Emil. Hinten auf der Bühne werden ihre drei Sturmfahnen in einen improvisierten Ständer gesteckt, sodass sie bei Randale vor feindlichem Zugriff gesichert sind. Direkt vor der Bühne wird eine Doppelreihe SA-Männer als Wache aufgestellt. Der Rest der Uniformierten wird ihnen gegenüber am Eingang postiert. So haben sie die Zuschauer im Griff, wenn die Ausschreitungen beginnen. Die Kameraden in Zivil verteilen sich vor Veranstaltungsbeginn im Raum und mischen sich später unter die Gäste.

Noch etwa eine Stunde dauert es bis zum offiziellen Einlass. Die Männer sind von ihren Sturmführern probehalber aufgestellt worden, damit jeder seine Position kennt. Dann gibt es noch eine kurze Raucherpause und für jeden eine Molle, gegen den Durst. Im Graben haben sie auch immer Alkohol getrunken, wenn dicke Luft zu erwarten war, denkt sich Emil. Danach wird Austreten befohlen, damit die SA später ordentlich Spalier stehen kann und keiner zwischendurch pinkeln muss.

Schon erscheinen die ersten Gäste im Saal. Am Eingang muss jeder seinen Obolus von 20 Pfennig in die Parteikasse zahlen. Redethema des Abends ist der »Dawes-Plan«, der die deutschen Reparationen regelt und noch die künftigen deutschen Generationen in die Knechtschaft zwingen wird. Die Ankommenden machen einen neugierigen, etwas aufgeregten Eindruck.

Die SA-Männer haben Aufstellung genommen. Der Raum füllt sich, und die Sitzplätze werden nach und nach besetzt. Etliche bekannte Gesichter sind dabei, Agitatoren der Kommunisten. Der halbe Saal ist voller Rotfront. In einer Ecke tummelt sich ein Grüppchen vom Lenin-Bund, einem besonders linken Ableger der KPD. An der anderen Seite hocken die jungen Burschen der »Kommunistischen Jugend Internationale«, ein Haufen, der eher als Jugendbande denn als Parteiableger durchgehen könnte.

Die Bedienungen im Saal kommen kaum hinterher. Die Rotfrontkämpfer kippen sich ein Bier nach dem anderen in die Kehle. Sie tun es, um sich Mut anzusaufen. Das Ganze hat aber noch einen anderen Hintergrund: Sie sammeln die leeren Krüge auf den Tischen als Wurfgeschosse.

Endlich, als der Saal richtig voll ist, wird die Versammlung eröffnet. Das Stimmengemurmel der Menge hält unvermindert an. Der Standartenführer der Standarte III übergibt Dr. Vogel das Wort. Der beginnt seine Rede: »Meine Damen und Herren, werte Parteigenossen und tapfere SA.«

Weiter kommt er nicht. Bei dem Wort »SA« geht der Hexentanz los: Gezische und Gejohle ertönt, Weiber kreischen schrill.

Vogel beginnt mit seinen Ausführungen, aber selbst in der vorderen SA-Reihe versteht Emil ihn kaum.

Plötzlich steht mitten im Raum ein Kommunist auf und brüllt: »Schluss mit dem Quatsch!« Er macht dirigierende Handbewegungen. Weitere Männer erheben sich und fangen an, die Internationale zu singen.

»Wacht auf, Verdammte dieser Erde,
die stets man noch zum Hungern zwingt!
Das Recht wie Glut im Kraterherde
nun mit Macht zum Durchbruch dringt.
Reinen Tisch macht …«

Bei diesen Worten geht es los. Die ersten Mitglieder des RFB werfen mit Bierkrügen und Aschenbechern.

Emil hört hinter sich das Kommando: »SA ran!«

Von der Bühne stürmt daraufhin die SA los. Stühle werden ergriffen und als Hiebwaffen verwendet. Männer krachen gegen Tische, und sofort sind die ganzen ordentlich aufgestellten Reihen verschoben. Es gibt kaum noch ein Durchkommen.

Gegen die angestaute Wut der an die hundert Mann der SA im Raum haben die Kommunisten keine Chance. Die ersten Roten werden niedergeschlagen und wälzen sich am Boden. Die Arme halten sie über den Köpfen verschränkt, um sich vor Tritten zu schützen. Die Mehrzahl von ihnen versucht Richtung Ausgang zu türmen. Die paar Mann am Eingang werden sie nicht bremsen können, denken sie. Aber sie haben nicht mit der im Saal verteilten Watte gerechnet, die nun ebenfalls, von Gegnern umringt, wild um sich schlägt. Das genügt den SA-Männern von der Bühne, um aufschließen zu können. Gemeinsam nehmen sie den RFB in die Mangel. Einige SA-Männer haben ihre Koppel abgelegt und dreschen mit dem Lederriemen auf alles, was sich bewegt. Emil hat, wie manch anderer, einen Stuhl mit ein paar Tritten in seine Bestandteile zerlegt und benutzt ein Bein als Knüppel. Eine Handvoll Zivilordner hat die Theke besetzt. Sie werfen mit Gläsern und Bierflaschen nach allen, die den Saal verlassen wollen. Der ganze Boden ist mit Scherben übersät, die unter den genagelten Stiefeln knirschen. Wer hinfällt, zieht sich zahlreiche Schnitte zu. Durch das verschüttete Bier ist alles zudem noch rutschig und klebrig.

Emil beobachtet, wie ein SA-Mann einem Kommunisten einen Kinnhaken verpassen will und dabei ausgleitet. Der andere duckt sich und stolpert seinem Angreifer direkt in die Arme. Sie halten sich fest umklammert, um nicht hinzufallen, wie Tänzer geradezu zärtlich aneinander gedrückt. Es dauert eine Schrecksekunde, bis sie sich wieder lösen können, nur um erneut zuzuschlagen.

Wer es schafft, rennt aus dem Saal. Draußen steht die Schutzpolizei mit wenigen, viel zu wenigen Mann, um die Veranstaltung zu bewachen. Nichts können sie gegen den panischen

Mob ausrichten. Sie haben ohnehin mehr Angst als Selbstvertrauen. So ziehen sie ihre Gummiknüppel und schlagen wahllos auf alle ein, die ihnen zu nahe kommen. Die Mitglieder des RFB beziehen dadurch zum zweiten Mal Prügel.

Im Saal wird es ruhiger. Entsetzte Blicke derjenigen, die das Glück hatten, die Schlägerei ohne größere Blessuren zu überstehen, irren durch den Raum. Die letzten verwundeten Marxisten fliegen im hohen Bogen auf die Straße, der Rest der Gäste geht freiwillig. Dann ist die SA unter sich.

An eine Weiterführung des Abends kann nicht gedacht werden. Das Programm interessiert sowieso keinen mehr. Die Verletzten werden nach vorn auf die Bühne gebracht. In den Reihen der SA gibt es einen Schwerverletzten. Der Mann blutet aus mehreren Wunden. Die Kameraden legen ihn auf eine Tischplatte als improvisierte Krankentrage und bringen ihn zum Hinterausgang, wo er von einem Taxi in die nächste Klinik gefahren wird. Ansonsten sind noch sechs Mann mehr oder weniger leicht verwundet. Auch Emil hat eine tüchtige Schramme am Kopf abbekommen, aber nichts im Vergleich zu dem, was von den beiden anwesenden SA-Sanitätern behandelt werden muss.

Der Führer der SA-Standarte III stellt sich ans Rednerpult: »Männer, wir haben heute, so kurz vor der Wahl, einen bedeutenden Sieg errungen. Berlin ist rot. Der Terror der Rotfront hält die Stadt im Würgegriff. Aber wir haben bewiesen, dass unsere Bewegung stärker wird. Der heutige Tag hat dem Proletariat gezeigt, wer die wirkliche Faust der Arbeiterklasse ist. Danke Männer der SA.«

Und dann singen sie zum ersten Mal gemeinsam das Lied, das sie vor einigen Tagen geprobt haben. Ein junger Führer des Sturms 5 in Friedrichshain, Horst Wessel, hat es gedichtet, und die Männer spüren, dass sie endlich das richtige Gegenlied zur Internationalen haben.

»Die Fahne hoch!
Die Reihen dicht geschlossen!
SA marschiert
Mit ruhig festem Schritt.
Kam'raden, die Rotfront und Reaktion erschossen,
Marschier'n im Geist,
In unser'n Reihen mit.

Die Straße frei,
Den braunen Bataillonen.
Die Straße frei
Dem Sturmabteilungsmann!
Es schau'n aufs Hakenkreuz voll Hoffnung schon Millionen.
Der Tag für Freiheit
Und für Brot bricht an.

Zum letzten Mal
Wird Sturmappell geblasen!
Zum Kampfe steh'n
Wir alle schon bereit!
Bald flattern Hitlerfahnen über Barrikaden,
Die Knechtschaft dauert
Nur noch kurze Zeit!«

Und während die SA voll Inbrunst nach dem überstandenen Kampf aus vollem Halse den Text brüllt, prägt sich in Emils Gedächtnis, unauslöschlich für den Rest seines Lebens, die Leierkastenmelodie des Liedes ein:

tä, tä, tä, tö …

*

Berlin, Sonntag, 13. Mai 1928

Der Täter muss wie ein Gespenst aufgetaucht und wieder verschwunden sein. Franz Reinicke hat in dem knappen Monat, seit er den Fall Eppstein übernommen hat, keine heiße Spur gefunden. Und mit jedem Tag, der vergeht, schwindet die Hoffnung, doch noch einen entscheidenden Hinweis zu erhalten. Sie haben gemeinsam den ganzen Kiez auf den Kopf gestellt, aber ohne Ergebnis. Reinicke hat Kriminalrat Gennat von seiner Überzeugung erzählt, der erste Mord an der Prostituierten würde auf das Konto desselben Täters gehen. Gennat hat sich die Argumente angehört und nur den Kopf schief gelegt.

»Kann sein, kann auch nicht sein«, waren seine philosophischen Worte.

Jetzt ist jede Spur kalt. Die Akte Eppstein wächst nicht mehr weiter an. Sie lag noch eine Weile stumm und vorwurfsvoll auf Reinickes Schreibtisch und schaute ihm bei der Arbeit zu. Der Fall wurde an die Mordkommission abgegeben und Kriminalkommissar Reinicke zurück in seine Stammabteilung beordert. Sein vierwöchiger Turnus als Mordermittler ist seit zwei Wochen vorüber. Aus und vorbei.

Reinicke, der sonst mit viel Distanz seinen Dienst versieht, ist von diesem Fall persönlich angerührt. Er kann nicht sagen warum, aber die Bilder des Tatortes und der Leiche haben sich tief in sein Gedächtnis eingeprägt, er wird sie nicht mehr los. Sie tauchen beim Frühstück auf, sie begleiten ihn auf die Arbeit, selbst wenn er im Kino oder abends in seiner Junggesellenwohnung Ablenkung bei einem Roman sucht, stören sie immer wieder. Er kann sich das nicht erklären. Abraham Eppstein war nicht die erste Leiche, die er gesehen hat. Im Krieg sind ihm weitaus stärker und schlimmer zugerichtete Körper untergekommen. Wahrscheinlich sind es die fünf Stiche, die von dem tödlichen Willen zeugen, das Gegenüber auszulöschen, die ihn derartig mitnehmen.

Er hat mit Gennat darüber gesprochen. Nach Messerstechereien sind die Leichen oft über und über von Stichen überzogen. 20 oder 30 Einstiche sind keine Seltenheit. Einmal gab es einen Fall, in dem der Täter 51-mal zugestochen hat. In grenzenloser Wut hat er, unablässig wie eine Nähmaschine, immer wieder drauflosgehackt. Das kann Reinicke akzeptieren, so scheußlich es auch ist. Aber dieses kaltblütige fünfmalige Zustechen, das lässt ihn schaudern. Als habe der Mörder sichergehen wollen, dass er dieses Leben auf jeden Fall auslöscht. Und dieser Mensch läuft nach wie vor frei durch die Straßen der Stadt. Ein zweifacher Mörder. Reinicke glaubt als Einziger daran, niemand sonst teilt seine Meinung, Gennat und Wolf sind mehr als skeptisch. Das merkt er schon an ihren Worten: könnte, hätte ... »Auf hättste gibt der Jude nischt« heißt es in Berlin. Er ist sich sicher, wenn dieser Mörder bereits zweimal getötet hat, wird er es auch ein weiteres Mal tun. Es ist nur eine Frage der Zeit. Und Franz Reinicke sitzt derweil auf seinem Sofa, mit einem Buch in der Hand und sucht Zerstreuung ...

Sein Dienst im Dezernat für Eigentumskriminalität hat ihm nie Freude bereitet. Auch war es ihm oft egal, ob sie einen Kriminellen geschnappt haben oder nicht. Gewiss, er hat einen gewissen Ehrgeiz an den Tag gelegt, aber dennoch die Sache eher sportlich gesehen. Es war ein Zeitvertreib für ihn, ein großes Schachspiel mit lebenden Figuren. Hier macht der Polizist einen klugen Zug, dort versucht der Dieb etwas zu verbergen. Aber trotz allem immer nur wie ein Spiel zwischen ihm und dem Täter, das er durch seine Hartnäckigkeit zugunsten der Polizei beeinflusst hat.

Es war ihm nicht wirklich wichtig, wenn sie einmal jemanden nicht geschnappt haben. Dann macht derselbe halt beim nächsten Bruch einen Fehler und wandert dafür Jahre hinter Gitter. Früher oder später begehen sie alle eine Nachlässigkeit. Gerade die Gepäckdiebstähle, die Franz Reinicke bearbeitet, laufen oft nach demselben Muster ab. Und wenn sich ein Dieb zu sicher fühlt, wird er leichtsinnig.

Doch bei diesem Mord ist es anders. Das ist kein Spiel mehr. Wenn ein Mensch stirbt, ist das unumkehrbar. Auch wenn der alte Eppstein vielleicht ein Ekel und ein Verbrecher war, ihn zu töten hat eine andere Dimension. Ruth Stern war sicherlich keine Verbrecherin. Bestimmt war sie keine edle Person, vielleicht nur ein ordinäres, schlampiges Luder. Aber sie war noch so jung, gerade einmal 24 Jahre alt.

Wenn das, was er bei den Diebstählen beobachtet hat, auch auf Morde zutrifft, wird der Täter immer weiter töten. Weil es sich manchmal für ihn ergibt. Weil er es gewohnt ist. Vielleicht auch aus einem inneren Zwang heraus oder weil es ihm schlicht und ergreifend Spaß macht. Und deshalb fasst Franz Reinicke einen Entschluss. Er legt den Roman, der ohnehin nicht spannend ist, zur Seite und setzt sich auf seiner Couch aufrecht hin. Er wird den Dienst im Dezernat B I 3 quittieren. Er wird gleich morgen, am Montag, zu Kriminalrat Gennat gehen und sich um eine feste Anstellung in der Inspektion A, Tötungsdelikte bewerben. Denn nur so kann er weiter offiziell an diesem Fall arbeiten, den er noch längst nicht für abgeschlossen hält.

*

Berlin, Montag, 21. Mai 1928

Berliner Tageblatt, Abendausgabe, Titelaufmacher:

Die Parteien im neuen Reichstag
Insgesamt 30.592.442 Stimmen abgegeben. – 489 Mandate
… davon entfallen auf …
Nationalsozialisten (Hitler): 806.746 Stimmen, 12 Mandate

Zum allerersten Mal sind sie im Reichstag vertreten, mit zwölf Mandaten! Sie können es kaum glauben. Alle Strapazen der vergangenen Tage sind vergessen. Das Kleben von Plakaten, das Verteilen von Handzetteln, die Märsche, die Versammlungen. Das Tageblatt wandert von Hand zu Hand. Emil, Kurt, Rudi, Georg … sie stehen alle nebeneinander. Noch ist es eine halbe Stunde bis Feierabend. Sie können es kaum erwarten nach Hause zu kommen. Zu ihrer SA. Denn das gibt ein Fest, das sich gewaschen hat. Und ihr Doktorchen, das sie am Anfang so unterschätzt hatten, dieser kleine energische Mann, wahrlich kein Arbeiter, sondern ein Gebildeter, der so gar nicht zu ihnen passen wollte … Was hat dieser Mann auf die Beine gestellt. Er hat in vorderster Front mit der SA gekämpft. Und nun darf der Gauleiter von Berlin, Dr. Joseph Goebbels, in den Reichstag einziehen, wie er es vorhergesagt hat. Welch ein Triumph!

Kaum sind sie nach Hause gekommen, werfen sie ihre Arbeitskleidung in die Ecke und ziehen das Braunhemd an. Schnell zu Vater Kock in die Wiener Straße.

Der steht grinsend wie der Weihnachtsmann vor seinem Tresen und hat Pferdebouletten mit Kartoffelbrei und Sauerkraut angerichtet: ein Festessen. Der gute Bruno Kock hat sich in Schale geschmissen. Ein frisch gewaschenes weißes Hemd, eine fleckenlose Schürze und eine dunkle Hose verleihen ihm eine ganz eigene Würde. An seiner linken Hemdtasche prangt, für alle unübersehbar, ein nagelneues, glänzendes Parteiabzeichen der NSDAP. Als ihn die Männer deshalb bestürmen, wird er richtiggehend verlegen, ja sogar ein bisschen rot.

»Du hast den Aufnahmeantrag doch nicht erst nach der Wahl gestellt …?«, fragen ihn die Männer der SA.

»Nein, ich bin schon seit einer Woche Mitglied«, kommt es stolz von ihm. »Ich wusste doch, dass ihr gewinnt. Ich habe euch jeden Tag fleißig arbeiten sehen. Da konnte ich nicht außen vor bleiben. Heute, an diesem Ehrentag, trage ich zum ersten Mal mein Abzeichen!«

Die Stimmung ist ausgelassen. Die Männer essen, so viel sie können. Vater Kock hat für jeden eine üppige Portion zubereitet. Dazu gibt es ein Freibier aus dem Fass aufs Haus. Satt und zufrieden lümmeln die Männer an ihrem ersten Abend seit Wochen ohne Arbeit für die Partei im Hinterzimmer herum. Heute gibt es keine Ansprachen oder anfeuernden Reden. Sie genießen einfach die Gemeinschaft und das gemeinsam Erreichte.

*

Berlin, Samstag, 30. Juni 1928

Es ist bereits 20 Uhr, als die vier Sturmmänner sich auf den Weg machen. Emil Bachmann, Willi Albrecht, Gerhard Wamske, der »Haudegen«, und Phillip Meier, genannt »Bubi«, wollen heute ausgehen, Mädels kennenlernen. Die Gesichter sind gerötet, die ersten Mollen und Schnäpse haben sie zur Überwindung der Nervosität gemeinsam gestürzt. Alle vier haben sich in Schale geworfen. Statt der üblichen Hemden für die Arbeit haben sie sich die guten weißen übergezogen, die sonst für den Sonntag reserviert sind. Die Schuhe sind frisch geputzt, in die Hosen wurde eine Bügelfalte reingekniffen und die Haare sind ordentlich nach hinten gekämmt. Selbst Emil trägt einen breiten roten Binder. Er hat ihn als zweite Wahl erstanden, nicht wie üblich auf den Wühltischen von Tiez oder Wertheim – kauft nicht bei Juden –, sondern bei einem Straßenhändler im Viertel.

Kritisch mustern sie sich gegenseitig.

»Stinkst wie 'ne Hafennutte«, meint Willi zu Bubi, der sich mit einem Rest Eau de Cologne besprüht hat.

»Egal, Hauptsache, den Frauen gefällt's.«

»Hoffentlich hält dich niemand für einen Stricher«, stichelt Willi weiter, »wo du dich so nett zurechtgemacht hast.«

»Kann ja mal einer probieren. Ich hoffe, ihr stärkt mir dann wenigstens den Rücken«, gibt Bubi zurück.

»Du könntest aber gut unsere Sturmkasse füllen. Sollen wir dir nicht noch ein bisschen Lippenstift besorgen?«

Weiter kommt Willi nicht, da ihm Bubi energisch in die Rippen boxt. Zischend weicht der Atem aus Willis Lungen und lässt ihn die nächste böse Bemerkung verschlucken.

»Wohin gehen wir?«, macht Emil dem Ulk ein Ende.

»Wir können doch auf die andere Seite der Spree, in irgendein Tanzlokal am Alex«, schlägt Bubi vor.

»Oder vielleicht ins Resi?«, japst Willi.

»Nein, das Resi können wir uns nicht leisten«, lehnt Emil ab.

Das Resi mit seinen Wasserspielen, die sich zum Takt der Musik, farbig angestrahlt, bewegen, ist in Berlin der letzte Schrei. Zwischen den Tischen sind Telefone installiert, mit denen man die anderen Gäste anrufen kann. Außerdem gibt es noch ein Rohrpostsystem, um zweideutige Nachrichten zu übermitteln. Billig ist ein solches Etablissement natürlich nicht.

»Auf nach Friedrichshain«, schlägt Gerhard vor.

Zu viert laufen sie untergehakt und bester Laune durch die Straßen. An der Oberbaumbrücke überqueren sie den Fluss. In den Kolonnaden spazieren sie unterhalb der S-Bahn-Gleise dahin. Der rote Backstein lässt die Brücke düster wirken, sie fühlen sich unter dem Kreuzgewölbe wie auf dem Wehrgang einer mittelalterlichen Burg. Die beiden wuchtigen Türme der Brücke unterstreichen den Eindruck noch. Rechts können sie das Wasser der Spree sehen, links rollt auf der Straße der spätabendliche Verkehr dahin. Über die Warschauer Straße schlendern sie weiter Richtung Stadtmitte.

Nach einigem hin und her finden sie, wonach sie gesucht haben: ein vernünftiges Tanzlokal mit einem ordentlichen Restaurant. Der Kellner geleitet die vier Herren an einen freien Tisch, wo sie sich setzen und ihre Blicke an dem weißen Tischtuch und dem silbern glänzenden Besteck weiden.

»Habt ihr euch auch schön die Pfoten gewaschen?«, frotzelt Willi, nachdem der Ober verschwunden ist. Alle sind aufgekratzt und freuen sich auf den Abend. Gemeinsam entscheiden sie sich für Beefsteak und teilen sich eine Flasche Bordeaux. Das Essen ist gut, der Wein schwer, und als sie fertig gespeist haben, lümmeln sie entspannt auf den Stühlen und rauchen. Ihre Blicke sind leicht glasig und die Wangen gerötet. So macht das Leben Spaß.

»Fast wie als Offizier in Frankreich«, bemerkt Gerhard.

»Wir hätten nur den Krieg gewinnen müssen«, gibt Willi zurück.

»Keine Angst, der nächste kommt bestimmt«, wendet sich Emil an den 20-jährigen Bubi und haut ihm auf die Schulter. »Da kannst du es dann auch mal richtig krachen lassen!«

Bubi nimmt hastig einen großen Schluck Wein.

»Auf zu den Mädels«, kommandiert Willi, »ich brauch was zu knabbern.«

Gemeinsam bezahlen sie die Rechnung und gehen anschließend einen Stock tiefer in den Ballsaal. Ein Orchester spielt auf einem erhöhten Podium an der Stirnseite. Davor liegt die Tanzfläche. Der Rest des Raums ist mit Zweier- und Vierertischen gefüllt. Die Kapelle legt gerade eine Tanzpause ein, weshalb sich die meisten Anwesenden auf ihren Plätzen befinden. Kellner in schwarzem Frack laufen zwischen den Tischen hindurch und nehmen Bestellungen auf. Wein und Sekt fließen in Strömen. Die vier stehen auf der großen Treppe, die in den Saal führt.

»Da!« Bubi ergreift Emils Arm und deutet auf eine Gestalt im Raum: ihr Sturmführer! Von Wedow sitzt mit einer Dame an einem Zweiertisch. Vor sich haben sie im Kühler eine Flasche und Champagnerkelche stehen. Die beiden sind ins Gespräch vertieft.

»So kenne ich ihn ja gar nicht«, pfeift Willi durch die Zähne.

Von Wedow trägt einen schwarzen Smoking und Lackschuhe. Die Haare sind akkurat mit Brillantine gescheitelt. Fein sieht er aus. Die Dame steckt in einem dunkelgrünen Charlestonkleid. Sie ist eine klassische Schönheit mit schwarzem Bubikopf, schmalem Gesicht und kirschrot geschminkten Lippen. Auf ihrem Kopf sitzt keck ein kleines Häubchen, an dem eine rote Feder wippt. Strass-Steinchen blitzen auf. Ihre Zigarette wird von langen, schlanken Fingern gehalten, die in dunklen, ellenbogenlangen Handschuhen stecken. Auf die vier Männer wirkt sie wie eine Erscheinung. Von Wedow beugt sich gerade über den Tisch, um ihr Feuer zu geben, als sich seine Kameraden nähern.

»Sturmführer!«, platzt Willi freudestrahlend heraus.

Die vier umringen den Tisch. Von Wedow richtet sich sichtlich verlegen auf. »Männer, was macht ihr denn hier?«

»Wir lassen's heute mal so richtig krachen. Die Woche gab's Lohnempfang, und jetzt verjubeln wir die Knete«, strahlt ihn Willi an.

»Schön, Jungs – äh – ich bin gerade etwas indisponiert«, gibt von Wedow mit einem Kopfnicken in Richtung der Dame zurück.

»Qui est-ce?«, fragt diese mit hochgezogener Augenbraue, um in Erfahrung zu bringen, wer die Fremden sind.

»Das sind meine Männer!«, antwortet von Wedow.

»Aber das sind Proleten!«, entrüstet sie sich auf Französisch, sodass die vier sie nicht verstehen können.

»Sie sind gute Männer, meine Männer. Sie sind Soldaten im Kampf gegen den Bolschewismus. Deshalb sind sie rau …«, versucht von Wedow zu erklären.

»Sie machen gemeinsame Sache mit dem Pöbel?«

»Ich führe die Männer an«, sagt von Wedow und strafft sich.

»Sie sind bewundernswert, dass Sie sich mit diesem politischen Quatsch beschäftigen. Aber sorgen Sie dafür, dass ich davon nichts mitbekomme.«

»Jawohl, meine Gnädige.«

»Diese Kerle sind abstoßend. Wenn ich zurück bin, sind sie verschwunden!« Sie erhebt sich schwungvoll und rauscht ab. Die Männer schauen ihr hinterher. Sie haben kein Wort des Gesprächs verstanden.

»Höh!«, grunzt Willi und pfeift durch die Zähne.

»Leute, seid so gut und setzt euch nicht in unsere Nähe. Meine Begleitung … ich … wir …«, stammelt von Wedow.

»Schon gut!«, Willi zwinkert ihm mit den Augen zu. »Kann man doch verstehen. Wir wollen den romantischen Abend nicht weiter stören und dem jungen Glück nicht im Wege stehen.«

»Danke!«, stößt von Wedow spürbar erleichtert aus. »Die Dame stammt aus uraltem polnischem Adel. Unsere Familien sind eng miteinander befreundet …«

»Kommt«, befiehlt Willi. »Unser Sturmführer ist mit dem Unternehmen ›Stammhalter zeugen‹ beschäftigt.«

Die vier Sturmmänner verabschieden sich und suchen sich einen Tisch weitab im Saal. Aus den Augenwinkeln werfen sie ab und zu einen Blick zu ihrem Sturmführer hinüber. Nach einer Viertelstunde sehen sie ihn und seine Begleiterin aufbrechen. Von Wedow geleitet die Dame am Arm Richtung Ausgang zur Garderobe.

»Ganz schönes Gift!«, meint bewundernd Willi.

»Das wäre nichts für mich«, gibt Emil zurück. »Ich mag sie lieber handfest.«

»Na dann. Gibt ja noch genug andere hier.«

TEIL 3

ROT

Rot ist eine der auffälligsten Farben und dient als Warnfarbe. Die züngelnde Flamme des Feuers ist rot, die Glut ist rot. Rot gilt als Farbe des Blutes und ist mit Leben verknüpft. Rot steht für Freude, Leidenschaft, Liebe, aber auch für Aggression und Zorn.

Rot symbolisiert Gefahr und Sünde.

KAPITEL 12

Berlin, Donnerstag, 6. Juni 1929

In der Wiener Straße 25 findet ein Sturmabend in der Kneipe Kock statt. Ein Jahr ist seit der Reichstagswahl vergangen. Die Männer des Sturms 27 betreten nach und nach das Hinterzimmer ihres Lokals. Sie staunen nicht schlecht. Zwei Kisten mit Äpfeln stehen auf dem Tisch. Ihr Sturmführer von Wedow hat sich grinsend an der Stirnseite der langen Tafel postiert.

»Langt zu, es sind genug da. Ihr dürft sogar welche mit nach Hause nehmen«, preist er sie seinen Männern an.

»Wieso – was soll denn das?«, fragt Kurt zurück.

»Heute gibt es zur Abwechslung eine weltanschauliche Schulung. Ihr sollt euch nicht immer nur prügeln und saufen, sondern auch mal was zu eurer geistigen Erbauung tun.«

»Und dazu sind die vielen Äppel da?«

»Jetzt wartet doch erst mal ab. Was Frisches kann euch nicht schaden. Immer nur Gekochtes ist doch nicht das Wahre!«, von Wedow amüsiert sich köstlich über die erstaunten Gesichter seiner Truppe.

Der Sturm 27 beginnt seinen Abend planmäßig mit Stärkemeldung und Gruß.

»Sturm 27 in Stärke 1 / 3 / 24 angetreten«, verkündet der Scharführer.

In diesem Moment betritt ein kleiner kahlköpfiger Herr in grauem Pfeffer-und-Salz-Anzug den Raum. Er hat sich den Schnurrbart, nach Hitlers Vorbild, nur unter der Nase stehen lassen. Seine Haut weist eine gesunde Bräune auf. Stechend blaue Augen sind von vielen Lachfältchen umrahmt, die es jedoch nicht schaffen, dem Gesicht einen heiteren Zug zu verleihen. Der Mann wirkt verkniffen, was von seinen abgehackten Bewegungen nur noch unterstrichen wird. Wie eine gespannte Sprungfeder wippt er auf seinen Absätzen, als er stehen bleibt.

»Danke, Scharführer. Rührt euch. Setzen. Wir haben heute die Ehre zu unserem Schulungsabend einen besonderen Gast begrüßen zu dürfen. Ich darf vorstellen: Parteigenosse Professor Doktor Josef Muraschek von der Universität Wien. Der Herr Professor ist momentan auf der Durchreise und weilt ein paar Tage in der Reichshauptstadt. Er wollte einen richtigen SA-Sturm kennenlernen und die Führung hat ihn an uns vermittelt. Zuerst trägt er über das Thema ›Rasse und Zucht im Obstbau‹ vor, anschließend wird er Fragen beantworten. Männer, ich erwarte tadelloses Verhalten und Ruhe während des Vortrags und übergebe das Wort.«

»Vielen Dank, Sturmführer, für die Vorstellung«, beginnt Professor Muraschek seine Ausführungen mit schnarrender Stimme. »Ich habe mir erlaubt, Ihnen etwas Obst bereitzustellen. Außerdem habe ich bereits Getränke geordert.«

Auf dieses Stichwort hin trägt Vater Kock einige Gläser herein. Die Männer staunen nicht schlecht. Für jeden gibt es Apfelsaft. Von Wedows eiserner Blick sorgt für Ruhe im Raum. Als die Tische eingedeckt sind und jeder seinen Saft vor sich stehen hat, ergreift der Professor sein Glas und hebt es empor.

»Auf Ihr Wohl, Kameraden der SA!«

Die Männer greifen zögerlich nach dem für sie ungewohnten Getränk.

Emil schaut in die Runde, aber keiner verzieht eine Miene. Alle um ihn herum senken den Blick tief in ihr Glas und nehmen einen Schluck.

Professor Muraschek beginnt zu referieren: »Schon in der Bibel, bereits auf den ersten Seiten, wird der Apfel erwähnt. Die

Frucht des Paradieses. Und wahrlich, der hat es in sich. Er ist ein Himmelsgeschenk. Das wussten bereits unsere Vorfahren, die Germanen. Von ihnen wurde der Apfel hoch verehrt. Die Göttin Idun verwahrte in einer Truhe Äpfel, die die Götter verzehren mussten, um nicht zu altern. Nur so konnten sie ihre Jugendlichkeit bewahren. Der Name Idun entstammt der alten Sprache und bedeutet ›die Verjüngende‹. Die Götter waren zwar unsterblich, wie es Götter nun einmal sind, sie waren aber auf Iduns goldene Äpfel angewiesen. Nur diese Äpfel bewahrten sie vor Alter, Schwäche, Krankheit und Freudlosigkeit. Richard Wagner schildert in seiner herrlichen Oper ›Rheingold‹ was passiert, nachdem die Göttin Idun von Riesen entführt wurde.«

Erstaunt blicken die SA-Männer auf den Professor, der sich räuspert und anfängt, den Text zu deklamieren:

»Des Gartens Pflegerin ist nun verpfändet, an den Ästen darbt und dorrt das Obst, bald fällt es faul herab! Hören Sie das, meine Herren? Das ist wahres deutsches Kulturgut, nicht immer nur diese jüdischen Märchen aus dem Orient. Passen Sie auf!«, und er fährt begeistert fort:

»Ohne die Äpfel,
alt und grau, greis und grämlich,
welkend zum Spott aller Welt,
erstirbt der Götter Stamm.«

Der Redner trägt im typischen Wiener-Dialekt vor, der den SA-Männern ungewohnt ist. Jeder Satz hört sich gekünstelt in ihren Ohren an, die Betonung klingt für sie schauderhaft. Emil blickt vorsichtig in das Gesicht seines Schwagers. Der versucht krampfhaft Haltung zu bewahren und starrt auf die Tischplatte vor sich. Aber in Willi Albrechts Miene zuckt es munter. Immer wieder muss er seine Kaumuskeln anspannen, um nicht laut loszuprusten.

Derweil steigert sich der Vortragende in sein Thema hinein: »Die goldenen Äpfel sind als germanisches Lebens- und Heilssymbol den Göttern vorbehalten. Aber auch der Mensch kann sich Äpfel zunutze machen. Das tut er schon seit Jahrtausenden. Doch er kann sie nicht einfach vom nächstbesten Baum herunterreißen. Nein, erst in der Auslese liegt der Sinn des Obstanbaus. Der Bauer muss den starken Stamm erhalten und die schwachen Triebe vernichten. Der große, reine, runde Apfel, das ist sein Ziel, nicht der kleine, verwurmte, verkrüppelte Bastard …«

In diesem Moment wird Emil auf Rudi Baumann aufmerksam, der gerade seinem Nachbarn mit seinen zwei Händen vor der Brust seine eigene Vorstellung von zwei großen, runden Äpfeln demonstriert.

Bamm. Sturmführer von Wedow schlägt mit der flachen Hand auf den Tisch. Der Professor hält verdattert in seinem Redeschwall inne.

»Wenn da hinten nicht sofort Ruhe ist, schmeiß ich euch zwei raus! Das gibt Sonderdienst. Verstanden?« Er wendet sich an den Referenten: »Tut mir leid, Herr Professor, so etwas wird nicht mehr vorkommen. Bitte fahren Sie doch fort.«

Keiner wagt mehr eine freche Bemerkung. Quälend langsam verstreicht die Zeit. Emil ist kurz davor, einzuschlafen. Nur einzelne Worte und Sätze dringen an sein Ohr: Wikinger – Nordlandfahrer – Apfelwein – Mannesstolz – Ernte – Rückschnitt – Dankopfer – Zucht – Leistung – Krankheit – Ausmerzen – Rasse – Überlegenheit – Menschheit – NSDAP.

»Und deshalb wird es auch nie einen nennenswerten jüdischen Obstbau geben.«

Die Gelegenheit ist günstig. Als der Professor nach diesem Satz sein Wasserglas ergreift, fängt von Wedow an zu klatschen. Die Männer fallen sofort ein. Professor Muraschek guckt angesäuert in die Menge. Als er den Mund öffnet, klatschen die SA-Mitglieder sofort stärker.

»Vielen Dank«, beginnt von Wedow. »Sie haben uns das Thema auf interessante Weise nähergebracht. Am meisten hat mich dabei der Apfel in Wagners ›Ring der Nibelungen‹ fasziniert. Welches hohe Kulturgut die ›Oper Rheingold‹ enthält, war mir noch nie so bewusst wie heute. Aber nun möchte ich mich nicht vordrängen und meinen Männern die Gelegenheit geben, Ihnen Fragen zu stellen. Also, wer hat die erste?«

Der Professor schaut gespannt in die Runde. Zu abrupt wurde sein Vortrag beendet. Doch jetzt hofft er auf Fragen, um sein Thema weiter darzulegen.

Niemand meldet sich. Er herrscht absolute Ruhe im Raum. Von Wedow räuspert sich betreten. »Los, Männer, keine falsche Scham. Wer stellt eine Frage?«

Endlich, nach quälenden Minuten steht Karl Wuttke langsam auf. Alle Blicke richten sich auf ihn. Karl, genannt »Mäuschen«, wusste bisher noch zu jedem Thema einen unpassenden Beitrag. Auch dem Sturmführer ist unwohl zumute und er verlagert sein Gewicht von einem Bein auf das andere. Am liebsten würde er Karl wieder auf seinen Sitz zurückdrücken, aber das geht natürlich nicht.

Wuttke lässt sich viel Zeit, um die Spannung zu steigern. Als er sich der Aufmerksamkeit aller gewiss ist, sagt er: »Sie haben uns sehr viel über Obstanbau erzählt. Ist nicht auch das Gemüse von enormer Wichtigkeit?«

Sturmführer von Wedow denkt, er hört nicht richtig. Die Frage ist ja noch nicht einmal Blödsinn. Aber er hat das kurze Aufblitzen in Karls Augen gesehen, das ihm Angst macht. Sicher heckt der irgendeinen Streich aus.

»Nein, Sie haben recht«, entgegnet der Professor. »Das Gemüse ist dem Obst sogar in manchen Bereichen ebenbürtig. Ich kenne da eine Geschichte …« Und dann referiert er ausführlich über den Unterschied zwischen Gemüse und Obst unter besonderer Berücksichtigung der Vorzüge des Gemüses. Die Männer des Sturms 27 schauen entnervt zu Karl und überlegen, was wohl in ihn gefahren ist.

Als der Professor endlich geendet hat, stellt Karl zur Überraschung aller eine weitere Frage. »Was ist dann mit Getreide und mit Kräutern?«

»Ja, ich merke, Sie sind ernsthaft an dem Thema interessiert und denken mit«, freut sich der Redner.

Alle im Raum sind baff. Was ist nur mit Mäuschen los?

Der Professor holt weit aus: »Wie heißt es doch so schön: ›Unser täglich Brot gib uns heute‹. Das bezieht sich natürlich auf das Getreide. Die Germanen haben die hohe Kunst des Brotbackens vollkommen beherrscht und dieses Wissen ist uns erhalten geblieben. Wie gut schmeckt doch das deutsche Brot! Kein Vergleich zu dem minderwertigen französischen und italienischen, das uns im Krieg begegnet ist. Nicht umsonst sind die Franzosen und Italiener auch unterentwickelte Kämpfer. Sie können gar nicht die Konstitution des deutschen Soldaten entwickeln, wenn sie sich nur von solch mangelhaftem Brot ernähren. Das typische Beispiel für die Dekadenz der jüdischen Rasse ist natürlich deren Matzen. Was für ein entartetes Nahrungsmittel. – Ja, das haben Sie sehr gut erkannt, Getreide ist ein wertvolles Kulturgut. Um auf den zweiten Teil Ihrer Frage einzugehen: Kräuter sind ebenfalls von eminenter Wichtigkeit. Bereits Hildegard von Bingen, eine Äbtissin des Mittelalters, hat die verschiedenen Pflanzen und ihre Wirkungsweisen beschrieben. Von ihr können wir heute noch eine Menge lernen. Wie ohnehin der Mensch des Mittelalters uns vom Wissen um die Dinge der Natur sowie rassisch weit voraus war.«

»Ist es dann«, beginnt Karl erneut, »nicht sinnvoll, die guten Eigenschaften dieser Stoffe zu vereinen?«

Der Professor ist nachdenklich. »Das scheint auf den ersten Blick folgerichtig zu sein, aber ich glaube, es ist sehr schwierig. Schon die einzelnen Dinge klar zu erfassen und in ihrer Art zu beschreiben, ist eine Aufgabe, an der schon manch einer gescheitert ist. Es ist ein Grundsatz der Wissenschaft, dass, wo immer sich Sachen vermengen, wo immer das Wahre, Reine verfälscht wird, Zweitklassigkeit herrscht. Das ist beim Menschen und seinem Blut auch nicht anders.«

»Aber«, hebt Karl erneut an, »es haben doch die Mönche des Mittelalters …?« Er bricht ab.

»Was meinen Sie?«, fragt Professor Muraschek nach.

»Die Mönche des Mittelalters waren fraglos weise Männer.«

Der Professor nickt zustimmend.

»Diese Mönche haben doch das Gute aus dem Hopfen mit dem Getreide verbunden und so Bier hergestellt.«

Schallendes Gelächter im Saal. Endlich wissen die Männer, worauf Karl die ganze Zeit hinauswollte. Alle brüllen durcheinander. Der Professor ist ehrlich beleidigt. Er äußert sich gar nicht mehr. Anscheinend hat er genug.

Sturmführer von Wedow schmunzelt, aber lässt sich nichts weiter anmerken. »Nun, Herr Professor, ich danke Ihnen. Es hat uns gutgetan, einen Kämpfer an vorderster Front des Geistes kennenzulernen und anschaulich dargestellt zu bekommen, mit welchen Waffen die Partei gegen den Wildwuchs ankämpft. Selten habe ich so klare und deutliche Worte gehört. Die Zukunft gehört der rassischen Auslese, das wissen wir nun alle!«

Professor Doktor Josef Muraschek hat es auf einmal äußerst eilig, die Veranstaltung zu verlassen. Knapp verabschiedet er sich von den Anwesenden, die ihm ihr fröhliches »Heil Hitler!« mit auf den Weg geben. Der Sturmführer bringt den Mann vor die Tür und kommt Augenblicke später zurück. Der Sturm tobt vor Freude.

»Ruhe, ihr Schafsköpfe! Das war ja wieder mal eine reife Leistung. Wisst ihr eigentlich, dass unser Gast fanatischer Abstinenzler und Vegetarier ist? Er wollte uns einen Vortrag über die Gefahren des Alkohols halten. Oder uns was über fleischlose Ernährung beibringen. Ich habe ihn mit Müh und Not auf dieses dämliche Obstthema runtergehandelt. Und was macht mein Sturm? Erst schlafen die Leute reihenweise fast ein, um den Professor dann mit den Vorzügen des Biers aufzuziehen. Ich habe jedenfalls verstanden. In Zukunft lasse ich euch mit komplexeren Themen in Ruhe. Das sind Perlen vor die Säue. Stattdessen gibt es heute eine Runde auf mich!«

Die Männer klopfen begeistert mit den Fäusten auf die Tische.

*

Nach diesem lustigen Abend machen sich Emil Bachmann, Kurt Jablonsky und Willi Albrecht gemeinsam auf den Nachhauseweg. Seit nach den Maikrawallen 1929 der RFB verboten wurde, können sie auch im Braunhemd unbesorgt durch die Straßen ziehen. Das Verbot hat der Kommune mächtig zugesetzt. Seitdem herrscht Ruhe. Die Genossen sind untergetaucht und bereiten sich, wie man gelegentlich hört, auf ein Leben in der Illegalität vor.

»Denen kann man bis zur Vergasung aufs Maul hauen«, meint Kurt bei jeder Gelegenheit, »die geben erst Ruhe, wenn sie mit Stumpf und Stiel ausgerottet sind!«

Weil der Abend schön lau ist, nehmen die drei einen kleinen Umweg am Landwehrkanal entlang. Auf den Straßen ist kein Mensch mehr unterwegs. Die Laternen stehen in weitem Abstand, sodass zwischen ihnen jeweils für ein gutes Stück ein dunkler Schattenbereich liegt. Daher merken sie auch reichlich spät, dass ihnen jemand entgegenkommt. Es ist ein Grünschnabel im Aufzug des Reichsbanners, der Wehrorganisation der SPD. Auch er sieht sie erst jetzt und bleibt einen Augenblick lang unschlüssig stehen, um die Möglichkeiten zur Flucht abzuschätzen. Aber die SA-Männer sind schon zu dicht heran. Daher bleibt der Junge, wo er ist, und lässt die drei näher kommen.

»Ja, was ist denn das!«, freut sich Kurt als Erster.

»Eine Reichsbanane!«, kommt es von Willi Albrecht.

»Fein! Mit denen hatten wir lang nicht mehr das Vergnügen«, meint Emil dazu.

Zu dritt umringen sie den blutjungen, verstörten Burschen.

»Na, Kleiner, ganz allein unterwegs?«

Sie fangen an ihn, anzurempeln und zu schubsen.

»Willste dir heut Abend noch einen Arsch voll Geld verdienen?«, provoziert Willi. »Hast aber Pech, mit uns läuft das nicht.«

Zwischen zwei SA-Männern hat sich eine kleine Lücke aufgetan, die der Verängstigte nun doch zur Flucht nutzen will. Doch kaum ist er losgehechtet, liegt er schon auf dem Pflaster. Emil hat ihm ein Bein gestellt. Die drei umringen ihn erneut.

»Musst doch nicht gleich fortlaufen«, sagt Emil.

»Wir sind ganz nette Menschen«, freut sich Willi.

»Nur keine Angst, jetzt komm erst mal hoch.« Emil angelt nach dessen Arm.

Als der Angesprochene wieder auf den Beinen steht, flackert Angst in seinen Augen auf. Er weiß, dass die drei ihn nach seinem missglückten Fluchtversuch sicher aufs Übelste verprügeln werden.

Aber Kurt schlägt ganz andere Töne an: »Du kannst doch nichts dafür, dass du nicht so schnell bist. Der Reichsjammer ist halt ein lahmer Haufen. Du musst zu uns in die SA kommen, wir machen richtigen Sport. Als Wehrverband seid ihr sowieso ein Witz. Niemand würde euch freiwillig eine Knarre in die Hand drücken, damit ihr das Reich verteidigt.«

Der Junge schluckt hart.

»Vielleicht sollten wir ihm zeigen, wie es geht?«, fragt Willi grinsend.

»Ja, gute Idee. Kleiner, du kannst doch Kniebeugen, oder? Dann mach für uns mal 50 Stück. Das solltest du schaffen«, kommandiert Kurt.

Der Reichsbannermann steht verschreckt da und rührt sich nicht.

»Los!«, gibt Emil ihm einen Schubs.

Verschreckt beginnt der Junge Kniebeugen zu machen. Runter – rauf. Runter – rauf. Runter – rauf.

Willi zählt laut mit: »Neun – zehn – elf – zwölf …«

Als die 50 voll sind, steht der Arme keuchend da.

»Gut, jetzt Liegestütz, die kann man nicht oft genug machen.«

»15!«, befiehlt Kurt.

Der Jüngling geht in den Liegestütz und plagt sich durch. Als er nach zehn aufgeben will, bringt ihn ein leichter Tritt von Emil in seine Rippen dazu, sich doch noch mit den letzten fünf abzuquälen.

So geht es weiter. Unter den anfeuernden Rufen der SA-Männer wird auf einem Bein im Kreis gehüpft, die Arme rotieren gelassen, mit den Fingerspitzen der Boden berührt (mit durchgestreckten Knien, versteht sich) und anderer grober Unfug mehr.

Als die Männer von ihm ablassen, hat der Junge einen hochroten Kopf und ist total verheult. Arme und Beine zittern, sodass er fast nicht mehr stehen kann. Sein Atem geht flach und stoßweise.

»Junge, Junge, da wird einem ja schon vom Zusehen schwindlig!«, kommentiert Kurt.

»Dabei sind wir doch ganz liebe Kerle, kein Haar haben wir dir gekrümmt«, freut sich Willi.

»Aber«, gibt er zu bedenken, »nach der ganzen Anstrengung sollten wir dir den Anzug etwas erleichtern. Sonst kommt es leicht zum Hitzestau. Das ist gar nicht gut für den Kreislauf. Also, runter mit den Klamotten!«

Der Reichsbannermann schüttelt den Kopf. »Nein, nein, das könnt ihr doch nicht machen!«

»Doch!«, sagt Kurt lachend.

»Ausziehen, dalli!«, kommandiert Emil.

Vor den Augen der SA-Männer muss sich der Ärmste völlig entkleiden. Nackt steht er unter der Straßenlaterne und zittert vor Kälte und Furcht.

»Zieh diese Scheißuniform aus. Die gehört jetzt uns«, zischt Kurt dem Jungen ins Gesicht.

»Aber ohne Senge können wir ihn nicht gehen lassen«, lässt Emil hören. »Der versaut uns sonst den Ruf.«

»Hast recht. Er gehört dir.« Mit diesen Worten schubst Willi den Nackten rüber.

Emil löst seinen Schulterriemen vom Koppel und nimmt ihn ab. Als der Jugendliche sieht, was sie mit ihm vorhaben, versucht er einen zweiten Ausbruchsversuch. Dieser scheitert jedoch kläglich an Willis schierer Körpermasse. Gegen einen ausgeruhten Gegner, der kampferfahren ist und deutlich mehr auf die Waage bringt, hat der Kleine nicht den Hauch einer Chance.

Willi reißt ihn zu Boden und setzt sich rittlings auf seinen Rücken, sodass jede Gegenwehr zwecklos ist. Emil holt mit dem Schulterriemen aus, den er sich um sein Handgelenk gewickelt hat. Das Leder zischt durch die Luft und hinterlässt auf dem nackten Hintern einen deutlichen Striemen. Der Reichsbannermann fängt dermaßen an zu schreien, dass es die ganze Straße entlangschallt. Sofort stürzt Kurt hinzu und drückt dem Gequälten dessen eigene Uniformjacke auf den Kopf, bis das Schreien zu einem dumpfen Grunzen und Brummen gedämpft wird. Derweil macht Emil weiter. Einige Male lässt er den Riemen auf die nackte Haut klatschen. Der liegende Körper zuckt und windet sich so stark, dass Kurt und Willi ihn kaum bändigen können.

Nach einigen Schlägen hört Emil jedoch bereits auf.

»Was ist los?«, fragt Willi.

»Ich könnte kotzen. Mir kommt das Bier von vorhin hoch. Es macht keinen richtigen Spaß heute, ist mir zu anstrengend.«

Von den anderen beiden fühlt sich auch keiner bemüßigt weiterzumachen. So lassen sie den Nackten einfach auf der Straße liegen und machen sich auf den Heimweg.

*

Berlin, Freitag, 7. Juni 1929

Einen Tag später muss Emil auf dem Bahnsteig durchgesessene Bänke reparieren. Er hat die Holzlatten in der Schreinerei vorbereitet und sich einen Werkzeugkasten gepackt. Auf einem kleinen Handkarren zieht er alles hinter sich her. Als er an der Schmalseite den Bahnsteig betritt, ist alles leer, aber je näher er der Empfangshalle kommt, desto gedrängter stehen die Reisenden auf dem Pflaster. Hinter ihm fährt ein Vorortzug ein. Die grünen Abteilwagen werden von der Dampflok in den Kopfbahnhof geschoben.

»Achtung, Achtung am Gleis. Bitte zurücktreten, Zug fährt ein!«, hört er den lauten Ruf des Bahnsteigwärters.

Es zischt, als der Lokführer die Bremsen betätigt, und ein schrilles Kreischen setzt ein. Weiße Dampfschwaden umwehen Emil. Dann steht der Zug, und ein Strom Reisender ergießt sich auf den Bahnsteig. Manche halten direkt auf den Ausgang zu, andere werden von ihrer Familie, von Freunden oder Geschäftspartnern empfangen. Menschen umarmen sich oder schütteln sich die Hände. Koffer werden hin und her getragen. Dazwischen versucht ein Bockwurstverkäufer seine Ware an den Mann zu bringen. Der Bahnsteig kanalisiert die Menschenmassen, die Unterführung saugt sie wie ein Abfluss ein. Nach ein paar Minuten sind die meisten verschwunden.

Emil hat seinen Wagen im Windschatten einer gusseisernen Säule abgestellt und fängt an, die frisch gehobelten Latten abzuladen. Die Bank, die er sich als Erstes vornehmen will, steht wenige Meter entfernt. Die Beplankung auf dem eisernen Gestell ist von den Hintern vieler Wartender abgewetzt. Das Holz ist rissig geworden und von Brandflecken abgelegter Zigaretten verunziert. Emil nimmt sich verschiedenes Werkzeug mit: unter anderem eine Säge, um die Latten zu kürzen, und einen Schraubenzieher, um die Leisten zu befestigen. An der Bank angelangt, kniet er sich vor ihr hin und beginnt die erste Schraube zu lösen. Das geht ziemlich schwer. Immer wieder muss er neu ansetzen. Emil tropft bereits der Schweiß von der Nase, als er sich der nächsten zuwendet.

Er bekommt nicht mit, was um ihn herum vor sich geht, so tief ist er in seine Arbeit versunken. Die Reisenden machen einen Bogen um ihn und sein ausgebreitetes Material. Nach einer halben Stunde hat Emil erst drei Latten gegen neue getauscht. Jetzt nimmt er ein besonders hartnäckiges Exemplar in die Mangel. Er drückt sein Werkzeug so fest er kann nach unten und beginnt langsam zu drehen. Plötzlich rutscht der Schraubenzieher ab und fährt ihm durchs Hosenbein. Ratscht macht der Stoff, und Emil spürt ein scharfes Brennen am Oberschenkel. Er blickt an sich herab und sieht nur noch den Griff aus dem Stoff ragen. Vorsichtig zieht er ihn heraus und reibt über die Stelle. Wie das brennt. Zum Glück ist ihm das Werkzeug nicht ins Fleisch gefahren, sondern hat nur einen tiefen Kratzer in der Haut verursacht. Was für ein verdammter Tag. Emil fühlt es warm an seinem Bein heruntersickern. Als er die Hose auf die Wunde presst, spürt er feucht das Blut unter seiner Hand.

»Sch…«, entfährt es ihm – ein Fluch, den er auf halbem Weg noch stoppen kann, sodass nur ein scharfes Zischen aus seinem Mund ertönt. Dennoch drehen sich einige Umstehende nach ihm um.

Emil blickt auf und sieht direkt in die Augen des jungen Burschen, dem sie gestern so übel mitgespielt haben. Er ist als Kofferkuli angestellt und zieht einen großen, braunen, hölzernen Wagen mit allerlei Gepäckstücken darauf hinter sich her. Angsterfüllt blickt er Emil einen Moment lang direkt ins Gesicht. Dann lässt er die Deichsel fallen und beginnt zu rennen.

Augenblicke lang überschlagen sich Emils Gedanken. Was soll das? Was macht der denn hier? Jetzt weiß er ja, wo Emil arbeitet. Die Kameraden des Jungen werden sich Emil sicher vornehmen. Eine gute proletarische Abreibung verpassen, nach der er die Charité eine Woche nicht verlassen kann. Oder der Bengel verpetzt ihn. Geht zu seinem Vorgesetzten und erzählt, was vorgefallen ist. Die haben die NSDAP und die SA sowieso auf dem Kieker. Wenn er arbeitslos werden würde … Nicht auszudenken! Er hat ohnehin kaum Geld. Aber von der Stütze zu leben – das geht gar nicht. Das hieße Obdachlosenasyl, Suppenküche, Parkbank, vielleicht sogar Knast. Er geht nicht ins Gefängnis! Niemals!

Emils Instinkte reagieren schneller als sein Verstand. Bevor er sich alle möglichen schlimmen Dinge ausmalen kann, ist er schon auf den Beinen und hinter dem Flüchtigen her. Da vorn läuft er, runter in die Bahnsteigunterführung. Zum Glück rennt der Trottel nicht nach links in die Wartesäle, wo viele Menschen sind. Da käme Emil nicht hinterher. Nein, er wendet sich nach rechts, wo es ruhiger ist. Im hinteren Teil des Bahnhofsbereichs liegen Verwaltungsgebäude. Reisende verirren sich kaum hierher. Emil stolpert aus der Unterführung wieder ans Tageslicht. Vereinzelte Schuppen, Kabeltrommeln und Schienenstapel liegen auf dem Weg des Flüchtigen. Dann hat Emil ihn verloren. Weg ist er.

Eben hat er noch gesehen, wie er um eine Ecke geflitzt ist. Emil bleibt keuchend stehen, als er an dieser Stelle ankommt, und richtet sich auf. Sein Herz schlägt heftig. Er schwitzt. »Wo bist du nur hin, du Aas?« Emil schaut sich um. Wenige Meter vor ihm erhebt sich ein Pissoirgebäude. Sollte der Junge da hineingelaufen sein? Die Tür ist nur angelehnt. Emil öffnet sie und schaut hinein. Vier Urinale hängen nebeneinander an der Wand. Niemand ist zu sehen. Dahinter befinden sich zwei Klosettabteile, die mit Wänden abgetrennt sind. Eines scheint frei zu sein, das andere zeigt groß und rot die Schrift »Besetzt« am Schloss der Tür.

Emil schleicht sich vorsichtig näher heran. Mit dem Fuß stößt er zuerst die unverschlossene Tür auf. Sie schwingt nach innen und gibt den Blick auf die Schüssel frei: nichts. Einsam steht die schwarze Brille hochgeklappt da.

Angestrengt lauscht Emil. Hinter der zweiten Tür ist unterdrücktes Keuchen zu hören. Das ist der Drecksack. Zum Glück gehen die Türen nach innen auf. So kann er Emil nicht überraschen und über den Haufen rennen. Emil stellt sich vor der Tür auf. Er hält immer noch den Schraubenzieher in der Hand, mit dem er die Bank repariert hat. Leise schiebt er ihn in den Schlitz des Türschlosses und öffnet es langsam von außen. Im Vergleich zu den Holzschrauben der Bank geht das butterweich. Als der Riegel mit einem Klacken die Stellung »Frei« erreicht, hört er von drinnen einen fiependen Laut. Emil drückt langsam mit der linken Hand die Klinke nach unten und öffnet die Tür nach innen.

Als Erstes sieht er eine Hand und einen Ärmel. Als er die Tür weiter öffnet, kommen die Beine, der Oberkörper und das Gesicht in sein Blickfeld. Zitternd steht der Gesuchte an der Rückseite des Abteils und hält beide Arme neben sich an die

Wand gepresst. Er schnauft heftig, mit pfeifenden Lauten ein und aus. Einmal, zweimal, dreimal, dann drückt er sich von der Wand ab und stürzt auf Emil zu, will sich durch die ach so kleine Lücke an ihm vorbeizwängen, ans Tageslicht, in die Freiheit.

Er stürzt sich ins Verderben. Emil fängt ihn sauber mit dem Schraubenzieher ab. Der Bursche läuft durch den Schwung, den er hat, fast direkt in die Klinge hinein. Emil muss seine Hand nur ein wenig hochreißen, um den Winkel des Stichs perfekt zu machen. Der Stahl dringt mühelos in den Körper ein. Der Junge prallt gegen Emil, der den Schraubenzieher loslässt und den Körper mit beiden Händen von sich wegdrücken muss, um nicht das Gleichgewicht zu verlieren. Es geht alles dermaßen schnell, dass sich das Hemd um die Wunde kaum rot verfärbt. Emil zieht den Schraubenzieher heraus und sticht noch zwei-, dreimal nach. Das letzte Mal wäre gar nicht mehr nötig gewesen. Der Junge sackt leblos in sich zusammen. Sein rechtes Bein zuckt noch ein paar Sekunden, dann bewegt sich der Körper nicht mehr.

Emil schiebt den Leichnam in das Toilettenabteil zurück, schließt die Tür und verriegelt mit dem Schraubenzieher den Drehmechanismus. Als er ansetzt, merkt er erst, wie stark seine Finger zittern. Er muss die linke Hand zu Hilfe nehmen und die Spitze ganz vorn anfassen, damit sie überhaupt im Schlitz bleibt. Der Schraubenzieher ist rot vor Blut, Emil wischt alles an seiner bereits besudelten Hose ab.

Als die Tür verschlossen ist, weiß Emil nicht, was er tun soll. Wer hat ihn vorhin alles gesehen? Ist er aufgefallen, weil er gerannt ist? Sucht man nach ihm? Er muss sich verstecken und abwarten, bis sich die Aufregung gelegt hat. Er blickt sich ratlos um. Schließlich geht er in die zweite Kabine neben der Leiche und schließt sich ein. Emil Bachmann klappt den Deckel der Klobrille herunter und hockt sich auf die Toilettenschüssel.

*

Bisher sind zwei Männer im Pissoir erschienen. Wie lange der Mord genau her ist, kann Emil nicht abschätzen. Er trägt keine Uhr. Er ist viel zu aufgewühlt, um ein Zeitgefühl zu haben. Er hört, wie die zwei sich hörbar erleichtern und dann wieder den Raum verlassen. Die Sekunden vergehen langsam. Emil fühlt seinen Herzschlag in der Brust: bum, bum, bum, bum, schneller als normal.

Hört er neben sich Geräusche? Ein Kratzen? Bewegt sich der Körper des Jungen? Die Abtrennwände gehen bis zur Decke, sonst könnte Emil sich einfach auf den Klodeckel stellen und darüber sehen, und reichen zudem bis auf den Boden, wo sie mit einer soliden Leiste abschließen. Er kann nicht aus seiner Zelle heraus, um nachzusehen. Das ist zu gefährlich. Minutenlang starrt er auf die graugestrichene Wand. Er ballt seine blutige Hand zur Faust und steckt sie sich in den Mund, beißt drauf. Aus seinem Körper dringt ein unterdrücktes Wimmern. Emil fühlt sich wie ein Tier im Käfig.

Er muss wissen, was nebenan los ist. Lebt der Junge noch? Blutet er alles voll? Was ist, wenn er überlebt hat? Emil schaut sich um, in dem engen Raum. Ein guter Meter im Quadrat, schier endlos in der Höhe, aus der die Spülkette herunterbaumelt. Grau ist die Wand neben ihm, vor ihm. Lange Streifen ziehen sich durchs Holz der Trennwand, gebildet von den Fugen der Bretter, die von unten bis nach oben reichen. Emil fährt ihnen mit dem Blick nach. Wird so die Zelle aussehen, in die sie ihn sperren, wenn sie ihn zu fassen kriegen? Wird er tagelang auf einem Hocker sitzen und Streifen auf einer grauen Wand anstarren?

Doch halt, was ist das? An einer Unregelmäßigkeit auf Kniehöhe bleibt sein Blick hängen. Es ist ein Ast im Holz, dick mit Farbe überstrichen. Er ist kaum zu erkennen. Emil nimmt den Schraubenzieher und setzt ihn genau in der Mitte an. Mit einem kurzen Schlag drückt er das Aststück zur Gegenseite durch und es fällt mit einem leisen Klack zu Boden. Ein Guckloch ist entstanden. Emil lässt sich in dem engen Abteil auf die Knie, bis er sein Auge an die Bretterwand pressen kann.

Keine 20 Zentimeter vor ihm sieht er Stoff, den Stoff eines Hemdes, Streifenmuster, eine Falte liegt genau vor ihm. Das ist alles, keine Haut, kein Blut ist zu erkennen. Aber der Körper bewegt sich nicht. Emil schaut lange durch das Loch. Die Ansicht verändert sich nicht. Erleichtert setzt er sich wieder auf den Toilettendeckel.

Erneut kommt jemand herein. Schritte tappen über den Steinboden, es wird die Klinke von Emils Box niedergedrückt, einmal, mehrmals. Dann rüttelt die Faust an der Tür nebenan. Emil hört einen unterdrückten Fluch. Die Schritte wandern wieder aus dem Raum.

Jetzt sind beide Klinken mit fremden Fingerabdrücken bedeckt, aber daran denkt Emil in diesem Augenblick nicht. Er wird unruhig. Zu lange sitzt er hier schon fest. Er wartet sicherheitshalber noch eine kleine Weile ab, ehe er aus seiner Kabine huscht. Er stürzt zum Waschbecken und reibt seine Hände im Wasserstrahl sauber. Der Saum seines rechten Hemdärmels hat einen blutigen Rand. Emil hält den Stoff ins fließende kalte Wasser, bis nur noch ein leichter hellrosa Streifen erkennbar ist. Mit nassen Händen fährt er durch sein verschwitztes Haar. Er zwingt sich dazu, langsam ein- und auszuatmen, bis er ruhiger wird. Schließlich verlässt er das Toilettenhäuschen.

An der Tür nach draußen macht er kurz halt, aber kein Mensch ist weit und breit zu sehen. Emil humpelt auf den Bahnsteig zurück. Er mischt sich unter die Passanten, niemand achtet auf ihn. Zielstrebig geht er zurück zu seinem Handwagen und packt die Leisten und das Werkzeug zusammen. Für heute macht er Feierabend.

*

Als Emil in seiner Schreinerwerkstatt ankommt, pocht sein Schenkel und fühlt sich heiß an. Peter, ein Kollege, kehrt gerade die Werkbank ab.

»Na, schon fertig?«, begrüßt er ihn.

»Nein, ich hab das falsche Werkzeug dabeigehabt. Die Schrauben sitzen so fest, dass ich sie mit dem Schraubenzieher nicht rauskriege, ich bin abgerutscht!«, sagt er und deutet auf seine Hose. Auf dem dunklen Stoff fallen die Blutflecken kaum auf, aber der Riss im Stoff ist deutlich zu erkennen.

»Schöner Mist«, gibt Peter zurück. »Hast du dich verletzt?«

»Nein, ich hatte Glück. Es ist nur eine Schramme.«

»Aber du blutest!«

»Ja, ich hab mir die Haut aufgerissen. Es ist zum Glück nichts Schlimmeres.«

»Warte, ich verbinde dich.«

Während Peter Verbandszeug holt, lässt Emil seine Hose runter und setzt sich auf einen Schemel. Ein blutiger roter Striemen führt an der Außenseite seines Oberschenkels entlang, etwa eine Handbreit über dem Knie. Peter reißt den Faden vom Verbandspäckchen, rollt es auseinander und drückt das Wundkissen an. Dann wickelt er die Gaze mit beiden Händen um den Schenkel, bis die Wunde versorgt ist.

»Nimm morgen einen Meißel mit, damit kriegst du die Dinger besser raus. Das hatte ich auch schon mal«, meint er nur.

»Ja, mach ich.« Emil humpelt aus der Werkstatt.

KAPITEL 13

Berlin, Samstag, 8. Juni 1929

»Das gibt's doch gar nicht!«, schimpft Franz Reinicke. »Da liegt eine Leiche in einer öffentlichen Bedürfnisanstalt, und keiner hat etwas mitbekommen?!«

»Keine Ahnung«, entgegnet Kriminalassistent Wolf. »Die Putzfrau war gestern schon mit ihrer Runde durch, und sonst hat sich keiner an der verschlossenen Tür gestört. Erst als sie heute Mittag erneut saubermachen wollte, ist es ihr aufgefallen. Zuerst hat sie sich um den Rest der Toilette gekümmert und dann vor der Tür gewartet. Als lange niemand herauskam und sie auch keine Geräusche gehört hat, hat sie gegen die Tür gehämmert und gerufen, aber keine Antwort bekommen. Schließlich hat sie mit ihrem Dietrich die Tür aufgeschlossen. Da lag die Leiche direkt vor ihren Füßen.«

»Hat sie sonst noch etwas Wesentliches ausgesagt?«

»Nein, das war's schon. Sie ist danach zum nächsten Bahnbeamten gelaufen und hat Alarm geschlagen. Dann ist sie vor lauter Aufregung zusammengeklappt. Die Reichsbahner haben uns sofort verständigt.«

Kriminalkommissar Reinicke nickt. Vor einem halben Jahr ist er ins Morddezernat versetzt worden, als Kriminalrat Gennat eine Planstelle frei hatte. Dass er den Täter im Fall Eppstein damals nicht ermitteln konnte, hat ihm nicht geschadet. »Man kann nicht immer gewinnen«, hatte der Chefermittler dazu gemeint. Zu seiner Unterstützung bekam er, wie schon vor einem Jahr, Kriminalassistent Wolf an die Seite gestellt. Seit ein paar Monaten führen die beiden nun eine »Mordehe«, wie es im Präsidium heißt, da sie wie ein unzertrennliches Ehepaar die Tage zusammen verbringen, sowohl im Büro als auch bei den Ermittlungen vor Ort. Sie kommen gut miteinander aus und verstehen sich meist ohne viele Worte.

Den ersten Fall haben die beiden auch umgehend gemeinsam gelöst. Ein Angestellter hatte seine Frau aus Eifersucht erdrosselt und die Leiche mit einem Strick an die Decke gehängt, um es wie Selbstmord aussehen zu lassen. Dummerweise gab es am Hals der Leiche jedoch keine Scheuerstellen durch das Seil, sondern nur deutlich sichtbare Würgemale. Nach der Leichenschau fuhren sie direkt zum Täter, um ihn zu verhaften. Im Verhör gestand er bereits nach einer Viertelstunde. Danach brach er heulend zusammen und wurde in seine Zelle abgeführt. Ihre Zusammenarbeit im Morddezernat läuft also von Beginn an sehr gut.

Als sie nun die Bahnhofstoilette erreichen, stäubt die Spurensicherung gerade alle verdächtigen Ecken mit Kohlepulver ein, um Fingerabdrücke zu finden. Ein Arzt kauert über der Leiche und untersucht den toten Körper in dem engen Abortraum. Kriminalassistent Wolf hat bereits die wieder zu sich gekommene Putzfrau verhört. Franz Reinicke steht rauchend vor dem kleinen Gebäude und wartet, dass er mit seinem Assistenten endlich die Leiche besehen darf. Als Dr. Berger, der Gerichtsarzt, aus dem Eingang tritt, eilen die beiden sofort zu ihm.

»Also, Selbstmord war es wohl keiner«, beginnt Dr. Berger seine Erläuterungen. »Der Tote hat ein paar Wunden im Brustbereich, Genaueres kann ich erst nach der Totenschau sagen, wenn ich ihn ausgezogen habe. Es sieht nach Einstichen aus. Sie dürften die Todesursache darstellen und wurden mit Sicherheit nicht selbst beigebracht. Der Todeszeitpunkt liegt aufgrund der Leichenstarre mindestens zwölf und höchstens 24 Stunden zurück, der Tod trat also gestern etwa zwischen Mittag und Mitternacht ein. Die Totenflecken passen in ihrer Ausprägung ebenfalls dazu. Ich habe auch die Körpertemperatur tief rektal gemessen, die Leiche ist bereits ausgekühlt.«

»Was sind es für Wunden?«, hakt Franz Reinicke nach.

»Das kann ich nicht genau sagen, erst muss die Leiche entkleidet werden. Schauen Sie sich den Leichnam jetzt einmal selbst an, dann kann ich Ihnen etwas dazu erklären.«

Die beiden Kriminaler betreten zusammen mit dem Arzt den Toilettenraum, in dem der Tote liegt. Franz Reinicke schaut in ein junges Gesicht, das durch den Todeskampf zu einer Grimasse verzerrt ist. Die braunen, lockigen Haare fallen ihm in die Stirn. Ein hübscher Junge, denkt sich Reinicke. Er musste viel zu früh sterben.

Der Verstorbene steckt in einfacher Kleidung: derbe Schuhe, eine grobe Arbeitshose und ein helles kragenloses Hemd. Im Brustbereich sind einige Flecke zu sehen. Der Stoff des Hemdes ist an den Einstichstellen leicht zerfasert und gerötet. Vier Stiche im Bauch-Brustbereich. Franz Reinicke bemerkt einen metallischen Geschmack auf der Zunge und sieht zu Theo Wolf. Der blickt zurück und runzelt nachdenklich die Stirn.

»Ich glaube, ich weiß, was du gerade denkst«, meint er zu seinem Vorgesetzten.

»Ich habe nur ein komisches Gefühl, das ist alles«, gibt jener zurück.

»Seit gestern wird ein Gepäckjunge vermisst, das habe ich vorhin aufgeschnappt. Hat einfach seine Karre stehen lassen und ist verduftet. Die Leute in der Verwaltung haben ihn zum Teufel gewünscht. Sie mussten selbst seinen Wagen abladen und die Koffer ihren Besitzern überbringen. Ein paar Reisende haben einen riesigen Aufstand geprobt.«

»Hol mir jemanden, der ihn identifizieren kann. Wahrscheinlich ist er der Tote«, meint Reinicke dazu.

»Lassen Sie die Leiche abtransportieren, wenn Sie mit ihr fertig sind«, äußert Dr. Berger und schlägt die Decke, die über die Füße des Leichnams gebreitet ist, über die Wunden und das Gesicht. Dann wendet er sich zum Gehen. »Ich werde mir den Jungen gleich vornehmen, sobald er im Leichenschauhaus angekommen ist. Die Obduktion dürfte gegen Abend fertig sein. Ich brauche etwa zwei bis drei Stunden.«

»Wir kommen vorbei«, erwidert Franz Reinicke. Anschließend spricht er mit der Spurensicherung.

»Wir haben massenweise Fingerabdrücke in den Toiletten entdeckt. Von wunderbar deutlich und klar sichtbar bis zu halbverwischt ist alles dabei. Sonst haben wir nichts gefunden. Weder irgendwelche Gegenstände noch hilfreiche Spuren sind am Tatort zurückgeblieben«, beschreibt ein älterer Beamter dem Kriminalkommissar seine Untersuchung. »Das Toilettenabteil ist aus Sicht der Spurensicherung völlig sauber. Das Schloss kann von innen und außen bewegt werden, wie es auch die Putzfrau gemacht hat. Wir haben keinerlei Abdrücke oder Kratzer an der Außenseite festgestellt. Der Mord ist mit ziemlicher Sicherheit in der Toilette passiert und die Tür anschließend versperrt worden, ansonsten hätten wir Blut- oder Schleifspuren außerhalb vorgefunden. Wir packen jetzt ein.«

Franz Reinicke nickt ihnen zu. Der Tatortfotograf verabschiedet sich auch, da seine Arbeit erledigt ist. Die ersten Abzüge will er Franz Reinicke in einer guten Stunde ins Büro legen. Kriminalassistent Wolf kommt mit einem Bahnbeamten in blauer Uniform herbei. Reinicke führt die Vernehmung. »Ihr Name?«

»Herrmann Ebner.«

»Geboren wann und wo?«

»Am 25. Februar 1889 in Stralsund.«

»Derzeit wohnhaft wo?«

»Wiener Straße 45, 2. Stock, Wohnung links.«

»Ihre Funktion?«

»Leiter der Gepäckaufbewahrung. Die Kofferträger und Gepäckjungen gehören zu mir. Ich kenne jeden Einzelnen persönlich.«

Reinicke macht mit dem Bleistift Vermerke in ein kleines Notizbuch. »Wir haben Sie aufgrund der Tatsache rufen lassen, dass einer Ihrer Jungs seit gestern vermisst wird. Sie werden jetzt eine Leiche sehen. Bitte bereiten Sie sich innerlich darauf vor. Der Tote wurde heute gefunden. Machen Sie keine überhastete Aussage, wir haben Zeit. Wenn Ihnen der Tote bekannt ist, geben Sie dies bitte zu Protokoll.«

Zusammen treten sie neben die Leiche. Reinicke nickt Theo Wolf zu, der die Decke vom Haupt des Toten zurückschlägt. Der Kopf des Jungen wird sichtbar, nicht aber seine Verletzungen.

»Ja, ich kenne ihn«, sagt der Bahnbeamte ohne zu zögern aus. »Es handelt sich um den 17-jährigen Nikolaus Henke. Er arbeitet seit einem Jahr am Görlitzer Bahnhof. Ich kenne auch flüchtig seine Eltern, die ihn bei mir in Anstellung gegeben haben. Das ist der Junge, der seit gestern vermisst wird.«

»Sind Sie sich ganz sicher?«

»Jawohl, jeder Zweifel ist ausgeschlossen.«

»In Ordnung.«

Franz Reinicke steckt sein Notizbuch in die Anzugtasche, und Kriminalassistent Wolf verhüllt die Leiche wieder.

»Wodurch ist er gestorben?«, fragt der Bahnbeamte.

Theo Wolf legt den Kopf schief und möchte antworten, aber sein Vorgesetzter ist schneller.

»Wir gehen derzeit von einem Unfall aus«, erklärt Kriminalkommissar Reinicke.

Theo Wolf runzelt die Brauen, schweigt aber dazu. Der Beamte wird entlassen.

*

Er erkennt kaum etwas. Die Entfernung ist zu groß. Emil Bachmann werkelt nun schon seit über einer Stunde an zwei Bänken herum, die in Sichtweite des Tatortes liegen. Dort hinten geschieht etwas. Uniformierte Polizisten stehen vor dem Pissoir, schließlich tauchen Männer im Anzug, vielleicht Kriminaler, auf. Eine Person steht in der Mitte und scheint offenbar den anderen Anweisungen zu geben. Ein Bahnbeamter kommt hinzu und wechselt ein paar Worte. Dann geht er wieder. Endlich wird eine Bahre mit einem Bündel darauf zu einem bereitstehenden Wagen gebracht, verladen und weggefahren. Emil wüsste zu gern, was genau in dem Toilettenhäuschen passiert. Natürlich haben sie die Leiche gefunden, das war ja nur eine Frage der Zeit.

Neben ihm bleibt ein Reisender stehen. »Was ist denn da drüben los?«, fragt er.

»Keine Ahnung«, erwidert Emil, »wahrscheinlich irgendwelche Baumaßnahmen.«

»Ach so«, wendet sich der Unbekannte ab.

Emil arbeitet weiter an seiner Bank. Latte für Latte tauscht er gegen neue aus. Er lässt sich viel Zeit. Die Passanten achten kaum auf das, was am Rand des Bahnhofs stattfindet.

Als einer der Gepäckträger vorbeikommt, deutet Emil auf die Menschenansammlung und will fragen, ob er etwas Näheres wüsste, aber seine Stimme versagt den Dienst. Lediglich ein Krächzen stößt er aus.

»Ein Unfall«, antwortet der Angesprochene. »Ich weiß auch nicht mehr, der Ebner hat es uns gerade erzählt.«

Die Neuigkeit ist ihm keine zehn Sekunden seiner Zeit wert. Mit der Sackkarre schiebt er weiter Koffer über den Bahnsteig.

Emil ist verwundert. Er hatte erwartet, dass eine öffentliche Suche nach dem Mörder beginnen würde, dass es einen riesigen Aufschrei gäbe – aber nur ein Unfall? Ist die Polizei wirklich dermaßen unfähig, wie sich alle erzählen? Ein wenig beruhigt geht er weiter seiner Arbeit nach.

*

An dieses Gebäude wird er sich nie gewöhnen, denkt Franz Reinicke. Zum Glück begleitet ihn sein Assistent. Der hohe gelbe Bau der Gerichtsmedizin sieht selbst bei Sonnenschein nicht fröhlich aus. Sie fragen sich nach Dr. Berger durch. Im Operationssaal ist er gerade dabei, Instrumente zu reinigen. Beim Betreten des Raums fällt Franz Reinickes Blick auf einen altarartigen Tisch, auf dem ein Leichnam liegt. Der Körper ist mit einem fleckigen Leinentuch nur unvollständig verhüllt. Reinicke möchte gar nicht genauer hinsehen. Daneben steht eine kleine Metallablage, auf der das Operationsbesteck ausgebreitet liegt. Einen Teil hat Dr. Berger schon in einer Glasschüssel mit einer wässrigen Lösung abgewaschen, der andere Teil der Gerätschaften liegt da, wie er sie abgelegt hat: chromblitzend und blutverschmiert. Der Inhalt der Schüssel leuchtet himbeerrot. Reinicke wird flau im Magen.

»Bitte, meine Herren, ich habe meine Arbeit gerade beendet.« Dr. Berger weist mit seinem Arm auf den Körper. »Was Sie am meisten interessieren dürfte, ist die Todesursache.«

Er legt die letzten Teile beiseite und gießt den Inhalt der Schüssel in ein kleines Waschbecken am Fußende des Operationstisches. Dann dreht er einen Wasserhahn auf und wäscht sich die Hände mit Seife und Bürste sauber. Ausgiebig schrubbt er seine Fingernägel und fährt sich auch mit den Fingern wechselseitig durch die jeweils andere Hand. Die Bewegungen wirken auf Franz Reinicke wie eine komplizierte Choreografie. Schließlich greift Dr. Berger nach einem weißen Handtuch, in dessen Mitte ein Streifen mit dem Kliniknamen rot eingewebt ist. Damit trocknet er sich sorgfältig die Hände ab.

»Der Junge ist erstochen worden. Sehen Sie auf die Wunden.« Der Arzt schlägt das Tuch über der Leiche zurück. Deutlich sichtbar sind vier kreisrunde Einstichwunden zu sehen. Der Körper ist gewaschen worden, daher wirken die Wunden viel kleiner als noch zur Mittagszeit, als sie von Blutflecken umgeben waren. Wie schon bei der letzten Leiche, die er sah, fällt Franz Reinicke der grob vernähte Y-Schnitt unangenehm ins Auge, der sich längs über den jugendlichen Oberkörper zieht und der brutaler wirkt als die relativ kleinen Einstiche.

»Ich würde sagen, es war eine Art Werkzeug, vielleicht ein Dorn oder eine Ahle oder etwas Derartiges. Es war definitiv nicht kantig wie etwa ein großer, angeschliffener Schaber oder Ähnliches. Die Wundränder sind teilweise eingerissen, was von der Bewegung des Opfers herrührt. Über die restliche Form des Gegenstandes kann ich nur wenige Aussagen treffen, da ich keine exakten Abdrücke im Körper feststellen konnte. Er scheint jedoch nicht nadelförmig spitz gewesen zu sein, da das Gewebe ebenfalls eingerissen ist. Das kann man trotz der massiven Einblutungen sehr gut erkennen. Der Durchmesser der Tatwaffe betrug etwa sechs bis acht Millimeter.«

»Auf welche Art wurde die Tatwaffe benutzt?«, fragt Kriminalassistent Wolf.

»Der Täter hat sie höchstwahrscheinlich mit der rechten Hand geführt. Das schließe ich nicht nur aus der Art der Verletzungen, sondern auch daraus, dass die Toilettentür nach innen aufschlägt und von außen gesehen links aufgehängt ist. Schon aus diesem Grund dürfte eine linkshändige Verwendung auszuschließen sein. Die Stiche wurden nach oben gerichtet und haben zu schwersten Verletzungen geführt.«

»Hat der Täter auf die Rippen gezielt?«, fragt Franz Reinicke.

»Nein, die Eintrittswunden liegen unter den Rippenbögen. Die Stoßrichtung nach oben hat zu Verletzungen von Lunge, Magen und Herz geführt, wobei Letzteres tödlich war.«

»Können Sie …?«, hebt Franz Reinicke vorsichtig an. »Wäre es möglich, dass der Täter Übung darin hat, eine Person auf diese Weise zu töten?«

»Das ist schwer zu sagen. Ich möchte mich da nicht festlegen. Allein die Enge des Tatortes wird dem Täter gar keine Wahl gelassen haben, als die Stiche so auszuführen, wie er es getan hat …«

Reinicke verzieht das Gesicht, als hätte er auf etwas Hartes gebissen.

»Ich möchte Ihnen noch eine weitere interessante Sache zeigen«, fährt der Arzt fort. Er zieht das Tuch vollständig von der Leiche herunter. Dann schiebt er seine Hände unter das Gesäß des Getöteten und dreht es leicht, sodass die Striemen deutlich sichtbar werden. Die Kriminaler treten näher an den Obduktionstisch heran.

»Die Schläge sind relativ frisch, aber einige Zeit vor dem Tod zugefügt worden«, erklärt Dr. Berger.

»Können die Spuren einen sexuellen Hintergrund haben?«, fragt der Kriminalassistent.

»Wahrscheinlich. Ich kenne sonst keine Erwachsenen, die so etwas mit sich machen lassen. Spuren homosexueller Handlungen konnte ich übrigens nicht finden, aber das heißt bei den Brüdern ja nichts. Normal ist es jedenfalls nicht, sich so behandeln zu lassen.«

*

»Kriminalrat Gennat sagt immer, dass man erst alle Indizien beisammen haben soll, bevor man anfängt Schlüsse zu ziehen.«

Franz Reinicke nimmt sich eine Zigarette aus der Schachtel, als sie endlich wieder vor dem Gebäude der Rechtsmedizin stehen, und bietet auch Theo Wolf eine an. Dann sieht er ihn lange an. »Ja, ich weiß«, antwortet er schließlich.

»Du denkst, es ist derselbe Täter wie vor einem Jahr«, setzt Theo Wolf nach.

»Ja, genau das denke ich.«

Reinicke reißt ein Streichholz an und gibt Feuer. Die beiden stehen nebeneinander und inhalieren tief. Reinicke lockert seine Krawatte. Der Rauch vertreibt den Geruch nach Tod und Desinfektionsmittel, der tief in allen Poren des Gebäudes zu sitzen scheint. Wie kann man nur in einer solchen Umgebung arbeiten?, fragt er sich.

»Wie viele erstochene Personen sind dir bereits untergekommen, oder von wie vielen hast du gehört?«, fragt er seinen Assistenten. »Ich meine solche, bei denen nicht der betrunkene Ehemann auf dem Stuhl neben der Leiche saß und sofort alles zugegeben hat.«

»Nur der Tote letztes Jahr, den wir gemeinsam als Fall hatten.«

»Und die tote Prostituierte, die wir nur aus den Akten kennen«, fügt Reinicke an. »Und jetzt den Stricher.«

»Richtig. Aber was, wenn alles nur ein Zufall ist?«

»Lass uns die Eltern befragen«, schlägt Reinicke vor.

Die beiden drücken ihre Zigaretten an der Mauer aus und machen sich auf den Weg.

*

Es ist beste Abendbrotzeit, als die beiden Kriminaler vor der Tür der kleinen Wohnung der Henkes stehen. Der Kriminalassistent läutet. Man hört Schritte hinter der Tür, schwere, langsame Schritte, dann öffnet ein Mann die Eingangstür. Obwohl die beiden Besucher normal aussehen – mit Anzug, Hut, weißem Hemd und dezentem Binder –, ist ihnen der Kriminaler schon von Weitem anzusehen. Vielleicht ist es die Haltung, wahrscheinlich aber eher der Umstand, dass Nikolaus Henke, der Sohn des Hauses, seit einem Tag überfällig ist und niemand weiß, wo er abgeblieben sein könnte. Solche Situationen hasst Franz Reinicke mehr als alles andere. Er sieht die folgenden Minuten schon vor sich. Eine schluchzende Mutter, ein Vater, der sich krampfhaft den Schmerz verbeißt und vielleicht noch ein jüngeres Geschwisterteil, das nicht wirklich kapiert, was vor sich geht, aber den Eltern in ihrem Leid helfen möchte. Und genau so kommt es auch. Es gibt keinen Weg, solch eine Wahrheit schonend beizubringen. Tot ist tot. Franz Reinicke erzählt die Geschichte ohne viel zu beschönigen, nennt aber auch nicht alle grausigen Details. Nikolaus Henke wurde auf einer schäbigen Bahnhofstoilette erstochen, und die Polizei hat keine Ahnung, wer der Mörder ist.

Die Mutter bricht auf dem Sofa zusammen. Die jüngere Tochter wirft sich ihr in den Arm, und der Vater sitzt nur stumm auf dem Stuhl daneben und starrt auf den Boden. Jetzt kommt der widerlichste Teil der Polizeiarbeit. Anstatt den armen Menschen einfach ihre Ruhe zu lassen, damit sie sich ihrer Trauer hingeben können, müssen sie die ersten Fragen stellen.

»Herr Henke«, beginnt Reinicke die Befragung. »Wir müssen uns einige Fakten bestätigen lassen, und danach müssen wir leider noch ein paar Fragen zu ihrem verstorbenen Sohn stellen.«

Beim Wort »verstorbenen« zuckt der Vater zusammen und die Mutter beginnt erneut aufzuschluchzen. Aus der werden sie heute nichts mehr herausbekommen. Aber die Aussagen des Vaters genügen einstweilen. Sie müssen schnell die dringendsten Fragen loswerden und dann nichts wie weg. Egal, was sie erfahren, die beiden werden sich heute eine Flasche Schnaps und ordentlich Bier gönnen.

Die ersten Auskünfte gehen wie üblich um das geboren wann und wo, welcher Beruf und so weiter. Der Vater stammt aus einer Berliner Arbeiterfamilie, ist Elektriker und bei AEG angestellt. Es gibt keine offensichtlichen Auffälligkeiten in seinem Lebenslauf. Die Mutter stammt aus dem schlesischen Oppeln und ist im Alter von fünf Jahren nach Berlin gekommen. Eine geborene Silbermann.

Reinicke blickt zu Theo Wolf und zieht eine Augenbraue hoch, während er den Vater fragt: »Ihre Frau ist Jüdin?«

»Nein, sie ist konvertiert. Aber wir machen uns nichts aus Religion. Ich bin Sozialdemokrat, schon vor dem Krieg gewesen, das war mir wichtiger als das Kirchengerenne. Dass Sarah jüdisch ist, war mir immer völlig egal. Damit alles seine Ordnung hat, ist sie zum evangelischen Glauben übergetreten. Wir feiern Weihnachten und Ostern, aber ansonsten sind wir nicht religiös.«

»Hat ihr Junge Feinde gehabt?«

»Nein, nicht dass ich wüsste«, gibt der Vater an. »Donnerstagnacht kam er nach Hause, halbnackt und mit versohltem Hintern. Er musste sich nachts durch die Straßen stehlen, damit ihn niemand anhält. Ein paar SA-Männer haben ihn drangekriegt und ihm ordentlich was mitgegeben. Aber das kann doch jedem passieren.«

»Jedem?«, fragt Wolf ungläubig nach.

»Na ja, wir sind halt beide im Reichsbanner aktiv. Da kann es schon mal rumpeln. Neulich haben wir einen SA-Mann erwischt und kräftig vertrimmt. Kein Wunder, dass die Rache nehmen, wo sie nur können. Zumal wir in den Betrieben die

Mehrheit haben und sie dort nicht an uns rankommen. Also probieren sie es halt auf der Straße. Aber Feinde, ich meine, persönliche Feinde, hatte mein Junge nicht.«

Reinicke ist erleichtert, dass die Wunden auf dem Hintern des Opfers nicht die Bedeutung haben, die Dr. Berger angedeutet hatte. Hoffentlich vereinfacht das die Ermittlungen.

»Hat er irgendwas von seiner Arbeit erzählt? Gab es Spannungen oder Ähnliches?«, will er wissen.

»Nein«, meint der Vater. »Es war zwar manchmal nicht einfach, vor allem im Winter auf dem zugigen Bahnsteig, aber Nikolaus hat gerne dort gearbeitet. Er war nett zu den Leuten, und sie haben ihn gemocht. Ich habe nie etwas Schlechtes über ihn gehört.«

»Gut, dann werden wir es einstweilen dabei belassen«, beendet Franz Reinicke das Gespräch. »Wir melden uns in den nächsten Tagen wieder bei Ihnen, wenn wir den Fall genauer überblicken können.« Er steht auf. »Bemühen Sie sich nicht, wir finden allein hinaus.«

*

Sie steuern eine schäbige Kneipe in der Mulackstraße an. Die beiden Kriminaler wollen heute nicht mehr zum Alex zurück. Sie setzen sich in eine dunkle Ecke, wo ihnen niemand zuhören kann, und wälzen Gedanken. Kurz darauf steht vor jedem eine Molle und ein randvoll gefülltes Schnapsglas.

»Prost!«

Die Schnäpse verschwinden in den Kehlen, dann wird das Brennen mit Bier gelöscht. Nach ein paar Schlucken sind die Gläser leer.

»Noch mal!«, ruft Wolf dem Theker zu.

Wieder bekommen sie zwei Bier und zwei Schnäpse hingestellt. Der Wirt räumt die leeren Gläser ab.

»Habt ihr was zu essen?«, fragt Reinicke nach.

»Wurst mit und ohne Kartoffelsalat«, kommt die Antwort.

Beide lassen sich Bockwurst »mit« machen, die mit dem dritten Bier gebracht wird. Allmählich tritt der Schrecken der vergangenen Stunden in den Hintergrund. Sie betrinken sich systematisch.

»Er war zwar kein Stricher, dafür aber halber Jude«, sinniert Theo Wolf. »Wenn es ein einziger Täter war, passt es dann besser ins Schema?«

»Vielleicht«, brummt Reinicke. »Soweit ich gehört habe, wird das Judentum durch die Mutter vererbt. Das müsste ich allerdings bei einem Rabbi genauer abklären. Keine Ahnung, ob das für unseren Fall wichtig ist, aber gibt ja hier in der Gegend zur Not genug, die ich mal vernehmen könnte.«

»Und?«, fragt Theo Wolf. »Was denkst du? War es jetzt derselbe?«

»Klare Antwort«, meint Franz Reinicke: »Jein!«

Beide lachen sarkastisch. Überhaupt lässt sich dieses ganze Elend nur im Alkohol ersäufen, findet Reinicke. Wer bei der Polizei ist und nicht trinkt, ist seiner Meinung nach wahrscheinlich ein Perverser. Der hat wohl Spaß an dem ganzen Blut. Jedem normalen Menschen wird das zu viel.

»Beschwer dich nicht«, meint Theo Wolf. »Du wolltest doch zur Mordabteilung.«

»Ja, weil ich mich bei den ganzen Diebstahlsgeschichten gelangweilt hab. Beim Mord geht es um was. Da ist Schluss mit lustig. Nicht so was wie: ›Ich klau und wander dafür ins Kittchen‹.«

»Und jetzt liegt einer in der Hannoverschen Straße, und wir haben keine Ahnung, ob der Täter schon mal gemordet hat«, setzt Theo Wolf nach.

»Zumindest hatte das Opfer vor ein paar Tagen Ärger. Ich versteh nicht, was die Politischen voneinander wollen. Sollen ihre Streitigkeiten doch bei den Wahlen ausmachen. Stattdessen kloppen die sich vorher den Schädel ein. Die SA und die Leute vom Reichsbanner sind schon ein komischer Verein. Rennen mit Fantasieuniformen durch die Straßen und grölen rum. Wenigstens haben sie den RFB verboten. Die waren ja die Schlimmsten von allen. Wenn ich nur an deren Hungermärsche denke. Wo die ganz verhärmt die Straßen entlanggekrochen sind und immer ›Hunger! Hunger!‹ gerufen haben. Schauderhaft.«

»Die SA kommt zackiger daher. Dafür schreien sie immer nach Recht und Ordnung und provozieren selber den Ärger. Alles Idioten. Prost!«

Sie kippen noch eine Runde Schnaps und Bier. Dann mutmaßen sie weiter über den möglichen Täter.

»Wenn es ein SA-Mann war, der den Nikolaus Henke – warum auch immer – abgestochen hat, wäre es ein politischer Mord. Glaubst du aus dieser Sichtweise, es könnte derselbe Täter wie beim Pfandleiher Eppstein gewesen sein?«

»Niemals«, stößt Reinicke im Brustton der Überzeugung aus. »Ein SA-Mann beim Juden ... Aber andererseits sind unter den Toten verdammt viele jüdischen Glaubens. Eine Prostituierte bietet sich als Mordopfer natürlich immer an. Entweder Eifersucht oder sie schafft nicht genug Geld ran oder ein anderer spannt sie gerade aus oder, oder. Gründe gibt es da genug. Daher hätte ein Stricher gut dazu gepasst.«

»Auf die kommenden Ermittlungen. Auf dass wir den Mistkerl dingfest machen«, hebt Theo Wolf seinen Bierkrug.

»Darauf stoßen wir an!«, prostet Franz Reinicke zurück.

*

Er schreckt aus dem Schlaf hoch. Ihm ist übel und es dreht sich alles. Dann muss er sich übergeben. Reflexartig zieht er den Nachttopf unter dem Bett hervor und erbricht sich hinein. Anschließend geht er zum Waschtisch hinüber und nimmt einen Schluck aus dem Krug. Er spült den Mund aus, und spuckt das Wasser dem Erbrochenen hinterher. So ging es schon im Krieg. Die ersten Tage nach jedem Nahkampf waren die Schlimmsten. Da kamen in den Nächten immer wieder die Gesichter der Toten hoch. Das ist bis heute so geblieben. Emil Bachmann beugt sich über die Waschschüssel und füllt sie aus der Kanne. Anschließend wäscht er sich mit dem kalten Wasser ab. Seine Dachwohnung hat sich während der ersten schönen Tage des Jahres ordentlich aufgeheizt. Komisch, denkt Emil. Im Sommer zu heiß, im Winter zu kalt. Ein Mittelding wäre das Richtige.

Langsam geht es ihm besser. Warum musste dieser Bengel ihn auch wiedererkennen. Die Polizei auf den Bahnsteigen macht Emil nervös. Was hat die da nur so lange zu suchen? Der Junge ist tot, aus, Amen. Wenigstens einer vom Reichsbanner weniger. Schade, dass es keiner von der Kommune war. Das miese Pack würde ihm auch keine Träne nachweinen. Emil zündet sich eine Zigarette an. 3 Uhr früh zeigt sein Wecker. Er öffnet das kleine Dachfenster, um den Rauch abziehen zu lassen.

Nein, denkt er. Wir sind die Sozialisten der Tat. Wir tun etwas gegen das Elend der Arbeiter. Der Eppstein, was ein mieser Schacherer. Und jetzt der Kleine, schon so jung auf der Straße unterwegs. Was wohl aus dem geworden wäre? Ein mieser Hetzer, ein Aufwiegler. Emil kennt die Visagen, von 1918 und 1919. Als sie sich auf den Straßen herumgetrieben haben, zu Tausenden. Jetzt sind sie wieder wie die Ratten in ihren Löchern verschwunden, in den Betrieben, wo sie weiterwühlen und so dem deutschen Volk den Atem abschnüren. Nicht genug, dass die ausländischen Finanzjuden mit ihren Young- und Dawes-Plänen das Reich aussaugen. Auch von innen droht Gefahr. Darum ist Emil jeden Tag bereit auf die Straße zu gehen. Um selbst ein Stück an dem kommenden Dritten Reich zu bauen.

KAPITEL 14

Berlin, Samstag, 29. Juni 1929

»Nichts!« Franz Reinicke haut auf den Schreibtisch. »Der Fall ist kalt! Da kommt einfach jemand daher und sticht einen Gepäckjungen auf dem Bahnhof ab, und niemand sieht etwas. Wir haben keine Zeugen, keine Spuren, nur eine Leiche, die uns nicht weiterbringt.«

Die Sekretärin steckt erschrocken den Kopf zur Tür herein. Solchen Lärm ist sie vom Kriminalkommissar nicht gewohnt.

»Beruhige dich doch«, versucht Kriminalassistent Wolf die Lage zu entspannen.

»Ich wollte die ganze Zeit nicht davon anfangen, aber es ist wie damals beim Eppstein!«

»Was hat Gennat zu der Theorie von dem einzigen Täter gesagt?«, fragt Wolf nach.

»›Kann sein, kann nicht sein‹, hat er nur gemeint. Wie damals beim ersten Fall. Nur stehen wir jetzt zum zweiten Mal ohne Mörder da.«

»Das ist natürlich auch schlecht für die Aufklärungsquote«, lässt sich die Sekretärin aus dem Nebenzimmer vernehmen.

»Ich pfeif auf die Quote«, faucht Reinicke zurück, sodass sie verschreckt den Kopf einzieht.

»Ich will den Drecksack haben, der durch die Gegend zieht und einfach 17-jährige Jungs absticht. Nicht für irgendeine Quote, sondern einzig und allein, weil ich es will – damit ich meine innere Ruhe zurückfinde. Denn ich weiß, solange ich ihn nicht habe, rennt er draußen rum und macht die Nächsten platt. Mir ist egal, ob er ein 175er ist oder sonst wie pervers oder ob er es einfach nur aus Spaß tut. Das interessiert mich nicht, ich will ihn hinter Gittern sehen und dann soll seine Rübe runter, damit ich mich nie wieder mit ihm herumärgern muss.«

Theo Wolf kennt seinen Franz Reinicke. Wenn nichts vorangeht, wird er gereizt. Aber meist kommt er dann auf Ideen, wodurch sich neue Möglichkeiten ergeben.

»Also, wenn du mich heute nicht mehr brauchst, würde ich nach Hause gehen«, leitet der Kriminalassistent seinen Feierabend ein.

»Ja, ja, geht nur. Ich stöber noch ein wenig in den Akten herum«, kommt gereizt die Antwort.

Die Sekretärin hat das Gespräch mitgehört und macht sich ebenfalls rasch aufbruchbereit.

»Bis Montag«, kommt es unisono von den beiden. Im nächsten Moment klappt die Bürotür und Franz Reinicke ist allein. Er legt die Füße auf den Schreibtisch, wie er es sonst nur aus den amerikanischen Filmen im Kino kennt und was normalerweise für einen preußischen Beamten völlig undenkbar wäre. Er zündet sich eine Juno an, zieht den Rauch tief in die Lungen und stößt ihn langsam, nachdenklich wieder aus. Auf dem Alexanderplatz sieht er Lichtreklamen aufleuchten. Das Surren und Bimmeln der Elektrischen dringt gedämpft durch sein Fenster. Draußen hetzen die Menschen hin und her, nicht ahnend, welchen schweren Gedanken Franz Reinicke nachhängt.

Nach einigen Minuten dämmert in ihm langsam ein Plan. Das könnte klappen. Er setzt sich auf und holt noch einmal bestimmte Akten hervor. Aus diesen sucht er sich verschiedene Mosaiksteinchen an Informationen heraus. Er schreibt die Angaben auf kleine Zettel. Schon bald ist der ganze Schreibtisch mit Unterlagen und Schmierzetteln bedeckt. Nach einer Stunde hat er alles notiert, was er benötigt. Er steht auf, greift nach Hut und Mantel und verlässt das Büro.

*

»Wenn du mich brauchst, such nach mir bei Adam in der Grenadierstraße. Den Adam wird es immer geben.« Damals im Unterstand, nachdem Franz Reinicke notdürftig verbunden worden war, hat ihn sein Kamerad Schorsch mit diesen Worten verabschiedet. Reinicke hatte ein Splitter im Oberschenkel getroffen. Nichts Schlimmes, aber er kam nicht mehr zu seiner Einheit zurück, bevor der Krieg zu Ende war. Jetzt ist es an der Zeit, auf dieses Angebot zurückzukommen.

Er geht über den Alexanderplatz, der eine riesige Baustelle geworden ist. Sie bauen an der U-Bahn und graben gleich den ganzen Bereich um. Sandhaufen türmen sich überall, Bretter und Schienenstücke liegen verstreut herum. Ein Bauzaun aus Latten lenkt die Fußgängerströme. Durch die Alexanderstraße gelangt er in die Münzstraße, ins Scheunenviertel – eine Arme-Leute-Gegend mit Mietskasernen. Dann biegt er in die Grenadierstraße ein. Es ist dämmrig geworden, und mit der einsetzenden Dunkelheit wachsen die Mädchen wie Pilze aus dem Kopfsteinpflaster. Überall stehen sie herum und bieten ihre Dienste an.

Er fragt sich durch nach Adam und kommt sich reichlich blöd dabei vor. Allein mitten in der Nacht als Polizeibeamter durch das Viertel mit dem schlechtesten Ruf zu streichen und nach jemandem zu fragen, dessen Namen er vor über zehn Jahren einmal gehört hat. Aber Adam scheint ein fester Begriff zu sein.

»Wo finde ich den Adam?«, fragt er eine der Herumstehenden.

»Der steckt in seiner Eva«, erwidert das Mädchen, und die herumstehenden Nutten brechen in ein raues, wieherndes Gelächter aus. Zum Glück folgt noch eine halbwegs präzise Beschreibung, wie denn diese Eva zu finden sei.

Eva entpuppt sich nicht als Mensch, sondern als Kaschemme, wie ein Holzschild über der Tür verrät. Darunter steht der Name gleich noch mal auf Jiddisch, damit sich jeder eingeladen fühlt. Als Franz Reinicke den Laden betritt, fällt er mit seiner Kleidung sofort auf. Er hofft, dass ihn die Anwesenden nicht als Polizisten erkennen, sondern ihn für einen Touristen halten, der die verruchte Luft des Kiez schnuppern möchte. Hinter dem Tresen steht der Wirt und mustert ihn.

»Ein Dichterling kreuzt meinen Weg!«, grölt ein Besoffener, der gerade das Lokal verlassen will, und nimmt Reinicke in den Arm. Der wehrt sich gegen das nach Alkohol stinkende Wesen, doch der Mann entwickelt erstaunliche Kräfte.

»Aber, Aber!«, ruft er noch, ehe es Reinicke zu dumm wird und er ihm gezielt gegen das Schienbein tritt. Ein unterdrückter Schmerzensschrei ertönt, dann kann er sich losmachen. Mit einem raschen Griff überzeugt er sich, dass seine Brieftasche und die Pistole noch an den richtigen Stellen sitzen.

»Ich such den Adam«, sagt er zum Wirt.

»Da sin se mittenmang.« Der Dicke stützt sich mit beiden Armen auf der Theke ab, beugt sich vor und grinst Franz Reinicke überlegen an.

»Und, wer ist nun der Adam?«, hakt der nach.

»Na, dat bin ick. Ick bin der Adam, weil ick überall der Erste bin«, gibt er die einleuchtende Erklärung ab und lacht sich über seinen eigenen Witz halb tot.

Reinicke blickt ihn verächtlich an und sagt eisig: »Ich brauch was vom Apachenschorsch!«

Der Wirt zuckt zurück. Auf einmal ist er wie ausgewechselt. Das dumme Grinsen verschwindet aus seinem Gesicht.

»Jawoll«, kommt es zackig. Sofort wird Franz Reinicke mit viel »Bitte schön« und »Danke auch« in den hinteren Teil der Kneipe in ein Séparée gebracht und ihm ohne Aufforderung ein Bier vor die Nase gestellt.

»Trude, kümma dich ma um den Herrn, leiste dem ma Jesellschaft«, befiehlt der Wirt.

Ein blondes Mädchen mit Kringellöckchen und Engelsgesicht schiebt sich neben Reinicke auf die Bank. Der Lippenstift ist knallrot und das Rouge zu üppig aufgetragen. Sie trägt ein dünnes Kleid aus gestreiftem Kattun und sieht verloren darin aus. Der Wirt stellt auch für sie ein Glas auf den Tisch, ehe er den Vorhang zuzieht und verschwindet.

Franz Reinicke sitzt erstaunt vor seinem Bier. Mit dieser Reaktion hat er nicht gerechnet. Er nimmt einen Schluck. Trude rückt näher an ihn heran und fängt an, seinen Arm zu streicheln. Erst will er sie wegschubsen, doch dann besinnt er sich anders und sie darf weitermachen.

»Wo treibt sich denn der Apachenschorsch rum?«, fragt er sie.

»Pst!«, macht sie und legt ihm den Zeigefinger auf die Lippen. »Nach dem verlangt man nicht. Der kommt, wenn's ihm passt, oder er lässt es bleiben. Aber alle wissen, dass man sich mit den Freunden vom Apachenschorsch verdammt gut stellen sollte. Denn so darf ihn hier fast keiner nennen. Und wenn einer mit Pistole unter dem Arm in diesen Laden kommt und ihn sprechen möchte, macht man, was der sagt.«

Franz Reinicke ist verdutzt. Anscheinend hält ihn hier keiner für einen Bullen, sondern für etwas ganz anderes. Aber seine Waffe muss er demnächst besser verstauen, wenn sie jeder auf den ersten Blick erkennen kann.

Er denkt zurück an den Krieg. Der Gefreite Georg Sewerin war keine furchteinflößende Gestalt gewesen. Irgendwann hatten sie ihn »Indianer« getauft, da er fast immer ein gebräuntes Gesicht hatte. Mit seinem schmalen Kopf und seiner leicht gebogenen Nase sah er durchaus ein bisschen wie ein solcher aus, auch wenn seine dunkelblonden Haare nicht ganz dazu passen wollten. Der Indianer wurde irgendwann aus einer Laune heraus zum Apachenschorsch, und dieser Name ist hängengeblieben.

Mittlerweile macht sich Trude etwas heftiger an Franz Reinicke zu schaffen, krault ihm den Nacken und legt ihre Wange auf seinen Arm. Er nimmt gerade einen Schluck Bier, als der Vorhang zum Séparée zurückgeschlagen wird.

Da steht der Apachenschorsch, älter zwar, aber auf den ersten Blick wiederzuerkennen. Die Fältchen um die Augen sind tiefer geworden und ziehen sich wie ein Spinnennetz über seine Schläfen, als er loslacht. »Franz, schön dich endlich mal hier zu sehen. Hast dich ja schon gut eingelebt. Du bist zwar nicht weit weg, drüben am Alex, aber uns trennen doch ganz schöne Entfernungen.«

Er wendet sich an Trude: »Zisch ab!«

Die Gute zieht einen Schmollmund, steht langsam auf und richtet sorgsam ihr Kleid. An Franz gewandt meint sie mit zweideutigem Unterton: »Ich wünsche den Herren noch einen schönen Abend – ohne mich.«

Als sie sich gebückt am Tisch vorbeischiebt, haut Schorsch ihr lachend mit der flachen Hand auf den Hintern.

»Autsch!«, fährt sie hoch und wirbelt herum, aber dann muss auch sie lachen.

»Freches Ding!«, Schorsch fasst ihr Kinn mit der Hand und drückt ihr einen Kuss auf die Lippen.

Sie fällt ihm in den Arm und japst: »Ja, ja! Ich will nur dich!«

Grinsend schiebt er sie beiseite. »Lass mal Erwachsene reden, darfst später wieder mitspielen.«

Als Trude verschwunden ist, nimmt Schorsch Platz. Augenblicke später steht auch ein Bier vor ihm. Die Männer sitzen eine Weile schweigend nebeneinander.

»Was führt dich zu mir, in mein Reich?«, fragt Schorsch schließlich. »Brauchst du Kokain oder eine Waffe, oder möchtest du ein Mädchen? Wenn dir übrigens Trude gefällt, kannst du sie mitnehmen, die geht aufs Haus. Oder bist du offiziell hier und darfst nicht?«

Schorsch mustert Franz von der Seite. Der zieht langsam seine Zigarettenschachtel aus der Tasche, nimmt sich eine Juno und steckt sie sich mit einem Streichholz an. Dann nimmt er einen Schluck Bier und fängt an zu erzählen. Während er berichtet, wird die Miene des anderen ernst. Er reibt sich häufig über die Nasenwurzel. Franz Reinicke berichtet von den beiden Mordfällen. Er erzählt seinem alten Bekannten, obwohl es eigentlich polizeiinterne Erkenntnisse sind, von seinen Gedanken und Schlussfolgerungen. Er berichtet von der toten Prostituierten im Jahr 1922 und was er davon hält, von dem Pfandleiher und dem Gepäckjungen.

»Warum erzählst du mir das alles?«, fragt Schorsch.

»Ich glaube nicht, dass wir Kriminaler den Mörder fassen werden, wenn wir auf unsere Weise weitermachen. Wenn nach einem Mord nicht innerhalb einer Woche vernünftige Hinweise eingegangen sind, hat es sich meistens erledigt. Die beiden Fälle sind dermaßen kalt, da kommt nichts mehr bei heraus. Deshalb muss ich etwas ausprobieren, was ich als Kriminalbeamter nicht machen kann. Und dazu brauche ich deine Hilfe.«

»Normalerweise kostet bei uns jeder Gefallen etwas. Das ist eiserne Ganovenregel. Ich habe keine Ahnung, was du von mir verlangen wirst, und ich weiß auch noch nicht, ob ich dir helfen kann. Aber ich verstehe, warum du zu mir kommst, hier in die Eva, nachdem du zehn Jahre lang nicht aufgekreuzt bist. Dein Fall liegt anders, der geht uns alle an, und ich sage das nicht nur wegen des toten Mädels. Ich werde dir helfen, weil du es bist und weil du nicht für dich selbst bittest. Also schieß los, was du dir ausgedacht hast.«

Franz Reinicke erzählt ihm seinen Plan und beide finden ihn gut. Sie feilen noch ein bisschen an den Details, aber dann steht er.

Schorsch fängt an, seine Beziehungen zu nutzen, und organisiert. Laufburschen erscheinen im Séparée, erhalten Befehle und verschwinden wieder. Die Stimmung ist aufgekratzt. Reinicke macht das Ganze sogar Spaß. Auch Trude darf wieder reinkommen und setzt sich kokett auf seinen Schoß. Er will sie erst beiseiteschieben, aber ein strenger Blick von Schorsch trifft ihn.

»Mach jetzt bitte nicht einen auf Moral. Wer mit mir in denselben Graben scheißt und im Mannschaftspuff vögelt, der kann auch mein Mädel in den Arm nehmen. Außerdem ist die Gute sauber, darauf achtet nicht nur die Sitte im Präsidium, sondern auch ich höchstpersönlich. Was heute hier passiert, bleibt unter uns, das eine wie das andere. Also greif zu und fühl dich wie zu Hause.«

*

Ratsch macht die Maschine. Ein satter, schmatzender Ton. Die Gummiwalzen rollen über den Teller mit Farbe. Die Boston-Tiegelpresse ist eine solide Konstruktion, die jedem Drucker Freude macht. Hier, unter den Stadtbahnschienen, müssen sie eine Nachtschicht einlegen, während alle paar Minuten ein Zug über sie hinwegrumpelt. Die Räume liegen in einem Arkadenbogen der Hochbahn. Sie sind der Sitz des Wotan-Verlags, spezialisiert auf Propaganda, esoterische Traktate und antisemitische Pamphlete. Er hat seine Marktnische gefunden.

Der Drucker legt einen neuen Bogen blutrotes Papier in die Aufnahme ein und zieht den Handgriff nach unten. Wieder ist ein Plakat fertig. Vorsichtig nimmt er es heraus und legt es zum Trocknen auf die Seite. Die halbe Lieferung hat er schon fertig.

Die Sendung muss heute raus, Spezialauftrag, sie soll in dieser Nacht noch an die Wände geklebt werden. Die Kolonnen der Plakatierer stehen schon bereit, der Tapetenkleister ist in Eimern angerührt und die Besen zum Festdrücken haben sie wie Gewehre geschultert dabei.

Ratsch, wieder ein Plakat.

Ratsch.

Ratsch.

*

Berlin, Sonntag, 30. Juni 1929

»Mach auf, mach sofort auf!«

Hysterisches Gekreische erschallt vor seiner Zimmertür. Es ist früher Morgen. Das Tschilpen der Vögel dringt widerlich laut an seine Ohren, und Emil spürt ein leichtes Brummen in seinem Schädel. Es war ein lustiger Abend gestern.

Er schiebt sich in Unterwäsche aus dem Bett und öffnet die Tür.

Seine Schwester Ilse hastet herein. Ihr Blick ist unstetig, flackernd – irre –, denkt Emil bei sich. Sie stürzt auf ihn zu. »Da! Da!« Sie hält ihm einen Haufen blutroter Papierfetzen entgegen.

»Was ist das?«, fragt Emil.

»Überall sind die! Überall!«

»Ja, aber was ist das denn?«

»Überall hängen die rum. Ich habe abgerissen, was ich nur konnte!« Ilses Fingernägel sind abgebrochen, schartig, voller roter Krümel. »Die hängen überall! Lies was drauf steht. Emil, die suchen dich!«

Emil schiebt die größten Fetzen zusammen. Es gelingt ihm, das Plakat so zusammenzusetzen, dass er es lesen kann.

?

Es treibt sich um: ein

☞ *Mörder* ☜

✠ *Ruth Stern*
Prostituierte, Wrangelstraße,
erstochen am 23. November 1922

✠ *Abraham Eppstein*
Pfandleiher, Reichenberger Straße,
erstochen am 18. April 1928

✠ *Nikolaus Henke*
Arbeiter, Görlitzer Bahnhof,
erstochen am 7. Juni 1929

Mörder, wer kennt dein Gesicht?
Mörder, wir kriegen dich!
Helft zusammen Groß und Klein,
sonst wird einer von euch
der Nächste sein!

Meldet euer Wissen der Kripo am Alex!

»Du warst das!«

»Nein!«

»Warst du es nicht?«

»Nein!«

»Du hast auch den Dr. Löwenthal in Königs Wusterhausen auf dem Gewissen. Der wurde erstochen, kurz nachdem du aus dem Feld gekommen bist.«

Emil schluckt hart.

»Ich hab es dir schon im Garten angesehen, damals, als ihr euch dort getroffen habt und der Schweine-Willi die Geschichte erzählt hat. Ich hab's nur nicht wahrhaben wollen. Und die Ruth Stern war dein Mädel. Kurt hat mir von ihr erzählt. Du hast dich von ihr getrennt, und einen Tag später ist sie tot.«

Emil schaut ratlos auf das Plakat.

»Der Abraham Eppstein wurde von einem SA-Mann ermordet. So geht ein Gerücht im Viertel. Die haben einen von der SA gesehen. Und den Arbeiter am Görlitzer Bahnhof habt ihr verdroschen. Das hat mir auch Kurt erzählt. Sag mir, dass du nichts damit zu tun hast.«

Emil räuspert sich.

»Emil! Du hast die alle abgestochen, gib's zu!«

»Ja.«

»Was?«

»Ja, ich war es.«

»Emil! Bist du irre? Du kannst doch nicht lauter Menschen einfach erstechen.«

»Doch.«

»Doch? Wen hast du noch umgebracht, sag es mir. Du kannst doch nicht lauter Menschen einfach erstechen. Emil!«

»Es waren nur die vier.«

»Nur?! Emil, du bist eine Bestie. Rennst durch die Straßen und bringst Leute um. Und ich bin im fünften Monat schwanger, vielleicht bekomme ich auch so ein Monster wie dich. Dein Blut ist unrein. Du bist ein Mörder! Der Mörderonkel von meinen Kindern.«

»Ilse, bleib ganz ruhig. Es weiß doch keiner.«

»Es weiß die ganze Welt! Heute Morgen geh ich aus dem Haus zur Kirche und das ganze Viertel ist vollgekleistert mit den Plakaten. Ich hab die Kinder heimgeschickt und alles abgerissen, was ich in die Finger kriegen konnte. Der Leim war noch nicht einmal trocken. Emil! Die kriegen dich, und dann köppen sie dich in der Plötze. Ich bin die Schwester von einem Mörder. Die schmeißen Kurt raus, und wir haben nichts mehr zu fressen. Und du bist dann auch noch tot.« Ilse fängt an zu weinen. Ihr ganzer Körper wird unter Krämpfen geschüttelt. Sie ballt die Hand zur Faust und schlägt immer wieder Emil gegen die Brust. Dabei schluchzt sie: »Mörder, Mörder ...!«

Emil steht hilflos da und lässt es über sich ergehen. Langsam wird Ilse ruhiger.

»Magst du was trinken?«, fragt Emil.

»Was trinken?«, erwidert Ilse irritiert.

»Ich hab einen Schnaps da, der wird dir guttun«, sagt Emil und angelt eine Glasflasche hinter dem Bett hervor.

»Emil bist du verrückt? Ich bin schwanger!«

»Ach so.«

Emil will die Flasche wieder wegstellen, da greift Ilse danach.

»Gib schon her.«

Sie öffnet den Korken und setzt die Flasche an, trinkt lange, tiefe Schlucke.

»Ilse!«

»Lass mich doch. Vielleicht stirbt es ja. Dann brauch ich keine Mörderbestie auszutragen.«

Emil reißt ihr die Flasche weg.

Ilse springt auf und funkelt Emil an. »Du hast unser Leben versaut. Ich hoffe, du bist wenigstens stolz drauf!«, schreit sie und stürzt aus dem Zimmer.

*

Emil hat den ganzen Tag wie ein Tiger im Käfig verbracht. Nachdem seine Schwester weg war, hat er nichts mehr hinbekommen. Zu Mittag hat er sich angezogen und ist aus dem Haus gegangen, aber auch in den Straßen hat er sich nicht wohlgefühlt. Es war ihm, als würde er ständig beobachtet werden. Die Plakate hat er auch gesehen, aber den Text hat er nicht erneut durchgelesen. Seit heute Morgen verfolgt es ihn:

Mörder, wir kriegen dich!

Mörder – nein. Es war Notwehr. Es waren Volksschädlinge der übelsten Sorte. Eine Prostituierte, Jüdin, ein Wucherer, Jude, ein Arzt, Jude, Ausbeuter, ein Novemberverbrecher. Wir belagern die Festung der Staatsfeinde. Das merken sie endlich. Sie wehren sich. Mit lächerlichen Plakaten. Nur die SA hat den Mumm, auf die Straße zu gehen und sich blutige Köpfe zu holen. Der Glaube an Deutschland – jede Regung drückt es aus –, wir sind angetreten, die zukünftigen Herren Deutschlands zu sein!

Was sich Emil einredet, gibt ihm Kraft und beseitigt seine Zweifel.

Wieder zu Hause legt er sich hin, um ein Nickerchen zu machen.

Doch lange währt die Ruhe nicht. Erneut pocht es an der Tür.

»Emil, komm schnell!«

»Was ist los?«

Emil schlüpft in ein Hemd und streift die Hosenträger über. Kurts Nachbar steht vor der Tür.

»Was treibt dich denn zu mir hoch?«, fragt Emil erstaunt.

»Emil, komm mit, deine Schwester hat sich umgebracht«, schreit der Nachbar ihn an.

Emil ist entsetzt. Was ist mit Ilse los? Gemeinsam stürzen sie die Treppe runter und ins Vorderhaus. In der Küche sitzt, liegt eher, Kurt am Tisch mit geröteten Augen, ist apathisch. Vor dem Herd kniet Ilse und hat den Kopf in der Backröhre stecken. Tot. Vergiftet mit Stadtgas. Die Hände hängen schlaff auf den Boden.

Der Nachbar hat geistesgegenwärtig das Gas abgedreht und die Fenster aufgerissen. Die Kinder hat er zu einer anderen Familie geschickt. Jetzt versucht er zu helfen, aber hier kann keiner mehr was tun. Kurt ist völlig in sich zusammengesunken. Sein Kopf liegt auf den Armen und man hört ihn schwer atmen.

»Ich hol einen Arzt und die Polizei«, flüstert der Nachbar und sieht zu, dass er diesen grausigen Ort des Verderbens und der Trauer einstweilen hinter sich lassen kann. Der ganze Raum stinkt, trotz Lüften, immer noch nach Knoblauch. Es ist ein widerlich schwerer Geruch, der vom Gas kommt und der einem übel werden lässt.

Emil tritt zu der Toten hin und legt ihr die Hand auf den Rücken. Sie fühlt sich nicht anders an, als wenn sie leben würde. Dann fällt sein Blick auf den Fußboden. Halb unter den Herd gerutscht sieht er einen Briefumschlag. Er greift danach und zieht ihn hervor. Außen ist er beschriftet. Mit zittriger Schrift hat sie »Ilse Jablonsky« darauf geschrieben. Er blickt in den Umschlag hinein, die Lasche ist nur eingeschoben, er spreizt ihn mit den Fingern auf. Ein Brief von ihr. Zeile um Zeile wurde in ihrer Handschrift geschrieben. Plötzlich hört er draußen Stimmen. Schnell schiebt er sich den Umschlag unters Hemd.

Der Doktor kommt kurze Zeit später herein. Es ist der Hausarzt, bei dem die meisten Leute des Viertels in Behandlung sind. Er kennt die Jablonskys. Er tritt an die Leiche heran und sucht nach Lebenszeichen. Dazu zieht er den Körper aus der Backröhre heraus und legt ihn auf den Boden. Emil hilft dabei. Ilses Mund klappt auf und ein deutlich nach Stadtgas und Schnaps riechender Schwall Atemluft kommt ihm entgegen. Die Haut des Gesichtes und der Hals sind rosig hell, sie sieht aus wie frisch gebrüht. Die Augen sind blutunterlaufen. Der Arzt schließt sie. Kein Puls ist zu fühlen, kein Atem beschlägt den kleinen Spiegel, den er Ilse unter die Nase hält.

»Klarer Selbstmord«, kommentiert er. »Hat eigentlich keinen Sinn auf die Polizei zu warten, ich stell den Totenschein gleich aus.«

Er setzt seine Tasche auf dem Küchentisch ab und kramt nach dem Formular. Doch inzwischen trifft auch die Polizei ein. Der Wachtmeister schaut erst auf den Backofen, dann auf die Leiche. Vorsichtig schließt er die Backofenklappe und sieht den Arzt fragend an.

»Selbstmord mit Stadtgas. Eindeutig. Habe keine Anzeichen für Fremdverschulden gefunden. Die Leiche lag unberührt im Backofen, ich musste sie herausnehmen«, erläutert dieser.

»Gibt es einen Abschiedsbrief?«, fragt der Wachtmeister und sieht sich im Raum um.

Emil atmet extra flach, damit der Brief kein Knistern hervorruft. Die Umstehenden würden es wahrscheinlich gar nicht hören, aber die Berührung des Briefs mit seiner Haut lastet schwer auf ihm.

»Nein, ich habe keinen gefunden«, erwidert der Arzt.

»Das ist nicht ungewöhnlich«, antwortet der Polizist. »Wir erleben in diesen Zeiten reihenweise Selbstmorde. Seit dem Krieg geht das so. Ich habe schon alles gesehen: erhängt, erschossen. Frauen nehmen am liebsten Gas, da soll man nichts spüren. Manchmal verfassen die Leute dann ganze Romane, manche schreiben nur ›Tschüss, dein soundso‹ auf einen Zettel und einige hinterlassen gar nichts.«

Er wendet sich an Kurt Jablonsky, der immer noch auf der Bank sitzt und wie unbeteiligt wirkt. »Sie sind der Ehemann?«

Kurt hebt den Kopf an und nickt.

»Und Sie?«, wendet sich der Wachtmeister an Emil.

»Ich bin der Bruder. Ich wohne im Hinterhaus. Emil Bachmann.«

»Gut«, schnaubt der Polizist. Auch er muss eine Akte anfertigen und nimmt dazu die Lebensdaten der Verstorbenen, des Ehemanns und des Bruders auf. Der Nachbar soll noch als Zeuge aussagen. Anschließend kommt der Wachtmeister zu den Fundumständen.

»Sie haben sie aufgefunden?«, wendet er sich an Kurt.

Der antwortet mühsam, stockend: »Ich war mit den Kindern im Garten. Ilse wollte nicht mit uns kommen. Als ich wieder heimkam, habe ich sie tot da liegen sehen. Wäre ich nicht weggegangen, würde sie noch leben.«

»Jetzt machen Sie sich mal keine Vorwürfe. Wer sich wirklich umbringen will, der schafft das auch. War Ihre Frau denn in der letzten Zeit seelisch aus dem Gleichgewicht oder so was?«

»Was meinen Sie damit?«, fragt Kurt zurück.

»Na, hat sie viel Schlaf gebraucht oder gejammert oder wurde ihr der Haushalt zu viel, solche Sachen halt.«

»Ja, sie hat viel geschlafen. Aber sie war ja auch schwanger. Und die Kinder haben sie ziemlich auf Trab gehalten.«

»Gut, das schreibe ich genau so ins Protokoll. Störungen des Wohlbefindens aufgrund von Schwangerschaft, Schwächeanfälle, seelisch labil und wechselnd. So werden Sie keine Probleme kriegen. Der Leichnam wird normalerweise innerhalb kürzester Zeit für die Bestattung freigegeben. Mein tief empfundenes Beileid. Ich darf mich empfehlen.«

Auch der Arzt macht Anstalten aufzubrechen. »Sie legen sich jetzt ins Bett«, befiehlt er noch. Er verabreicht Kurt ein Schlafmittel und überwacht, dass er sich im Schlafzimmer auch wirklich hinlegt. »Und kommen Sie mir ja nicht auf irgendwelche Dummheiten. Ein Unglück in der Familie ist genug. Morgen sieht die Welt schon wieder anders aus.« Er streicht die Decke über ihm glatt und verlässt mit Emil den Raum.

»Und Sie gehen jetzt zum Bestatter und sorgen dafür, dass die Leiche fortgebracht wird. Die Kinder müssen einstweilen bei den Nachbarn unterkommen. In ein paar Tagen hat sich alles wieder ein bisschen eingespielt.«

Emil bleibt mit seiner toten Schwester im Raum zurück.

*

Endlich ist er wieder allein in seinem Zimmer. Den ganzen Nachmittag und Abend musste er herumflitzen. Erst hat er den Nachbarn abgewimmelt, der neugierig alles aus erster Hand erfahren wollte und nun wahrscheinlich munter im Haus herumtratscht. Dann hat er sich um die Kinder gekümmert. Die bleiben in den nächsten Tagen bei einer befreundeten Familie. Zum Schluss ist er zum Bestatter gegangen. Der war widerlich süßlich in seiner Art. Emil musste einen Sarg auswählen, eine Todesanzeige aufsetzen, die Leichenträger ins Haus führen und alles überwachen. Sterben ist wie ein Jahrmarkt, denkt sich Emil, ein bunter Rummel und jeder verdient daran.

Endlich ist alles erledigt. Emil setzt sich auf seinen Stuhl und zieht den Brief hervor. Es ist ein liniertes Blatt, mit krakeliger Handschrift auf Vorder- und Rückseite vollgeschrieben. Flecken, wahrscheinlich getrocknete Tränen, sind auf dem Papier verteilt. Der ganze Brief wirkt unordentlich und durcheinander. Emil beginnt zu lesen.

Ich kann nicht mehr. Ich mach Schluss. Ich will nicht mehr leben mit dem Schwein, das die Leute umbringt. Einen nach dem anderen, über Jahre hinweg. Die Polizei soll sich was schämen. Der macht, was er will, und keinen schert es. Wenn sie den erwischen, häng ich mit drin, dann kann ich mich nirgendwo mehr blicken lassen. Ich kann doch nicht weg mit dem Kurt, der hat doch Arbeit hier. Der hat schon als Kind nicht richtig funktioniert. Jähzornig war er und hat immer alle geschlagen,

die nicht seiner Meinung waren. Und jetzt ersticht er die Leute. Früher hat er Spaß dran gehabt, Tiere zu quälen. Die Katzen hat er ersäuft, wenn es zu viele waren. Keiner hat hinsehen können, nur er hat sich immer freiwillig gemeldet. Und mein großer Sohn Paul wird auch schon so. Ich hab solche Angst, dass er auch ein Mörder wird. Am liebsten würd ich ihn mit mir nehmen. Die Annemarie ist lieb. Aber der Paul, der ist roh und doof. Jedes Jahr wird es schlimmer. Der war schon im Bauch komisch. Bald kommt wieder eins, das genauso ist. Ich habe nur noch Angst. Und jetzt weiß ich das mit den Morden. Seitdem kann ich dem Paul nicht mehr ins Gesicht sehen. Und das in meinem Bauch geht nicht mehr weg, das wird sicher auch so ein Mörder. Ich würd ja beten, aber das hat mir noch nie was genutzt. Ich hab immer weggesehen. Ich hätte es wissen müssen. Schon seit dem einen Tag damals. Da hat er mich so komisch angesehen, da wusste ich, er war es. Das und das mit dem Mädel. Und jetzt ist alles noch viel schlimmer. Kurt, hau dem Kerl eines auf den Schädel, sonst wird es nie ein Ende nehmen. Ich liebe dich, Kurt, aber es geht nicht mehr.
Ilse

Emil sitzt starr da. Das mit den Katzen ist eine Gemeinheit, das stimmt gar nicht. Er hat es nie gern getan, aber keiner wollte es tun, und er hat immer einen Sechser dafür bekommen. Dann kann es doch nicht böse sein. Überall werden nur Lügen erzählt. In den Betrieben werden sie angelogen. In der Lügenpresse werden sie beschissen, und die SA wird schlechtgemacht und jetzt sogar noch in der Familie. Er kann der Ilse nicht böse sein, seiner lieben Ilse. Die hat die Lügen ganz krank gemacht, so krank dass sie daran gestorben ist. Er hat nicht richtig aufgepasst. Er hat mit Kurt auf der Straße gekämpft, sie dachten, zu Hause sei alles in Ordnung. Aber der faule Keim ist bis dorthin vorgedrungen. Hader und Zwist entzweien Mann und Frau. Jetzt hat Ilse es überstanden. Die gute Ilse.

Er sitzt auf seinem Stuhl mit dem Brief in der Hand. Der muss so schnell wie möglich weg. Er geht zum Kanonenofen und öffnet die Klappe. Schnell legt er den Brief hinein und hält ein Streichholz daran. Die Flammen züngeln an der Kante entlang, gelblich, bläulich. Das weiße Papier verfärbt sich erst schwarz, schließlich kräuselt es sich zusammen. Ein dünner Rauchfaden steigt auf. Der Brief existiert nicht mehr, er ist zu Asche vergangen. Und Emil beginnt bitterlich zu weinen über den Verlust seiner letzten Schwester, die ihm noch geblieben war.

KAPITEL 15

Berlin, Samstag, 6. Juli 1929

»Kurt macht das gut«, bemerkt Willi anerkennend. »Er lässt sich nichts davon anmerken, dass wir seine Frau erst vor Kurzem unter die Erde gebracht haben. Der ist ein ganz harter Hund.«

»Der war schon immer zäher, als er auf den ersten Blick aussieht«, gibt Emil zurück.

Sie stehen in SA-Uniform auf der Straße und rauchen; Zigarettenpause. Für heute ist ein Propagandamarsch angesetzt als Übung für den Reichsparteitag im August. Sturmführer von Wedow hat sich diese Woche von seinen Pflichten beurlauben lassen, da er in Ostpreußen eine Erbschaftsangelegenheit zu regeln hat. Daher vertritt ihn Scharführer Jablonsky.

Der Sturm 27 nimmt Aufstellung, voran Kurt, gefolgt vom Fahnenträger, danach kommen die übrigen SA-Männer in Dreierreihe. Heute marschieren sie ohne Watte. Seit der RFB verboten ist, haben die Provokationen und Schlägereien deutlich abgenommen.

»Im Gleichschritt – marsch!«

Der Trupp setzt sich in Bewegung. Sie zeigen Präsenz in ihrem Viertel. Nach einer halben Stunde biegen sie in die Wiener Straße ein, die breite Straße am Görlitzer Bahnhof, und steuern ihr Sturmlokal an. An der Ecke des Spreewaldplatzes, der von der Prunkfassade des Bahnhofs mit seinen zwei gelben Backsteintürmen beherrscht wird, steht verdächtig viel Ordnungsmacht herum. Ein Polizeioffizier tritt ihnen in den Weg.

»Halt!«, kommandiert er.

»Das Ganze – halt!«, gibt Kurt seinen eigenen Befehl.

Die Reihen kommen zum Stillstand.

»Die Veranstaltung ist vorbei, meine Herren. Der Marsch ist nicht genehmigt. Gehen Sie auseinander«, ruft ihnen der Polizist entgegen.

»Das geht nicht«, erklärt Kurt.

»Gehen Sie sofort auseinander. Das ist eine polizeiliche Anordnung!«

»Ich habe den Befehl zu marschieren, also marschiere ich«, erwidert Kurt stur.

Er dreht sich zum Sturm 27 um.

»Im Gleichschritt – marsch!«

Die Männer grinsen. Sie lassen den verdutzten Schutzpolizisten stehen und setzen ihren Zug einfach weiter fort. Kurt befiehlt das »Seeräuberlied«. Seit der jüdische Polizeivizepräsident, Dr. Bernhard Weiß, letztes Jahr zufällig in einer Demonstration von seinen eigenen Leuten verprügelt wurde, hat es ihr Gauleiter Dr. Goebbels, der schon die ganze Zeit systematisch gegen den Mann hetzt, in Umlauf gebracht. Es passt hervorragend zur Stimmung:

»Der mächtigste König von Groß-Berlin,
Das ist der Isidor Weiß,
Doch Dr. Goebbels, der ›Oberbandit‹,
Der macht ihm die Hölle schon heiß.

Die eigene Schupo, die knöpft ihn sich vor,
Man hört's bis zum Brandenburger Tor:
Er nennt sich zwar Dr. Bernhard Weiß,
Und bleibt doch der Isidor.«

Plötzlich überschlagen sich die Ereignisse. Die Trillerpfeifen der Schupos ertönen, und ein Trupp von etwa 20 Uniformierten stürzt sich, mit Gummiknüppeln bewaffnet, auf die SA-Männer. Die Polizisten sind richtig sauer, das merkt man. Erst wurde ihr Befehl missachtet und dann noch das üble Schandlied angestimmt. Es setzt empfindliche Hiebe. In der Seitenstraße stehen zwei Grüne Minnas geparkt. Dort hinein wird der ganze SA-Sturm wie Schafe zur Schlachtbank geprügelt. Widerstand ist zwecklos. Die Polizei wartet nur auf weitere Provokationen, um die Schusswaffen ziehen zu können. Angriff der SA auf die unschuldige Ordnungsmacht, das wäre die beste Schlagzeile für sie. Die SA war in der Vergangenheit schon mehrmals verboten worden, das schadet der nationalsozialistischen Bewegung mehr als alles andere. Also beißen die Männer die Zähne zusammen und lassen sich verhaften. Emil wird vorn im Wagen mit der Wange gegen das Trenngitter gedrückt, als immer weitere SA-Männer hinter ihm in das Abteil geschoben werden. Zum Schluss kann keiner mehr umfallen, so dicht stehen sie gedrängt. Die Tür fällt ins Schloss.

Der Transporter jagt Richtung Polizeipräsidium am Alex. Die Fahrt dauert nur wenige Minuten. Die Männer schwören sich gegenseitig darauf ein, Ruhe zu bewahren. So gut wie jeden SA-Mann in Berlin hat die Polizei schließlich schon einmal mitgenommen.

Der Wagen rumpelt durch den Eingang des Präsidiums und fährt in den riesigen Lichthof hinein. Der Fahrer setzt zurück und hält mit der Fahrzeugrückseite direkt vor einer Kellertreppe. Die Türen werden von zwei Polizisten aufgerissen:

»Endstation, die Herren. Bitte alles aussteigen!«, spotten sie.

Die Festgenommenen stolpern in den düsteren Schlund des Gebäudes, wobei die meisten noch eins mit dem Gummiknüppel übergezogen kriegen. Dann gehen sie durch einen kurzen Gangabschnitt und kommen anschließend in einen mit Maschendraht abgeteilten Käfig. Hier bleiben sie erst einmal. Ein Beamter sitzt draußen und beobachtet sie, wie eine Horde Affen im Zoo.

Sie sitzen auf Pritschen herum und begutachten ihre Verletzungen. Außer blauen Flecken haben sie nichts abbekommen. Die ersten Zigaretten werden angezündet. Wenigstens schreitet der Wächter nicht ein. Aber ewig hält diese Beschäftigung nicht vor. Ihnen wird mit der Zeit stinklangweilig.

Erst nach Stunden tut sich etwas. Jeweils zwei Mann werden von einem Aufseher herausgeholt und weggeführt. Es geht zur erkennungsdienstlichen Behandlung. Die Untersuchung findet in einem kalten, kargen Behördenzimmer statt. Ein Kriminalbeamter führt die erste Befragung durch. Eine Stenotypistin sitzt in einer Ecke des Raums und protokolliert: Name, Vorname, wohnhaft in usw. Danach werden die Taschen ausgeleert und alle Gegenstände aufgelistet. Was entfernt nach einer Waffe aussieht, wird konfisziert, der Rest zurückgegeben. Auf das fertige Protokoll kommen noch die Fingerabdrücke. Zum Schluss werden zwei Fotografien angefertigt, eine im Profil, eine frontal. Ein mit weißen Laken abgetrenntes, provisorisches Studio wurde dafür vorbereitet. Ein Stuhl mit einer Nackenstütze sorgt dafür, dass der Kopf in der richtigen Position bleibt. Ein greller Blitz, dann wird der Stuhl geschwenkt, ohne dass derjenige, der darauf sitzt, einen Finger krumm machen muss. Noch ein greller Blitz, das war's.

Es geht anschließend mit demselben Wachtmeister zurück, allerdings in einen anderen Hasenstall. Nach insgesamt acht Stunden ist der Aufenthalt endlich für alle überstanden und der Sturm abgefertigt. Jeder muss erneut in das erkennungsdienstliche Büro, um seine Entlassung zu unterzeichnen.

»Das nächste Mal macht ihr gleich, was man euch sagt, verstanden! Sonst bleibt ihr über Nacht hier!«, gibt ihnen ein Schupo mit auf den Weg. Die Sturmfahne wird von der Polizei einbehalten. Das schmerzt am meisten. Die SA-Männer werden in kleinen Grüppchen in die Freiheit entlassen und stehen nun in der Alexanderstraße verloren auf dem Bürgersteig herum, wo sie auf ihre Kameraden warten. Eine bettelnde alte Frau, die ihren Platz direkt vor dem Präsidium hatte, wechselt unauffällig die Straßenseite und beeilt sich zu verschwinden. Die schlechte Laune der SA-Männer liegt fast greifbar in der Luft.

*

Kurt hält sich ein bisschen abseits. »Pst, Emil. Ich habe noch einen Spezialeinsatz vor. Kommst du mit?«

»Klar, worum geht's denn?«

»Erkläre ich nachher. Wir nehmen noch Schweine-Willi und den Rudi mit. Den Rest des Sturms werde ich nach Hause schicken.«

Die beiden warten, bis endlich alle SA-Männer die Wache verlassen haben. Beim letzten Schwung sind Willi Albrecht und Rudi Baumann mit dabei. Alle SA-Männer steuern gemeinsam Kreuzberg an. Sie fühlen sich nicht unbedingt als Verlierer. Nein, es gehört zum Spiel dazu, die Staatsmacht bis aufs Blut zu reizen. Die SA hat ihr Recht auf die Straße zumindest einige Zeit lang durchgesetzt.

In der Elektrischen drücken sie sich in einer Ecke zusammen. Jetzt erst mal eine Molle auf den Schrecken, das muss sein. Kock wird schon geschlossen haben, nachdem heute kein Mann von seiner SA aufgetaucht ist. Rumpelnd und quietschend braust die Tram auf den Schienen dahin. Über die Oberbaumbrücke geht es auf die andere Seite der Spree. Hier fühlen sie sich schon heimischer als in den Verbrechervierteln rund um den Alex mit den vielen Bumslokalen. Es ist ein tiefrotes Pflaster, in das man als uniformierter SA-Mann keinen Fuß setzen sollte. Eine verlorene Klopperei langt für diesen Abend.

In ihrem Kiez, der nicht weniger rot ist, wissen sie wenigstens Bescheid, wie es läuft. Da kennen sie die Lokale, wo der Wirt zu ihnen hält oder zumindest neutral eingestellt ist. Der hagere Rolf ist so einer. Bei ihm verkriechen sie sich und bekämpfen erst mal ihren Durst. Mit ihren schwarzen Pfoten greifen sie nach den Bierkrügen, sodass der Rolf sofort sieht: Aha, die Jungs waren vorhin Fingerabdrücke spenden. Jeder Verbrecher hat seine Tätowierung, nur diese hier, die kann man zum Glück mit Kernseife und Wurzelbürste abwaschen.

»Prost!«, rufen sie sich zu.

Wie gut das tut. Das erste Bier verschwindet mit schnellen Schlucken in den durstigen Kehlen. Die Augen der SA-Männer bekommen ihren kämpferischen Glanz zurück. War doch alles gar nicht so schlimm. Doch Kurt drängt darauf, die Veranstaltung aufzulösen. Er möchte die überzähligen Kameraden loswerden. Auf der Toilette flüstert er den Auserwählten zu: »Wir verabschieden uns gleich voneinander, dann geht ihr nur um die Ecke, und wir treffen uns fünf Minuten später am Hinterausgang der Kneipe.«

So geschieht es. Zwei Mollen insgesamt für jeden, danach wird Schluss gemacht. Morgen sind Sportübungen im Turnsaal der Gemeindeschule an der Hagelberger Straße angesetzt, da sollen die Männer frisch sein, erklärt Kurt und schickt sie heim.

*

»Was liegt an?«, möchte Willi Albrecht aufgeregt wissen, als sie in kleinem Kreis wieder zusammenkommen. Solche Aktionen liebt er. Kurt wird sich was Feines ausgedacht haben, glaubt er.

»Wir nehmen uns den Glasschleifer in der Pfuelstraße vor«, erwidert Kurt.

Die drei sind erstaunt.

»Warum das?«, möchte Emil wissen.

»Ganz einfach. Ich habe vor ein paar Wochen eine Glasschale für Ilse zum Geburtstag gekauft. Die brauche ich nun nicht mehr. Ich hatte ihr etwas Schönes ausgesucht, mit eingeschliffenen Blüten. Ilse hat so was gemocht, und ich wollte sie überraschen. Das Stück war nicht billig. Nun gehe ich also zu dem Fettsack und will die Schale zurückgeben. Da war nichts dran, die war sogar noch eingepackt, von ihm höchstpersönlich, so wie ich sie aus dem Laden getragen hatte. Doch der Mistkerl will sie nicht zurücknehmen. Als ich aus dem Laden trete, stinkwütend natürlich, fällt mein Blick auf das Ladenschild. Das hatte ich vorher gar nicht beachtet, sondern nur die schönen Sachen in der Auslage angeguckt. Was steht also auf dem Schild?«

»Los, sag«, fordert ihn Rudi Baumann erwartungsvoll auf.

»Samuel Frankfurter. Ich hätte mir in den Arsch beißen können. Ich trag mein sauer verdientes Geld zu einem jüdischen Fettwanst und den interessiert es natürlich einen Dreck, was bei mir los ist.«

»Tja«, meint Willi. »Dicker Jude, warme Bude.«

»Was machen wir da?«, erkundigt sich Emil.

»Wir statten ihm einen schönen abendlichen Besuch ab. Dann wird er morgen darüber nachdenken, ob es nicht besser gewesen wäre, mir einfach mein Geld zurückzugeben.«

»Recht hast du«, sagt Emil.

»Also los, besorgt euch von zu Hause einen Knüppel, und in zehn Minuten treffen wir uns wieder, am U-Bahnhof Schlesisches Tor. Wir schlagen ihm das Schaufenster ein. Das Ganze dauert nur ein paar Sekunden, dann verschwinden wir wieder. Wenn uns jemand im Braunhemd sieht, soll's mir nur recht sein. Er kann ruhig erfahren, dass wir ihn auf dem Kieker haben, und wisst ihr, was das Beste ist?«

»Nein?«, fragen die Männer.

»Wir haben ein wasserdichtes Alibi, da wir heute in Polizeigewahrsam waren.«

Baumann stößt einen anerkennenden Pfiff durch die Schneidezähne aus. »Bist ein echter Sauhund!«, meint er anerkennend.

*

Grinsend treffen sich die vier kurz darauf wieder. Emil hat sich gut eingedeckt. Eine schöne, gedrechselte Holzkeule, die früher mal ein Tischbein war, hat er mitgebracht. Außerdem hat er noch seinen Dolch eingesteckt. Auch die anderen sind schwer bewaffnet. Jeder hat etwas zum Hauen oder Stechen dabei. Rudi zeigt stolz seinen nagelneuen Schlagring, Willi führt einen aus einem Stahlseil gebastelten Totschläger vor.

Schweigend ziehen sie ab, in Richtung Geschäft des Glasers Samuel Frankfurter. Die Straßen sind dunkel und verlassen.

»Ich kann nicht mitmachen«, stößt Kurt plötzlich hervor.

Die drei anderen blicken ihn erstaunt an.

»Mich kennt er, weil ich die Schale bei ihm gekauft habe. Wenn er mich sieht, ist unser Alibi nichts wert. Ich stehe daher Schmiere. Ich warte vorne am Abzweig der Pfuelstraße von der Köpenicker Straße.«

Die anderen nicken. Das klingt vernünftig. Kurt zieht aus seiner Brusttasche eine Trillerpfeife, die an einer Kordel im Knopfloch festgemacht ist. »Wenn ich damit pfeife, seht ihr zu, dass ihr so schnell wie möglich Land gewinnt. Schaut euch die Straßen an. Wenn ihr türmen müsst, lauft alle auseinander. Die Polizei hat ein Problem, wenn sie sich aufteilen muss. Nach hinten führt die Pfuelstraße an die Spree, da ist genug Gebüsch, um sich zu verstecken. Zur Not könnt ihr ja auch schwimmen«, grinst er.

»Wie sollen wir's machen?«, fragt Willi.

»Schmeißt die Schaufensterscheibe ein. Dahinter ist die Auslage aufgebaut. Von der haut ihr so viel kaputt, wie es sich in kurzer Zeit machen lässt. Dann verschwindet ihr wieder. Wenn das Glas zerbricht, macht es einen Höllenlärm. Daher werden sicherlich sofort ein paar Nachbarn spitzen, was da los ist. Lasst euch nicht aufhalten und kommt zu mir gelaufen, und nehmt ja nichts mit, verstanden?«

Die drei nicken. Kurt bezieht seinen Posten an der Straßenecke. Hinter einer Mülltonne verbirgt er sich und beobachtet die Straße. Die übrigen ziehen voller Tatendrang zum Geschäft. Da hinten, keine 200 Meter weiter, liegt es schon. Doch als sie näher kommen, machen sie eine ernüchternde Feststellung.

»Was ist das?«, stutzt Emil ärgerlich.

Vor dem Schaufenster ist ein Rollladen heruntergelassen worden. So kommen sie nicht an die Scheibe heran. Neben dem einzigen Schaufenster liegt die Eingangstür, die mit einem mannshohen, eisernen Scherengitter gesichert ist. Enttäuscht stecken sie die Köpfe zusammen und beraten.

»Wir müssen versuchen, anders in das Haus zu kommen«, schlägt Willi vor.

»Gut.«

Die drei schleichen durch die danebenliegende Toreinfahrt in den Hinterhof. Eine Tür führt aus dem Laden heraus. Sie ist aus Holz, und leistet sicher wesentlich weniger Widerstand als das Eisengitter auf der Vorderseite. Während Willi sich am Schloss zu schaffen macht, sieht Emil sich nach einem Gegenstand um, den sie zum Aufbrechen verwenden können. Das Beste wäre jetzt eine Baustelle, da gibt es immer Bohlen oder Krampen oder Sprieße, irgendwelche Gegenstände, die massiv genug sind, um sie mit Gewalt einsetzen zu können. Aber nichts liegt herum. Er geht in den nächsten Hof und schaut sich um. Auch der sieht aufgeräumt aus. Einzig eine Wassertonne steht in der Ecke. In einem angrenzenden Verschlag wird er endlich fündig. Dort ist ein hölzerner Handwagen abgestellt, wie man ihn benutzt, um Ware auf Märkte zu transportieren. Der kommt ihm gerade recht. Die Deichsel ist durch einen Eisenbolzen mit dem Gefährt verbunden. Dieser wiederum ist gegen Herausfallen mit einem Splint gesichert. Emil entfernt ihn, zieht den Bolzen heraus und hat die Deichsel in der Hand. Sie wiegt gut und gerne ihre fünf Kilo und besteht aus einem kräftigen Rundholz. Damit kann man mühelos eine Tür rammen. Die beiden anderen haben sich derweil schon mit ihr beschäftigt. Während Willi mit seinem Messer im Schloss herumstochert, holt Rudi Baumann ein verdrecktes Taschentuch aus seiner Hose.

»Aufpassen wegen der Fingerabdrücke! Später kommt sicher die Polente vorbei.« Er beginnt die Klinke mit dem Stoff abzureiben, wobei er sie nach unten drückt. Die Tür ist nicht abgeschlossen und schwingt nach innen auf. Erstaunt sehen sich die zwei an: ein gutes Zeichen! Sie gehen ins Haus.

Willi reißt ein Streichholz an, das ihnen für kurze Zeit Licht spendet. Die zwei sehen sich um. Sie stehen in einem engen Flur. Eine Treppe führt nach oben, wahrscheinlich in die Wohnung des Handwerkers. Links gegenüber liegt eine Tür. Die beiden öffnen sie und treten ein. Sie befinden sich in einer kleinen Werkstatt. Ein Arbeitsplatz mit einem großen Schleifbock ist vor dem Fenster eingerichtet. Ungeschliffene Gläser in allen Variationen stehen herum. Teils sind sie auf Regalen aufgestellt, teils befinden sie sich in Kartons oder Kisten. Einschlagpapier und Holzwolle liegen überall herum. Eine weitere Tür führt in das Geschäft, wo die fertigen Stücke auf Ständern und in Vitrinen präsentiert werden. Ein Ladentisch mit Kasse befindet sich an der Querseite des Raums.

»Mensch«, deutet Rudi darauf. »Sieh dir das an. Bevor wir hier alles zu Klump hauen, sollten wir die erst mal untersuchen. Wenn Geld drin ist, können wir Kurt seinen Verlust ersetzen und den Rest der SA spenden.«

»Das ist gut, aber zum Arbeiten brauchen wir mehr Licht«, bemerkt Willi, dem das Streichholz die Finger versengt.

»Glaubst du, wir können es wagen, kurz das Licht anzumachen?«, fragt Rudi.

»Klar, Kurt steht doch Schmiere, und durch die Rollläden fällt so gut wie kein Schein nach draußen.«

Sie knipsen die Beleuchtung an und nehmen sich die Registrierkasse vor. Die Schublade für das Geld ist abgeschlossen. Der Rahmen besteht aus festem Blech. Mitnehmen können sie das Ding nicht, dazu ist es zu schwer und sperrig. Sie stochern daher mit dem Taschenmesser in dem Spalt über dem Schloss herum, in der Hoffnung, dass die Lade aufspringt. Beide sind über die Kasse gebeugt, als hinter ihnen ein Schrei zu hören ist: »Hände hoch!«

Die SA-Männer wirbeln herum. Da steht, eine Pistole in der Hand, ein Mann im Türrahmen. Es ist offensichtlich der Ladenbesitzer. Er ist in ein Nachthemd gekleidet, trägt Pantoffeln und die schwarzen Haare stehen ihm wirr zu Berge. Mit seiner Körperfülle sieht er aus, wie ein weißer Riese. Anscheinend hat ihn der Lichtschein oder der Lärm die Treppe heruntergelockt.

»Los, an die Wand!«, befiehlt er.

Die Ertappten stellen sich mit erhobenen Händen vor der Wand auf. Doch wie soll es weitergehen? Allein kann der Mann sie nicht ewig in Schach halten. Und weggehen, um die Polizei zu rufen, kann er auch nicht. So stehen sie sich ratlos einen Augenblick lauernd gegenüber.

Plötzlich tut es einen dumpfen Schlag, der Ladenbesitzer kippt wie ein gefällter Baum vornüber und schlägt mit dem Kopf auf dem Fußboden auf. Die zwei können es gar nicht glauben. Doch dann betritt Emil, die Deichsel in der Hand, den Raum. Er hat sie mit Wucht dem armen Mann ins Kreuz gestoßen. Der liegt hingestreckt am Boden und zeigt keinerlei Regung mehr.

»Bloß weg hier!«, gibt Willi das Kommando und zieht sein Messer aus der Kasse. Mit dem Ärmel wischt er schnell über alle Flächen, die er wahrscheinlich berührt hat. Nach Trümmern ist den drei nicht mehr zumute. Das ging haarscharf an einer Katastrophe vorbei. Der Ladenbesitzer hätte sie bequem in Notwehr erschießen können. Auch wenn die Polizei, wenn es um Juden geht, sonst eher genauer hinsieht: Zwei wildfremde Männer, die über eine Ladenkasse gebeugt erwischt werden, rechtfertigen fast alles. Kein Gericht hätte den Glasschleifer schuldig gesprochen.

Geistesgegenwärtig knipst Willi im Rausgehen noch das Licht aus, sodass alles wieder im Dunkeln liegt. Sie rennen durch den Hof zurück. Bis zur Ecke Köpenicker Straße sind es zum Glück nur wenige Meter.

»Was ist los?«, ruft Kurt aus seinem Versteck.

»Renn, schnell!«, kommt die Antwort.

Sie hetzen bis zur U-Bahn-Station Schlesisches Tor, wo sie schließlich langsamer machen.

»Was ist passiert?«, will Kurt wissen.

Rudi gibt einen kurzen Lagebericht.

Kurt pfeift durch die Zähne. »Alle sofort nach Haus. Wir waren heute im Präsidium und danach noch kurz eine Molle heben. Das war's, falls jemand fragen sollte. Wir wissen von nichts und haben Zeugen, verstanden?«

Alle nicken. Dann trennen sie sich.

*

Mann, was ist er doch für ein Riesenrindvieh! Emil schaut auf seine Hände, die er sich mit Wasser und Seife wäscht. Die Fingerkuppen glänzen schwarz von der Tinte des Erkennungsdienstes. Seine Fingerabdrücke sind auf der Deichsel, die beim Juden im Laden liegt. Die Spuren braucht die Polizei nur abzugleichen. Einfacher geht's kaum.

Emil trocknet sich die Hände ab und überlegt fieberhaft. Es gibt keine andere Möglichkeit: Er muss noch mal in die Pfuelstraße und die Deichsel holen. Sonst sitzt er in ein paar Tagen im Bau. Er könnte heulen vor Wut. Dann setzt er sich in Bewegung.

Nach einer knappen Viertelstunde ist er wieder beim Laden des Glasschleifers angekommen. Er huscht in den Hinterhof. Die Tür steht noch immer einen Spalt offen. Emil schleicht sich in das Haus. Vorsichtig bleibt er stehen und horcht. Kein Laut ist zu hören. Er wagt es nicht, das Licht wieder anzumachen, also tastet er sich im Dunkeln voran und spürt an seinem Ellenbogen eine Türzarge. Jetzt muss er in der Werkstatt sein. Eine Taschenlampe wäre jetzt gut, doch leider besitzt er keine. Er hat noch nicht einmal mehr Streichhölzer einstecken. Emil streckt die Hände waagrecht aus, wie ein Schlafwandler. Er schließt seine Finger zur Faust, diese verdammten Dinger, die überall ihre Abdrücke hinterlassen. Handschuhe besitzt er leider keine, nur ein Paar Fäustlinge für den Winter. Die hielt er für zu unpraktisch. Ungelenk setzt er ein Bein vor das andere. Seine Stiefel vom Wehrsportausrüster sind denkbar schlecht geeignet, um sich leise fortzubewegen. Sie sind gemacht worden, um zu marschieren, zu wandern, sich im Freien zu bewegen. Die genagelten Sohlen verursachen kratzende Geräusche auf dem Dielenfußboden.

Emils Hand stößt gegen Glas. Mit dem Handrücken tastet er sich an der glatten Oberfläche entlang. Das Glas steht auf einem Regal. Er fühlt weiches Holz. Seiner Orientierung nach müsste weiter vorn die Tür zum Laden sein, vor der er die Deichsel fallen lassen hat.

Emil macht noch drei Schritte geradeaus, dann begibt er sich auf alle viere und beginnt den Boden abzusuchen. Zum Glück ist die Deichsel so groß, dass er sie leicht ertasten können müsste. Sie hat bestimmt zwei Meter Länge. Und tatsächlich, da fühlt er auch schon das runde, grobe Holz unter seinen Fingern. Sicherheitshalber fährt er mit der Hand daran auf und ab. Es gibt keinen Zweifel, es ist das gesuchte Teil. Langsam steht Emil auf und hebt die Deichsel dabei mit beiden Händen vorsichtig an. Er hat beschlossen, sie mit nach draußen zu nehmen und in der Spree zu entsorgen. Zu groß ist das Risiko, dass die Polizei irgendwelche Spuren an ihr findet, selbst wenn er noch so gründlich seine Fingerabdrücke abwischt.

Als er mit der Deichsel langsam den Raum verlassen will, passiert die Katastrophe. Er bleibt an einem der Regale mit Glaswaren hängen und reißt es um. Laut krachend fällt es in sich zusammen. In der Anspannung und der vorherigen Stille klingt es laut wie eine Explosion in Emils Ohren. Das zerspringende Glas klirrt, das Holz des Regals splittert, und Scherben scheppern auf dem Fußboden. Vor Schreck lässt Emil die Deichsel fallen.

Plötzlich flammt ein Blitz auf. Er zuckt zusammen und steht völlig geblendet da – das Licht ist angegangen. Noch während er eine Schrecksekunde lang verharrt und mit den Händen seine Augen bedeckt, fliegen ihm Gegenstände entgegen. Er will sich wegducken, aber ist viel zu langsam. Zwei Vasen prallen gegen seine Hüfte und zerplatzen in tausend Splitter. Erneut regnet es Glas auf die Dielen. Undeutlich erkennt er im Gegenlicht den Glasschleifer, der sich wie ein weißes Gespenst, beide Arme erhoben, mit einem Schrei auf ihn stürzt.

Der Aufprall ist hart. Emil schlägt mit dem Hinterkopf schmerzhaft gegen ein Tischbein. Sein Gegner hat sich mit seiner ganzen Körperfülle auf ihn geworfen. Sie ringen auf dem Boden miteinander, inmitten der Trümmer. Der Handwerker setzt seine Fäuste ein. Emil kann die ersten Treffer gut wegstecken. Der Mann ist es anscheinend nicht gewohnt, sich zu prügeln. Kraftlos gehen die Schläge auf Arme und Schultern nieder. Emil kann sich nicht richtig wehren, da das volle

Gewicht des anderen auf ihm lastet. Er versucht sich aus der Zwangslage herauszuwinden, wird jedoch an seiner Kleidung immer wieder zurückgerissen. Dann landet der Glasschleifer mit seinen Hieben einen Treffer in die Nieren, und Emil krümmt sich vor Schmerzen. Sofort folgt ein weiterer Schlag auf dieselbe Stelle. Er keucht und versucht sich schützend wegzudrehen. Seine Hand rutscht über den Boden und schneidet sich an Glassplittern. Er fühlt, wie alles glitschig wird.

Emil gelingt es, sich halb unter dem anderen Körper hevorzudrehen. Jetzt kann er seine Beine einsetzen. Mit seinem rechten Fuß tritt er nach dem Arm des Gegners, trifft ihn an der Hand. Die Schläge setzen einen Moment aus. Emil strampelt sich so weit frei, dass er selbst in die Offensive gehen kann. Er tastet mit einer Hand an seinem Hosenbund entlang, dann hat er, was er braucht.

Den kurzen Augenblick hat der Dicke genutzt und sich auf die Knie erhoben. Emil hat derweil seinen Dolch aus der Scheide herausgezogen. Er richtet sich auf und streckt die Klinge dem Angreifer entgegen. Der wirft sich mit einem Hechtsprung auf ihn; zu spät erkennt er die Gefahr. Er kann seinen schweren, massigen Körper nicht mehr bremsen, stürzt genau in die Klinge hinein und reißt Emil um. Ineinander verkeilt liegen sie auf dem Boden. Der Griff des Dolchs ist Emil gegen das Brustbein geschlagen und lässt ihn nach Luft ringen. Einen Augenblick lang muss er innehalten. Schließlich schiebt er mit beiden Händen den Mann von sich weg. Er greift nach dem Dolch, zieht ihn aus der Brust heraus und sticht wieder und wieder zu. Schaumiges Blut sprudelt aus den Wunden. Der Körper macht noch einzelne rasselnde Atemzüge, dann liegt er still da. Emil lässt sich völlig erschöpft neben den Toten sinken.

Nach Momenten, die ihm wie Minuten vorkommen, richtet er sich mühsam auf und steckt den Dolch weg. Er blickt auf die Leiche. Der ganze Raum gleicht einem Schlachtfeld. Umgerissene Regale, Glassplitter liegen überall verstreut, der ganze Boden ist von Blutspritzern gesprenkelt. Er selbst ist, ebenso wie der Tote, von oben bis unten vollgeschmiert, sein Braunhemd mit Blut besudelt. Es riecht metallisch. Seine Hände kleben. In der Ecke liegt die Deichsel. Emil nimmt sie und verlässt das Haus.

KAPITEL 16

Berlin, Samstag, 6. Juli 1929

»Saubere Arbeit, dafür lässt man doch gern sein Rendezvous sausen«, kommentiert Theo Wolf die Szene, als sie am Tatort eintreffen. »Ich hab noch nie eine solche Schweinerei gesehen!«

»Das ist was für die BZ, die lieben grausigen Sachen«, meint Franz Reinicke, der dem Kriminalassistenten hinterherläuft. Der Hausmeister hatte, durch den Krach alarmiert, die Polizei gerufen.

Franz Reinicke hatte Rufbereitschaft und ahnte nichts Böses, als um kurz nach 23 Uhr sein Telefon läutete. So schnell es ihm möglich war, eilte er zum Polizeipräsidium.

Dort angekommen stieg er sofort ins Mordauto. Theo Wolf wartete schon auf ihn. Der Ablauf ist immer derselbe, aber Routine wird es nie. Die Lagebesprechung erfolgte noch im Wagen. Als der Richtung Süden steuerte, Richtung Kreuzberg, SO 36, überkam Franz Reinicke eine komische Ahnung.

Jetzt steht er neben einer Leiche, keine 500 Meter vom Görlitzer Bahnhof entfernt. Es ist erst einen guten Monat her, dass er zuletzt in dieser Gegend unterwegs war, um sich einen Erstochenen anzusehen. Ist das die Reaktion auf sein Plakat? Wenn ja, dann ist der Plan schön in die Hose gegangen. Er wollte Hinweise von Zeugen haben und nicht einen Mörder, der erneut zuschlägt. Nach einem Monat bereits! Franz Reinicke wird schlecht.

»Ich geh mal kurz raus«, bemerkt er knapp und verlässt

das Haus. Er fühlt, wie sich sein Magen umstülpt. Er lehnt am Mordauto und atmet tief durch, unterdrückt den Brechreiz. Noch einmal, zweimal kommt ein Zucken aus seinen Eingeweiden, endlich scheint es vorbei zu sein. Franz Reinicke spuckt im Bogen aus. Der Fahrer des Wagens hat es mit angesehen und legt dem Kommissar die Hand auf die Schulter.

»Ist nicht leicht, so mitten in der Nacht. Manchmal macht's einem nichts aus, manchmal schon. Hier«, sagt er und hält Reinicke eine kleine Flasche entgegen. »Enzianschnaps. Wir haben immer etwas dabei, für solche Fälle. Den dürfen Sie auch im Dienst trinken, das hat Gennat extra genehmigt. Das ist schließlich Medizin.«

Franz Reinicke setzt dankbar die Flasche an den Mund und nimmt einen ordentlichen Schluck von der bitteren Flüssigkeit. Sie läuft brennend die Speiseröhre hinab und wärmt den Magen. Sofort fühlt er sich besser. Der Kriminalrat Gennat ist doch ein alter Fuchs, hat das Auto wirklich mit allen Raffinessen ausgestattet …

Lustlos macht sich Kriminalkommissar Reinicke wieder an die Arbeit. Er weiß jetzt schon, wie der Fall ausgehen wird. Keiner hat etwas gesehen, keiner hat etwas gehört. Wenn sie in drei Tagen noch keine heiße Spur haben, war's das mal wieder. Umso wichtiger ist es, dass sie jetzt akribisch den Tatort untersuchen.

»Lassen Sie einen Hundeführer kommen«, befiehlt er dem Fahrer. »Wir setzen den Suchhund an der Türschwelle an. Vielleicht entdeckt er mit seiner feinen Nase eine Fährte, die vom Mörder stammt. Wir müssen jede Chance nutzen.«

Dann geht er mit den Markierungstafeln ins Haus zurück.

*

Berlin, Mittwoch, 10. Juli 1929

»Da möchte Sie jemand sprechen«, meldet die Sekretärin vom Vorraum aus einen Besucher an. Herein kommt ein Junge, Straßenjunge, vielleicht 17 Jahre alt.

»Dreck«, das ist Reinickes erster Gedanke, als er den Halbstarken sieht, »meine Güte, ist der dreckig«. Die Farbe der kurzen Hose ist undefinierbar, irgendwo als graubraun einzuordnen. Das schmuddelige Hemd und der Pullunder darüber haben auch schon bessere Zeiten gesehen. Zwei verschiedene Strümpfe ragen aus den kaputten Schuhen hervor. Aber so abgerissen die Gestalt auch ist, der Blick, der Franz Reinicke aus den stahlblauen Augen trifft, ist hell und klar.

»Ja?«, richtet er sich hinter seinem Schreibtisch auf.

»Ick komm wejen die Belohnung. Die 1.000 Mark sind mir. Ick möchte meine Rechte sichan.«

Woher der Junge nur diesen Ausdruck hat. Franz Reinicke hat den Aufruf mit Belohnung für keine gute Idee gehalten. Aber wenigstens hat er Gennat überzeugen können, dass es sich um denselben Täter wie beim letzten Mal handelt. Jetzt suchen sie offiziell nach einer einzigen Person für beide Tötungsdelikte. Die Morde an Eppstein und der Stern wollte Gennat getrennt davon halten. Deshalb sprechen sie auch wohlweislich von »Wiederholungstäter« und nicht von »Serienmörder«. Das hat auch Vorteile, denn sonst würde sich die Presse sofort auf den Fall stürzen. Der Aufruf der Kriminalpolizei in den Zeitungen war schon auffällig genug.

»Schön«, meint Reinicke sarkastisch. »Also sag mir einfach, wer der Täter war, und ich gehe mit dir direkt zur Kasse und lass dich auszahlen.«

»Nee, Meesta, so eenfach isset nich«, antwortet der Junge.

»Gut, wie machen wir es dann?«, fragt Reinicke, der allmählich Gefallen an der Situation findet.

»Ick hab wat von dem Mörder, direkt mit sein Blut druff«, betont der Junge gewichtig und macht eine dramatische Pause.

Auch Franz Reinicke pokert nun. Er fischt sich eine Zigarette aus seiner Schachtel und zündet sie an. Genüsslich bläst er den Rauch dem Jungen entgegen. »Wie heißt du überhaupt?«

»Nenn' Se mir Fritz. Ham' Se für mir ooch 'ne Fluppe übrich?«

Franz Reinicke ist baff. »Du bist doch höchstens 18!«, entfährt es ihm.

»Aber ick rooch schon zwee Jahre«, entgegnet der Bengel frech.

Was soll's, denkt sich Reinicke. Das Rauchen wird er ihm heute nicht abgewöhnen, und außerdem geht es um etwas anderes. Mit einem Achselzucken schiebt er ihm seine Schachtel Juno hinüber. Der Straßenjunge nimmt sich eine Zigarette und steckt sie in den Mund. Schnell räumt er noch etwa die Hälfte der Zigaretten aus der Packung und lässt sie in seinen Taschen verschwinden.

»He, Moment mal. Ich wollte dir nicht gleich die ganze Schachtel vermachen!«

»Nee, hab ja nur die Hälfte rausjenommen. Aba ick hab noch die andern Jungens zu versorjen, und wenn die spitzkriejen, dat wir hier schön eene jeschmökt haben, werden die ooch eene wolln.« Er grinst den Kommissar so ungezogen und kameradschaftlich an, dass der ihm gar nicht böse sein kann.

»Jetzt erzähl aber mal, was du für mich hast«, wird Franz Reinicke amtlich und versucht ein Lächeln zu unterdrücken.

»Jeht nich. Da müssen Se mitkommen.«

Fritz nickt dabei dem Kriminaler so ernsthaft zu, dass jenem keine Gründe einfallen wollen, zu widersprechen. »Wohin?«, fragt er nur.

Der Junge macht seltsame Handbewegungen, die die ungefähre Richtung andeuten sollen.

»Bisschen genauer müsste es schon sein«, meint Reinicke.

»Na, so Richtung Stralauer Allee«, wird es präzisiert.

»Geht doch.«

Franz Reinicke greift nach dem Telefonhörer. »Vermittlung? – Ja, bitte einmal durchstellen zur Fahrbereitschaft. Ich warte.«

Der Knabe wird auf einmal zappelig und gibt dem Kriminalkommissar Zeichen mit der Hand. Dazu zischt er wie ein Teekessel. Reinicke wird sauer. Er deckt den Hörer mit einer Hand zu und schaut sein Gegenüber an. »Was ist denn noch?«

»Wir können da nich mit een Wagen vonne Polente vorfahrn. Dann loofen alle wech.«

»Und wie sollen wir sonst dahin kommen?«, will der Kommissar wissen.

»Na, mit die 'lektrische bis dicht ran und den Rest zu Fuß.«

»Also gut.« Ergeben bestellt Kriminalkommissar Reinicke den Fahrdienst wieder ab und macht sich mit dem Jungen auf den Weg.

»Bin 'ne gute Stunde ermitteln«, ruft er mit einem Augenzwinkern seiner Sekretärin zu, die ihn erstaunt ansieht. Er merkt, wie sie einen Kommentar herunterschluckt.

*

In der Straßenbahn fühlt er sich von allen Seiten angestarrt. Entweder vermuten die Leute in ihm jemanden von der Fürsorge oder einen 175er, der sich einen Strichjungen mit nach Hause nimmt. Angewiderte Blicke treffen ihn. Als der Bengel anfängt sich zu kratzen, rücken die Umstehenden sichtbar ab. Für Franz Reinicke dauert das Spießrutenlaufen bis zum Bahnhof Warschauer Straße. Dort steigen sie aus und gehen schweigend nebeneinanderher.

Es ist eine arme Gegend, ein Arbeiterviertel. Reinicke verschlägt es nicht oft hierher. In den Straßen weht ein Geruch nach Kohl und Kartoffeln. Er bekommt Hunger. Plötzlich bleibt Fritz mitten auf dem Gehweg stehen.

»Ick muss Ihnen jetz die Oochen verbinden!«

»Was?«, kommt es vom Kommissar. »Wieso das denn?«

»Den Weech zu unserm Versteck darf keener sehen, sonst bin ick ausse Bande raus.«

Das kann der Kommissar nachvollziehen. »Also gut«, brummt Reinicke widerwillig.

Der Junge zieht ein schmuddeliges Taschentuch aus seiner Hose.

Reinicke schüttelt es allein schon bei dem Anblick. »Nein, niemals. Das Dreckding binde ich mir nicht um. Da krieg ich ja die Krätze.«

Er holt sein eigenes Taschentuch hervor und hält es hin. »Geht das auch?«

Der Junge nickt. Also bindet es sich Franz Reinicke um die Augen. Er wird am Arm gepackt und ein paarmal hin und her gedreht. Schon gehen sie los. Er spürt das Straßenpflaster unter den Ledersohlen seiner Schuhe, dann biegen sie ab, vermutlich auf ein Grundstück. Der Untergrund ist kiesig, und der Kommissar fühlt Grashalme um seine Hosenbeine streichen. Anscheinend folgen sie einem Trampelpfad. Dann spürt er, wie der Weg holpriger wird und leicht ansteigt. Fritz zupft einmal kurz am Ärmel, damit er stehen bleibt.

»Wir müssen jetz klettern!«, erklärt er.

Reinicke zeigt keine Reaktion. Er spürt an seinem Jackett einen sachten Zug nach vorn. Aber er bleibt eisern stehen.

»Wenn ich euch mein Ehrenwort gebe«, fängt er an, »meinst du, das reicht, um die Augenbinde abzunehmen? Ich hab nämlich keine Lust, mir blind auf irgendeinem Affenfelsen oder in Trümmerruinen die Knochen zu brechen. Außerdem werde ich euch nicht verpfeifen. Ich jage Mörder, da sind mir ein paar Straßenjungen wurscht.«

Er merkt, wie es in dem anderen arbeitet. »Ick muss Erloobnis einholen jehn. Wenn Se stehn bleiben, ick bin sofort wieder da.«

»Gut, ich warte, und ich lasse so lange die Binde um.«

Schritte entfernen sich durch das Gras, der Kleine ist verschwunden. Reinicke hört in der Ferne einen melodischen Pfiff, der von einem ebensolchen beantwortet wird. Eine Weile passiert nichts. Er steht in der sengenden Sonne, kann sich weder hinsetzen noch sein Jackett ablegen und fühlt sich lächerlich. Endlich hört er erneut Schritte, die sich ihm nähern. Viele Schritte. Reinicke merkt, wie ein Ring um ihn gezogen wird, sie kreisen ihn ein.

»Is jut.« Das ist das Zeichen. Jemand nestelt an dem Knoten an Reinickes Hinterkopf herum. Dieser legt lieber gleich selbst Hand an und zieht das Taschentuch mit einem Ruck herunter.

Zuerst kann er nichts richtig erkennen, da ihn die Sonne blendet. Um ihn herum stehen an die zehn Jungen. Alle etwa zwischen 16 und 18 Jahre alt. Sie befinden sich auf einem Trümmergrundstück, einer wilden Wiese voller Gestrüpp. Vereinzelt stehen kleinere Bäume herum. Vor sich erblickt Franz Reinicke einen Hügel aus Ziegelsteinen und Bauschutt. Abgebrochene Balken ragen aus der Halde. Darüber hätte er wohl mit verbundenen Augen klettern sollen. Er schüttelt den Kopf.

Die Jungen gehören offensichtlich zu einer Jugendbande, wie es sie in Berlin seit dem Krieg zu Dutzenden gibt. Es sind abgerissene Gestalten: zu kleine Körper in Erwachsenenkleidung. Sie tragen abgelegte, verschlissene Arbeitskleidung, Hemden, denen Knöpfe fehlen und die viele Flecken haben. Manche haben keine Schuhe an. Ihre Füße starren vor Dreck. Andere haben eitrige Stellen an Armen oder Beinen, die dick verschorft sind. Läuse, Flöhe, Milben, sie dürften alles haben. Wer wie die Ratten lebt, sieht auch so aus.

»Wir jehn jetz zu unserm Lager«, erklärt Fritz. »Der Herr vonne Polizei hat mir sein Ehrenwort jegebn, dat er nix rumerzählt. Er bekommt von uns …« Er macht eine bedeutungsvolle Pause und schluckt den Rest des Satzes runter.

»Und dann kriejen wir unsre Belohnung«, beendet er seine Ausführungen.

Alle Umstehenden nicken.

»Moment mal«, hebt Franz Reinicke an. »Mit eurem Lager, dass das zuerst einmal klar ist, das ist eure Sache. Heute Abend habe ich alles wieder vergessen, was ich hier sehe, verstanden?«

Die Jungs nicken.

»Was mich interessiert, ist alles, was mit dem Mord zusammenhängt. Da lass ich mich nicht verscheißern. Ihr erzählt mir haarklein, was ihr gesehen und gefunden habt. Und wenn das, was ihr zu erzählen habt, wirklich für die Polizei wichtig ist, dann bekommt ihr auch eine Belohnung. Aber die 1.000 Mark, damit wir uns richtig verstehen, die gibt es nur, wenn ihr mich sozusagen an die Tür des Täters führt und mir ein Geständnis mitliefert. Ansonsten kriegt ihr weniger. Ich habe außerdem darüber nicht zu entscheiden. Wenn meine Vorgesetzten der Meinung sind, dass euch etwas zusteht, habt ihr Glück.«

Betretenes Schweigen herrscht ringsum. Sie starren auf den Boden. Schließlich ergreift Fritz das Wort: »Vasprechen Se uns, dat Se sich drum kümman? Janz höchstpasönlich?«

Franz Reinicke nickt feierlich. »Das verspreche ich euch.«

Damit ist das Eis gebrochen. Der Kriminalkommissar wird über den Schutthaufen zu einem Unterstand geleitet, den sich die Bande aus altem Holz und Wellblechtafeln selbst gebaut hat. Er ist wie eine Höhle halb in den Berg gegraben. Balken und Bohlen bilden, nicht einmal ungeschickt aufeinander geschichtet, eine Art Dachkonstruktion. Mit Teerpappe ist das Ganze gegen Regen verkleidet und bildet einen Raum von etwa drei mal drei Metern im Quadrat. Ein kleines Schlupfloch dient als Eingang. Von außen das Versteck fast nicht zu erkennen, da Erde angehäuft wurde und es dadurch wie eine natürliche Ausbuchtung des Abraumberges wirkt. Der üppige Bewuchs mit Brennnesseln tut ein Übriges. Franz Reinicke muss auf den Knien hereinkriechen. Seinen Anzug wird er anschließend in die Reinigung geben müssen.

In dem kleinen Raum hat es sich die Gruppe gemütlich eingerichtet. Ein Matratzenlager nimmt den Großteil des Platzes ein. In einer Ecke steht ein gesprungener Werkstattofen, dessen Rauchrohr ins Freie ragt. Alte Töpfe und Pfannen liegen daneben aufgestapelt, dreckstarrend und mit krustigen Rändern.

Die Jungs verteilen sich auf den Matratzen, während Franz Reinicke sich vor ihnen auf den Boden hockt. Die Spannung steigt. Fritz nickt einem kleineren Jungen zu, der zu erzählen beginnt. Die Geschichte, die nach etlichem Nachfragen seitens des Kriminalers zutage kommt, ist folgende: Helmut, so heißt der Kleine, nahm sich vor drei Tagen allein einen Uferstreifen der Spree, drüben auf der Kreuzberger Seite, vor, um ihn nach weggeworfenen Dingen und verwertbarem Müll abzusuchen. Das verlief jedoch relativ erfolglos. Mit ein paar Pfandflaschen im Arm kämpfte der Junge sich durchs Gebüsch zurück. Dabei stolperte er über etwas Außergewöhnliches, was er mitnahm. Bedeutungsvoll kramt Fritz nun unter seiner Matratze und zieht zur größten Überraschung des Kriminalkommissars eine Hakenkreuzarmbinde hervor.

»Dat is det jute Stück!«, sagt Fritz und überreicht sie grinsend.

Auf dem roten Tuch ist der weiße Kreis mit dem Kreuz aufgenäht. Alles ist mit rostbraunen Blutspritzern überzogen, die sich auf dem weißen Kreis am deutlichsten abzeichnen. Seitlich zieht sich ein großer Riss durch den Stoff, sodass die Binde nur noch an einem etwa zwei Zentimeter breiten Streifen zusammenhält. Vielleicht hat sie der Träger deshalb verloren, vielleicht wurde sie absichtlich weggeworfen.

»Hmmm«, macht der Kommissar.

»Da, kieken Se innen rin.«

Reinicke dreht den Stoff nach links. Ein Name steht darauf: »Ba...«, dann kommt der Riss, »...mann« steht dort in Sütterlin. Er versucht, die Stoffreste glattzustreichen und aneinanderzuhalten. Ein Buchstabe fehlt, nicht mehr. Da ist Reinicke sich sicher.

Die Jungen strahlen ihn um die Wette an. Das Teil stammt vom Mörder, da sind sie sich sicher. Das beweist das Blut. Wurden nicht die Opfer erstochen? Und dass die Nazis gerne Gewalt anwenden, ist auch bekannt.

»Mit Namen!«, weist Fritz auf die Bedeutung ihres Fundes hin. »Dat is doch wie Se jesacht ham.«

Franz Reinicke ist ebenso elektrisiert wie die Jungen. »Die Armbinde nehme ich mit«, verkündet er, und die Augen der Herumsitzenden leuchten hoffnungsvoll auf. »Sie könnte ein entscheidender Hinweis in meinem Fall sein. Und ihr erzählt niemandem ein Sterbenswörtchen, nicht von der Armbinde und auch nicht, dass ich hier gewesen bin, verstanden?«

Die Jungs nicken.

»Weiß sonst noch jemand davon?«

Die Jungs schütteln den Kopf.

»Gut, das muss unbedingt so bleiben. Falls die Binde tatsächlich etwas mit dem Mord zu tun hat, kann sie vielleicht der Polizei den entscheidenden Vorsprung sichern. Ich glaube, dass der Mörder sehr gefährlich ist und vor nichts zurückschreckt. Er darf nicht wissen, dass ihr die Armbinde gefunden habt, sonst seid ihr vielleicht in Gefahr. Ihr verhaltet euch daher absolut unauffällig, alles klar?«

Den Straßenjungen muss niemand erzählen, was das bedeutet. Sie sind es gewohnt, ihren täglichen Überlebenskampf zu führen. Gewalt ist ihnen dabei nicht fremd.

»Ehrenwort!«, beteuert Fritz, und die Jungs sind auf einmal alle ganz ernst geworden.

Franz Reinicke macht sich zum Aufbruch fertig. Zuvor verabreden sie noch, wie der Kommissar sie benachrichtigen soll, wenn er mit ihnen in Kontakt treten möchte. Meistens ist die Bande unterwegs und auch nicht jede Nacht in ihrem Versteck. Ganz dramatisch vereinbaren sie, dass er vor dem Grundstück an die nächstgelegene Straßenlaterne einen Stoffstreifen binden soll. Sie werden die Stelle täglich kontrollieren. Am Abend um 18 Uhr wird sich dann einer der Jungs bei ihm auf dem Präsidium einfinden. Reinicke macht sich schmunzelnd allein auf den Rückweg.

*

Als Emil eintritt, sitzt Kurt in der Küche über einen Teller gebeugt. Die Kinder hat er schon zu Bett gebracht, nun starrt er sein Abendbrot an und grübelt. Ilse fehlt ihm, jeden Tag merkt er es deutlicher. Und für die Kleinen muss er eine andere Lösung finden, er hat die Geduld der Nachbarn schon genug strapaziert. Er ist ihnen endlos dankbar für die Hilfe, die sie ihm ohne große Worte haben zuteilwerden lassen. Emil setzt sich stumm neben Kurt. Gemeinsam schweigen sie eine Weile vor sich hin.

»Kurt, ich hab da noch das Problem …«, beginnt Emil irgendwann das Gespräch.

»Du hast Probleme?«, gibt Kurt sarkastisch zurück. »Frag mich mal!«

»Ja eben«, sagt Emil, der die Ironie nicht versteht. »Morgen, am Donnerstag, ist doch Sturmabend, und ohne Armbinde … Du weißt doch.«

Kurt steht wortlos auf und geht zum Küchenbuffet. Er zieht eine Schublade auf und holt eine nagelneue Sturmbinde hervor. Erleichtert seufzt Emil. »Hier für dich. Jetzt fehlt uns im Bestand des Sturms eine Binde. Ich habe sie in den Büchern nicht austragen können, da die von Wedow verwahrt werden. Zahl 80 Pfennige in die Sturmkasse ein, dann stimmt zumindest das Finanzielle.«

»Mache ich!«, beeilt sich Emil zu versichern.

»Und du hast wirklich keine Ahnung, wo deine Binde verloren gegangen ist?«

»Nein«, beteuert Emil. »Am Ufer, wo ich die Deichsel in den Fluss geschmissen habe, hatte ich sie noch. Ich bin ja mit ihr im Gebüsch hängen geblieben. Zu Hause war sie dann weg. Ich habe schon unauffällig den ganzen Weg abgesucht, aber da war nichts zu entdecken.«

»Schlimm. Es gibt für einen SA-Mann keine größere Schande, als seine Sturmbinde zu verlieren«, gibt Kurt zu bedenken. »Wenn die Kameraden das mitbekommen, kriegst du mit Sicherheit eine saftige Disziplinarstrafe, da kennt der Wedow kein Pardon.«

»Weiß ich doch!«, erwidert Emil mürrisch.

»Hör zu. Du gehst jetzt in deine Bude und nimmst dir die Armbinde vor. Mach sie ein bisschen schmutzig, rubble am Stoff herum, sie muss aussehen, als wäre sie Monate alt. Aber sieh zu, dass keine größeren Flecken draufkommen. Morgen beim Sturmabend wird keiner Verdacht schöpfen«, befiehlt Kurt.

»In Ordnung«, bedankt sich Emil und zieht mit der neuen Armbinde in der Hosentasche ab.

KAPITEL 17

Berlin, Freitag, 12. Juli 1929

Theo Wolf kommt schwungvoll in das Büro gestürzt. Franz Reinicke war dabei, den Fall Samuel Frankfurter neu zu durchdenken, ist dabei aber fast eingenickt. Das schwere Mittagessen bei Aschinger in Verbindung mit der Wärme des Tages hat ihn schläfrig gemacht. Eine Woche ist seit dem Mord ins Land gegangen.

»Ich hab die Ergebnisse der Gerichtsmedizin!«, ruft Wolf freudig aus.

»Und?«, fragt Reinicke zurück.

»Blutgruppe A.«

»Aha!« Das ist natürlich interessant, findet Reinicke. Am Tatort wurde ebenfalls Blutgruppe A gefunden. Zwar hat der Glasschleifer Frankfurter dieselbe Blutgruppe, aber einzelne Blutflecken an der Hoftür können aufgrund ihrer Lage und dem rekonstruierten Tathergang dem Mörder zugeordnet werden. Und jetzt noch das Blut auf der Armbinde.

»Blutgruppe A sagt uns alles oder nichts. Das Blut könnte vom Opfer, vom Täter oder von jemand ganz anderem stammen«, kommentiert Kriminalkommissar Reinicke. »Ein Indiz, leider nicht mehr. In dieser Hinsicht besitzt sie leider nur wenig Aussagekraft. Auf der anderen Seite ist es natürlich ein überaus wertvoller Hinweis. Wir haben die Blutgruppenanalyse, nach der das Blut an der Armbinde sowohl vom Opfer als auch vom Täter stammen könnte. Wenn das Blut an der Armbinde einer anderen Blutgruppe, zum Beispiel B oder 0, zuordenbar wäre, könnten wir einen Zusammenhang mit dem Mord ausschließen. Jetzt können wir unsere Ermittlungen in Richtung NSDAP lenken. Etwas vage ist der Zusammenhang natürlich schon. Die Armbinde wurde über hundert Meter vom Tatort entfernt aufgefunden, und über den Zeitpunkt des Ablegens oder Verlustes ist nichts bekannt. Aber wir haben schon mit weniger angefangen.«

»Und der Name?«, fragt Theo Wolf.

»Das ist unser Trumpf. Wenn wir den Namen einer konkreten Person zuordnen können, haben wir den mutmaßlichen Mörder. Ich werde die Kollegen der politischen Abteilung fragen, ob sie mir mehr erzählen können. Komm mit!«

Die beiden machen sich auf den Weg durch die langen, hallenden Flure des Polizeipräsidiums in den dritten Stock.

*

Die Abteilung 1A ist für politische Fälle zuständig. Sie beobachtet alle: linke wie rechte Gruppen, Arbeitervereine, Wehrverbände und Parteien. Die Dossiers der Abteilung sind berüchtigt. Kriminalkommissar Reinicke kennt Georg Schulze, den Leiter, von der gemeinsamen Arbeit an anderen Fällen.

Reinicke stellt ihm zuerst seinen Assistenten vor. Dann berichten die beiden ausführlich über den Fall Samuel Frankfurter. Auch von dem erstochenen Kofferträger am Görlitzer Bahnhof erzählen sie. Franz Reinicke deutet an, dass noch mehr Morde demselben Täter zuzuordnen sein könnten. Zum Schluss legen sie Kriminalkommissar Schulze die Armbinde auf den Schreibtisch. Der schnalzt mit der Zunge.

»Na, da haben Sie ja ein schönes Fundstück«, sagt er und dreht es zwischen den Fingern hin und her. Er begutachtet das Hakenkreuz und zieht den Stoff an der Randnaht auseinander, um die Machart zu studieren. Mit dem Fingernagel kratzt er über die Beschriftung und streicht den zerfaserten Stoff an dieser Stelle glatt.

»Die Armbinde stammt von einem Angehörigen der SA, der Sturmabteilung der NSDAP. Sonst trägt niemand Armbinden dieser Art«, kommentiert er seine Untersuchung.

»Könnten Sie mit dem Namen etwas anfangen?«

»Die SA ist in Berlin in sogenannte Stürme gegliedert. Je nach Bezirk haben diese unterschiedliche Nummern. Sie haben zwei Morde. Einer am Görlitzer Bahnhof, bei dem ein Kofferträger das Opfer ist, und einen in der Pfuelstraße, bei dem ein jüdischer Glasschleifer ermordet wurde. In dieser Gegend treiben sich die Stürme 26, 27 und 5 herum. Der Sturm 27 ist direkt in der Gegend um den Görlitzer Bahnhof beheimatet. Wenn ich mir die Lage der beiden Tatorte ansehe, sollten wir dort ansetzen.«

»Haben Sie eine Namensliste, wer zu dem Sturm gehört?«, fragt Theo Wolf.

Georg Schulze steht auf und geht zu einem Aktenschrank an der Wand. In den riesigen Auszugsschubladen hängen Registermappen, eine neben der anderen. Der Kommissar sieht die Reiter auf den Hängern durch, bis er den gewünschten gefunden hat. Er zieht eine Mappe heraus und legt sie auf den Tisch. Anschließend entnimmt er ihr einen Stapel Papiere. Er blättert den Stoß durch. »Ich habe hier eine Aufstellung des Sturms 27. Ob sie vollständig ist, kann ich nicht sagen. Sie wird abgeglichen, wenn wir SA-Männer verhaften. In der Anfangszeit der NSDAP und der SA haben sich die Organisationen immer wieder verändert. Auch das damalige Parteiverbot hat dazu beigetragen. Sie haben dann in irgendwelchen Tarnorganisationen weitergemacht, als Sportverein zum Beispiel oder als Wanderverein. In letzter Zeit haben sie sich jedoch stabilisiert. Seit der Reichstagswahl 1928 ist die NSDAP auf Wachstumskurs.«

»Wie ist deren politische Ausrichtung einzuordnen?«, erkundigt sich Franz Reinicke.

»Schwer zu sagen«, kommt die Antwort. »Sie hassen die Kommunisten und die SPD. Sie stehen rechts, aber sie stechen aus dem rechten Spektrum deutlich hervor. Von den anderen dort anzusiedelnden Verbänden und Parteien unterscheiden sie sich deutlich. Die SA sieht sich in der Tradition der Freikorps. Diese wiederum begreifen sich als Retter des Deutschen Reichs im Jahr 1919. Von daher ist die SA eindeutig den Wehrverbänden zuzuordnen. Auf der anderen Seite stimmen sie sozialrevolutionäre Töne an, die selbst eine SPD erröten lassen. Hier finden wir eine eindeutig linke politische Komponente. Was die NSDAP aber, und damit die SA als ihr bewaffneter Arm, fast einzigartig macht, ist ihr strammer antisemitischer Ton. Damit übertreffen sie alle anderen Gruppierungen bei Weitem. Ich habe das Gefühl, dass wir mit denen noch viel Ärger bekommen werden.«

»Das würde ja passen«, meint Franz Reinicke. »Es befinden sich unter den Opfern gehäuft Juden.«

»Ich schau mir am besten die Kartei an, dann wissen wir mehr«, gibt Kriminalkommissar Schulze zurück.

Er überfliegt seine Liste und setzt sich ruckartig auf. Franz Reinicke und Theo Wolf sehen ihm über die Schulter.

»Glück und Pech«, meint er. »Wir haben zwei Männer, deren Namen passen könnten. Einen Emil Bachmann und einen Rudi Baumann.«

»Und wer mag es nun gewesen sein?«, fragt Franz Reinicke. Beim Sprechen fühlt er einen Kloß im Hals und muss sich erst räuspern, bevor er die Frage hervorbringen kann. Er spürt, wie noch niemals zuvor, dass sie auf eine heiße Spur gestoßen sind.

Georg Schulze legt die Armbinde flach auf den Tisch. Er richtet den Strahl seiner Schreibtischlampe darauf, sodass alles hell ausgeleuchtet ist, und holt aus einer Schublade eine Lupe hervor. Er beugt sich über die Armbinde. Stirnrunzelnd streicht er wieder und wieder über die ausgefransten Fasern des Stoffs. Er nimmt noch eine Pinzette zu Hilfe und legt die ausgerissenen Fäden in Position. Doch schließlich schüttelt er den Kopf. »Schade, meine Herren. Die Schrift ist Sütterlin. Ich kann die Breite der Lücke genau erkennen. In lateinischer Schreibschrift hätten wir einen deutlichen Unterschied im Abstand zwischen dem ch in ›Bachmann‹ und dem u in ›Baumann‹ und könnten eine der Personen ausschließen. So ist der Abstand jedoch der gleiche«, erklärt er und schreibt mit Tintenfeder die beiden Namen in seiner saubersten Kanzleischrift auf einen Block untereinander:

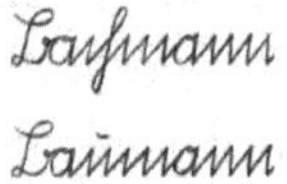

Theo Wolf und Franz Reinicke reißen sich fast gegenseitig die Lupe aus der Hand, die Schulze ihnen herüberreicht. Immer wieder schauen sie auf den Block und vergleichen die Schrift mit der Armbinde. Aber Georg Schulze hat recht. Auch sie finden nicht den entscheidenden Unterschied.

»Verdammt!« Theo Wolf legt die Lupe frustriert auf den Schreibtisch.

»Immerhin haben wir zwei Verdächtige«, bemerkt Franz Reinicke. »Mehr als wir je hatten in diesen Mordfällen.«

Georg Schulze macht sich derweil an den anderen Registern zu schaffen. »Ich gleiche nur noch die Namen der Stürme 26 und 5 ab, um zu sehen, ob wir noch mehr Personen im Spiel haben.«

Nach einer Weile schüttelt er den Kopf. »Fehlanzeige. Die beiden SA-Männer aus dem Sturm 27 scheinen momentan unsere einzigen Kandidaten zu sein.«

»Was machen wir jetzt?«, fragt Theo Wolf. »Der Hund könnte doch mal an der Binde riechen …«

Weiter kommt er nicht, da Franz Reinicke in die Luft geht. »Lass mich mit dem Scheißköter zufrieden. Hast du gesehen, was das Vieh gemacht hat?«

Sie setzten am Tatort einen Hund der Spurensicherung ein, der die Witterung des Täters aufnehmen sollte.

»Erst saust das Aas von der Schwelle des Hauses wie angesengt durch die Hinterhöfe, nur um vor einem Handwagen stehen zu bleiben und den zu verbellen. Wir haben den Erkennungsdienst geholt und die haben sich die Karre angesehen, aber Fehlanzeige. Und als ich dem Viech in seine dümmlichen braunen Augen schaue, was macht es? Es pisst auf die Erde. Stellt sich an den Leiterwagen hin und pinkelt auf alle eventuell noch vorhandenen Spuren. Wir beginnen noch mal neu am Hauseingang. Der Köter zieht in eine andere Richtung als vorhin, ab auf die Straße. Wir laufen hinterher, um was zu sehen? Der Hund hat nach 50 Metern die Spur verloren, hüpft aufgeregt erst in die eine, dann in die andere Richtung, um schließlich die Fährte einer läufigen Hündin aufzunehmen. Im Hinterhof einer drittklassigen Spelunke konnten wir schließlich Hundehochzeit feiern. Der Wirt sah aus wie ein Galgenvogel und hat sich richtig mitgefreut. Wenigstens hat mir der Hundeführer aus Scham eine Flasche Weinbrand vorbeigebracht. Also geh mir bitte mit dem Spürhund nicht auf den Wecker!«

»Gut, kein Spürhund. Wir sollten bei unseren zwei Verdächtigen Blutgruppenbestimmung machen lassen und Hausdurchsuchungen durchführen. Wenn keiner von ihnen Blutgruppe A hat, dürfen wir uns was Neues einfallen lassen.«

»Sicherlich werden wir noch weitere Indizien finden, Blutspritzer beispielsweise oder zerrissene Kleidung. Im Verhör können wir die beiden nach Herzenslust rannehmen. Wenn einer von ihnen in den ersten 48 Stunden zusammenbricht, haben wir es geschafft. Ansonsten müssen wir beide wieder auf freien Fuß setzen«, ergänzt Reinicke.

»Moment mal«, stutzt Georg Schulze, über seine Unterlagen gebeugt. »Wann war der Mord?«

»Am 6. Juli«, entgegnet Franz Reinicke.

»Und um welche Uhrzeit?«, fragt Schulze genauer nach.

»Kurz vor elf Uhr nachts, warum?«

»Tja, ich glaube, Sie haben Pech. Ihre Kandidaten waren an diesem Tag auf dem Präsidium!«

Die beiden Kriminaler aus dem Morddezernat stürzen sich auf die Unterlagen der Politischen Polizei Es ist protokolliert, dass die fraglichen SA-Männer bis etwa 20 Uhr erkennungsdienstlich behandelt wurden. Die Entlassung erfolgte gegen Unterschrift. Der Tatzeitpunkt ist durch den Anruf des Hausmeisters auch auf wenige Minuten genau einzugrenzen.

»Wer begeht denn, kurz nachdem er aus Polizeigewahrsam entlassen wurde, sofort einen Mord?«, sinniert Theo Wolf.

»Nein, das ist eher unwahrscheinlich«, pflichtet ihm Reinicke bei. »Ich kann mir nicht vorstellen, dass jemand aus dieser Gruppe der Mörder ist. Das wäre an Dreistigkeit nicht zu überbieten, aber vielleicht …«

»Mist, verwertbare Fingerabdrücke haben wir am Tatort auch keine gefunden. Im Laden war zwar alles mit ihnen übersät, aber keiner davon war brauchbar. Die blutigen Scherben auf dem Boden waren dermaßen zertreten, dass sich hier keine Spuren erhalten haben. Auf dem Hemd des Mordopfers gab es Abdrücke von Fingern, aber auf dem rauen Stoff sind keine Fingerabdrücke zurückgeblieben. Außerdem wurde leider keine Tatwaffe gefunden«, erklärt Theo Wolf.

»Wir gehen mit dem Fall trotzdem zu Gennat«, beschließt Franz Reinicke. »Ich weiß, dass es keiner mehr hören will, aber wenn wir die Morde an Eppstein und der Stern dazurechnen, haben wir es mit drei getöteten Juden zu tun. Eine SA-Armbinde würde durchaus dazu passen.«

*

Nervös sitzen sie im Flur des Gerichts. Bei Gennat ging es relativ schnell. Nachdem sie alle Fakten und Indizien durchgegangen waren, bekamen sie grünes Licht. Die Untersuchungen sind auf Gennats Anweisung in Richtung der beiden SA-Männer weiterzuführen. Hausdurchsuchungen sollen sofort beim zuständigen Richter Dr. Thiel beantragt werden, damit die Beweislage nicht verändert werden kann. Theo Wolf und Franz Reinicke haben gerade noch den letzten Termin vor dem Wochenende erwischt.

Vom Polizeipräsidium am Alex ist es nur ein Katzensprung in das Land- und Amtsgericht II in der Neuen Friedrichstraße. Im Gegensatz zum Präsidium wirken die Räume und Flure weit und offen. Hier wird zu Gericht gesessen, nicht ermittelt, das merkt man den eindrucksvollen Räumlichkeiten an. Die Flure sind blitzsauber und riechen schwach nach Bohnerwachs.

Die beiden Kriminaler haben die kompletten Ermittlungsunterlagen neben sich aufgestapelt und warten darauf, dass sie eintreten dürfen. Der Richter hat sich zum Studium ausgewählter Akten zurückgezogen. Sie warten schon seit einer guten halben Stunde und rutschen nervös auf der Gerichtsbank hin und her. Die Fälle sind schließlich alles andere als eindeutig.

Nach einer quälend langen Wartezeit werden sie hereingerufen. Dr. Thiel blickt auf. Eisengraues, millimeterkurz geschnittenes Haar umgibt eine Halbglatze. Das Gesicht ist faltig und wirkt streng. Mehrere Schmisse laufen in parallelen Furchen über seine linke Wange und sein Kinn.

Reinicke und Wolf stellen Antrag auf:

1. Blutgruppenbestimmung bei den Herren Rudi Baumann und Emil Bachmann.

2. Hausdurchsuchungen bei den oben genannten Herren.

Der Gerichtsschreiber notiert fleißig. Franz Reinicke schildert die beiden Mordfälle mit ihrer Faktenlage. Dann beschreibt er ihr wichtigstes Beweisstück, die Armbinde, und welche Schlüsse sie aus allem ziehen. Reinicke macht auf die Dringlichkeit der Hausdurchsuchungen aufmerksam, damit weitere Beweise, falls vorhanden, gesichert werden können.

Sie tragen ihre bisherigen Ermittlungsergebnisse vor, das heißt, als Ranghöherer redet ausschließlich Kriminalkommissar Reinicke. Kriminalassistent Wolf souffliert nur ab und zu ein Stichwort. Der Richter hört aufmerksam zu. Anschließend stellt er zahlreiche Fragen: »Sie führen aus, der Täter habe Blutgruppe A. Auf der Armbinde sei ebenfalls Blutgruppe A gefunden worden. Was beweist das Ihrer Meinung nach?«

»Das beweist direkt nichts«, gibt Reinicke zu. »Falls aber einer der Verdächtigen diese Blutgruppe hat, könnten wir die Ermittlungen in diese Richtung konzentrieren.«

»Interessant«, bemerkt der Richter. »Etwa 50 Prozent aller Menschen besitzt Blutgruppe A. Ich selbst gehöre auch dazu. Wollen Sie jetzt Ihre Ermittlungen auch auf mich ausweiten?«

»Nein«, stutzt der Kriminalkommissar erstaunt.

»Gut, Sie stimmen mir also zu, dass dieses sogenannte Beweisstück keinerlei Beweiskraft besitzt?«

»Nicht direkt …«

»Fassen Sie sich bitte kurz und prägnant! Sie sind ein deutscher Kriminalbeamter. Was soll dieses Gestottere? Wir haben soeben festgestellt, dass die Armbinde keinerlei Beweiskraft hat.«

»Aber der Name!«, fällt Theo Wolf dem Richter in Wort.

»Richtig, der Name, nicht die Namen. Sie beschuldigen gleich zwei deutsche SA-Männer, die ihre Pflicht für das Vaterland auf der Straße ableisten. Natürlich steht da ein Name, was soll sonst auch in einer Armbinde stehen? Sie ist von einem Angehörigen der SA getragen worden und wurde im Gebüsch aufgefunden. Sie haben keinerlei Anhaltspunkte, wie sie dorthin gelangt ist. Ganz im Gegenteil, sie wurde sogar durch äußerst zweifelhafte Subjekte entdeckt und der Polizei übergeben. Warum sollte ausgerechnet die Armbinde etwas mit Ihrem Mordfall zu tun haben? Jeden Tag kämpft die SA gegen das rote Pack. Die Mitglieder setzen ihr Leben dabei auf Spiel. Und dann kommt ein erfolgloser Polizeibeamter daher, der auf Biegen und Brechen einen Mörder braucht, und beschuldigt die SA, nur weil eine ihrer Kampfbinden blutig geworden ist. Das kann doch nicht Ihr Ernst sein!«

»Die Hausdurchsuchungen werden das klären«, entgegnet Reinicke eisig.

»Nichts wird geklärt. Sie werden erst Ihre Ermittlungen zu einem befriedigenden Abschluss bringen, bevor Sie mir mit Anträgen kommen. Ich möchte einen einzigen Namen haben und eine lückenlose Indizienkette, bevor ich voreilig deutsche Patrioten mit Schmutz übergieße. Die Anträge sind abgelehnt. Machen Sie erst einmal Ihre Hausaufgaben, bevor Sie erneut bei mir aufkreuzen. Ich wünsche den Herren ein angenehmes Wochenende.«

Dr. Thiel packt seine Unterlagen zusammen und verstaut sie in einer ledernen Aktentasche. Der Gerichtsschreiber beendet das Protokoll und legt es dem Richter zur Unterschrift vor. Theo Wolf möchte den Saal verlassen und zieht Franz Reinicke am Ärmel. Der steht jedoch wie vom Donner gerührt da und kann nicht glauben, was er gerade erlebt hat. Mit einer Handbewegung schickt er seinen Assistenten nach draußen. Zögernd verlässt Kriminalassistent Wolf den Gerichtssaal. Auch der Gerichtsdiener hat seine Arbeit beendet und geht hinaus. Nur der Richter und der Kriminalkommissar stehen sich noch gegenüber.

Dr. Thiel, der erst gar nicht mitbekommen hat, dass noch jemand im Raum geblieben ist, hebt den Kopf und sieht Franz Reinicke aus seinen hellblauen, kalten Augen an. »Ist noch was?«, bellt er.

»Herr Richter«, hebt Reinicke an. »Ich kann Ihre Sympathien für die NSDAP verstehen, aber es geht hier um Mord.

Wahrscheinlich hat der Täter sogar vier Menschen auf dem Gewissen. Zu den eindeutig vom selben Täter verübten Morden kommen noch der Mord an dem Pfandleiher Abraham Eppstein im Jahr 1928 und der Mord an der Prostituierten Ruth Stern im Jahr 1922.«

Sie stehen sich reglos gegenüber. Die Stille nach den Worten des Kommissars lastet zwischen beiden. Der Richter seufzt leise auf und legt den Kopf schief. Er überlegt eine Weile. Dann schaut er milde auf den Kommissar. »Ihren Eifer in Ehren, mein Lieber. Aber machen Sie sich nicht zu viele Gedanken darum. Es handelt sich doch nur um Juden …«

KAPITEL 18

Berlin, Freitag, 12. Juli 1929

»Was ist los?«, ruft der Kriminalassistent.

Franz Reinicke stürmt mit schnellen Schritten aus dem Gerichtsgebäude, beinahe rennt er den Kollegen um.

»He! – Nun warte doch mal! Was ist denn los mit dir?« Theo Wolf stürzt dem Davoneilenden hinterher, kann aber nicht mit ihm Schritt halten.

Auf der Straße lehnt sich Reinicke keuchend gegen den nächsten Laternenpfahl, atmet schwer. »So ein Arschloch!«

»Wer?«

»Der Dreckskerl von Richter.«

»Was hat er getan?«

»Nichts«, stößt Reinicke erbittert hervor. »Das ist es ja. Wir sollen schön die Füße stillhalten, da es sich bei den Toten eh nur um Juden handelt. Das hat er wortwörtlich gesagt.«

Wolf steht verdutzt da. »Und was hast du gemacht?«

»Ich hab ihm eins in die Fresse gehauen.«

»Im Ernst jetzt?«

»Nein, natürlich nicht. Ich riskier doch nicht meine Anstellung und die satte Pension. Der Richter hat immer recht, das weißt du. Aber das mit den Juden hat er sich dann doch erst getraut zu sagen, nachdem bereits alle außer mir den Raum verlassen hatten.«

»Gehen wir jetzt zu Gennat?«

»Ja, das müssen wir. Gennat muss wissen, wie es uns ergangen ist.«

Gemeinsam begeben sich die beiden auf den kurzen Rückweg ins Polizeipräsidium.

*

In Gennats Büro werden die Ermittler umhegt und umsorgt wie noch nie zuvor. Er hat auf den ersten Blick erkannt, dass etwas gründlich schiefgelaufen ist. Ihre Gesichter sprechen Bände. Seine Sekretärin, Frau Steiner, fährt groß auf. Neben dem obligatorischen Kuchen, den der vollschlanke Kriminalrat beinahe blechweise verzehrt, zaubert sie innerhalb weniger Minuten ein ganzes Abendessen mit Buletten, kaltem Hähnchen und anderen Leckereien von Aschinger herbei. Reinicke und Wolf sitzen nebeneinander auf dem durchgesessenen, grünen Sofa und gucken bloß staunend.

»Jetzt greifen Sie doch zu, meine Herren«, bittet Gennat ungeduldig.

Zaghaft greift Theo Wolf nach einem Häppchen. Wenige Minuten später sitzen alle einträglich um den Tisch und kauen mit vollen Backen. Gennat vermeidet während des Essens bewusst jede Erwähnung der aktuellen Mordfälle. Er parliert über das Berliner Gesellschaftsleben, stellt Überlegungen zum derzeitigen Umbau des Alexanderplatzes an und bedient sich ansonsten ebenso beherzt wie die beiden Kommissare. Die saßen zuerst wie auf Kohlen auf dem Sofa und rutschten unruhig auf ihren Hintern hin und her, dann verstanden sie: Das Geschäftliche kommt später dran.

Am Ende des Mahls lässt Gennat einen präparierten Menschenschädel herumgehen, der den makabren Höhepunkt seiner privaten Asservatensammlung darstellt: Er wurde zum Zigarettenspender umgebaut. »Na, Jungs, ist wohl nicht gelaufen wie geplant, was?«, eröffnet Gennat jovial die nächste Runde.

Die beiden Kriminaler nicken und berichten von der Anhörung. Reinicke ereifert sich dabei heftig über die Ansichten des vorsitzenden Richters. Gennat nickt immer wieder.

»Na ja, der Thiel war schon vor dem Krieg einer, der nach unten getreten und nach oben gebuckelt hat. In der Anfangszeit der Republik war er manchmal schmierig bis zur Selbstaufgabe. ›Schmiel‹ haben sie ihn deshalb genannt. Aus dem ›Schmiel‹ wurde mit der Zeit der ›Schmuel‹, und das ist hängengeblieben. Das schmeckt einem vaterländisch zackigen Menschen wie ihm natürlich überhaupt nicht, wenn er mit jüdischem Spitznamen herumlaufen muss. Heutzutage gibt es immer mehr Nazis in der Stadt, und da wittert so einer wie Thiel natürlich Morgenluft. Nicht nur in der Stadt Halle werden die Blöden nicht alle, wie es so schön heißt. Richter Thiel tritt bestimmt noch in diesem Jahr in die NSDAP ein, wenn das mit dem Verein so weitergeht, meine Prognose, da nehme ich jede Wette an.«

Die beiden Gäste schauen erstaunt, was Gennat alles zu berichten weiß. Aber er ist schließlich schon seit 1904 im Polizeidienst und kennt seine Pappenheimer. Überraschend leitet er plötzlich das Ende ihrer Unterredung ein: »Meine Herren, Sie haben hervorragend gearbeitet. Für das, was heute passiert ist, tragen Sie keine Verantwortung. Ich schlage vor, wir legen die Ermittlungen vorerst auf Eis, bis es neue Hinweise gibt.«

Theo Wolf bleibt der Mund vor Staunen offen stehen und Franz Reinicke denkt, er habe sich verhört.

»Aber wir sind doch mittendrin! Jetzt wären die Hausdurchsuchungen der nächste wichtige Schritt«, beschwert sich Letzterer.

»Eben, eben, das meine ich«, erklärt Gennat. »An dieser Stelle kommen wir ohne die Hilfe des Gerichts nicht weiter. Also spielen wir deren Spiel eine Zeit lang mit, bis wieder Bewegung in die Sache kommt.«

»Wir haben doch noch andere lose Fäden, deren Ende wir aufnehmen können. Wir sollten noch einmal mit der politischen Abteilung deren Akten durchforsten …«, insistiert Reinicke.

»Später, mein lieber Herr Kriminalkommissar, später. Ich habe einen ganz anderen Vorschlag für Sie beide. Sie bekommen von mir für die erfolgreiche Bearbeitung der Vorgänge, soweit es in Ihren Möglichkeiten stand, jeder zwei Tage Sonderurlaub.«

»Aber …«, fängt Reinicke an, bevor Gennat weiterspricht.

»Nein, bitte, keine Einwände. Das haben Sie sich wirklich verdient. Dazu nehmen Sie noch einige Tage Jahresurlaub, der muss schließlich auch einmal weg, und bleiben nächste Woche inklusive Samstag komplett zu Hause. Entspannen Sie sich ein wenig, von mir aus dürfen Sie auch gerne zusammen noch einmal Ihre Fälle durchsprechen, aber in der nächsten Woche ruhen die Ermittlungen hier im Präsidium, verstanden?«

»Herr Kriminalrat, dagegen muss ich protestieren!«, platzt es aus Reinicke heraus.

»Ja, ja, tun Sie das ruhig. Ich kann Sie ja gut verstehen, aber das müssen wir leider auf übernächste Woche verschieben«, erwidert Gennat gut gelaunt und beginnt, die leeren Teller aufeinanderzustapeln.

Theo Wolf hat ein Blitzen in Gennats Augen bemerkt und denkt sich seinen Teil. Mit einem entschlossenen »Jawohl, Herr Kriminalrat!« steht er auf und zieht Reinicke sanft am Ärmel. »Komm!«

Unwillig lässt sich Reinicke aus dem Plüschsofa emporziehen.

»Vielen Dank, Herr Kriminalrat«, spricht Theo Wolf an Reinicke gewandt, »auch für das leckere Abendessen.«

»Gerne geschehen«, schmunzelt Gennat.

»Ja, auch herzlichsten Dank von meiner Seite«, bemerkt Reinicke sarkastisch.

»Nun grollen Sie nicht«, lacht Gennat wohlwollend. »In einer Woche kann viel passieren. Ich erwarte Sie, wenn Sie wieder hier erscheinen, in bester Verfassung, mit glänzender Laune und neuen Ideen.«

Die beiden Kommissare greifen sich ihre Mäntel und Hüte und verlassen das Büro.

*

Reinickes Kopf ist hochrot angelaufen, wie ein Siemens Feuermelder, als sie in ihr Büro kommen. Die Adern an seinen Schläfen sind gefährlich geschwollen und seine Schnurrhaarbartspitzen zittern. Kein Wort hat er verloren, seit sie Gennats Büro verlassen haben. Theo Wolf schweigt. Doch als die Tür hinter ihnen ins Schloss fällt und sie unter sich sind, springt er plötzlich grinsend zu seinem Chef und fasst ihn an den Schultern. »Mensch, bevor du jetzt wieder herumpolterst, lass mich erst ein paar Worte sagen. Gennat hat uns gerade eben einen Freifahrtschein gegeben. Wenn es mit richterlicher Anordnung nicht geht, dürfen wir eben auf eigene Faust loslegen. Falls jemand dahinterkommt, berufen wir uns auf Gefahr im Verzug. Damit können wir machen, was wir wollen. Und die nächste Woche sollen wir uns im Präsidium nicht blicken lassen, so kann niemand hinterher behaupten, wir hätten die Entscheidung des Gerichts missachtet.«

Reinicke atmet schwer aus und blickt seinem Assistenten ins Gesicht. »Meinst du?«, blafft er.

»Na klar. Du warst nur noch so sauer auf den Richter, dass du gar nicht wirklich auf Gennat geachtet hast. Der hat sich die ganze Zeit innerlich prächtig amüsiert. Offiziell darf er uns natürlich so etwas nicht anweisen, aber verlass dich darauf, der erwartet von uns Fahndungsergebnisse innerhalb der nächsten Woche. Außerdem«, bemerkt Wolf, »hast du einen Urlaubsschein unterschrieben?«

»Nein, natürlich nicht. Es ging ja alles hopplahopp.«

»Eben! Wir sind somit offiziell gar nicht im Urlaub. Wenn wir Probleme bekommen, kann Gennat uns Rückendeckung geben. Wenn er jedoch von höherer Stelle angesprochen wird, sind wir im Urlaub und die Bürokratie wird nächste Woche nachgereicht. So sind beide Seiten geschützt«, lächelt Theo Wolf.

»Und was machen wir dann mit unserer schönen freien Zeit?«, fragt Franz Reinicke.

»Wir feiern ordentlich und gießen uns richtig einen hinter die Binde. Das haben wir uns nach dem ganzen Mist verdient. Und dabei überlegen wir, wie wir nächste Woche unseren zwei Verdächtigen Bachmann und Baumann unauffällig auf den Zahn fühlen können.«

Ergeben seufzt Franz Reinicke. »Wenn nur nicht immer alles so kompliziert wäre. Lass uns darauf anstoßen. Wohin gehen wir?«, brummt er.

»Wir suchen uns irgendeinen runtergekommenen Laden hier in der Nähe, wo wir unter uns sind. Warst du schon einmal im Mexico?«, schlägt der Kriminalassistent vor.

»Ja, war ich. Der Schuppen passt zu meiner Stimmung. Lieber gucke ich ein paar Nutten und Strichern bei der Arbeit zu als Richtern und Beamten. Die habe ich momentan satt bis obenhin.«

*

»Als gäbe es ab morgen keine Arbeit mehr!«, kommentiert Franz Reinicke, als sie das Lokal betreten.

Hitze, Lärm und abgestandene Luft schlägt ihnen entgegen. Im Lokal herrschen bestimmt über 30 Grad Celsius. Die lachenden und schreienden Menschen verbreiten einen Geruch nach Schweiß und billigem Parfum, in den sich Noten von schalem Bier, Tabakqualm und Speisefett mischen. Alles wirkt hektisch und aufgekratzt. Die Stimmung überträgt sich auf die beiden Besucher. Innerhalb von Sekunden rinnt ihnen der Schweiß in die Hemdkrägen und lässt den Stoff an den Hälsen kleben. Reinicke zieht energisch an seinem Binder, um den Knoten zu lockern.

Vereinzelte Ventilatoren bringen zwar die Dekoration aus Papier in Bewegung, führen ansonsten aber einen vergeblichen Kampf gegen den Mief.

»Das ist genau das, was wir jetzt brauchen«, sagt Theo Wolf und strahlt seinen Vorgesetzten an.

Der zuckt mit den Achseln. Sie quetschen sich durch den Raum und finden an einer Säule Platz, an die ein kleiner Stehtisch geschraubt ist. Theo Wolf ordert am Tresen zwei Mollen. Der Zapfhahn ist im Dauerbetrieb, ein Krug nach dem anderen wird gefüllt und an die Umstehenden gereicht, die Schlange am Tresen reißt nicht ab. Die Musik aus den Lautsprechern ist ohrenbetäubend. Köpfe nicken und Füße stampfen im Takt mit. Das Publikum ist durchmischt: Tagediebe, Arbeiter, schwere Jungs. Mit den Mädels, die es hier gibt, möchte Theo Wolf nicht ausgehen müssen, geschweige denn sie bei Tageslicht betrachten.

Er balanciert die Biere durch das Gewühl und setzt die Krüge mit einem kleinen Schwappen vor seinem Chef ab. Stumm nicken sie sich zu, ergreifen die Henkel und prosten sich zu. Nach dem ersten tiefen Schluck wischt sich Theo Wolf den Schaum vom Kinn. »Wir schauen also die Woche bei unserem Duo Bachmann/Baumann vorbei?«

»Genau das werden wir tun«, bestätigt ihm Franz Reinicke. »Nur leider dürfen wir nicht als Kriminaler auftreten, sondern müssen uns eine Tarnung einfallen lassen. Unterstützung von den uniformierten Kollegen können wir uns auch nicht holen«, überlegt er laut.

»Das sollte aber nichts ausmachen. Wir wollen den Verdächtigen ja nicht direkt begegnen. Doch wie kommen wir in die Wohnungen?«, will Theo Wolf von seinem Vorgesetzten wissen.

»Ich kann zur Not ein Schloss aufbrechen«, erwidert Reinicke.

»Wir dürfen keine Gewalt anwenden, sonst merken die Verdächtigen, dass jemand bei ihnen war«, wendet Kriminalassistent Wolf ein. »Und ganz sauber ist diese Vorgehensweise auch nicht …«

»Ich kann Schlösser öffnen, ohne dass man etwas davon sieht.« Reinicke nimmt noch einen Schluck und atmet tief durch. Sollte uns tatsächlich jemand erwischen, behaupten wir einfach, die Tür hätte bereits offen gestanden. Die Aussagen von zwei Beamten besitzen immer noch erhebliches Gewicht, es wird höchstens einen komischen Beigeschmack geben, aber uns kann niemand einen Strick draus drehen.« Er nimmt noch einen Schluck.

»Behalt es für dich, ich möchte nicht, dass jemand im Präsidium davon weiß. Ich habe mir von einem der Jungs, die ich verhaftet habe, zeigen lassen, wie man das macht. Es war ein ellenlanges Verhör und ich war stundenlang mit ihm allein im Raum. Wir hatten damals versucht, ihm eine Reihe von Trickbetrügereien nachzuweisen, aber er hat eisern die Klappe gehalten. Er wusste, wenn er sich nicht mit irgendeiner dummen Aussage selbst reinreitet, kann ich ihm gar nichts anhaben. Er hat mich daher einfach nur angegrinst. Wahrscheinlich haben ihm schon die Backen wehgetan. Um dem Spiel ein Ende zu machen, habe ich versucht, mit ihm über etwas anderes zu reden. So sind wir aufs Schlösseröffnen gekommen. Der Kerl hat mir damals mit Augenzwinkern erklärt, dass jetzt mal einer der Doofen von der Straße einem studierten Kriminalisten was beibringen kann. Dann musste ich ihm eine Reihe von unterschiedlichen Schlössern bringen und seine Brieftasche. Aus einem versteckten Seitenfach hat er kleine Metallhaken gezogen und angefangen, mir zu erklären, wie man es macht. Die Betrügereien habe ich ihm schlussendlich nicht nachweisen können, dafür hat er mir lächelnd die Dietriche bei seiner Entlassung geschenkt. Mit denen habe ich in der Folgezeit öfter abends an einem Schloss geübt. Das kann sogar richtigen Spaß machen«, grinst er Theo Wolf entschuldigend an.

»Na hervorragend!«, freut sich Theo Wolf. »Dann haben wir alles, was wir brauchen. Wann wollen wir in die Wohnungen?«

»Wir sollten vorbeischauen, wenn unsere Kandidaten bei der Arbeit sind. Dort sind sie stundenlang beschäftigt, und wir brauchen nicht zu befürchten, dass sie uns überraschen. Ihre Arbeitsstellen mussten sie ja bei der Festnahme angeben und ich habe mit den Firmen telefoniert, ob sie auch tatsächlich dort arbeiten. Dafür müssen wir aber erst einmal unbemerkt in die Häuser kommen. Das stelle ich mir als die größere Herausforderung vor. Uns sieht man den Kriminalpolizisten doch auf zehn Meter gegen den Wind an.«

»Ja, das ist tatsächlich schwierig. Auch wenn in den Mietshäusern dutzende Parteien wohnen, fallen Fremde trotzdem auf. Wir sollten uns verkleiden, und vielleicht sogar getrennt dort auftauchen«, begeistert sich Theo Wolf.

»Eine gute Idee. Was schlägst du vor?«, fragt ihn der Kriminalkommissar.

»Wer normalerweise überhaupt nicht beachtet wird, ist ein Handwerker. Der kommt nicht nur, wenn etwas repariert werden muss, sondern manchmal auch, um etwas zu überprüfen, wenn ihn der Hausverwalter ruft. Wir könnten uns als Klempner ausgeben und zusammen auftreten. Wir sagen einfach etwas von einer Routinekontrolle im Haus, falls jemand fragt. Wenn uns niemand beobachtet, schlüpfen wir in die Wohnungen«, erläutert Theo Wolf seinen Plan.

»Das ist gut. Nur wo bekommen wir auf die Schnelle Kleidung und Werkzeug her?«, möchte der Kommissar wissen.

»Lass mich mal organisieren«, schmunzelt Theo Wolf. »Zufällig ist einer meiner Verwandten bei einer großen Flaschnerei beschäftigt ...«

Lachend heben die beiden ihre Gläser und stoßen an.

»Auf morgen früh!«, freut sich Theo Wolf.

»Und was prüft nun so ein Klempner genau?«, fragt Franz Reinicke. »Ich als Büromensch habe doch zwei linke Hände und keinen Schimmer.«

»Überlass das getrost meinem Cousin«, erwidert Theo Wolf fröhlich. »Du wirst staunen, was dem alles einfällt. Der macht aus dir noch einen richtigen Arbeiter. Was schlägst du vor, mit welchem der Verdächtigen fangen wir an?«, will der Kriminalassistent wissen.

»Na, das ist einfach. Da wir bei Preußens sind, gehen wir schön dem Alphabet nach vor: also erst Bachmann, dann Baumann!«, legt Franz Reinicke fest.

*

Emil Bachmann schließt seine Zimmertür auf. Sie hatten einen besonderen Sturmabend, und darüber ist es 23 Uhr geworden. Heute haben sie mit dem Gewehr 98 geübt. Ein paar ältere Kameraden brachten dafür ihre Waffen von zu Hause mit. Für Emil und die anderen Kriegsteilnehmer war es Routine, aber die meisten Jüngeren waren ganz schön aufgeregt. Schloss herausnehmen, Schlösschen abdrehen, Schlagbolzen freimachen, und danach alles wieder zusammensetzen. Dann der Trick mit dem Auswerfer, der in die richtige Stellung gedreht werden muss, damit sich das Ganze ins Gewehr einsetzen lässt. Darüber gerieten sie ordentlich ins Schwitzen. Statt mit scharfen Patronen übten sie mit leeren Hülsen. Die Spielchen der Ausbilder waren dieselben wie damals beim Militär. Wem eine Hülse herunterfällt, muss in den Liegestütz und sie mit dem Mund aufheben. Damit er sich einprägt, dass so etwas nicht passieren darf, muss er hinterher noch weitere zehn Mal pumpen. Das merkt man sich. »Lernen durch Schmerz«, hatten sie es früher immer genannt.

Leider haben sie keine Schießbahn hier in Berlin, also mussten sie sich mit Trockenübungen begnügen. Sie legten ein Gewehr auf einen Tisch und fixierten es mit Sandsäcken, sodass es sich nicht mehr verschieben ließ. Anschließend wurde quer durch den Schankraum und den dahinterliegenden Gang gezielt. An der gegenüberliegenden Wand stand Kurt und bediente die Zielkelle. Jeder der Jungen peilte über Kimme und Korn und Kurt verschob die Kelle so lange auf Zuruf, bis die Zielmarkierung genau auf an der Stelle war, die derjenige anvisierte. Dann markierte Kurt durch die Mitte der Blechronde, in der sich ein kleines Loch befindet, auf den an der Wand angebrachten Papierbogen den entsprechenden Punkt. So konnte er genau ablesen, ob nach mehreren Visierübungen die Punkte nahe beieinanderlagen, und somit Zielfehler berichtigen.

Zum Schluss stand natürlich das obligatorische Waffenreinigen auf dem Plan. Da nicht genug Gewehre vorhanden waren, nutzten die Übrigen die Wartezeit als Putz- und Flickstunde: besserten die Uniformen aus, nähten Knöpfe an und stopften Schadstellen. Emil stellte dabei fest, dass er sich einen kleinen Riss am linken Ärmel seines Braunhemds zugezogen hatte. Aber nun ist wieder alles korrekt.

Sorgsam zieht Emil zu Hause die Uniform aus und hängt sie über einen Bügel. Das Braunhemd macht einen schmucken Eindruck, mit den goldenen Knöpfen und den schwarzen Kragenspiegeln. Emil zupft die neue Armbinde zurecht, die über den linken Ärmel gestreift ist und sich immer wieder verschiebt. Anschließend hängt er den Bügel in den Kleiderschrank. Die Kappe hat ihren Platz auf dem Regalbrett, den Grabendolch legt er daneben hin.

Kurt hat ihm auf der Arbeit eine Zeitung zugesteckt. Emil setzt sich an den Tisch und schlägt sie auf. Das Blatt ist schon ein paar Tage alt. Den Bericht vom Raubüberfall in der Pfuelstraße findet er auf Seite vier. Er fängt an zu lesen:

Ladenbesitzer erstochen

In der Nacht des 6. Juli haben ein oder mehrere unbekannte Täter das Ladengeschäft der »Glasschleiferei Frankfurter« in der Pfuelstraße überfallen und verwüstet. Der hinzugeeilte Ladenbesitzer wurde in einem Handgemenge erstochen. Von dem oder den Tätern fehlt bislang jede Spur. Die Kriminalpolizei bittet um tatkräftige Mithilfe der Bevölkerung. Wer Beobachtungen gemacht hat, die sich auf den Tatzeitpunkt zwischen 22 und 24 Uhr beziehen, oder anderweitige Hinweise geben kann, wird gebeten, sich an das Polizeipräsidium Alexanderplatz zu wenden. Meldungen nimmt der ermittelnde Kriminalkommissar Reinicke, Zimmer II/41, entgegen. Für sachdienliche Hinweise wird eine Belohnung von 1.000 Reichsmark ausgesetzt.

Kurt hat ihm gut zugeredet: »Die kommen nie dahinter, was wirklich passiert ist. Wir haben keine Spuren hinterlassen, und selbst wenn jemand Männer in SA-Uniform gesehen haben sollte – davon gibt es in Berlin Tausende. Du hast nach deinem zweiten Besuch die Deichsel verschwinden lassen und auch sonst nichts hinterlassen. Deine Armbinde hattest du auf der Straße noch an, daran kannst du dich genau erinnern. Also bleib ruhig.«

»Aber die verfügen über ganz tolle neue Methoden«, hat Emil eingewandt. »Man hört doch immer wieder, dass die Berliner Mordkommission zu einer der besten der Welt gehört. Die haben eine enorm hohe Aufklärungsquote.«

»Jetzt mach dir mal nicht ins Hemd«, beruhigt ihn Kurt. »Du hast die Deichsel in den Kanal geschmissen, die Blutflecken aus deiner Kleidung sind rausgewaschen. Du hast eine neue Armbinde, und wir haben uns eine hieb- und stichfeste Geschichte ausgedacht, wie dir die alte Armbinde von der Kommune im Kampf geklaut wurde. Falls sie uns verhören werden, nur nicht schlappmachen. Unsere Fingerabdrücke können sie ruhig im Geschäft finden, ich habe ja schließlich dort eingekauft und du hast mich damals begleitet, so haben wir es abgesprochen. Wir dürfen nur nie etwas zugeben, verstehst du, nie! Dann können die uns gar nichts. Sollen sie uns doch stundenlang verhören, wichtig ist nur, nie etwas zu sagen! Spätestens nach einem Tag haben wir einen Anwalt, und der holt uns da raus. Das Wichtigste ist, jetzt mit allem weiterzumachen wie bisher. Sonst machen wir uns nur verdächtig.«

Kurt hat wie immer recht. Im Polizeipräsidium arbeiten auch keine Übermenschen und alles können die gar nicht ermitteln. Von diesem Kriminalkommissar Reinicke hat Emil noch nie etwas gehört, wahrscheinlich ist der keine große Leuchte, sonst wäre er häufiger in der Zeitung aufgetaucht. Beruhigt legt er das Blatt beiseite und macht sich bettfertig. Die Hose hängt er ordentlich gefaltet auf einen anderen Bügel, neben sein Braunhemd. Die Stiefel stellt er darunter ab. Das Koppel kommt an einen Haken an der Tür. So sieht sein Schrank fast aus wie früher der Spind beim Kommiss. Zufrieden schaut Emil auf das Leder und den braunen Stoff. Es fühlt sich gut an, eine geistige Heimat zu besitzen. Ob feldgrau oder braun ist ihm schnuppe, Hauptsache, die Kameradschaft stimmt. Und der Sturm 27 ist wirklich ein Haufen feiner Leute. Jeder würde bedingungslos für den anderen einstehen. Zudem haben sie noch eine sinnvolle Aufgabe: an einer besseren Zukunft für Deutschland zu arbeiten. Sie werden die Revolution, die das Vaterland ins Unglück gestürzt hat, beenden – als nationale Erhebung. Dann wird mit den ganzen Drückebergern, Schiebern, Kriegsgewinnlern und Juden endlich einmal abgerechnet. Das Reich kann nur gesunden, wenn dieser Abschaum nichts mehr zu melden hat. So gesehen war das mit dem Frankfurter vorgezogene Gerechtigkeit. Die Polizei wird nichts herausfinden. Die haben noch nie etwas zustande gebracht. Bei dem jungen Reichsbannerkämpfer im Juni hatte Emil ordentlich Muffensausen, als sie gegenüber am Bahnsteig alles abgesperrt hatten. Aber was ist seitdem passiert? Nichts!

Beruhigt greift Emil nach Seife und Handtuch und fängt an, sich zu waschen. Aus der Wasserkanne gibt er einen Schwall in die Schüssel, nimmt sich Kernseife und bearbeitet mit der Bürste seine öligen Finger. Als sie sauber und abgetrocknet sind, öffnet er das Dachfenster und schüttet das verbrauchte Wasser hinaus. Ein Teil landet auf den Dachziegeln und sammelt sich in der Regenrinne, ein bisschen platscht in den Innenhof. Emil bleibt im Unterhemd am offenen Fenster stehen und genießt die warme Sommerluft. Aus der Schachtel neben seinem Bett angelt er sich eine Zigarette und steckt sie sich mit einem Streichholz an.

Schön ist es, so zu leben. Das Alleinsein macht ihm nichts aus, auch wenn Kurt ab und zu versucht, ihn zu verkuppeln. Er hat alles, was er braucht: eine ordentliche Arbeitsstelle, gute Kollegen, treue Kameraden in der SA und eine Aufgabe. Das Leben könnte ewig so weitergehen …

*

Berlin, Samstag, 13. Juli 1929

»Ich komme mir vor wie eine Vogelscheuche«, knurrt Franz Reinicke verärgert.

Er und Theo Wolf haben eine kurze Nacht hinter sich. Schon früh um 6 Uhr mussten sie bei Wolfs Cousin sein, um sich ausrüsten und einweisen zu lassen. Wolf hat einen blauen Overall erhalten, der etwas knapp sitzt. Reinicke wirkt mit Schiebermütze, Blaumannjacke, Halstuch und einer schweren, ledernen Umhängetasche voller Werkzeug direkt verwegen. Der Cousin hat sie ihm ordentlich vollgepackt, damit es realistisch aussieht, und der Trageriemen schneidet scharf in die Schulter ein. Bis die Maskerade fertig war, dauerte es eine knappe Stunde. Anschließend fuhren sie mit der Tram ins Schlesische Viertel. Da sie nicht wissen, wann genau Emil Bachmann zur Arbeit geht, beschließen sie, sicherheitshalber bis 8.30 Uhr zu warten. Die Wartezeit nutzen sie, um sich ein Arbeiterfrühstück in einer abseits gelegenen Pinte zu gönnen: dünner Kaffee, eine Schrippe mit Schlackwurst und Zigarette. Sie versuchen, ihre Rolle mit Leben zu füllen, was Reinicke deutlich mehr Schwierigkeiten bereitet als Theo Wolf.

Nur langsam verstreicht die Zeit. Sie schauen immer wieder auf den Minutenzeiger der Wanduhr. Um nicht aufzufallen, dürfen sie sich ohnehin nicht länger als 20 Minuten in dem Lokal aufhalten. Welcher Arbeiter würde sich das erlauben? Es ist kurz nach 8 Uhr.

»Dann mal los«, kommandiert Reinicke, nachdem sie gezahlt haben.

Von der Sorauer Straße biegen sie ab in den Wohnblock, in dem Bachmann gemeldet ist. Reinicke flucht beim Anblick der vielen Namen, die an Klingelschildern und Briefkästen angebracht sind. Nach Bachmanns Bleibe wollen sie erst im Notfall fragen. Es bleibt ihnen also nichts übrig, als eine Wohnung nach der anderen abzuklappern. Sie nehmen im Hof gleich die erste Tür rechts und treten in ein düsteres Treppenhaus. Kochgeruch schlägt ihnen fett entgegen. Der ganze Aufgang riecht, obwohl offensichtlich gereinigt, ranzig. Die Wände sind bis auf Brusthöhe mit einer grünen Ölfarbe gestrichen. Alles wirkt schäbig, Farbe blättert ab.

Sie steigen einen Treppenabsatz nach dem anderen empor. Nach dem dritten Absatz steht ihnen der Schweiß auf der Stirn. Für eine Unterhaltung wird kein Atem verschwendet. Stumm weist Theo Wolf auf die einzelnen Namen: rechts Müller, links Kaufmann. Ein Stockwerk höher: rechts Engel, links Schmitz.

So geht es bis unters Dach. Der Name Bachmann – Fehlanzeige.

»Scheiße«, entfährt es Franz Reinicke, der die schwere Tasche auf die andere Seite wuchtet, um seine Schulter zu entlasten. Mit der freien Hand reibt er sich die schmerzende Stelle.

Frustriert steigen sie wieder hinunter, um sich ein Wohnhaus weiter hinten im Hof vorzunehmen.

Im gepflasterten Karree spielt ein dreckverschmiertes Mädchen, etwa drei oder vier Jahre alt, mit einem Ball. Neugierig starrt es die Männer aus seinen engstehenden Augen an. Der Kopf wird von verfilzten braunen Locken umrahmt. Die Kleine wirkt grob.

»Wer seid ihr?«, fragt sie, als sie näherkommen.

Die beiden laufen einfach weiter, ohne auf das Kind zu achten.

»Was wollt ihr?«, tönt es schon eine Spur lauter, und sie stellt sich den Männern in den Weg.

»Wir sind Handwerker«, versucht Theo Wolf es abzuwimmeln.

»Wo geht ihr hin?«, fragt es und fixiert den Kriminalassistenten.

»Nach da hinten«, macht Wolf mit der Hand eine vage Bewegung.

»Was macht ihr da?«, fragt das Gör unablässig weiter.

Gerade als sich Wolf eine passende Antwort zurechtlegen will, öffnet sich ein Fenster im ersten Stock und eine dickliche Frau, dem Gesicht nach vermutlich die Mutter, beugt sich herunter.

»Was wollen die zwei von dir, Greta?«, ruft sie in den Hof.

»Die wollen nach da hinten«, antwortet die Kleine und macht mit der Hand die Armbewegung Wolfs nach.

Franz Reinicke ist innerlich kurz vor dem Platzen, darf sich aber nichts anmerken lassen.

»Und was haben die da zu suchen?«, fragt die Mutter weiter. Offensichtlich ist die Frage nur vordergründig an die Tochter gerichtet.

»Wir sind Klempner und sollen nach einer undichten Stelle sehen«, erfindet Theo Wolf.

Die Mutter brummt in sich hinein, dann bohrt sie weiter: »Wo genau soll das denn sein?«

Da reicht es Reinicke. Er fasst seinen Kollegen am Ärmel und zieht ihn mit sich. »Gute Frau, jetzt lassen Sie uns mal unsere Arbeit machen, und Sie kümmern sich besser um Ihren Kram. Wir haben nicht den ganzen Tag Zeit zu quatschen!« Er dreht sich um und geht Theo Wolf voran, der rasch hinter ihm hereilt.

In ihrem Rücken hören sie noch ein erbostes Schnauben, Sekunden später wird das Fenster geräuschvoll geschlossen. Nichts wie weg von der Kleinen und ihrer Mutter. Die beiden schenken sich wirklich nichts an Neugier.

»Komm schnell, bevor die uns noch folgt«, murmelt Theo Wolf.

»Was für eine Klette«, beschwert sich Reinicke. »Bei der läuft doch was nicht ganz rund im Hirn. Hast du diesen verblödeten Blick gesehen?«

»Wahrscheinlich säuft der Alte und prügelt seine Frau, wenn er heimkommt«, mutmaßt der Assistent.

»Glaub ich nicht. Die hat Haare auf den Zähnen. Wenn er säuft, dann um sie zu ertragen.«

»Egal«, schmunzelt Theo Wolf. »Als Wachhund ist sie jedenfalls auf Zack.«

»Ja, das macht mir Sorgen. Wir dürfen nicht allzu lange in dem Haus bleiben«, gibt der Kommissar zu bedenken.

Nacheinander steigen sie die Stufen empor. Ein kleiner Junge kommt ihnen mit einer Holzente im Arm entgegen. Eifrig nuckelt er an seinem Schnuller. Aus den kurzen Hosen ragen dürre Beine hervor, er ist barfuß. Der Steppke beachtet sie gar nicht weiter und will an ihnen vorbei.

»Hallo«, spricht Theo Wolf ihn an. »Wir sind von der Hausverwaltung gerufen worden. Wo finden wir denn die Wohnung von Emil Bachmann?«

Der Junge bleibt stehen und schaut ihn aus großen Augen an.

»Kennst du den Emil?«, wiederholt Theo Wolf langsam. »Wo wohnt der denn? Kannst du mir dabei helfen?«

»Hmmgmmh!«, macht der Knirps und deutet mit dem Zeigefinger die Treppe empor.

»Nimm erst mal den Schnuller heraus«, befiehlt Franz Reinicke, »dann sagst du's uns noch mal ordentlich.«

»Oben, ganz oben«, spricht der Junge eifrig, steckt den Schnuller wieder in den Mund und macht sich unbeirrt mit seiner Ente weiter auf den Weg in den Hof.

»Anscheinend sind wir hier richtig«, freut sich Theo Wolf.

»Alle irre«, schüttelt Reinicke nur den Kopf.

Vom obersten Treppenabsatz zweigt ein Flur ab. Zimmertüren gehen rechts und links ab, kleine Mansardenwohnungen dahinter. An den meisten Türen sind keine Namensschilder befestigt. Aber die Ermittler haben Glück. An der ersten Tür hängt ein halb zerrissenes Zettelchen, das mit Schreibmaschine beschriftet ist: »E. Bachmann«.

»Na also«, seufzt Kriminalkommissar Reinicke erleichtert.

Er klopft mehrmals, nicht allzu laut, an die Tür. Dann lauscht er mit schräggehaltenem Kopf einige Sekunden lang.

Nichts ist zu hören. Er geht in die Hocke und besieht sich das Schloss.

»Ein Zylinderschloss, sieh an«, kommentiert er. »Das hätte ich nicht erwartet. Normalerweise sind an solchen Butzen einfachere Schlösser mit Bartschlüssel verbaut. Das hier scheint nachträglich, vor gar nicht allzu langer Zeit eingesetzt worden zu sein.«

Er holt aus seiner Hosentasche ein schmales Ledermäppchen hervor. Es ist mit einem Druckknopf verschlossen. Reinicke öffnet es und zieht aus dem Täschchen, das einige Werkzeuge zum Schlösseröffnen enthält, zwei Metallhaken hervor. Theo Wolf sieht ihm interessiert dabei zu.

»Wenn sie uns beide bei der Polizei rausschmeißen, hast du wenigstens noch Verdienstmöglichkeiten«, grinst er.

Reinicke schmunzelt. »Ich bring's dir auch bei. Dann begehst du die Brüche und ich verhöker die Ware bei den Hehlern. Ich mach einen auf dicke Hose, und du darfst schuften.«

»Ist doch jetzt genauso«, mault Kriminalassistent Wolf zurück.

»Ruhe jetzt, es wird ernst«, mahnt Reinicke.

Er steckt einen der Metallhaken ins Schloss und verkantet ihn. Den zweiten führt er nur von zwei Fingern gehalten in der Schlossmitte ein. Langsam tastet er den Schließmechanismus ab. Die Augen hält er dabei halb geschlossen, fühlt mit den Fingern, horcht auf das verräterische Klicken. Vorsichtig bewegt er den Haken hin und her, macht ab und zu eine nickende Bewegung mit dem Dietrich. Plötzlich zieht er die Luft ein, es knackt, und er dreht mit dem anderen Haken das Schloss.

Reinicke öffnet die Augen und sieht Theo Wolf triumphierend an.

»Ist es offen?«, will dieser wissen.

»Fast, den schwierigsten Teil der Arbeit habe ich hinter mir. Ich habe den Mechanismus mit dem Sperrhaken überlistet. Jetzt fülle ich die Schlüsselöffnung mit einem Faden aus, damit die kleinen Zuhaltestifte in exakt der Position bleiben, in die ich sie eben bewegt habe.« Reinicke zieht einen dicken Faden aus der Tasche hervor und beginnt ihn mit einem anderen Metallhaken in das Schloss zu stopfen.

Theo Wolf sieht erstaunt zu. »Macht man das so?«

»Man hoffentlich nicht. Aber genau so wird es gemacht. Bevor wir die Wohnung wieder verlassen, ziehe ich den Faden heraus, und niemand sieht später irgendetwas.«

Als vom Faden nur noch zwei kurze Abschnitte aus dem Schloss hängen, nicken sich die beiden zu. Reinicke dreht den Metallhaken wie einen Schlüssel. Man kann deutlich hören, wie sich der Riegel bewegt und anschließend die Falle aufschnappt. Reinicke klopft erneut mehrmals an das Türblatt.

»Hausverwaltung, hallo, Herr Bachmann, sind Sie da?«

Beide lauschen angestrengt. Kein Laut ist zu hören. Langsam zieht Reinicke die Tür auf, und die beiden falschen Klempner schauen in den Raum.

Die Wohnung ist leer.

Theo Wolf lässt seine Pistole sinken, die er unauffällig auf Hüfthöhe im Anschlag gehalten hatte, und sichert sie. Dann steckt er sie zurück in das Schulterhalfter und knöpft den Overall zu. Franz Reinicke, der vertieft in die Arbeit war, hatte bis dahin gar nicht mitbekommen, dass sein Assistent die Waffe gezogen hatte, und sieht ihn erstaunt an.

»Vorsicht ist die Mutter der Porzellankiste«, sagt der Kriminalassistent und lächelt ihn an.

»Ach, ich hätte uns schon irgendwie aus der Situation herausgeredet«, meint Reinicke, ist aber doch erleichtert.

Er verstaut seine Metallhaken wieder im Etui. Dann treten beide in Bachmanns Wohnung und ziehen die Tür hinter sich zu. Dass niemand die kurzen Fadenenden bemerkt, die aus dem Schloss heraushängen, können sie nur hoffen.

Franz Reinicke spürt ein Kribbeln im Nacken. Dies ist vielleicht die Wohnung des gesuchten Mörders. Anders als sonst im Polizeidienst müssen sie heute vorsichtig vorgehen. Nicht wie sonst einfach alle Schubladen aufreißen und umstülpen, die Matratzen aufschneiden, die Wäsche durchwühlen.

Er lässt den Raum auf sich wirken. Ein viereckiges Zimmer mit einem Fenster in der Mitte, gegenüberliegend der Tür. Würde man mit Schwung hindurchrennen, könnte man sich gleich hinausstürzen, denkt er. An der Fensterseite ist eine Dachschräge, die bis auf Hüfthöhe herabreicht. Rechts an der Wand befindet sich das Bett, ungemacht, davor ein kleiner Kanonenofen im toten Winkel der Tür. Links, unmittelbar neben dem Fenster, steht ein kleiner Tisch mit Stuhl, an der linken Wandseite ein Kleiderschrank. Das war's. Sehr spartanisch, findet Reinicke. Mit seinem Assistenten verständigt er sich durch Blicke. Wolf fängt mit der rechten Seite an, beim Bett, er selbst geht nach links zum Schrank.

Er öffnet behutsam die knarzende Schranktür. Direkt vor seiner Nase hängt groß, rot, weiß, schwarz, eine Hakenkreuzarmbinde, als wolle sie ihn verspotten. Reinicke zuckt unwillkürlich zusammen. Wolf hat es bemerkt.

»Alles klar bei dir drüben?«, fragt er besorgt, das Kopfkissen in der Hand, das er gerade untersucht hat.

»Ja, schau dir das hier an.«

Theo Wolf kommt herbei. Zusammen stehen sie vor der SA-Uniform, die Kappe im Regalbrett darüber macht den Eindruck komplett.

»Ist die Binde jetzt neu oder alt?«, fragt Theo Wolf.

»Keine Ahnung«, erwidert Reinicke.

Theo Wolf tastet die Armbinde ab, schlägt sie behutsam um, damit er sich die Innenseite ansehen kann. Er entdeckt den Namen, der mit Tintenstift geschrieben ist. Mit einem Nicken weist er Reinicke darauf hin.

»Genau wie bei unserer im Präsidium«, meint er dazu. »Ist die neu oder nicht?«

Wolf streicht mit dem Fingernagel über den Stoff und weist auf einzelne Flecken und kleinere Schmutzstellen hin.

»Nagelneu ist sie jedenfalls nicht. Die ist schon eine Weile getragen worden.«

Reinicke hat in der Zwischenzeit die Kappe in die Hand genommen und tastet das Schweißleder ab. Anschließend legt er sie zurück in den Schrank und richtet sie sorgfältig so aus, wie er sie gefunden hat. Er greift nach dem danebenliegenden Dolch und besieht ihn.

»Die gab's im Krieg zu Hunderten. So einen müsste ich auch noch haben.«

Er zieht den Dolch aus der Scheide und schnuppert an der Klinge. Ein leichter Ölgeruch steigt ihm in die Nase. Mit dem Daumen streicht er über die Klinge: scharf. Dann legt er den Dolch wieder neben die Sturmkappe. Rasch durchsucht er den restlichen Inhalt des Kleiderschranks, ohne irgendwelche Auffälligkeiten zu bemerken: Arbeitskleidung, ein Anzug, ein paar Hemden, das war's.

Während Theo Wolf in der Asche des Kanonenofens stochert, wendet sich Reinicke dem kleinen Tisch zu. Er betrachtet die Zeitung, die auf ihm liegt. Dann schlägt er sie auf und untersucht die einzelnen Seiten, ob irgendwelche Stellen angestrichen wurden. Auf Seite vier stutzt er, als er die Meldung über den Mord bemerkt.

»Sssst«, macht er zu Theo Wolf, der den Kopf hebt. »Schau hier drüben, ich habe was Interessantes gefunden.«

Theo Wolf erhebt sich und kommt durch den Raum. »Ja und? Das ist der Artikel, den wir in die Presse gesetzt haben«, kommentiert er.

»Schau dich um. Der Kerl liest nicht. Es gibt keine Zeitungen, keine Romane. Die Bücher in dem Raum kannst du an einer Hand abzählen. Das ist nur irgendein Propagandamist von seiner Partei. Und dann liegt wie selbstverständlich die Zeitung mit dem Mordbericht auf dem Tisch. Und die Ausgabe ist nicht neu, sondern bereits eine gute Woche alt. Ist das Zufall, frage ich dich?«

»Nein, das stinkt zum Himmel«, bestätigt Theo Wolf.

Reinicke faltet das Blatt wieder zusammen und legt es in die ursprüngliche Position.

Kriminalassistent Wolf durchsucht wieder die andere Zimmerseite, als Reinicke in der Schublade des Tisches eine Pistole findet. Es handelt sich um eine kleine, handliche Mauser 1910, Kaliber 7,65 mm. Sie liegt griffbereit in einen öligen Lappen eingeschlagen da. Reinicke zieht das Magazin heraus, es ist geladen. Er hält sich die Mündung an die Nase und schnuppert. Außer den Geruch des Waffenöls nimmt er nichts wahr. Wenigstens wurde mit der Pistole in letzter Zeit kein Schuss abgegeben. Er legt sie in die Schublade zurück und sichtet deren restlichen Inhalt: belanglose Briefe, amtliche Dokumente, Stifte und sonstige Kleinigkeiten.

Theo Wolf signalisiert ihm, dass er mit seinem Bereich fertig ist. Auch Reinicke beendet seine Arbeit kurz darauf.

Gemeinsam schauen sie sich nochmals in dem Zimmer um. Es liegt da, wie sie es vorgefunden haben. Wolf öffnet die Wohnungstür einen Spalt und linst auf den Gang. Niemand ist zu sehen. Schnell huschen sie hinaus. Reinicke verschließt die Tür mit seinem Sperrhaken und zieht anschließend mit vorsichtigen Bewegungen den Faden aus dem Schloss heraus.

»Gut, das war's«, kommentiert er.

Eilig laufen die zwei die Treppe hinab und durchqueren den Innenhof, als sie wieder auf das kleine Mädchen treffen.

»Wo geht ihr hin?«, quäkt es.

Sie beachten das Kind nicht weiter.

Die Mutter der Kleinen hat es sich inzwischen am Fensterbrett gemütlich gemacht und ihren schwammigen, schweren Busen auf dem Sims abgelegt. Sichtlich interessiert schaut sie herunter.

»Habt ihr gefunden, was ihr gesucht habt?«, grölt sie über den Hof, nicht ahnend, wie sehr ihre Worte ins Schwarze treffen. Die beiden sehen nicht empor. Entschuldigend lüpft Theo Wolf kurz seine Mütze als angedeuteten Abschiedsgruß, dann sind sie auch schon durch die Toreinfahrt verschwunden. Reinicke und Wolf sehen zu, dass sie die Mietskaserne hinter sich lassen. Durchgeschwitzt kommen sie auf der belebten Straße an. Die Passanten gehen vorüber, ohne Notiz von ihnen zu nehmen.

»Scheißgöre!«, brummelt Reinicke.

»Scheißalte!«, ergänzt sein Kollege.

»Nehmen wir uns jetzt noch den Nächsten vor?«, fragt der Kommissar. Sein Jagdtrieb ist erwacht.

»Na klar!«, kommt es ohne zu zögern zurück.

»Dann auf ins Gefecht, es ist ja schließlich noch vor 10 Uhr!«, ruft er erfreut.

*

»Baumanns Bude ist ein Rattenloch!«, stöhnt der Kriminalassistent, als sie vor der Eingangstür des gerade einmal 1,80 Meter Deckenhöhe messenden Souterrainkellers stehen. Trübes Licht aus einer elektrischen Glühbirne erhellt den gekalkten Kellergang. Weiter hinten befinden sich Lattenverschläge, die mit Gerümpel vollgestellt sind. Vorne gibt es einige Zimmer, die mit schweren Bohlentüren verschlossen sind. Baumanns Eingang ist mit einem massiven Riegel gesichert, an dem ein dickes Vorhängeschloss prangt.

Rudi Baumann ist definitiv nicht zu Haus, die Auskunft gab ihnen eine neugierige Nachbarin, die die beiden im Keller verschwinden sah und mit der sie ein paar Worte wechseln mussten. Zudem zeigt das Schloss überdeutlich die Abwesenheit des Bewohners an.

»Kriegst du das auf?«, fragt Theo Wolf besorgt.

»Keine Bange. Das sieht zwar schlimmer aus als die Tür von Bachmann, ist aber einfacher zu öffnen. Steh vorne an der Treppe Schmiere«, gibt Reinicke seine Anweisungen.

Kriminalassistent Wolf hat kaum seinen Beobachtungsposten bezogen, als auch schon ein leiser Pfiff seines Vorgesetzten ertönt. Die Tür steht offen, das Vorhängeschloss baumelt an Reinickes Finger.

Neugierig stecken sie die Köpfe in den kleinen Raum. Der Anblick lässt sie zusammenzucken. Die Stube ist kleiner als das zuvor untersuchte Zimmer von Emil Bachmann, aber bis unter die Decke vollgestopft. Ein einziger riesiger Haufen bestehend aus Kleidung, Zeitungen, Büchern und mehreren halbvollen Bierkisten, aus dem hier und da Möbelkonturen ragen, erstreckt sich bis zu einem Bett in der Ecke. Die Andeutung eines Weges führt durch das Durcheinander und ermöglicht es dem Bewohner, sich zum Schlafen hinzulegen. Wortlos stehen die Kriminaler vor dem Chaos.

»Hast du schon einmal solch eine Furzmolle gesehen?«, fragt Reinicke kopfschüttelnd.

»Bitte, möchtest du die linke oder rechte Seite für dich haben?«, gibt Theo Wolf ironisch zurück.

»Wenigstens sind es nur wenige Quadratmeter, die wir durcharbeiten müssen«, seufzt Reinicke ergeben.

Widerwillig fangen sie am vorderen Rand an und heben einzelne Gegenstände hoch.

»Sei vorsichtig«, mahnt der Kriminalkommissar. »Für uns sieht das total chaotisch aus, aber ich bin sicher, dass der Eigentümer genau weiß, wo er was liegen hat. Wir dürfen die Gegenstände keinesfalls in irgendeiner Weise umräumen!«

Das ist leichter gesagt als getan.

Nach etwa einer halben Stunde ziehen sie Bilanz. Direkt neben dem Bett sind sie auf ein umfangreiches Waffendepot gestoßen, alles jedoch legal. Neben drei Schlagringen, ein paar Messern und Dolchen, einigen Stahlruten und Knüppeln, deren Köpfe mit Nägeln verstärkt sind, haben sie eine beeindruckende schwere Kette entdeckt, die einen guten Meter lang ist und in deren letztes Glied zwei Vorhängeschlösser eingeklinkt wurden.

»Das ist aber ein ordentliches Arsenal, für eine Straßenschlacht«, meint Theo Wolf, der die einzelnen Gegenstände begutachtet.

»Das langt für mehr als einen SA-Mann«, stellt Franz Reinicke fest. »Damit kann man um die zehn Leute ausstatten.«

In einer anderen Ecke finden sie Baumanns Nazi-Devotionalien. Neben Plakaten, mehreren Ausgaben des »Völkischen Beobachters«, des »Angriff« und anderer Zeitungen der NSDAP liegen eine Reihe Bücher zum selben Thema. Dort finden sie auch Baumanns Braunhemd mit der Armbinde. Gespannt drehen sie die Armbinde um.

»Alles ordentlich«, knurrt Reinicke. »An der gleichen Stelle wie bei Bachmann steht auch hier der Name. Die Uniform stinkt zwar, als hätte ein Iltis drin übernachtet, ist aber vom Augenschein her leidlich sauber. Die Armbinde sieht getragen aus. So kommen wir nicht weiter.«

Theo Wolf, der sich durch den Raum schlängelt, bleibt mit dem Fuß an einer leeren Bierflasche hängen, die klirrend umfällt. Missbilligend blickt Reinicke zu ihm hinüber.

»Lass uns gehen. Wir sind fertig hier«, beendet er angewidert ihren Einsatz.

Reinicke schließt die schwere Holztür wieder mit dem Vorhängeschloss ab. Unbehelligt erreichen sie die Straße.

»Erst mal raus aus den Klamotten und dann Schlachtplan machen«, verkündet der Kriminalkommissar. »Ich schwitz wie eine Sau in den Sachen und die dämliche Werkzeugtasche will ich auch nicht länger mit mir herumschleppen …«

*

»Und, wer ist es nun?«, fragt Theo Wolf seinen Vorgesetzten.

Beide tragen wieder ihre Alltagsanzüge, weiße Hemden und ordentlich gebundene Krawatten. So fühlen sie sich weitaus wohler als in der Verkleidung als Arbeiter. Im Café Schöneck sitzen sie an einem abgelegenen Zweiertisch und lassen sich Kaffee und Kuchen schmecken. Zur Feier des Tages gab's erst mal einen Kognak, schließlich sind nicht im Dienst.

Kriminalkommissar Reinicke redet sich in Rage: »Wenn du mich fragst, sollten wir beide einlochen. Der eine hortet ein Waffenarsenal neben dem Bett, an dem sicherlich noch das Blut der letzten Straßenschlacht klebt, der andere hat kaum einen Fetzen Bedrucktes in seiner Wohnung, außer der Zeitung mit der Mordbeschreibung, und eine Knarre griffbereit herumliegen. Politisch sind beide daneben, das ganze Pack der NSDAP sollte man wegsperren. So was hätte es unter dem Kaiser nicht gegeben. Wenn ich früher eine Hausdurchsuchung gemacht und dabei so viele Waffen gefunden habe, dann wusste ich mit Sicherheit, dass ich's mit Berufsverbrechern zu tun habe. Aber anscheinend gehört das heute zur normalen Grundausstattung von politisch aktiven Menschen. Hast du etwa einen Totschläger zu Hause?«

Theo Wolf schüttelt den Kopf.

»Oder noch eine andere Pistole außer deiner Dienstwaffe?«

Erneutes Kopfschütteln.

»Weißt du, was passiert, wenn ich jemandem die Kette von heute früh über den Schädel zieh? Der ist hinüber! Wir haben uns solche Waffen im Krieg gebaut. Im Krieg! Aber da ging es auch darum, den anderen totzuschlagen. Wir leben hier im schönsten Frieden, und die Idioten rüsten sich aus, als käme morgen das Ende der Zivilisation.«

»Die Kette war schon beeindruckend«, gibt Theo Wolf zu.

»Ja, ja, das soll sie wahrscheinlich auch sein. Aber zurück zu unseren Morden, wer, glaubst du, war's?«

»Keine Ahnung«, zuckt der Assistent mit den Schultern.

»Ich auch nicht. Für mich kommen nach wie vor beide in Betracht.«

»Wollen wir noch einmal durchgehen, was für wen spricht?«

»Nein, das hatten wir doch schon mal. Kriegt der eine für fünf Dolche fünf Punkte und der andere nur einen Punkt für einen einzigen Dolch? Dann rechnen wir am Schluss zusammen und Baumann siegt gegen Bachmann mit 32 zu 28 oder umgekehrt? So geht es nicht. Außerdem können wir der Staatsanwaltschaft keine Beweise vorlegen, die hieb- und stichfest sind. Blödes Wort, in diesem Zusammenhang, ich weiß. Wenigstens einen Vorteil haben wir dadurch, dass die zwei Nazis sind.«

»Welchen?«, möchte der Kriminalassistent wissen.

»Na, die werden wohl kaum mit ihrem jüdischen Anwalt vor Gericht erscheinen!«, grinst Reinicke verschlagen.

Beide lachen kurz und trocken.

»Also bleiben uns nur noch die Blutproben«, führt Wolf die Argumentation weiter.

»Ja, genau. Du gehst mit der Spritze und Kanüle direkt zu unserem letzten Kandidaten und bittest ihn um tatkräftige Mithilfe. Wahrscheinlich bekommt er eher eine Probe von dir als umgekehrt. Wenigstens kann er nicht schießen, bei Bachmann kriegst du direkt und gratis ein Loch in den Bauch. Vergiss das mit den Blutproben. Außerdem muss ich leider diesem Arschloch von Richter Recht geben, so ungern ich das auch tu, aber die Ergebnisse haben leider nur eingeschränkte Aussagekraft.«

»Wie geht's jetzt weiter?«, will Theo Wolf wissen.

»Keine Ahnung«, brummt der Kommissar und rührt in seiner Kaffeetasse. Er nimmt sich noch ein Stück von dem Stachelbeerkuchen mit Baiser und stopft gedankenverloren einige Bissen in sich hinein. Krümel hängen an seinem Kinn, ohne dass es ihm auffällt. Er greift zu seiner Tasse und führt sie zum Mund. Er nimmt einen kleinen Schluck. Theo Wolf beobachtet ihn genau, ohne ein Wort zu sagen. Jetzt grübelt sein Chef, das sieht man.

Mit einer steilen Denkfalte auf der Stirn greift sich Reinicke erneut die Gabel und teilt ein kleines Stück vom Kuchen ab.

»Hmm, hmm«, macht er immer wieder und schiebt mechanisch die letzten Reste mit der Gabel an den Tellerrand. Theo Wolf verhält sich mucksmäuschenstill. Wenn sein Chef derart in Gedanken versunken ist, darf man ihn nicht stören, sonst wird er fuchsteufelswild. Eine Weile lang sitzen sie sich schweigend gegenüber.

Nach einem erneuten Schluck Kaffee bekommen Reinickes Augen einen leuchtenden Glanz. »Hmm, ja«, brummt er. Abrupt knallt er die Tasse auf den Tisch, sodass das Geschirr scheppert. »Ich hab's!«

»Was?«, fragt Theo Wolf erwartungsvoll.

»Ich hab eine Idee, was wir als Nächstes machen!«, ruft er triumphierend und wischt sich mit der Hand über das Kinn.

»Und das wäre?«, möchte sein Mitarbeiter gerne erfahren.

Und dann erzählt Kriminalkommissar Reinicke zufrieden von seinem Plan.

KAPITEL 19

Berlin, Donnerstag, 18. Juli 1929

»Fritze, noch zwei Bier!«, grölt Schweine-Willi durchs Sturmlokal und reckt dabei Zeige- und Mittelfinger deutlich sichtbar in die Höhe.

Der offizielle Teil des Sturmabends ist vorüber, die Kameraden sitzen einträchtig zusammen. Sie haben viel vorzubereiten, da in zwei Wochen der Reichsparteitag in Nürnberg beginnt und alle Männer, die Urlaub bekommen haben, dorthin fahren werden.

Fritz kommt mit zwei Krügen wieder und stellt sie auf dem Tisch ab. Willi zückt ein paar Münzen und wirft sie dem Jungen zu, der sie geschickt auffängt. Seit drei Tagen hilft Fritz bei Bruno Kock in der Kneipe aus, schleppt Biere, wäscht ab, macht sich nützlich. Bruno ist mit ihm sehr zufrieden.

Fritz steht unauffällig an der Wand und wartet auf Aufträge. Seine Augen mustern still die Reihen der SA-Männer. Etwa 15 Mann des Sturm 27 sitzen an den Tischen, trinken, reden und prahlen. Der Alkohol lockert ihre Zungen.

»Weißt du noch, wie du den Rotfrontmann auf dem Nachhauseweg angegangen bist? Nach ein paar Schlägen lag er im Straßengraben. Du hattest so gut getroffen, dass er wie ein Sack zu Boden gegangen ist. Anschließend hast du wie eine Krankenschwester Händchen gehalten, aus Angst, dass er dir abnibbelt …«

Raues Lachen erfüllt den Raum. Fritz lacht nicht mit. Er steht da und schaut teilnahmslos zu. Aber er hält seine Ohren offen. Auf solche Geschichten soll er achten. Insbesondere auf die eine Geschichte, in der es um den toten Glasschleifer geht, hat Kriminalkommissar Reinicke ihm eingeschärft.

»Schau nicht in ihre Gesichter, schau auf den Boden, sei eifrig, sei hilfsbereit und vor allem horche auf alles, was sie sich erzählen!«

Reinicke ist am letzten Sonntag noch einmal im Versteck der Jugendbande aufgekreuzt. Hat angefragt, ganz höflich sogar, ob ihr Anführer, der Fritz, einen Auftrag für die Kriminalpolizei erledigen mag. Dann haben sie beratschlagt. Die Antwort fiel zugunsten des Kommissars aus. Fritz musste die Bande für zwei oder drei Wochen verlassen und für die Zeit seinem Stellvertreter alles übergeben.

»Keinen Kontakt zu Fritz, solange er für mich arbeitet!«, hat Reinicke ihnen allen eingeschärft. »Wenn ihr ihn zufällig auf der Straße trefft, geht ihr einfach vorbei. Kein Gruß, kein Augenzwinkern, nichts!«, hat er ihnen befohlen. »Sonst kann es sein, dass euer Fritz in Lebensgefahr gerät.«

50 Mark Entlohnung hat die Bande bei Reinicke herausgehandelt. Außerdem darf Fritz alle Trinkgelder behalten. Richtig aufgekratzt waren die Jungs, nachdem der Deal per Handschlag besiegelt worden war. Das Geld wird zurückgelegt für den Winter, wenn es wieder in die Notquartiere geht, wenn es keine Äpfel mehr zu stibitzen gibt und der Hunger und die Kälte einen fertigmachen. Das hat der Rat der Jungs gemeinschaftlich bestimmt.

Reinicke hatte noch einen alten Kunden aus seiner Zeit beim Betrugsdezernat an der Hand. Der hat ihm einen Gefallen geschuldet. Also hat jener Fritz bei Bruno Kock als seinen Neffen eingeschleust. Mitten ins Hornissennest, zwischen die Nazis. Der Ganove hat Bruno erzählt, Fritz solle ein paar Wochen geregelter Arbeit nachgehen, weg von der Straße, wo der Junge nur Unfug anstellen würde, und vor allem weg von seinem Vater, der nur säuft und die Familie tyrannisiert. Bruno hat einen Fünfer springen lassen als Entgelt, aber den hat sein »Onkel« gleich selbst eingesteckt. Sei's drum.

Heute steht Fritz schon den dritten Abend bereit, bringt Bier und lauscht. Reinicke hat ihm Fotos gezeigt von Bachmann und Baumann, auf die solle er besonders achten. Einen der beiden hat er direkt erkannt, beim andern ist er sich nicht ganz sicher.

Jetzt verlangen wieder zwei SA-Männer nach Bier. Fritz holt die leeren Krüge, bringt frische, kassiert. Er gehört schon halb mit zur Truppe. Jovial fährt ihm einer der Männer mit der Hand übers Haar und macht eine aufmunternde Bemerkung. Im Schankraum hängt eine Uhr an der Wand, kurz nach zehn, der Abend wird noch eine ganze Weile weitergehen.

Ein paar der Kameraden stimmen ein Lied an, der Rest fällt in den Gesang ein:

»Gold und Silber lieb ich sehr,
kann's auch gut gebrauchen,
hätt ich nur ein ganzes Meer,
mich hineinzutauchen.

Braucht ja nicht geprägt zu sein,
hab's auch so ganz gerne,
sei's des Mondes Silberschein,
sei's das Gold der Sterne.«

Als das Lied nach der dritten Strophe geendet hat, steht SA-Mann Kramer, ein Veteran des Weltkriegs, auf und stimmt noch einige Zeilen von früher an. Sturmführer von Wedow verkneift sich ein Lachen, er weiß schon, was kommt. Gebannt lauschen die Jüngeren.

»Liegst du erst im Massengrab,
ist dir's völlig schnuppe,
ob du einen Zug geführt
oder eine Gruppe.

Drum Kam'rade, komm geschwind,
lass den Krieg den andern,
lass, eh wir verhungert sind,
friedlich heim uns wandern.«

Lachen hallt durch den Saal. Fritz schleppt eine neue Runde Bier herbei. Mit beiden Fäusten hält er die Henkel der Glaskrüge eisern umklammert und visiert einen freien Platz auf dem Tisch an, wo er seine Last abstellen kann. Am Stuhl von Emil Bachmann bleibt er jedoch hängen, stolpert und macht mit seiner Ladung einen Satz in den Raum hinein. Es scheppert fürchterlich, Bier spritzt und Glas splittert. Überall liegen die Scherben der Krüge inmitten der Bierpfützen.

»Volle Deckung!«, ruft jemand lachend.

Fritz' Hemd ist vorn klitschnass geworden. Die ersten Hände helfen ihm auf und ziehen ihn wieder auf die Beine.

»Alles in Ordnung, Junge?«, wird er gefragt.

Man klopft ihn ab.

»Zeig mal deine Pfoten!« Einer der Männer nimmt Fritz' Hände und dreht sie hin und her.

»Glück gehabt, Fritze, kein Schnitt zu sehen.«

»Mensch, Emil«, ruft einer, »den haste ja ordentlich zu Fall gebracht. Wie den Glasschleifer. Nur haben wir ja damals das Beste nicht miterleben dürfen.«

Fritz horcht wie elektrisiert auf. Das ist es! Wer den Spruch gemacht hat, bekommt er nicht mit, da er mit dem Rücken zum Tisch steht.

»Halt's Maul!«, zischt ein anderer.

»Wieso, wir sind doch unter uns, gell, Emil?« Das war Schweine-Willi, sieht Fritz, der sich umgedreht hat.

»Lass mich in Ruhe«, erwidert Emil Bachmann.

»Keine Angst, das erfährt doch keiner. Man kann dich ja noch mal loben, dafür dass du den Juden erledigt hast«, setzt Willi nach.

»Nun ist aber mal gut!«, lässt sich Kurt Jablonsky vernehmen.

»Wat is denn hier los?«, brüllt Bruno Kock, der mit einem Handtuch über dem Arm in den Saal kommt.

»Nichts – reg dich ab. Nur ein kleiner Flurschaden mit ein paar Krügen.«

»Fritz!«, kommandiert der Wirt. »Hol Eimer und Lappen und mach die Sauerei weg!«

Fritz gehorcht. Er geht zur kleinen Rumpelkammer hinter dem Tresen und holt das Gewünschte. Als er den Saal verlässt, rauscht ihm der Kopf.

Wie den Glasschleifer …
Das erfährt doch keiner …
Dass du den Juden erledigt hast …
Wir sind doch unter uns, gell …?
… Gell, Emil? Gell, Emil? Gell, Emil?
… Emil Bachmann!

Bachmann! Ihm zittern die Hände. Der Bachmann war's. Er packt Eimer, Besen, Kehrschaufel und Schrubber. Bachmann ist der Mörder. In kleinen Schritten, trippelnd, geht er zurück zum Saal. Emil Bachmann. Jetzt darf er sich nichts anmerken lassen. Er, ein Polizeispitzel inmitten einer Horde von SA-Männern, die vor nichts zurückschrecken. Er tritt ein. Dicke Luft vom Qualm der vielen Zigaretten umfängt ihn. Wie immer achtet niemand auf ihn. Bruno Kock ist wieder auf dem Weg zu seinem Zapfhahn. Die SA-Männer haben schon die größten Scherben zusammengesammelt und in die Überreste der kaputten Krüge gesteckt. Die ganzen Trümmer stehen auf einem Tablett angerichtet da. Fritz muss nur noch einmal kurz durchfegen. Es knirscht etwas unter seinen Sohlen, der neuen – gebrauchten – Lederschuhe, die ihm der Kommissar vor ein paar Tagen gegeben hat, damit er einen ordentlichen Eindruck macht. Mit kleinen hektischen Bewegungen kehrt Fritz alles zusammen und schiebt die restlichen Scherben aufs Kehrblech. Seine Hände zittern.

»Macht doch nichts, Junge, kann jedem passieren«, beruhigt ihn einer der Anwesenden. »Nur schade um das gute Bier!«

»Trockne dich mit einem Handtuch etwas ab, dann geht es wieder«, tröstet ihn ein anderer.

Tapfer nickt Fritz und räumt das Tablett ab.

*

Willi, die dumme Sau. Warum muss der auch immer seine große Fresse aufreißen. Kann er nicht mal den Mund halten? Die Sache mit dem Glasschleifer haben damals nicht alle Kameraden mitbekommen, da muss er es nicht unbedingt weiter verbreiten. Nicht dass die SA nicht dichthalten würde. Da gibt es keinen, der aus der Reihe tanzt. Aber Emil hat Angst davor, dass jemand versehentlich etwas im Suff ausplaudert. Jetzt muss erst einmal ein paar Monate Gras über die Sache wachsen, dann fragt niemand mehr nach einem abgestochenen Juden. Gab ja schließlich in der letzten Zeit genug Tote bei Straßenschlachten, Prügeleien und Demonstrationen. Da kommt es auf einen mehr nicht drauf an.

Emil nimmt den Abzweig zur Harnröhre, um unter dem Görlitzer hindurch nach Hause zu laufen. Er ist schon eher als die anderen aufgebrochen. Nach den ganzen Scherben und den Sprüchen von Willi wollte ihm das Bier nicht mehr richtig schmecken. Wenigstens waren sie unter sich. Da ist es egal, was gesprochen wird. Innerlich ist er genauso zusammengezuckt wie der Fritz, als er die Krüge zerdeppert hat. Fritz – halt mal – Fritz! Den hat er ja völlig vergessen. Verdammt! Sie waren doch nicht völlig unter sich. In den paar Tagen haben sie sich schon alle dermaßen an seine Anwesenheit gewöhnt, dass keiner mehr groß nachdenkt und sich in Acht nimmt.

Emils Schritte hallen in dem schlecht beleuchteten Tunnel nach. Er hält sich möglichst in der Mitte, damit er nicht in Unrat tritt und die Kalkfarbe der Wände nicht an seiner Uniform haften bleibt. Er beschleunigt seinen Gang. Das Herz klopft ihm laut in der Brust. Der Fritz hat alles mitbekommen – oder doch nicht? War der nach den Scherben noch so im Tran, dass er die Bemerkungen gar nicht gehört hat, oder hat er doch etwas aufgeschnappt? Auf die Ergreifung des Glasschleifer-Mörders ist eine ordentliche Belohnung ausgesetzt worden, 1.000 Mark immerhin. Emil hat es selbst in der Zeitung gelesen. Damals hat er sich nichts groß dabei gedacht, denn in der Mordnacht, da ist er sich sicher, hat ihn niemand gesehen. Aber was ist, wenn jetzt durch einen saublöden Zufall die Geschichte herauskommt?

Was hat der Willi noch einmal genau gesagt? »Du hast doch den Glasschleifer erledigt …« oder so ähnlich. Da muss man wirklich nicht um die Ecke denken, um ihn, Emil Bachmann, mit der Tat in Verbindung zu bringen. Willi, dieses Riesenrindvieh!

Wer ist eigentlich der Fritz? Woher kommt er? Plötzlich war er da. Bruno hat ihn von einem Tag auf den anderen bei sich gehabt. Emil grübelt. Fritz ist ein fixer Junge, immer auf Zack. Der hat sich bei Bruno gut gemacht. Aber jetzt, wo Emil darüber nachdenkt, kommt ihm das Gesicht von Fritz irgendwie bekannt vor. Den hat er doch schon einmal gesehen, denkt er sich …

Zwei Ecken weiter fällt es Emil ein. Ein Straßenjunge! Emil kennt die Fresse. Fritz ist einer dieser verdammten Bengel aus dem Kiez. Der hat mit seiner Bande immer auf der Friedrichshainer Seite rumgelungert und ihnen blödes Zeug hinterhergerufen, wenn sie vorbeimarschiert sind. Für die paar Bürschchen hat es sich nicht gelohnt, die Marschordnung aufzugeben und ihnen hinterherzujagen. Das ist nun wirklich unter der Würde der SA.

In den sauberen Klamotten bei Kock hat er ihn nicht wiedererkannt, niemand aus dem Sturm. Dabei hat Emil ein gutes Gedächtnis für Gesichter. Er ist sich ziemlich sicher, Fritz gehört zu einer der Jungsbanden, Verwechslung ausgeschlossen – oder doch nicht? Was macht dann so einer in ordentlichen Klamotten bei Kock? Emil versteht es nicht. Wahrscheinlich gibt es eine ganz einfache Erklärung. Aber an seinem Hinterkopf spielen zwei Worte miteinander Fangen: Straßenjunge – Spitzel! Straßenjunge – Spitzel! Straßenjunge – Spitzel! …

Die Halbstarken sind asoziales Pack. So was gehört weggesperrt. Die kennen keine Loyalitäten, interessieren sich nur für sich selbst, ihren Magen und ihren Vorteil. Lungern rum, stehlen, betrügen, manchmal sind sie schlimmer als die Zigeuner. Emil krampft sich der Magen zusammen. Wenn Fritz das über ihn gehört hat, wird er zur Polizei laufen und ihn verpfeifen, die 1.000 Mark einstreichen.

Emil bleibt stehen. Er tastet nach dem Dolch in seinem Koppel. Dann dreht er auf der Stelle um.

*

»Geh jetz ruhig, der Abend is sowieso fast rum«, waren die letzten Worte von Bruno Kock, als er ihn eine Viertelstunde nach dem Vorfall mit den Krügen nach Haus geschickt hat. »Mach dir sauber, morjen um sechs Uhr abends biste wieda hier.«

Sofort ist Fritz zu einer Telefonzelle geflitzt und hat den Kommissar angerufen. Ewig musste er laufen, da es davon nur eine Handvoll in Berlin gibt. Zitternd vor Aufregung und Anstrengung hält er nun den Hörer in der Hand und wirft Münzen in den Schlitz. Zu jeder Tages- und Nachtzeit solle er sich im Notfall melden, hatte ihm der Kriminaler eingeschärft und ihm extra Telefongroschen gegeben. Die musste er immer bei sich tragen und durfte sie auf keinen Fall für irgendetwas anderes ausgeben. Wer hätte gedacht, dass er sie schon drei Tage später brauchen würde.

Das Gespräch ist kurz.

»Du kommst sofort aufs Präsidium!«, ruft Franz Reinicke, bevor er den Hörer auf die Gabel knallt.

*

Fritz wartet vor dem Eingang des riesigen Ziegelbaus am Alex, bis er den Kriminalkommissar herbeieilen sieht. Erst dann tritt er aus dem Schatten eines Zeitungskiosks hervor. Reinicke legt die Hand auf Fritz' Schulter. So betreten sie gemeinsam den düsteren, dunkelroten Bau, der in der Nachtstunde noch unheimlicher wirkt als am Tag. Die Eingangskontrolle erkennt Reinicke und winkt ihn müde durch. In den Fluren brennt die ganze Nacht hindurch die Notbeleuchtung. Aus dem Innenhof dringt Lärm zu ihnen: Schlagen von Wagentüren, Schreie. Weit entfernt hört man schnelle Schritte auf dem Flur, doch niemand ist zu sehen. Fritz fühlt sich wie in einem Spukschloss.

Als sie an Reinickes Bürotür angekommen sind, zieht der einen Schlüsselbund aus der Hosentasche und sperrt auf. Sie betreten die heißen, ungelüfteten Räume.

»Der Kriminalassistent muss gleich hier sein. So lange warten wir mit deiner Aussage«, bestimmt der Kommissar.

Reinicke lässt sich auf seinen Bürostuhl fallen und zündet

sich eine Zigarette an. Er zieht sich den Aschenbecher herbei und wirft mit einer nervösen Geste das Streichholz hinein. Dann nimmt er den ersten Zug und schaut Fritz nachdenklich an, der sich ihm gegenüber niedergelassen hat.

»Also gut«, meint er und schiebt die Schachtel mit den Zigaretten über den Tisch. »Aber nur eine!«

Fritz bedient sich und greift nach dem Feuer. In diesem Augenblick stürmt Theo Wolf ins Büro. Die Krawatte hat er in der Eile schief und zu kurz gebunden. Er greift sich den letzten freien Stuhl, rückt ihn Fritz gegenüber und nickt ihm zu.

»Gut, wir wären komplett«, beginnt Franz Reinicke aufmunternd die Befragung. »Jetzt berichte uns einmal ganz genau, wie der heutige Abend im SA-Sturmlokal abgelaufen ist.«

Fritz beginnt zu erzählen. Zuerst stockend und umständlich, schließlich wird die Darstellung zusammenhängender. Besonders die entscheidenden Sätze des Abends und in welchem Zusammenhang sie gefallen sind, interessiert die Kriminaler. Beide fragen wieder und wieder nach, haken bei jeder Gelegenheit ein und drehen jeden Aspekt so lange hin und her, bis sie ihn von Fritz mehrfach bestätigt bekommen. Diesem wird unterdessen immer heißer. Wie im Verhör denkt er sich und ist froh, diesmal nichts ausgefressen zu haben. Die beiden möchte er nicht als Gegner haben.

Nach über einer halben Stunde sind sie fertig. Ununterbrochen hat sich Theo Wolf handschriftliche Notizen auf einem Block gemacht. Es sind bestimmt an die zehn Seiten geworden.

»Fassen wir zusammen«, fasst Reinicke das Gehörte zusammen. »Es sind folgende Sätze wortwörtlich gefallen: ›Wie damals den Glasschleifer.‹, ›Wir haben das Beste nicht miterleben können.‹ und ›Den Juden hast du erledigt.‹. Alle Aussagen beziehen sich auf den Verdächtigen Emil Bachmann. Ist das so korrekt und bist du in der Lage, deine Aussage vor Gericht zu beeiden?«

»Jawoll«, stößt Fritz stockend hervor.

Die beiden Kriminaler nicken zufrieden und sehen sich mit einem triumphierenden Ausdruck im Gesicht an. Reinicke lehnt sich in seinem Bürostuhl zurück.

»Fritz muss weg«, bestimmt er. »Als Belastungszeuge befindet er sich in größter Gefahr. Am liebsten würde ich ihn in Schutzhaft nehmen, aber das geht nicht für die lange Zeit bis zum Gerichtstermin. Wenn die von der SA begreifen, was unser Fritz da aufgeschnappt hat, richten die ihn so zu, dass er zu nichts mehr zu gebrauchen ist.«

Fritz leckt sich nervös die Lippen.

»Wir schicken ihn am besten ganz aus Berlin fort, aufs Land oder in eine andere Stadt«, ergänzt Reinicke.

»Ist das nicht zu viel Aufwand?«, fragt Theo Wolf.

»Nein«, gibt Franz Reinicke zurück. »Darum kümmern wir uns gleich morgen früh.« Er wendet sich an Fritz: »Eine Nacht verbringst du noch bei deinem unechten Onkel, dann organisiere ich etwas Neues.«

Fritz bleibt etwas unschlüssig auf seinem Stuhl sitzen, nicht sicher, ob er nun entlassen wurde oder nicht. »Brauchen Sie mir noch?«, fragt er den Kommissar.

»Nein, mein Bester. Für heute ist es genug der Aufregung. Der Kriminalassistent bringt dich runter auf die Straße. Mach einen riesigen Bogen um das Sturmlokal. Morgen Mittag Punkt 12 Uhr meldest du dich wieder im Präsidium. Lass nach mir rufen. Geh auf gar keinen Fall einfach in mein Büro hinein.«

»Warum?«, fragen Fritz und der Kriminalassistent fast gleichzeitig.

»Na, weil ich dann hoffentlich unseren Mordverdächtigen vor mir sitzen habe. Und dem möchtest du doch sicherlich nicht begegnen, oder Fritz?«, fragt Franz Reinicke sarkastisch grinsend.

Fritz schüttelt energisch den Kopf.

»Und jetzt ab mit dir! Lass dir herzlich gedankt sein, du hast gute Arbeit geleistet. Morgen sehen wir uns in alter Frische wieder!«, verabschiedet der Kommissar seinen Schützling.

Der steht zusammen mit dem Assistenten auf und verlässt den Raum. Nach kurzer Zeit kehrt Theo Wolf zurück ins Büro. Er bläst die Backen auf und atmet aus. »Jetzt sind wir den entscheidenden Schritt weiter. Ich hatte mir schon gedacht, dass es Bachmann war. Die Zeitung …«

»Ja, die Zeitung«, stimmt ihm sein Chef zu. »Und dazu noch so ein komisches Bauchgefühl. Wir müssen ihn uns schnappen.«

»Wir könnten ihn sofort zu Hause festnehmen«, meint Theo Wolf.

»Ja, das ist eine Möglichkeit. Aber denk an das Haus und seine Bewohner. Möglicherweise gibt es Schwierigkeiten, wenn wir dort auftauchen. Vielleicht sind einige Kameraden bei ihm. Und denk an die Waffe. Wenn er Lunte riecht, erwartet er uns mit gezogener Pistole. In der engen Wohnung eine Schießerei, das geht nicht gut aus. Ist mir zu gefährlich. Oder er hat die Möglichkeit zu verschwinden, und wir sehen ihn nie wieder.«

»Wie sonst?«

»Morgen auf Arbeit, der wird wohl kaum seine Pistole mitnehmen. Wir gehen mit ein paar Uniformierten zum Görlitzer Bahnhof und verhaften ihn an seiner Arbeitsstelle.«

»Und der Haftbefehl? Und unsere Beurlaubung?«

»Wir haben doch von Gennat Rückendeckung bekommen. Wir berufen uns einfach auf Gefahr im Verzug, sind ja noch offiziell im Dienst, und buchten ihn erst mal ein. Während die Papiermühle ihre Arbeit aufnimmt, quetschen wir ihn ein paar Stunden lang aus. Bis wir den Haftbefehl haben, sind wir bestimmt schon ein gutes Stück in der Ermittlung weiter. Vielleicht bekommen wir sogar ein Geständnis. Dann kann uns auch so ein Arschloch von Richter keinen Strich mehr durch die Rechnung machen wie das letzte Mal.«

»Also, wie ist das weitere Vorgehen?«, fragt Theo Wolf.

»Morgen früh treffen wir uns um 7 Uhr im Präsidium. Wir nehmen eine Schupo-Streife mit und postieren uns in der Nähe des Bahnbetriebswerks. Um kurz nach 8 Uhr erfolgt der Zugriff.«

Sie klären noch die letzten Details, ehe sie das Büro verlassen.

*

Emil stolpert die Straßen zurück, die er vorhin genommen hat. Zurück ins Sturmlokal, und dann wird er diesem Fritz auf den Zahn fühlen. Wenn das wahr ist, wenn das alles wirklich stimmt, ist es allerhöchste Zeit. Emil wird schneller, rennt fast durch die Unterführung bis in die Wiener Straße. Wie lang war er jetzt unterwegs? Bestimmt eine halbe Stunde. Hoffentlich ist es nicht schon zu spät. Er stürmt zur Eingangstür des Lokals hinein. Bruno Kock blickt erstaunt hinter seinem Tresen auf.

»Nanu, Emil, ick dachte, du bist längst heimjegangen. Haste noch mal Durst jekriecht?«

»Nein«, keucht dieser atemlos. »Ich such den Fritze.«

»Wieso? Gibt doch jenuch Stricher bei euch im Viertel. Oder haste dir verliebt?«, frotzelt Bruno Kock. »Wusste jar nich, dass du solche Neijung hast.«

»Idiot. Ich brauch was anderes von ihm. Wo ist er denn?«

»Den hab ick vorhin heimjeschickt. Erstens war er völlich einjesaut und zweetens hab ick ihn nicht mehr jebraucht. Morjen Abend ab sechse steht er hier wieda auf der Matte.«

»Wo wohnt er denn?«, fragt Emil Bachmann.

»Wieso?«, wird Bruno Kock misstrauisch. »Wat jibt et denn so Dringendes?«

Emil sieht Kock fest in die Augen. »Ist 'ne Geldangelegenheit.«

»Ach so, na dann is' klar«, gibt Bruno Kock zurück. Geldangelegenheiten sind Privatsachen, das hat er als Wirt immer so gehalten. Sollen die zwei doch machen, was sie wollen. »Der Fritz wohnt bei einem Bekannten von mir, dem Heinrich Wegner. Is ein alter Schlawina, der war nich imma janz sauba. Wo er jenau wohnt, kann ick dir allerdings nich sachen. Bisher hat et mich nie interessiert. Ick kann mich morjen früh mal beim Bierkutscher erkundigen, der kennt ihn näher.«

»Gut, tu das, ist mir wichtig. Ich komme in der Frühstückspause kurz bei dir vorbei, vom Betriebswerk sind es ja nur ein paar Meter rüber. Geht das in Ordnung?«, fragt Emil zurück.

»Ja, dann kann ick dir sicherlich weitahelfen«, bestätigt der Wirt.

Zufrieden ist Emil nicht, aber was soll er machen. Er bedankt sich und macht sich ein zweites Mal auf den Heimweg. Wenn er die Adresse bekommt, wird er morgen nach der Pause die Arbeit sausen lassen und sich um die Sache mit Fritz kümmern. Morgen früh ist noch ausreichend Zeit dafür …

Hoffentlich!

*

Berlin, Freitag, 19. Juli 1929

Den kaufe ich mir heute, den Bengel, denkt sich Emil Bachmann als er Richtung Lokschuppen geht. Er wird die Wahrheit aus ihm rausprügeln – wehe, wenn der Verdacht von Emil stimmt und Fritz wirklich ein Spitzel ist. Dann muss er verschwinden, für immer, und am besten so, dass der Rest des Sturms nichts davon mitbekommt.

Es geht auf 8.30 Uhr zu, bald ist Frühstückspause, wie Emils Magen vermeldet. Er hat zwei Stullen eingepackt, dick mit Butter bestrichen. Aber wichtiger ist es, erst einmal zum

Sturmlokal zu gehen und sich von Kock die Adresse geben zu lassen. Fritz liegt garantiert noch in der Molle, die Jungen haben es nicht mit dem frühen Aufstehen, wenn sie nicht müssen. Da wird der Fritz mächtig staunen, wenn Emil auf einmal bei ihm erscheint. Seinen Dolch hat er in die Tasche mit den Stullen gepackt, für den Fall, dass Fritz Sperenzchen macht.

Emil läuft auf einem Trampelpfad zwischen zwei Gleisen. Ein spärliches Grün von Gras kämpft sich zwischen dem Schotter der Gleiskörper hervor. Neben einer Menge Kabelrollen liegt altes Gerät herum: Bremsschuhe, mit denen man Waggons gegen Wegrollen sichert, angerostete Signaltafeln und ein Stapel Holzschwellen. Der ganze Haufen ist fast brusthoch aufgetürmt. Emil ist dadurch nicht sofort zu sehen, als er sich der Werkstatt nähert.

Als er aus dem Schatten der Schwellen hervortritt, kommt ihm die Situation sehr seltsam vor. Was sind das für Männer am Schuppen? Zwei Anzugträger stehen neben den Arbeitern herum. Emil entdeckt Kurt. Die Herren sind nicht von der Bahndirektion, die sehen anders aus und treiben sich nicht so früh morgens auf dem Gelände herum. Dann stockt Emil der Atem. Schutzleute sind neben dem Gebäude postiert. Zwei stehen an der einen Ecke, und weiter entfernt erkennt er eine weitere Person mit einem Tschako auf dem Kopf. Die Sonne steht genau im Osten und blendet Emil. Er hält die Hand über die Augen, um besser sehen zu können.

Da wird er von der Gruppe entdeckt.

»Emil, renn weg, Polente!«, schreit ihm Kurt entgegen, bevor einer der Herren im Anzug ihm einen Stoß vor die Brust gibt, der Kurt taumeln lässt. Eine Schrecksekunde lang steht Emil starr vor Entsetzen.

Fritz!, stürzen die Gedanken auf ihn ein. Fritz war schneller!

Als die Herren im Anzug und die uniformierten Schupos in seine Richtung loslaufen, dreht sich Emil um und rennt, so schnell er kann. 20 bis 30 Meter Vorsprung hat er immerhin.

»Halt, stehen bleiben, Polizei!«, hört er den ersten Ruf hinter sich.

Er rennt den Pfad zurück, den er gekommen ist. Deckungsloses Gelände, ein Schienenstrang rechts, einer links neben ihm. Auf den Schienen kann er nicht flüchten, auf Schwellen und Gleisschotter lässt es sich nicht schnell rennen. Wenn er abbiegen würde, könnten sie ihm leicht den Weg abschneiden. Also weiter stur geradeaus.

»Halt oder ich schieße!«, kommt der nächste Ruf von hinten.

Emils Lungen pfeifen, noch eine Waggonlänge ist er von einem auf den Gleisen abgestellten Güterzug entfernt. Der Trampelpfad endet dort, denn die beiden Gleisstränge neben ihm vereinigen sich in einer Weiche. Er will einen Haken schlagen und vor dem Zug verschwinden. Das wird ihm den entscheidenden Vorteil verschaffen, hofft Emil.

Da krachen die ersten Schüsse. Zwei oder drei waren es, dicht hintereinander, nicht auseinanderzuhalten. Er hört eine Kugel neben sich entlangpfeifen. Das war gut gezielt. Emil hetzt, kurz bevor er den stehenden Zug erreicht hat, über den Schienenstrang und wirft dabei einen Blick nach hinten. Beide Zivilpolizisten halten Pistolen in den Händen und rennen hinter ihm her. Zum Glück haben ihre Schuhe glatte Sohlen, mit denen sie immer wieder ins Straucheln geraten. Weiter hinten hat sich einer der Schupos wie auf dem Schießstand aufgebaut und zielt auf Emil. Dieser sieht Mündungsfeuer aufblitzen, dann jault schon wieder ein Querschläger mit hohem Singen neben ihm vorbei. Anscheinend hat der Polizist die Schiene getroffen. Die zwei anderen Uniformierten sind noch ein gutes Stück weit entfernt.

Jetzt befindet sich Emil hinter dem Zug. Die hohen Wagenkästen schirmen ihn ab. Er kann seine Verfolger nicht mehr sehen, und auch die haben lediglich seine Beine im Blickfeld, wenn sie sich weit genug bücken. An dieser Stelle muss Emil einen Vorsprung herausarbeiten, um sich auf dem Bahnbetriebsgelände absetzen zu können.

Ein paar Gleise neben ihm läuft ein Vorortzug langsam in den Bahnhof ein. Die Lok lässt das Signalhorn ertönen. Weißer Dampf zischt aus der Pfeife. Ein dumpfes »Tuuuut« ertönt – Musik in Emils Ohren. Er muss es schaffen, vor dem Zug die Gleise zu überqueren. Das gäbe ihm Zeit, sich nach einer Fluchtmöglichkeit umzusehen. Er dreht sich und schaut zurück.

»Da ist er, da!«, schallt es hinter ihm. Die Zivilen haben sich anscheinend getrennt. Einer kommt direkt auf ihn zu, der andere ist nicht mehr zu sehen. Dann kracht schon wieder ein Schuss.

Emil stürzt nach vorn. 20 Meter trennen ihn noch von der einfahrenden Bahn. Für die Pistolenschützen ist er nun wie auf dem Präsentierteller. Er hört das Brüllen der jagenden Meute. Angstschweiß tropft ihm in die Augen. Er springt über Schwellen und Gleise, strauchelt mehrfach kurz, aber fängt sich jedes Mal sofort wieder.

Er hetzt dem Zug entgegen, doch der fährt schneller als geschätzt. Emil wird es nicht schaffen, vor der Lok die Gleise zu überqueren. Die Verfolger sind dichtauf. Nur wenige Meter liegen sie zurück. Wie haben sie das nur geschafft?, fragt Emil sich. Ihm bleibt lediglich die Chance, direkt auf den Zug zu springen. Er riecht bereits den Geruch der schwarzen Lok, eine Mischung aus Steinkohle, Schmieröl und Rauch. Er spürt die Strahlungshitze, die von ihrem Kessel ausgeht. Wie ein heißes lebendiges Wesen, wie ein Drache kommt sie ihm vor. Dann muss er springen.

Im Weltkrieg schaltete er Tanks im Nahkampf aus. Das erforderte Mut. Zuerst schossen die eigenen MGs alle zugleich auf das Panzerfahrzeug, damit in dem ohrenbetäubenden Prasseln die Besatzung nicht merkt, woher die wirkliche Gefahr kommt. Unterdessen näherten er und die anderen Sturmsoldaten sich mit ihren geballten Handgranatenbündeln. Hoch ragte plötzlich die Seitenwand des Ungetüms vor ihm auf. Die Ketten rasselten und quietschten, langsam mahlten sie sich durch den Schlamm des Trichtergeländes. Im toten Winkel des Fahrzeugs angelangt hatte Emil einen Moment Luft, um abzuschätzen, wie er es am besten anging. Dann sprang er von hinten auf die Raupenkette, die wie ein Wurm das ganze Gefährt umgab, und ließ sich von ihr hinaufziehen. Oben auf dem Tank brachte er seine Ladung an, an einer ungeschützten Stelle …

Emil springt. Er hat keine Zeit, sich die beste Stelle auszusuchen. Er springt drauflos, auf diese verfluchte Lok, die sich um so vieles schneller bewegt als damals die Tanks. Er bekommt einen Handgriff zu fassen, greift zu, sein Körper wird emporgehoben. Ein Reißen geht durch Arme und Gelenke, Emil schreit vor Schmerz auf. Seine Hände, schneller als der restliche Körper, fliegen frei nach vorn, frei, entkommen, nur seine Füße finden keinen Halt. Sie schlagen auf dem Schotter auf, wirbeln Steine empor, Emil tritt und strampelt voller Verzweiflung.

Es gelingt ihm, mit einem Ruck nach oben zu kommen und einen Fuß abzustellen. Auf einem ganz kleinen Absatz, keine zwei Finger breit, nur eine schmale Kante. Er hängt am hinteren Ende der Lok, hat es gerade noch geschafft. Fest presst er seinen Körper gegen das schmutzige Metall. Die Wärme kommt ihm vertraut vor, sie spendet Geborgenheit. Einige Atemzüge lang verschnauft er. Dann schiebt er sich weiter bis an die Rückseite der Lok.

Wieder peitscht ein Schuss durch die Luft. Emil spürt einen Schlag im Bein. Kein Schmerz, kein Brennen, nur diesen Schlag, der ihm das Bein unter dem Körper wegreißt. Er kann sich nicht mehr halten am glatten Blech und gleitet nach unten weg.

Da ist er, der sichere Tod. Keinen Meter vor ihm kommt der erste Waggon auf ihn zu gerumpelt. Ein großer grüner, hoch aufragender Kasten, der an die Lok gekuppelt ist. Die Puffer beider schlagen aneinander, reiben, schmatzen. Emil sieht die Kupplung, die großen Haken und das Geschläuch dazwischen. Er fällt in den Zwischenraum hinter der Lok, kriegt gerade noch den Ansatz des Puffers zu fassen und umklammert ihn mit beiden Armen.

Tok, tok, tok, schleifen seine Schuhe über die Schwellen. Emil spürt keinen Schmerz, nur noch festhalten, das ist sein einziger Gedanke.

Der Zug pfeift, quietscht, wird deutlich langsamer. Plötzlich spürt Emil ein Ziehen an seinen Beinen. Er schaut an sich hinunter. Dort hängt einer der Männer im Anzug und klammert sich an ihm fest, wird mit ihm mitgeschleift. Emil versucht sich zu halten, tritt mit dem unverletzten Bein nach dem Gesicht des Mannes, mehrmals, verfehlt es. Hochrot, mit einem zuckenden Schnurrbart, blickt ihn eine widerliche hassverzerrte Fratze an. Der Polizist brüllt, brüllt etwas, doch die Worte dringen nicht bis zu Emil durch.

Mit einem Ruck wird Emil nach hinten gezogen. Fort von der sicheren Lok. Mit letzter Kraft umklammert er den Puffer, den schmierigen, eingefetteten Teller, an dem er sich jedoch nicht festhalten kann. Einer seiner Arme rutscht langsam vom rettenden Metall ab. Panisch schlägt Emil ihn wieder nach vorn.

Dann kommt der Schmerz. Seine Finger sind zwischen die beiden Puffer geraten. Die riesigen Metallbacken halten seine Hand fest umklammert, wie ein eisernes Gebiss: mahlen, kauen, quetschen sie. Emil schreit vor Schmerz, er will sie herausziehen, doch die Klauen geben sie nicht frei. Emil hängt am Zug fest, der ihn langsam, in Schrittgeschwindigkeit, weiterschleift.

Erneut spürt er ein Reißen an seinen Beinen. Der Mann zieht an ihm, er zieht ihn aus der Umklammerung. Er reißt ihm zwei Finger ab, die zerquetscht in dem Metallschlund hängen bleiben.

Emil liegt auf dem Rücken neben den Gleisen. Spitze Steine bohren sich in sein Fleisch, er spürt es nicht. Er spürt nur noch den Schmerz in seiner linken Hand, der alles andere überstrahlt.

Franz Reinicke kniet auf Emil Bachmann. Hat ihn endlich wehrlos vor sich, am Boden liegen, er braucht ihn nicht zu mehr zu jagen, der läuft nicht mehr weg. Blut pulst aus dessen Hand, auf Bachmanns Körper, auf die Gleise, auf den Kriminalkommissar. Der löst seine Krawatte, um die Wunde zu verbinden. Doch Bachmann windet sich in seinem Schmerz derart, dass Reinicke keinen Verband anbringen kann. Also packt er die Hand des Verletzten fest zwischen seine Beine und presst den Stoff auf die Wunde. Zerrissenes Fleisch und Knochensplitter stehen heraus. Alles ist rot besprenkelt. Reinickes Hände sind blutverschmiert, sein Hemd, seine Hose sind nass und klebrig, Bachmann schreit. Die restlichen Polizisten haben sie inzwischen erreicht und umstehen die beiden ratlos. Einer nestelt ein Verbandspäckchen aus seinem Uniformrock und reißt den Verschlussfaden ab.

Franz Reinicke weiß später nicht mehr, wie lange er über Bachmann gebeugt war, mit ihm gerungen, ihm geholfen hat. Er ist voller Blut, dem Blut des Mörders, das überall an ihm klebt und das nun auch über ihn gekommen ist.

Emil Bachmann wurde im Jahr 1930 wegen zweifachen Totschlags zu acht Jahren Zuchthaus verurteilt.

Nach der nationalsozialistischen Machtergreifung 1933 wurde er aufgrund des Paragrafen 1 der Verordnung des Reichspräsidenten über die Gewährung von Straffreiheit entlassen:

Für Straftaten, die im Kampfe für die nationale Erhebung des Deutschen Volkes, zu ihrer Vorbereitung oder im Kampfe für die deutsche Scholle begangen sind …

ENDE

ÜBER DIESES BUCH

Die Personen und Handlungen in diesem Buch sind frei erfunden. Der Hintergrund, vor dem die Geschichte spielt, leider nicht. Die 20er-Jahre erlebte die Mehrzahl der Deutschen nicht als golden, sondern vielmehr als rot oder braun. Die im Roman beschriebenen Vorgänge und Personen sind an authentische Beschreibungen angelehnt. Viele Szenen haben sich in ähnlicher Form tatsächlich abgespielt. Die Figur Emil Bachmann hat es nie gegeben, vergleichbare Gestalten dagegen schon.

Die Handlung spielt vor dem Hintergrund der Sturmabteilung (SA) der Nationalsozialistischen Deutschen Arbeiterpartei (NSDAP). Der Nationalsozialismus entstand in Bayern ab dem Jahr 1920. Das Hakenkreuz als gemeinsames Zeichen der völkisch gesinnten Gruppierungen wurde übernommen. Zeitgleich entstand eine parteiinterne Ordnertruppe, die 1921 den Namen »Sturmabteilung« erhielt. Sie war einerseits ein Verband, der als Saalschutz bei Veranstaltungen fungiere, hatte aber auch Züge eines rechtsextremen Wehrverbands, der militärisch organisiert war. In diesem Zusammenhang entstanden bei den Mitgliedern der SA der Begriff und das Selbstverständnis des »politischen Soldaten«.

Nach dem missglückten Hitler-Ludendorff-Putsch in München im Jahr 1923 wurde die NSDAP verboten, und Adolf Hitler verbüßte bis 1924 eine Haftstrafe. Der Putsch gilt mit als einer der Wendepunkte in der Geschichte der Weimarer Republik, der nach verschiedenen Umsturzversuchen von rechts und links, Ruhrbesetzung und Hyperinflation ab 1923 ein Zeitabschnitt von ein paar relativ ruhigen Jahren bevorstand.

1925 wurde die NSDAP wiedergegründet und versuchte sich politisch zu etablieren, unter der vorgeschobenen Einhaltung eines legalen demokratischen Weges. Parallel verbreitete die SA Terror auf der Straße, vornehmlich gegen politische Gegner und Juden. Insbesondere die Hauptstadt Berlin war damals eine Hochburg von SPD und KPD, in deren Domänen die SA einzudringen versuchte.

Die Anfänge der Berliner NSDAP sind gekennzeichnet von Richtungskämpfen und internen Querelen. Erst mit der Ernennung von Dr. Joseph Goebbels als Gauleiter im Jahr 1926 gewann die NSDAP und mit ihr die SA deutlich an Profil und Schlagkraft. Permanente Aktivitäten seitens der SA in Form von Saalschlachten, Straßenterror, Propagandamärschen und Plakataktionen führten in der Folge zu einer verstärkten öffentlichen Wahrnehmung. Als bei einer Veranstaltung im Mai 1927 ein Teilnehmer, der Goebbels öffentlich bloßgestellt hatte, von SA-Männern krankenhausreif geschlagen worden war, wurde die NSDAP mitsamt ihren Unterorganisationen in Berlin verboten. Das Verbot wurde jedoch bereits im März 1928, kurz vor den Reichstagswahlen, wieder aufgehoben. Im Mai 1928 gelang es der NSDAP dadurch erstmals mit zwölf Abgeordneten in den Reichstag einzuziehen. Etwa ab diesem Zeitraum begann auch die kontinuierliche Destabilisierung der Weimarer Republik durch verschiedene politische Gruppierungen, die bis zu bürgerkriegsähnlichen Zuständen führte. Die NSDAP konnte ihre Stimmenanteile bis zur »Machtergreifung« im Januar 1933 und den Wahlen im März 1933 erheblich ausbauen. Die SA, ausschließlich aus Freiwilligen rekrutiert, hatte bis dahin reichsweit eine Stärke von circa 400.000 Mann erreicht!

Der Roman spielt vor dem Hintergrund dieser historischen Ereignisse und zeigt das Leben eines SA-Mannes in den Jahren 1928/29, als die SA noch keine Massenorganisation war, aber bereits deutlich an Einfluss gewonnen hatte. Die Figur Emil Bachmann ist durch die Erfahrungen im Weltkrieg traumatisiert und verroht. Bachmanns Kriegserlebnisse sind extrem, aber nicht außergewöhnlich. Das Töten feindlicher Soldaten mit Schlachtermessern beschreibt beispielsweise auch Roland Dorgelès in »Les Croix de bois« (»Die hölzernen Kreuze«), einem Roman, der als das französische Pendant von »Im Westen nichts Neues« gelten kann. In letzterem Buch findet sich übrigens eine ähnliche Szene.

Die Lebensumstände der Arbeiterschichten im Berlin der 20er-Jahre sind unterschiedlichen Quellen entnommen, stellvertretend möchte ich einige nennen. Besonders anschaulich sind die Zeichnungen Heinrich Zilles, der als Maler aus dem »Milljöh« bis heute bekannt ist. Ebenfalls bis heute geläufig ist Alfred Döblins »Berlin Alexanderplatz« aus dem Jahr 1929. Unbekannter, aber sehr lesenswert sind »Jugend auf der Landstraße Berlin«* von Ernst Haffner, ein Roman über Berliner Jugendbanden aus dem Jahr 1932, sowie Irmgard Keuns »Das kunstseidene Mädchen«, das die Handlung aus der Perspektive einer hedonistischen jungen Frau schildert, ebenfalls 1932 erschienen. Kurt Münzers »Hast du dich verlaufen?«** spielt teilweise im Arbeiterviertel um den Schlesischen Bahnhof. Exemplare aller vier Bücher wurden übrigens 1933 verbrannt.

Die Arbeit der Polizei in der Weimarer Republik kann aus verschiedenen Quellen rekonstruiert werden. Gerade die Person Ernst Gennats war zur damaligen Zeit herausragend. Er gehörte zur Prominenz der Weimarer Republik und verstand es, seine Mordfälle nicht nur mit einer sensationell hohen Erfolgsquote zu lösen, sondern auch die Presse dabei sehr eng einzubinden. Sogar Charlie Chaplin ließ sich von ihm einmal im Polizeipräsidium herumführen. Die für die damalige Zeit

* Neuauflage 2013 unter dem Titel »Blutsbrüder« bei Metrolit.

** Im Internet unter dem Titel »Menschen am Schlesischen Bahnhof« zu finden.

einzigartige Mordermittlungskartei geht auf Gennat zurück, wie auch seine Taktik, mittels psychologischem Einfühlungsvermögen, heute würde man es »Profiling« nennen, den Tätern auf die Spur zu kommen.

Das verwendete Hintergrundmaterial zum Thema Sturmabteilung besteht sowohl aus Sekundärliteratur als auch aus zeitgenössischen Quellen. Besonders hervorzuheben sind an dieser Stelle die Werke von Peter Longerich »Die braunen Bataillone«, die Abhandlung von Bernhard Sauer »Goebbels ›Rabauken‹« und die Dissertation von Martin Schuster »Die SA in der nationalsozialistischen ›Machtergreifung‹ in Berlin und Brandenburg 1926–1934«. Sehr interessant in den Beschreibungen und Details, aber nicht objektiv, ist Julek-Karl von Engelbrechtens »Eine braune Armee entsteht« aus dem Jahr 1937.

Die Bücher über die SA aus den 20er- und 30er-Jahren können fast alle der Kategorie »SA-Roman« zugeordnet werden. Inhalt und Sprache sind oft verstörend, da in diesen Büchern Beschreibungen offener, roher Gewalt neben plumper nationalistischer Ideologie verbreitet werden. Als einige Beispiele unter vielen seien genannt die Bücher »Der Befehl des Gewissens«* von Hans Zöberlein, »Ein Trupp SA« von Waldemar Glaser oder »Die S.A. erobert Berlin« von Wilfrid Bade. Eine Sonderstellung nimmt das Buch von Bodo Uhse »Söldner und Soldat«** ein, da es auch nach 1945 noch verlegt wurde.

Ich wollte mit diesem Buch der Thematik »SA« eine zentrale Rolle einräumen und damit einer breiteren Öffentlich-

---

* Zöberlein brachte 1931 den Weltkriegsroman »Der Glaube an Deutschland« heraus, der mit 800.000 verkauften Exemplaren zu den verbreitetsten Romanen über den Ersten Weltkrieg in Deutschland zählt, noch vor dem Roman »Im Westen nichts Neues« von Erich Maria Remarque. »Der Befehl des Gewissens« wurde 1937 veröffentlicht und ebenfalls in hoher Auflage gedruckt.

** Uhse gehörte dem Freikorps Oberland an, engagierte sich in der »Schwarzen Reichswehr« und der NSDAP. Nach 1933 schwenkte er politisch nach links, emigrierte und wurde später Funktionär in der DDR. Aus diesem Grund wurde sein Buch noch in den 1980er-Jahren verlegt.

keit zugänglich machen. Der politische Terror der NSDAP begann bereits weit vor dem Jahr 1933. Diese Tatsache ist heute weitestgehend aus dem Bewusstsein der Öffentlichkeit verschwunden. In den Nürnberger Prozessen 1945/46 wurde die SA nicht als verbrecherische Organisation eingestuft,* was durchaus seine Rechtfertigung gehabt hätte, dafür aber die aus ihr hervorgegangene SS. Deren Verbrechen – vornehmlich im Zweiten Weltkrieg – sind heute neben der Formensprache der SS und ihrer Symbolik immer noch präsent. Das öffentliche Auftreten, die Rituale und Symbole der SA hingegen kaum noch. Ich hoffe, der Leser gewinnt mit diesem Buch Einblicke in die vergangene Zeit der Weimarer Republik, deren Ende nicht zwangsläufig und alternativlos war. Die SA hat einen erheblichen Beitrag dazu geleistet.

Die durch Emil Bachmann ermordeten Personen sind in diesem Roman nicht deshalb seine Opfer, weil sie Juden sind. Das sind Zufälligkeiten. Die Tatsache, dass es sich um Juden handelt, ermöglicht dem Protagonisten jedoch, seine persönliche Schuld mit der NS-Ideologie zu kaschieren. In Berlin lebten in den 1920er-Jahren circa 160.000 Menschen jüdischen Glaubens, das war ein Drittel aller Juden in Deutschland. Besonders durch den Zuzug aus Osteuropa (»Galizier«) seit der Reichsgründung 1871 vergrößerte sich die Berliner Gemeinde. Es gab Wohnviertel mit erhöhtem jüdischem Anteil, insbesondere das Scheunenviertel in der Nähe des Alexanderplatzes, das bereits in der Zeit der Hyperinflation 1922/23 zum Ziel antisemitischer Pogrome wurde.

Im Mittelalter waren bestimmte Berufe, zum Beispiel Ackerbau und Handwerksberufe, für Juden verboten. Dies hatte Auswirkungen bis in die Neuzeit. Es wurden daher bestimmte

---

* Die Begründung war, dass ihre Mitglieder nach 1939 »im Allgemeinen nicht an verbrecherischen Handlungen beteiligt gewesen seien ...«

andere Tätigkeiten besonders häufig ausgeübt. Viele Juden arbeiteten als Rechtsanwälte und Ärzte, betrieben Warenhandel oder betätigten sich im Bankwesen. Dies prägte die jüdischen Viertel und spiegelt sich auch im Roman wider.

Nach 1918 verstärkte sich der bereits im Kaiserreich latent vorhandene Antisemitismus. Ein im Jahr 1919 von Wilhelm II. verfasster Brieftext soll stellvertretend für die damalige Stimmung nach dem verlorenen Weltkrieg wiedergegeben werden:

Die tiefste und gemeinste Schande, die je ein Volk in der Geschichte fertiggebracht, die Deutschen haben sie verübt an sich selbst. Angehetzt und verführt durch den ihnen verhassten Stamm Juda, der Gastrecht bei ihnen genoss. Das war sein Dank! Kein Deutscher darf das je vergessen noch ruhen, bis diese Parasiten von deutschem Boden vertilgt und ausgerottet sind! Dieser Giftpilz an der deutschen Eiche.

Den Juden wurden unter anderem die Kriegsniederlage, die Inflation und die Arbeitslosigkeit angelastet. Dabei wurden auch politische Hassbilder projiziert (jüdisch-bolschewistische Verschwörung), die in rechten Kreisen und Parteien weite Verbreitung fanden.

Bei den im vorliegenden Roman verwendeten ideologischen Textpassagen handelt es sich meist um Originalzitate aus zeitgenössischen Quellen. Insbesondere die Schlachtrufe »Juda verrecke!«, »Rotfront verrecke!« und »Deutschland erwache!« sind dabei für die SA kennzeichnend.

Letzterer Ausdruck stammt aus einem Gedicht »Feuerjo« des Schriftstellers Dietrich Eckart, der ein geistiger Wegbereiter des Nationalsozialismus war. Er prägte den Begriff »Drittes Reich«, bezeichnete Hitler 1921 erstmals als »Der Führer« und war Chefredakteur des »Völkischen Beobachters«, der Pateizeitung der NSDAP. Das Gedicht ist heute verboten, ebenso wie das Horst-Wessel-Lied, das auch in diesem Buch Erwähnung findet und das von 1933 bis 1945 im Anschluss an die Nationalhymne gesungen wurde. Bei öffentlichen Versammlungen gilt in Deutschland heute ein Uniformverbot, das verbietet Uniformen, Uniformteile oder gleichartige Kleidungsstücke zu tragen. Die Verwendung des Hakenkreuzes ist in Deutschland seit 1945 generell verboten. Erlaubt ist die Darstellung nach § 86 Abs. 3 StGB nur, wenn sie »der staatsbürgerlichen Aufklärung, der Abwehr verfassungswidriger Bestrebungen, der Kunst oder der Wissenschaft, der Forschung oder der Lehre, der Berichterstattung über Vorgänge des Zeitgeschehens oder der Geschichte oder ähnlichen Zwecken dient«. Der Alliierte Kontrollrat verbot 1945 die NSDAP, alle ihre Gliederungen und angeschlossenen Verbände. Der »Hitlergruß« beziehungsweise »Deutsche Gruß«, das heißt das Heben des rechten Armes, meist verbunden mit der Grußformel »Heil Hitler«, oder »Sieg Heil« ist ebenfalls verboten.

Diese Verbote spiegeln das wider, was in den 1920er- und 1930er-Jahren die SA hervorgebracht und ausgemacht hat. Wenn man die heutigen Formen öffentlicher rechtsextremer Meinungsäußerungen betrachtet, sieht man immer noch, wie dieses symbolgeladene Verhalten »im Geiste mitmarschiert …« Im Gegensatz zu damals finden jedoch bei heutigen Veranstaltungen die kahlrasierten Skinheads in Bomberjacken mit Springerstiefeln, die Hooligans, die Gestalten in schwarzen Kapuzenpullis deutlich weniger Rückhalt und Bewunderung in der Bevölkerung. Das war in den 1920er-Jahren anders. Die SA pflegte das Bild des Kämpfers mit den harten, kantigen Gesichtszügen, der im Gleichschritt und in Uniform marschierte und bereit war, sich für das Wohl Deutschlands im Kampf zu opfern. Dadurch wurde das Auftreten der SA, trotz der offenen Gewalttätigkeiten, oft positiv wahrgenommen. Ein Stimmenanteil von über 40 Prozent für die NSDAP im Jahr 1933 war das Ergebnis …

Ich hoffe, der Roman hilft seinen Lesern dabei, sich über das vielschichtige Problem politischer Gewalt und Extremismus eine Meinung zu bilden. Möge es nie wieder eine ähnliche Entwicklung in Europa geben!

Ich danke allen, die mir bei der Erstellung dieses Buches geholfen haben, zuerst natürlich meiner Familie, die mir die Freiräume gegeben hat, die notwendig waren, neben dem Beruf noch einen Roman zu verfassen. Ein herzlicher Dank geht an alle Testleser, die Emil Bachmanns Werdegang kommentiert und mitgeformt haben. Ihre Anregungen und Kritiken waren notwendig und wertvoll. Zuletzt möchte ich noch besonders meiner Frau Eva danken, die den Roman während seiner Entstehung abschnittsweise Korrektur gelesen und viele Ideen mitentwickelt hat.

BERNWARD SCHNEIDER
Der Teufel des Westens

978-3-8392-2074-0 (Paperback)
978-3-8392-5385-4 (pdf)
978-3-8392-5384-7 (epub)

TEUFEL IN BERLIN Man schreibt das Jahr 1936 und in Deutschland sind die Nationalsozialisten an der Macht. Im »Mandarin«, einer Bar des Berliner Westens, begegnet der Anwalt Eugen Goltz der schönen Irene Varo, einer Frau ohne Moral, die bei der Verfolgung ihrer Interessen keine Rücksicht kennt. Auf der Suche nach einer verschwundenen Freundin verstrickt sich Goltz immer tiefer in die Fangnetze von Irene und ihren Mordgesellen, und am Ende weiß er nicht mehr, ob er ein Opfer des Bösen oder selbst ein Teufel geworden ist.

GMEINER SPANNUNG

WWW.GMEINER-VERLAG.DE
Wir machen's spannend

HANS-JÜRGEN RUSCH
Die Erben der Wende

978-3-8392-2045-0 (Paperback)
978-3-8392-5333-5 (pdf)
978-3-8392-5332-8 (epub)

WAS WÄRE WENN Die SED steht in den entscheidenden Tagen des Jahres 1989 nicht vor dem Aus – die Genossen erhalten stattdessen Rückendeckung von Gorbatschow. Katja Kessler, eine begeisterte Anhängerin der Proteste, wird Opfer der wiedererstarkten Sozialisten und verliert ihre Existenz. Ein treuer Freund hält zu ihr, fängt sie auf und lässt sie in einem mysteriösen Todesfall recherchieren. Die junge Frau stellt sich der Aufgabe und bringt sich dabei selbst in tödliche Gefahr. Wird Katja es schaffen die Wahrheit ans Licht zu bringen?